Über das Buch Die Beschäftigung mit der Geschichte und die Auseinandersetzung mit seiner Zeit, die er ganz im Sinne europäischen Denkens aufnahm, war Stefan Zweig Bedürfnis. Dem Pazifisten war Krieg, war jede gewalttätige Auseinandersetzung zuwider, Friede und Sicherheit waren ihm die »höchsten Güter«. Sie galt es anzustreben, zu suchen, wobei er unter Suchen zugleich »Sammeln der Kraft« gegen Resignation und Verzweiflung verstand. Stefan Zweig konzentrierte sich auf die politische Sprache und fand den »Sinn hinter den Worten verwaschen geworden«. So forderte er: »Aufgabe jedes denkenden Künstlers muß es darum werden, alle Begriffe in erkennerischer Leidenschaft einzuschmelzen und geistig neuzuprägen; der Umwertung der Werte muß die Umwertung der Worte vorausgehen.« In diesem Sinne nutzte er seine eigene Ausdruckskraft, die Eindringlichkeit seiner Sprache, um vor allem mit seinem Geschichtswissen – über das augenfällig »dramatische« und psychologische Element hinaus – einem besseren Verständnis von Humanität zu dienen. Seine geschichtsphilosophischen Betrachtungen sind dabei immer auf seine Zeit bezogen und spiegeln einen Grundzug seines Wesens: die ständige Bereitschaft, anderen zu helfen, auch mit dem Wort. Die Umsetzung dieser Forderung an sich selbst in die Tat im Laufe seines Lebens zu verdeutlichen, ist Ziel dieser Auswahl.

Der Autor Stefan Zweig wurde am 28. November 1881 in Wien geboren, lebte von 1919 bis 1935 in Salzburg, emigrierte von dort nach England und 1941 nach Brasilien. Früh als Übersetzer Verlaines, Baudelaires und vor allem Verhaerens hervorgetreten, veröffentlichte er 1901 seine ersten Gedichte unter dem Titel ›Silberne Saiten‹. Sein episches Werk machte ihn ebenso berühmt wie seine historischen Miniaturen und die biographischen Arbeiten. 1944 erschienen seine Erinnerungen, das von einer vergangenen Zeit erzählende Werk ›Die Welt von Gestern‹. Im Februar 1942 schied er in Petrópolis, Brasilien, freiwillig aus dem Leben.

Stefan Zweig

Die schlaflose Welt

Aufsätze und Vorträge aus den Jahren 1909–1941

Fischer Taschenbuch Verlag

Ungekürzte Ausgabe
Veröffentlicht im Fischer Taschenbuch Verlag GmbH,
Frankfurt am Main, Juni 1990

Lizenzausgabe mit freundlicher Genehmigung
des S. Fischer Verlags GmbH, Frankfurt am Main

Umschlagentwurf: Buchholz / Hinsch / Hensinger
Druck und Bindung: Clausen & Bosse, Leck
Printed in Germany
ISBN 3-596-29243-3

Inhalt

Das Land ohne Patriotismus

Immer wenn ich nach mehrmonatiger Abwesenheit vom Ausland nach Österreich zurückkehre, mischt sich mir dem wohligen Gefühl des Heimatlichen irgendein anderes bei, das kaum in ein einziges Wort zu fassen wäre. Mißbehagen wäre zu viel und Bedauern zu wenig, und doch beinahe körperlich empfinde ich's, so stark dringt hier Eigenart der Stimmung von den Dingen ins Blut. Das Atmosphärische, spüre ich, hat sich verändert, man atmet gedrücktere, schwülere Luft, der Takt, der Rhythmus der Umwelt ist plötzlich verlangsamt, irgendeine Spannung, die den Körper befeuernd belebte, ist hingeschwunden an der seelischen Mattheit einer ganzen Bevölkerung. Auch hier schwingt in Wien, der Millionenstadt, das Rad der Zeit durch den Tag, aber langsamer, gehemmter und widerwilliger. Fragend sieht man sich um. Ein Blick in die Zeitungen, um zu sehen, was inzwischen geschehen ist, aber es ist immer noch das Gleiche wie damals: Plänkeleien, Spannungen zwischen den Nationen. Aus dem politischen Leben steigt statt des hinreißenden Stromes stärkerer Aktionen und Gegenaktionen nur der trübe Dunst kleiner politischer Gärungen, oft untermengt mit dem übelriechenden Atem von Korruption. Nirgends spürt man große einheitliche geschlos-Pläne, immer nur Vorschläge zu Flickwerk und Verbesserungen. Die Beamten, mit denen man zusammengerät, sind müde und verdrossen, die Künstler ironisch, und selbstbesorgt der Handwerker, der Arbeiter, das ganze Proletariat gedrückt von täglichen Sorgen. Ein tragischer

Pessimismus erfüllt die geschäftliche Welt, Klagen, Unzufriedenheiten von allen Seiten. Nirgends schlägt in diesem Lande hell und schön die große befreiende Flamme der Freude und Zuversicht empor.

Irgend etwas fehlt hier, das spürt man. Irgend etwas, das die Menschen mehr zusammendrängte, das Nebeneinander vieler arbeitender Existenzen zusammenglühte in eine große Idee, eine edle, reine, über das einzelne Wesen strebende Hoffnung, die beschwingt, jenen gemeinsamen Stolz, der auch den Geringsten stählt, jene herrische Selbstfreude, die trunken macht. Zerbröckelt ist alles und vereinzelt und damit in beständigem Widerstreit. Es fehlt, und bald erkennt man's als fehlend in allem jenes Erhabene, das ein Reich wirklich zur Nation macht, eine Menschenmasse zu einem Volk, der einheitliche Glaube – oder wenn man will: der Wahn – des Patriotismus, der unbedingten Heimatliebe. Es gibt hier in Österreich keinen österreichischen Patriotismus, keinen Nationalismus, wie es einen deutschen, wie es einen französischen, einen italienischen und englischen gibt, jene höchste Einheit aus Sprache, Rasse, Stolz und Überschwang gehämmert, die gleichsam das vom Einzelnen ins Allgemeine erhöhte Selbstbewußtsein schöpferisch verwirklicht.

Österreich ist heute die einzige Nation in ganz Europa, die nicht einheitlich nationalistisch ist, die sich nicht selbst überschätzt, und das ist ihr Unglück. Dostojewski hat einmal (ungefähr) gesagt, eine jede Nation, die wirken wolle und sich eine Zukunft erobern soll, müsse sich als die beste und die einzig notwendige im Weltall empfinden. Sie muß ungerecht sein, weil aus dieser Selbstüberschätzung Kräfte entwachsen, weil in jedem Chauvinismus eine Bindung liegt, eine Stärkung und ein Rausch. Und diese Sekunden des Rausches einer Millionenmasse, sind sie denn nicht auch die wundervollsten, die der Einzelne erleben kann, wirkliche Feste einer Zeit, in der das religiöse Empfinden schwächer geworden und durch das nationale fast entwertet worden ist? Sind sie nicht in unser aller Leben die schönsten Augenblicke, die der großen Gemeinsamkeit? Deutschland: ich erinnere mich an einen Tag auf den Türmen von Straßburg, als der Zeppelin-Ballon (es war der Tag seines Untergangs) zum ersten Mal seine große Fahrt unternahm. Eine ganze Stadt in Aufregung, Jubel von Hunderttausenden schwoll auf, durch ganz Deutschland ging ein knabenhaftes und doch wunderbar schönes Vertrauen, jetzt sei die Weltherrschaft gesichert, der große Traum erfüllt. Oder Italien: in Venedig an einem Abend, als die Blätter einen Sieg in Tripolis melden. In einem Nu der ganze Platz von den Zeitungen wie mit weißen Vögeln überflogen, Jubel und Gesang, aus allen Gassen Musik, Fanfaren und Überschwang. Und man wußte, so rauscht es in dieser Sekunde durch das ganze Land, so bebt eine ganze Nation von Sizilien hinauf bis zum Alpenrand in einem einzigen Gefühl. Paris: hier erlebt man's fast jeden Tag, zu jeder Sekunde, wenn die Regimenter auf die Frühjahrsparade marschieren oder Blériot den Kanal überflogen hat; hier spürt man's in jedem Moment, wenn irgendwo die Marseillaise gespielt wird und die Worte plötzlich Jubel und Gesang werden, keiner weiß es, wieso. In allen diesen Ländern ist ein einheitliches Gefühl in Millionen einzelner Herzen eingeschlossen, und eine einzige Sekunde läßt da oft die Milliarden Tropfen Eigengefühl zusammenströmen, und dann rauscht es hin in die Welt, in die Zeit, ein hinreißender Strom der Begeisterung.

Nur hier in Österreich kennt man diesen Rausch nicht und diesen Jubel, weil wir keinen rechten Patriotismus haben, kein unbedingtes Gemeingefühl. Und das ist keines Schuld. Jedem einzelnen ist ja dadurch etwas genommen, eine reine Möglichkeit der Selbsthingabe an ein großes Ziel. Aber wir können nicht Einheitliches haben, weil unser Österreich durch eine merkwürdige Konstellation der Tatsachen ein Mehrfaches geworden ist und dies Land nicht bloß einen Patriotismus von uns fordert, sondern drei und vier. Wir sind erstlich Österreich-Ungarn. Wenn an der ungarischen Grenze ein Dorf, ein Landstrich bedroht ist, muß unser Gefühl sofort einschnappen, und wir müssen's als Wunde am eigenen Fleisch fühlen. Aber wir müssen als Österreicher sofort umschalten können, wenn es sich um einen Zwist zwischen Österreich-Ungarn handelt, und Ungarn, dies unser Fleisch und Blut, in derselben Stunde wieder als Fremdkörper, als Feind empfinden können. Wir sollen also organisch verbunden sein und doch geteilt wie die Zwillinge aus Siam, die zwei Herzen haben und nur ein Blut. Dieser abgespaltene Österreicher muß sich aber nochmals teilen, er muß auch Deutscher sein, muß, wenn es die Sprache, das heiligste Gut der Nation gilt, sofort seinen eigenen Bruder, den Tschechen, den Kroaten, als den gefährlichen Gegner empfinden können. Dieses dreifache Patriotengefühl auf Umschaltung muß selbstverständlich jeder Spannkraft entbehren, und so schwankender Ideale der Sinnlichkeit. Österreich-Ungarn oder nur Österreich läßt sich historisch und auch politisch als Begriff erklären, sogar als Notwendigkeit, aber es erklärt sich nicht spontan im Gefühl. Und hier liegt einer der Hauptgründe, weshalb unsere Politik so mit Schwierigkeiten arbeitet, weil sie niemals das sinnliche Wort finden kann, das wie ein Funke in den Zunder fällt. Elsaß-Lothringen: für den Franzosen ist das keine Idee, nichts, was er bloß im Hirn fühlt, sondern eine Wunde im eigenen Fleisch, das Trentino eine Narbe für Italien, die gärt und schwärt. Albanien aber oder der Handelsweg nach Saloniki, das sind geistige Notwendigkeiten, die der politisch klare Kopf vielleicht mit gleicher Stärke begreift, wie der Franzose seine nationale Notwendigkeit, aber doch bloß der Kopf, und die Masse hört mit dem Herzen. Das Wort Elsaß-Lothringen in rechter Stunde gesagt, kann wirken wie ein Zündholz an der Reibfläche. In einer Sekunde springt die Flamme im Volke auf und Europa steht im Brand. Bei uns sind alle Argumente feucht von Gedanklichkeit und entzünden im Körper des Volkes keine Wärme. Wo keine Einheit ist, kann keine einheitliche Idee entstehen. Volksideen entstehen nur aus einem Gefühl, aus einer Sprache, nicht aus historischen Klitterungen und logischen Nötigungen.

Wir haben keinen Patriotismus: das will aber nicht sagen, daß wir keine Patrioten haben. Wir haben sogar zweierlei: jene Allerweltspatrioten natürlich, die die Österreicherei systematisch betreiben, bei allen Anlässen sich vordrängen, in Komitées und Vereinen ordenshungrig ihr Wesen treiben, aber unfähig sind eines wahrhaften Opfers. Nirgends ist ja der offizielle Patriotismus so dankbar als in einem Lande, wo er nicht ganz natürlich ist, nirgends sind die Auszeichnungen, die Adelsprädikate, die Kommerzialratsstellen darum so wohlfeil wie bei uns. Daneben gibt es aber vielfach auch einen echten Patriotismus, den der Tradition, den der Armee, aber es ist einer, der sich nicht so sehr auf das ganze Land, auf die österreichische Nationalidee bezieht, sondern auf nachbarliche, nicht aber identische Begriffe, auf den Kaiser, auf die Kriegsmacht oder auf einzelne Länder. Es gibt nationale Deutsche, nationale Tschechen, die Österreich als Notwendigkeit empfinden, aber nicht als eine absolute, in sich selbst beschlossene, sondern als Notwendigkeit zweiter Ordnung, als Vorteil ihres hohen Volksgedankens. Aber es gibt keine Österreicher, die nur Österreicher sind und nicht in erster Linie Deutsche oder Tschechen. Diese Ureinheit des Gefühls fehlt uns, wird uns ewig fehlen, und dies, das Fehlen des Einheitsgefühles ist im letzten das Unglück Österreichs.

Unverkennbar: an diesem Mangel krankt der Staat Österreich. Er ist wie ein gesunder starker Organismus mit allen Fähigkeiten, dem nur das geheimnisvollste Vitalitätsprinzip fehlt: die Seele. Und dieser Einheitslosigkeit entspringt alle jene hemmende quälende Verdrossenheit, ihr und einem andern noch: Österreich, der Staat, hat zu lange keine Freude gehabt. Seit hundert Jahren immer nur verkleinert, geschwächt, unter schlechtem Regime verbittert und verschuldet, ist er verdrossen geworden. Ein Sieg, ein militärischer, ein politischer, und das Blut hätte rascher gerollt in diesem uralten Körper. Man denke nur, wieviel Freude, lebendige Lebensfreude Deutschland und Italien dem Jahre 1870 danken, wie Frankreich noch heute aufbraust im Echo der napoleonischen Namen. Alle Länder, alle um uns, außer Spanien und der Türkei, den versumpfenden, absterbenden, haben irgendeine Wesensfreude im letzten Jahrhundert gehabt, nur wir nicht, und darum ist das österreichische Selbstgefühl verwelkt. Die Politik wiederum ist verzagt geworden, weil sie nicht jene prachtvolle Waffe der wilden einheitlichen nationalen Volksaufwallung in den Händen fühlt (die ärgsten Schmähungen haben bei uns in den letzten balkanischen Sorgen nur Nervosität erzeugt, nie gesunden Zorn). Die Kaufleute sind ihrerseits wieder gehemmt und geknebelt durch die politische Schwäche, und überdies unsere vormärzlichen Einzwängungen, die Beamtenschaft verbittert durch politischen Stellenschacher, die Armee degoutiert durch das ewige Zurückweichen, Verdrossenheit also allerorts und allerenden. Zuversicht, wie sie in Deutschland fast schon allzu laut klingt, hier ist sie stumm, und unbewußt fällt vom Mißtrauen der Masse Schatten in jedes Einzelnen Gefühl. Selbst die Dichter, die doch den Elan durch Heimatliebe aufreiben sollten, sie sind alle unpolitisch und unösterreichisch, ihr Patriotismus steckt sich engeres Ziel. Seit Grillparzer (der von einer deutschen Hegemonie in Österreich träumte) waren alle nur Heimatspoeten. Rosegger, Bartsch feiern die Steiermark, Schönherr Tirol, Schnitzler Wien, und selbst unser lieber Hermann Bahr, der so unentwegt seit zwanzig Jahren von einem österreichischen Gefühle träumt und seinen Traum werbend verkündet, auch er hat als Dichter in seinem begonnenen nationalen Epos, einer Reihe Romanen nur das Krankhafte im Organismus aufgedeckt und nicht das Fruchtbare. Das einzige Mal, da er ein Stück dieser Welt ganz bejahend gestaltete, im ›Franzl‹, da war es nur sein heimatliches Oberösterreich, dem er sich hingab in Liebe und Dienst, nicht das ganze Österreich, nicht Ganzösterreich, nicht Österreich-Ungarn.

Diese Tragödie einer entbehrten einheitlichen Idee ist nicht von heute und nicht von gestern. Generationen bei uns ersehnten schon diesen kostbaren Besitz, den Patriotismus, und die Geschichte aller politischen Parteien aus diesem Jahrhundert ist im letzten die des Versuches, den zusammengeheirateten Staat durch gedankliche Beseelung in einen Organismus, das Vorhandene in eine Notwendigkeit zu verwandeln, die Einheit zu schaffen aus der Vielheit. Nach Achtundvierzig, als Österreich in Trümmer zu gehen drohte, hat eine Partei, die liberale, den wahrhaft österreichischen Staat, nicht bloß das Habsburgerland zu verwirklichen gesucht durch die große Einheitsidee der deutschen Sprache, die Hegemonie des Germanentums und der deutschen Kultur als Binderin aller slawisch-romanischen Gegensätze. Aber dieser Gedanke, schon einmal unter Joseph II. zerbrochen, ist endgiltig zerschmettert worden von den preußischen Bajonetten, bei Königgrätz. Die sozialistische Bewegung der neunziger Jahre suchte dann später die feindlichen Völker enger zu binden, indem sie den nationalen Gedanken dem sozialen unterordnete. Aber auch diese Idee wurde aufgelockert von der nationalen Sturmflut, und selbst die Sozialisten müssen sich bei uns heute schon teilen in eine deutsche und eine tschechische Partei. Die Christlich-Sozialen schließlich versuchten jene letztstärkste Bindung durch die einzige Einheit Österreichs, den Katholizismus, zu erzielen, eine Einheit, die als Ganzes wirksam sein mag gegen den Osten und den Norden, gegen die Orthodoxie und den Protestantismus, aber ohne Argument bleibt gegen die Ansprüche Italiens und die Nachbarschaft Süddeutschlands. Noch immer ist die Einheit nicht gefunden, und die Ungeduld ist ins Unendliche gewachsen.

Wie stark diese Sehnsucht, diese Glut nach der Einheitsidee aber in den Herzen geblieben ist, beweist nichts stärker als die Liebe, die im ganzen Reiche die letzte Einheit umfaßt, die das Schicksal über die vereinzelten Völker gestellt hat, die Persönlichkeit des Kaisers. Franz Josef ist die stärkste Bindung, die heute alle Nationen hier zusammenhält, und an ihn wendet sich das ganze Begeisterungsbedürfnis all dieser Völker, wendet sich statt an die Nation an eine Person und verwandelt sie in ihre Sache. Seit mehr als sechzig Jahren Kaiser, gleichsam legendarisch, so daß selbst die Ältesten sich nicht mehr einer andern Gestalt erinnern können, hat er gewissermaßen eine mythische Macht über das Gefühl gewonnen. Er ist Österreich-Ungarn, Österreich, Deutschösterreich in einem und sein Schicksal vielleicht auch das der ganzen Nation. Alle nationalen Feiern in Österreich, die wenigen wahrhaft gelungenen, sind in den letzten Jahren immer nur Huldigungen seiner Person gewesen, und gerade an diesem begeisterten Bedürfnis spürte man die Notwendigkeit der Einheit. Man spürte sie im Jubel, spürte sie aber auch in der Angst, wie bei der leichtesten Erkrankung das ganze Volk auf seinen Atem lauscht. Der Pulsschlag aller dieser Nationen folgt gewissermaßen dem seinen. Geht er langsamer, vermindert sich die Heiterkeit und Unbesorgtheit aller dieser Menschen, beflügelt er sich wieder, so flattert die Hoffnung in allen Ländern auf. Patriotismus ist hier Liebe zum Kaiser. Tragisch ist nur an dem seltsam schönen Schauspiel, daß diese Einheit eine Vergangenheit als Lebenssinn feiert und bar ist aller Zukunftsträchtigkeit. Wir müssen uns zurückwenden, nicht nach vorwärts wie die andern Völker, um Begeisterung in uns zu finden. Und das ist ein gefährliches Symbol.

Diese eine Einheit, diese an irdische Dauer gebundene, ersetzt für die gegenwärtige Stunde einem Volk von fast sechzig Millionen den Glauben an seine innere Kraft, und sie ist bloß eine einmalige, eine persönliche, eine die sich mit dem Kronreich nicht vererbt. Eine andere Einheit wäre suchendem Gefühl vielleicht noch zu finden, um die Existenz dieses seltsamsten aller europäischen Reiche als Notwendigkeit zu begründen, aber es ist eine, die leider nicht zählt in unserer Welt. Es ist die Schönheit dieses Landes. In keinem Reiche Europas und wohl auch der Welt sind so viele Gegensätze der Natur und Menschheit so harmonisch gebunden, prachtvollstes Alpenland und glühende südliche Küste, Fruchtbarkeit des Feldes und schöpferisch technische Kraft. Die Wunder von Salzburg, dieser italienischen Stadt im Herzen des Gebirges, der mythische Zauber von Prag, die einzige Schönheit Wiens, die zarten Reize des Wienerwalds, die finsteren Schroffen von Cattaro, die unendlichen Ebenen Ungarns, die Schneefelder Galiziens, die wilden Wälder der Bukowina – nirgends sind so viele Elemente des Landschaftlichen, nirgends so viele Rassen und Begabungen in eine äußerliche Einheit zusammengedrängt, in eine unwiederbringliche, wenn sie verlorengehen sollte durch den politischen Ehrgeiz der andern Nationen, in eine unzerstörbare, wenn sie ein neuer Wille und ein neuer Glaube zusammenhalten könnte. Schönheit ist dieses Staates bester Sinn. Alles spricht in diesem Lande gegen seine Existenz, außer dieser letzte höchste Wert. Und gilt unserer Zeit Schönheit noch als ein Recht, dann kann dieser Staat dennoch seinen Bestand ungemindert behaupten gegen alle Logik der Tatsachen, den Widersinn seiner Verwaltung und die Müdigkeit seiner eigenen Menschen.

Politische Eindrücke von einer mexikanischen Reise

Die imperialistische Politik Amerikas

Von einem Österreicher

›Porfirio Diaz, der Herr von Mexiko‹, so stolz klingt der Titel eines englischen dickleibigen Werkes, das die Biographie dieses merkwürdigen Staatsmannes und damit gleichzeitig die Geschichte der Republik Mexiko schreibt. Vor knapp zwei Monaten erst erschienen, ist das Buch plötzlich durch die Ereignisse überholt worden: Porfirio Diaz ist noch Präsident, aber nicht mehr Herr über sein Land, und all die schwungvollen Konklusionen des gelehrten Autors, wie Diaz den Frieden des Landes gefestigt, ihm durch kluge Staatskunst internationalen Respekt gesichert habe, sind heute durch die Kugeln der Revolutionäre durchlöchert. Wie immer der Kampf sich entscheiden möge, eines ist sicher, daß Porfirio Diaz – der heute ein Greis ist, aber eine der gebieterischesten Gestalten in unserem Weltbilde – die heiß errungene, mit Kraft und Klugheit bewahrte Macht aus den starren Händen wird lassen müssen. Seine Biographie aber wird bleiben, schon um der aufregenden, an die Flucht berühmter Abenteurer wie Casanova und Rochefort erinnernden Episoden willen, wie Diaz, gegen Kaiser Maximilian kämpfend, gefangen wird, zum Tode verurteilt und im letzten Augenblicke aus der Festung entflieht, wie er später, selber ein Revolutionär, gegen den rechtmäßigen Präsidenten marschiert und nur der plötzliche Tod seines Gegners blutige Kämpfe abwendet. All das wird in Mexiko unvergessen bleiben: aber die Geschichte seines Landes will nun zum erstenmal seit Jahrzehnten nicht mehr mit seinen Schicksalen identisch bleiben, und der die aufregende, aufreibende Lust des Herrschens mit voller Lebenskraft ausgekostet, wird nun die Bitterkeit des Resignierens, das Leben im Schatten lernen müssen. Und es scheint, daß dieser letzte grandiose Widerstand des Greises gegen sein Schicksal nichts ist als das stolze Ringen um einen schönen Abgang. Porfirio Diaz will nicht von einem Madero, irgendeinem jungen, unbedeutenden Emporkömmling, vom Sitze der Herrschaft gestoßen werden: heute kämpft er, der kluge Recke, wohl nur mehr um den Schein eines freiwilligen Abganges.

Diese Revolution in Mexiko gehört zu den merkwürdigsten und vielleicht weittragendsten Erscheinungen unserer Zeit, und unser europäisches Interesse, das so rasch lahm wird, wenn Dinge sich nicht in unserem eigenen engen Erdteil abspielen, ist im Unrecht, wenn es sich hier nicht rege und wachsam beteiligt. Revolutionen dort drüben in Zentralamerika gehören zwar im allgemeinen nicht zu den seltenen und noch weniger zu den seriösen Erscheinungen. Es gärt konstant in diesen Staaten, die, eigentlich unreif zu Republiken, schlecht organisiert und ohne wirkliches Verständnis für Autorität, durch die privaten Ambitionen einzelner ehrgeiziger Abenteurer bis in die Grundfesten aufgewühlt werden können. Beständig in Geldverlegenheit, ohne disziplinierte verläßliche Armee, ist dort die staatliche Gewalt schon von einer rasch zusammengerafften Bande ernstlich bedroht, und was dann in offiziellen Bulletins als »Schlachten« ausgegeben wird, stellt kaum mehr als ein Scharmützel zwischen zwei schlechtbewaffneten Soldatenbanden dar. Mit einem Verlust von zweihundert Menschen kann dort noch ein Reich erobert werden. In manchen dieser Staaten ist die Revolution sozusagen in Permanenz und – was das merkwürdigste ist – man merkt es kaum im Lande. Der schöne vollklingende Name Revolution, mit dem die französische Nation die Freiheit des Individuums für Europa und für die Welt gewinnen wollte, ist zu gut, zu edel für die oft possenhaften Allüren dieser beständigen Putsche.

Auch die Revolution in Mexiko hat so eingesetzt. Zuerst sprunghaft, mit dem Auftreten einzelner Horden, aufflackernd, wieder verlöschend, eigentlich ungefährlich. Dann wurde sie allmählich organisierter, geschlossener: eine unsichtbare Hand schien sie zu lenken, von irgendwo tropfte immer wieder Öl ins Feuer, wenn sie zu erlöschen drohte. Plötzlich tauchten gutbewaffnete Banden auf, die von jemandem – demselben irgend jemand – regelmäßigen Sold erhielten, und Gewehre neuesten Systems, Ingenieure und Offiziere stellten sich ein, die Unterricht gaben, wie man Eisenbahnbrücken in die Luft sprengen, den Verkehr unterbinden, die Städte isolieren könnte. Porfirio Diaz sandte Truppen, die Revolutionäre stellten sich ihnen entgegen, falls sie stark genug waren, oder verschwanden über die amerikanische Grenze, um von dort mit neuen Verstärkungen wiederzukehren. Die Guerillabanden wurden allmählich zu einer Armee, der Aufstand ein Krieg.

Ein Krieg en miniature natürlich. Ein pittoresker, possierlicher Krieg. So schien es zumindest den Amerikanern, die in Scharen mit ihren Kodaks kamen, um einmal einem Krieg zuzuschauen. In Los Angeles, in El Paso, in allen nahen Städten wurden Automobile zur Vermietung angeboten »zum Kriegsschauplatz«, die Eisenbahnzüge brachten ganze Waggons solcher Vergnügungsreisender, die Aviatiker fuhren über den Gefechten auf und ab; man gab bei dem Kommandanten der Revolutionäre oder den mexikanischen Offizieren seine Karte ab und lud sie zum Frühstück ein. Es schien ein sehr gemütlicher, kleiner, man möchte fast sagen handlicher Krieg werden zu wollen, ein rechter Operettenkrieg.

Da plötzlich im März, wie ein Blitz aus heiterem Himmel, kam die Ordre an die amerikanische Armee, 20 000 Mann sofort an der Grenze, in San Antonio, mobil zu machen. Die Gelegenheit würde gleichzeitig zu einer Probemobilisierung benützt (die, wie Eingeweihte versichern, erbärmlich schlecht ausgefallen sein soll), in paar Tagen sollte die ganze Armee unten gefechtsbereit sein. In den Städten Amerikas sah man plötzlich Truppen marschieren – dort ist's ein Seltenes – in den Häfen wurde emsig verladen, die Geschwader dampften zum mexikanischen Golf; eine Aufregung flog durch das ganze Land, eine einzige Frage: »Was ist geschehen?« Warum wollte Amerika intervenieren? Am nächsten Tag erklärten es die Zeitungen; Deutschland und England hätten den Schutz ihrer Untertanen verlangt. Am Abend noch mußten sie es dementieren. Sofort fand man neue Gründe: »Die Japaner hätten einen Kriegshafen gepachtet« (die »Japs« sind für Amerika, was die Deutschen für England, Prügelknabe, Nachtmahr und Sündenbock zugleich). Aber am Abend dementierte es die japanische Gesandtschaft. Neue Ratlosigkeit! Es war kein Grund zu finden.

Der Grund war (in Nordamerika) nicht zu finden, weil man ihn nicht finden wollte. Es ist ein offenes Geheimnis, daß die ganze Revolution in Mexiko von Amerika aus – nicht vom offiziellen, aber jedenfalls von amerikanischen Bürgern – unterstützt, wenn nicht gar inszeniert wurde. Denn was ist der eigentliche Grund der Revolution? Madero, der revolutionäre Führer, behauptet, der Absolutismus, das unerträgliche System Porfirio Diaz' treibe die freien Mexikaner in den Aufstand. Aber wie seltsam ist es doch, daß gerade die Aufständischen keine Mexikaner sind. Sie sind zusammengesetzt aus nordamerikanischen Freiwilligen, darunter Studenten und ehemalige Soldaten, dann aus angeworbenen Söldlingen der kleinen südamerikanischen Staaten, meist verkommenen, ratlosen Existenzen, Rastaqouères und unbeschäftigten Arbeitern. Der Mittelpunkt der Anwerbung ist Newyork, wo die Brüder Maderos emsig Menschen anwerben, die in ihrem eigenen Vaterland die Brücken in die Luft sprengen und Städte zerstören. Diese Maderos aber – reiche Mexikaner, die durch ihre Gründungen eng liiert sind mit den amerikanischen Finanzdynastien – wären noch immer nicht reich genug, um das Geld für diesen Aufstand herzugeben. Immer und immer wieder deuten alle Spuren nach Nordamerika hinauf. Von dort kommen die Truppen, das Geld, die Organisatoren, die Kanonen, die Maschinengewehre – und all dies so am lichten Tag, daß es wohl nicht gut angehen kann, diese Revolution als eine national-mexikanische zu bezeichnen. Kein Einsichtiger kann leugnen, daß dieser Aufruhr wenn schon nicht angezettelt, so doch von Nordamerika unterstützt wird.

Von Nordamerika. Man darf nicht sagen, von der Regierung der Vereinigten Staaten, die ja in zahlreichen Kundgebungen versichert hat, sie hoffe, daß Porfirio Diaz die Revolution niederschlagen würde (indes die Bahnen täglich Ladungen neuer Revolutionstruppen und Gewehre über die Grenze befördern). Aber die Kriege von heute entstehen oft nicht aus dem Willen der Völker, sondern durch die treibende Kraft einzelner mächtiger Kapitalsgruppen. Und die Situation ist in Mexiko fast identisch mit jener anderen tragischen der beiden südafrikanischen Republiken vor dem Boerskrieg. Hier wie dort ein überlegener Nachbar, der über die Grenze schielt, die ungehobene Schätze birgt. Im Transvaal waren es die Diamantenlager, in Mexiko die ungeheuren, nur teilweise erschlossenen Minen, die Schätze an Gold, Kupfer, Silber und anderen ergiebigen Erzen. Amerikanische Gesellschaften haben sie erschlossen, mehr als eine Milliarde Dollars in Mexiko investiert. Aber die mexikanische Regierung, die Gefahr sehend, in die gänzliche finanzielle Abhängigkeit von dem starken Nachbarn zu kommen, nur eine finanzielle Provinz der Vereinigten Staaten zu werden, machte in letzter Zeit die Gründungen nicht allzu leicht, hemmte durch unwillkommene Steuern die allzu rasche amerikanische Expansion. Das Volk selbst, zum weitaus größten Teil dank seiner Gleichgiltigkeit und Schlaffheit in bitterster Armut lebend, sah mit demselben Unmut die kommerziellen Konquistadoren vom Norden, wie vor fünfhundert Jahren die Urmexikaner die Heere des Cortes begrüßt haben mögen. Die amerikanischen Unternehmer fanden Schwierigkeiten, die sie nun mit Gewalt beseitigen möchten. Und sie, die zuerst die Hilfe der amerikanischen Regierung gegen die Unruhen anriefen, die ihre Interessen bedrohten, sie und niemand anderer sind es, die diese Unruhen selbst nähren und provozieren, in der Hoffnung, eine bewaffnete Intervention oder womöglich die Annexion herbeiführen zu können. Amerikanische Unternehmer sind nicht wählerisch in der Wahl ihrer Mittel.

Die Annexion Mexikos, die selbstverständlich offiziell als undenkbar bezeichnet wird, gehört sicherlich in das geheime Zukunftsprogramm der Vereinigten Staaten. Seit der Panamakanal gewissermaßen die äußerste Grenze der Entwicklung der angloamerikanischen Welt angedeutet hat und mit seinen neuen Möglichkeiten die Blicke der Unternehmer auf sich zieht, hat sich der Schwerpunkt der amerikanischen Expansion verschoben. Ursprünglich von Osten nach Westen vordringend, durch Kriege und Verträge die Erwerbung Floridas und Kaliforniens, die Herrschaft beider Meere sich sichernd, brauchte Amerika noch den Abschluß, die Vereinigung der beiden Küsten. Vor Jahren schuf die Pacific-Eisenbahn die Vereinigung, eine rein kommerzielle, der Panamakanal sichert nun auch noch die militärische. Aber der

Panamakanal, der Stolz und die kriegerische Hoffnung der Vereinigten Staaten (vor allem in dem Nachtmahrgedanken des japanischen Krieges), ist isoliert in fremdem Gebiet. Nur fünf Meilen rechts und links vom Kanal sind Eigentum der Vereinigten Staaten, wehrlos (und selbst mit Festungen wehrlos) liegt er im fremden Land, getrennt vom Mutterlande, vor allem durch Mexiko, dasselbe Mexiko, dessen integre Erhaltung der amerikanischen Regierung angeblich so sehr am Herzen liegt. Ein Blick auf die Landkarte spricht hier mehr die Wahrheit, als alle Akten und diplomatischen Noten. Sie zeigt, daß nur der Kanal der notwendige Abschluß Panamerikas sein könnte, und drückt bildlich den Gedanken der ganzen ehrgeizigen Nation aus.

Heute ist der Augenblick noch nicht reif. Aber es hatte mitunter den Anschein, als sei er gesucht worden. Denn es ist immer bedenklich, ein Pulverfaß in die Nähe eines Feuers zu stellen. An Anlässen hätte es nicht gefehlt, wäre bisher nicht die mexikanische Regierung mit so außerordentlicher Sorgfalt vorgegangen. Amerikaner wurden gefangen, die Brücken gesprengt hatten, fremdes Staatseigentum beschädigt. Darauf steht in Kriegszeiten selbstverständlich Todesstrafe. Sie wurden gefangengenommen, schon meldete die gelbe Presse die Hinrichtung amerikanischer Staatsbürger. Unruhe flackerte auf. Aber die mexikanische Regierung war vorsichtig, sperrte die Amerikaner nur ein. Weitere Provokationen folgten. Dem Rat der geheimen Drahtzieher gemäß schoben die Insurgenten den Kampf hart an die Grenze, wo die Möglichkeit eines Irrtums oder Mißgriffes leichter möglich war. Tatsächlich konnten die amerikanischen Blätter melden, amerikanische Bürger seien auf amerikanischem Gebiet verletzt worden. Wiederum Erregung, künstlich genährte Erregung. Aber die mexikanische Regierung dementierte: es waren die Insurgenten gewesen, die den alten Polizeikniff angewendet hatten. So ließ Cortez einen Pfeil abschießen, um zur Attacke einen Anschein zu haben: selbst in Mexiko war das Vorgehen nicht mehr neu. Es ist bisher unmöglich gewesen (durch das geschickte Verhalten des klugen Porfirio Diaz und seiner Regierung) eine wirkliche Volkserregung in den Vereinigten Staaten zu erzeugen. Wohl aber wächst langsam und sicher, genährt von den spanischen Priestern, in Mexiko das Bewußtsein der Gefahr heran, und selbst die Maderos scheinen zu erkennen, daß sie niemals auf Popularität rechnen können, wenn sie mit amerikanischen Truppen in Mexiko einziehen. Porfirio Diaz wiederum ist bereit, zu resignieren, will augenscheinlich nur den Schein des freien Willens wahren. Der Schatten der amerikanischen Invasion, der vielleicht zu früh, zu plump heraufbeschworen war, dürfte im Volke etwas wie Nationalgefühl erweckt haben. Und es scheint, daß Mexiko für diesmal sich selbst politisch erhalten bleibt: finanziell ist es Europa und sich selbst längst verloren. Von Kanada bis zum Kap Horn hat heute nur mehr eine Münze vollen Klang: der amerikanische Dollar. Kuba, Westindien sind ihm schon untertan, aber die Expansion dieses Landes, dieses Volkes, das seit hundertfünfzig Jahren gewohnt ist, nur im Unermessenen zu schalten, ist noch lange nicht erschöpft, und nun, da im eigenen Lande die wichtigsten Bahnen gebaut, der Boden besiedelt, die Erze entdeckt, die Wälder abgeholzt sind, drängt sich mit doppelter Wucht die gestaute Kraft der jüngsten Nation gegen Süden, Osten und Westen. Mexiko ist der erste große Staat, der den Ansturm zu fühlen hatte, und zu schwach, ihn mit Waffen zu bestehen, hat es diesmal nur die Probe zu leisten, ob es geschickt und glücklich genug ist, ihm auszuweichen und wenn nicht die volle Unabhängigkeit, so doch ihren Schein zu bewahren.

Heimfahrt nach Österreich

Ostende, der Strand und das Meer: gegen den weißen Villenrand schmiegt sich unendliches Blau, Welle und Himmel. Dazwischen bunt ein gemächlicher Wirbel gelassener Menschen, auf und nieder, auf und nieder, sich zu sehen, sich zu fühlen in der klaren, durchleuchtenden Luft, alles zu genießen, den Himmel und das Meer, den Luxus und die Schönheit, den Reichtum und die Rast. Aber seit Tagen kann man nicht mehr mit. Der ganze Tag ist plötzlich fiebrig geworden, man wartet nur, wartet, bis mittags die Zeitungen kommen, die Nachrichten aus Paris, aus der Welt. Dieser Schrei, zuerst fern, dann nah aus den Gassen: ›Le Matin‹, ›Le Journal‹, ›L'Echo de Paris‹, wie man ihm entgegenstürmt! Einer reißt dem andern die Blätter weg, und schon stürmt er weiter, der Schrei, die Dique entlang, und verlischt schließlich im Anbrausen der Wellen, im Rauschen der Stadt.

Man faßt die Zeitungen, blättert sie auf, die widerstrebenden, gegen den Wind, um die Nachrichten zu fassen. Nur die Nachrichten! Denn das andere kann man nicht lesen in diesen französischen Blättern: es tut zu weh, es reizt auf, es erbittert. Man kann es nicht mehr lesen, Österreich wolle die slawische Welt vergewaltigen, und Deutschland, das brutale, sei hungrig nach Krieg. Hundertmal hat man gelächelt, über die Rodomontaden in Paris, in der Welt, aber heute, in der Stunde der Entscheidung, werden sie plötzlich glühheiß und verbrennen einem die Lippen, die nicht antworten können auf das geschriebene Wort. Französisch, die Sprache, der man durch Jahre in Liebe und Neigung gedient, mit einem Male klingt sie feindlich. Man fühlt sich umstellt, umlauert, in einem Netz von Unwahrheit und Gehässigkeit gefangen, und fühlt, nur eines kann einen jetzt frei machen, Flucht, die Heimkehr nach Österreich. Ohne Zwang auch spürt man, jetzt müsse jeder nahe sein, all dies, was ein Land bewegt, nicht außen fühlen an den letzten erkaltenden Nervenfasern, sondern heiß mitten innen im Blut, im Herzen, in der Hauptstadt.

Fühlen's die andern auch? Ist der Ruf allen so stark in dieser Stunde? Zwingt sie alle jetzt so übermächtig die Schwerkraft der Gefahr, die Wucht der Gemeinsamkeit? Es scheint so zu sein, denn in zwei, in drei Tagen entvölkert sich der Strand. Im Bureau der Schlafwagen ist ein Wirbel von Menschen, dazwischen klingelt das Telephon, fliegen die Telegramme. Und auf dem Bahnhof, den man froh erreicht, türmen sich die Gepäckstücke zu hohen Barrikaden. Wagen auf Wagen saust heran, alles will nach Deutschland, nach Österreich, eine lärmende, unruhige Masse ergießt sich gegen den Bahnhof, es ist, als wollte sich die ganze Stadt mit einem Male schwarz ausschütten in diese zwanzig, dreißig Waggons. Die Speisewagen, die Gänge, alles ist umstellt und besetzt, immer aber kommen noch andere: selbst hier im unparteiischen, friedlichen Land hat man plötzlich eine Vision der tragischen Leidenschaft, die morgen und übermorgen vielleicht durch zehntausend Städte der Alten und Neuen Welt zittern wird.

Endlich fährt der Zug. Aber die Unrast ist mit. Ein Fieber ist in allen Reisenden. Wie im Käfig die Tiere, so gehen sie auf und nieder durch die Gänge, niemals habe ich so viel Bewegung gesehen in einem Zug. Fremde sprechen sich an: jeder hat das Bedürfnis nach dem Wort, nach der Entladung des Gefühls, jeder ist dem anderen gefällig aus unbewußter Brüderlichkeit des Empfindens.

Wie langsam doch die Stationen sich zu folgen scheinen im fliegenden Zug: von jeder erwartet man Nachricht, Zeitungen, Telegramme. Bei jeder Stadt springen ein paar Eilige vor, Nachricht zu erhaschen, Gerüchte schwirren auf – niemand weiß, wie sie Einlaß fanden in die sausenden Wagen – Rußland habe den Krieg erklärt. Und im nächsten Augenblick ist es wieder nicht wahr, aber das Fieber brennt und brennt und brennt, jedem ist das Datum der Zeit mit feurigen Lettern ins Blut geschrieben.

Endlich Herbesthal, die deutsche Grenze. Der Zug hält vor der Station in der tiefen Nacht, die viele rote Lichter unruhig durchfunkeln, hält eine Viertel-, eine halbe Stunde. Und schon so geringfügige Begebenheit zeugt tausend Vermutungen, von deutscher Mobilisierung, von verlegten Strecken. Das Gehirn ist so voll von all diesen Vorstellungen, daß flüchtigster Anreiz genügt, sie bildkräftig zu machen, es ist so vollgeschürt von bösen Träumen, daß ein Anhauch der Wirklichkeit genügt, sie aufflackern zu lassen und das Blut zu entzünden.

Aber dann fährt der Zug ein, still und friedlich. Man fühlt Deutschland und damit eine tiefe Entspannung. Nun kann man schlafen gehen, ruhen, alle diese Fragen zu vergessen suchen, auf die erst in Tagen das Geschick seine Antwort hat; man kann ruhen: man ist in Deutschland. Und doch: es ist nur der Gedanke wieder, der einen morgens so früh aufschreckt. Nachrichten, wo sind Nachrichten? Es ist lächerlich, man weiß es, Neues haben zu wollen und Wahrhaftiges von jeder Stunde, aber man will jetzt etwas lesen, Beruhigung oder Aufpeitschung, aber nur lesen, etwas schwarz vor den Augen in Lettern flimmern sehen, neue Nahrung haben für seine Unrast, Kohle für die Glut. Wenn nur eine Station käme mit Menschen, mit Worten, mit irgendeinem Gift gegen diese Unsicherheit, gegen diese höchste Unsicherheit, die wir alle in allen unseren Jahren erlebt haben, ob er, der größte Krieg, ausbricht, den die Neuzeit kannte. Nein, man schämt sich nicht mehr dieser Ungeduld, nie war sie, jetzt weiß man es, an größeres Ziel gewandt als dieses Mal, und der Mensch wäre einfältig und verächtlich, der in diesen Stunden, in diesen Tagen – die feurigen Lettern der Weltgeschichte vielleicht sein werden – nicht bebte bis zur untersten Wurzel seines Wesens.

Endlich Nürnberg: in der Einfahrt schon grüßt man die uralte Stadt, die unerschütterliche Warte deutscher Art. Und wie man jetzt die Häuser blinken sieht, hell, stark und rein, die Fabriken in stolzer Geschäftigkeit, die sichere Regelung in Gleis und Haus, da überkommt einen wieder freudig – wie so oft – die Ahnung deutscher Kraft. Und man fühlt in dieser einen alle deutschen Städte, das ganze, weite, fruchtbare Land, die Stärke und Entschlossenheit der Nation, und atmet Beruhigung. Denn dies, man weiß es gewiß, ist unzerstörbar und unbesieglich, nichts kann die Festigkeit brechen, die in solchem ehernen Gefüge ruht.

Aber doch: man ist schon unruhig, zur letzten Grenze zu kommen, nach Österreich. Regensburg fliegt vorbei – zu langsam für unseren Wunsch – endlich grüßt Passau, das von Inn und Donau, den Flüssen Österreichs, so schön umschlossene. Nichts deutet auf Krieg, und fast hebt sich das Herz, um Freude zu haben an der lieblichen Landschaft. Dann Wels – ein Kondukteur bringt die Botschaft, die allgemeine Mobilisierung sei angeordnet, und in Linz sehen wir schon die ersten Reservisten, ernst und gelassen. Immer langsamer scheint der Zug zu werden, der doch hinfliegt auf den heißen Rädern, man möchte schon Wien sehen, die Hauptstadt, und ihr Herz hören in dieser Stunde. Draußen liegt lieblich das Land. Zutraulich beugen sich die Wälder von ihren Hügeln bis an die Bahn heran und auf den Feldern weisen die gehäuften

Garben tätigen Fleiß; Ruhe aber liegt über allem und ein sonntäglicher Glanz, und hier, hinter der berußten Scheibe, ahnt man nichts von der ernsten Sorge des Landes und fühlt nur seine Anmut, die unvergängliche, die Schönheit der Welt um Wien.

Und dann noch die letzten Namen, Purkersdorf, Weidlingau – man kann sie nicht lesen, so rasch rattert der Zug vorbei, aber man kennt sie an Baum und Strauch. Endlich der Bahnhof – ein paar Leute, die warten, und dann endlich mit dem Wagen durch die Gassen. An jeder Ecke sieht man um die weißen Plakate der Mobilisierung kleine Gruppen, die ernst die ernste Mahnung lesen. Nichts scheint verändert, nur eine seltene Bedachtsamkeit in allen Zügen, eine tiefe Stille im Wesen aller, die einem begegnen: man spürt, daß heute keiner von den vielen Tausenden lässig oder heiter hinschreitet, sondern zu jedem die ernste Stunde sein Wort gesprochen hat. Es ist nicht das sorglose, genießerische Wien von sonst und jene spielerische Heiterkeit und ewige Drahrerstimmung, die alle Fremden so lieben und die einem durch ihre unerschütterliche Leichtsinnigkeit oft zu Überdruß wird, sie ist hingeschwunden. Das Lächeln ist fort von dem Antlitz und in ihren ernsten Zügen liest man Ergriffenheit und eine fast feierliche Weihe. Manifestationen bekunden laut festliche Entschlossenheit, und aus vielfältigem stillen Gespräch fühlt man, wie sehr ein jeder diesmal bewußt ist, daß es ums Ganze geht und um das Notwendige. Ich möchte es in meinem Leben nicht missen, diese sonst so frohberühmte Stadt gesehen zu haben, wie sie in ernster Stunde sich eine edle und neue Würde fand, eine Stille, die schöner tönte als sonst ihre Musik, und eine sinnende Ruhe, die mir wertvoller dünkte, als sonst ihre heitere Bewegtheit. Nie ist sie mir liebenswerter erschienen, und ich freue mich, gerade in dieser Stunde den Weg zu ihr gefunden zu haben.

Ein Wort von Deutschland

Mit beiden Fäusten, nach rechts und links, muß Deutschland jetzt zuschlagen, der doppelten Umklammerung seiner Gegner sich zu entwinden. Jeder Muskel seiner herrlichen Volkskraft ist angespannt bis zum Äußersten, jeder Nerv seines Willens bebt von Mut und Zuversicht. Erstarkt in mehr als vierzig fruchtbaren Friedensjahren und doch keineswegs verweichlicht in ihnen, ehern gerüstet durch das stete Bewußtsein reger Feindesnähe und in all diesen Friedensjahren in jeder Minute zum Krieg bereitet durch jenen besonnenen Ernst der Voraussicht, der wertvollstes Merkmal deutschen Wesens bildet, tritt es an unsere Seite zur Schwertbruderschaft. Aus freundschaftlicher Nachbarschaft ist Einheit geworden, Deutschlands Los ist mit dem unseren unlösbar zusammengeschweißt von dieser heißen Stunde. Und jeder Gedanke in Österreich, der jetzt in Sorge oder Hoffnung nur unser Geschick bedächte und nicht auch das deutsche, wäre Untreue gegen eine große Treue und von gefährlicher Eigensucht.

Und es gibt kein anderes Gedenken an Deutschland als das der vollen, bedingungslosen Zuversicht. Eben an der Dunkelheit dieser Stunde wird sich besser als je das Geheimnis der deutschen Stärke vor den Blicken der Welt abzeichnen: die Meisterschaft seiner Organisation. Organisation, das ist geordnete Kraft, sinnvolle Verteilung aller Komponenten der Leistung zu einem höchstmöglichen Resultat. Und es ist Ruhm und Größe der deutschen Nation, daß sie wie keine andere ihre eigene Kraft zu meistern und zu nutzen weiß. Sie ist das Musterbeispiel einer Präzisionsberechnung im lebendigen Material, einer Vereinheitlichung des Lebenswillens in nationale Größe. So wie Deutschland aus seinem Ackerboden unter allen Ländern die höchste Quantität des fruchtbaren Ertrages durch geistig geregelte körperliche Leistung erzwingt, so gestaltet es auch aus seiner Millionenmasse das Höchste an moralischer Tatkräftigkeit und sittlicher Energie. Dieser ganze ungeheure Organismus verwandelt sich bei Angriff oder Abwehr in einen prachtvollen Mechanismus, in dem jeder einzelne Wille funktioniert wie die Feder im Uhrwerk, kein Atom der Volkskraft wird in der Stunde der Not brach liegen oder durch Nachlässigkeit verschwendet sein. Durch diese einzige Konzentrierung der Kraft darf es Deutschland beruhigt wagen, gleich großen und vielleicht größeren, bei weitem aber nicht so organisierten Kräften sich unbesorgt entgegenzustellen und seiner Stoßgewalt im Kriege zu vertrauen.

Und doch, diese deutsche Organisation, die Bewunderung der ganzen kultivierten Welt, sie bliebe ohnmächtig, wäre sie nur Produkt einer klugen Politik, einer staatlichen Leistung ein äußeres Schema, der Masse eingedrillt als ein Fremdes und Künstliches. Aber diese musterhafte Organisation ist doppelt wirksam, weil sie von innen, aus dem Willen der Rasse, aus der Zucht jedes Charakters geschaffen ist, weil hier der Gesamtwille im steten rhythmischen Einklang ist mit dem inneren Einzelwillen. Jeder einzelne ist dort so geordnet, daß alle seine Willenskräfte einheitlich wirkend gruppiert sind um einen innern Kern, um das Wertvollste des moralischen Bestandes, um das Pflichtgefühl, das seit Jahrhunderten zur Norm und Lebensform jedes Individuums sich gehärtet hat. In Deutschland ist die Religion entstanden, die alle wichtigen Entschließungen und die letzten Entscheidungen der Moral einzig der innern Pflicht anheimgibt, in Deutschland die Philosophie, die den Pflichtgedanken zum kategorischen Imperativ aller Tätigkeit erhebt. Restlose Unterordnung des Einzelnen unter den Gesamtwillen, Disziplin des Egoismus zum Gemeingefühl ist die erhabene Formel, die sechzig Millionen Deutscher in den Tagen der Not in eine einzige Masse verwandelt, eine einlinig wirkende ungeheure Kraft, deren Stärke sich ruhmvoll auch an dem furchtbarsten Gegner erproben wird.

Jeder von uns hat in den Jahren des Friedens mit Bewunderung die Resultate dieses zielbewußt vereinheitlichten nationalen Willens gesehen. Immer, wenn wir die Grenze überschritten, war Staunen unser erstes Gefühl, wie sicher und schön hier die Städte blühten und in majestätischer Entfaltung eine noch junge Nation sich der Hegemonie der Leistung annäherte. Vor fünfundzwanzig Jahren noch tributpflichtig an England im Schiffsbau, hat es sich eine Flotte geschaffen von seltener Kraft, in Hamburg rollten die größten, die schönsten und schnellsten Schiffe der Welt nieder in den eroberten Ozean. Aus jahrhundertelanger Armut war in vierzig Jahren redlicher Arbeit gesunder Reichtum emporgeblüht, der in Kunst und Wissenschaft seine höchsten Ziele fand, mit eiserner Beharrlichkeit sahen wir diese Nation vorschreiten in die erste Reihe der Völker und in allen Teilen der Erde sich Bewunderung erzwingen. Mit neidvoller Sehnsucht – wir dürfen es heute gestehen in dieser Stunde – hat jeder von uns dann oft hinübergeblickt und gefühlt, daß an keinem Lande wir mehr für das eigene lernen könnten an Zucht des Willens und Verwertung der Kräfte, es war Seligkeit, in der Stille des Friedens den Rhythmus dieses Landes zu hören, der aus geeintem gesunden Herzen schlug. Und gerade solche grandiose Leistung des Friedens läßt uns, die Verbündeten, heute doppelt vertrauen auf die deutsche Leistung im Kriege.

Dieses große gesunde Vertrauen zu Deutschland ist heute ein unschätzbarer Teil unserer Kraft und unserer Zuversicht. Blut bildet diesen Bund und des Geistes sinnlichste Form, die gemeinsame Sprache. Nicht wie bei Frankreich und Rußland sind hier heterogene Elemente nur durch das Medium des gemeinsamen Vorteils zusammengeschmiedet, zwischen Deutschland und Österreich ist eine Bindung, die nicht im Äußern wurzelt, sondern im lebendigen fruchtbaren Humus unseres Empfindens. Von je war Deutschland uns niemals ganz Ausland, niemals Fremde, jede Stadt Teil unserer geistigen Heimat, ihre Dichter, ihre Meister, ihre Gelehrten die unseren, und die unseren die ihren. Aber nie war unsere Zusammengehörigkeit so stark wie in dieser Stunde, und wenn auch die Grenzpfähle fest eingerammt bleiben in der Erde, unser Gefühl hat die Grenzen überflutet und kennt in diesen Tagen kein Hüben und kein Drüben mehr. Im Wetteifer der beiden Armeen um die Siege muß es neidlose Freude sein, gute Nachricht im eigenen Lager durch noch bessere von verbündeten Waffen überholt zu sehen, alle Unterschiede müssen heute untergehen im Gefühl gemeinsamer Not und gemeinsamer Pflicht. Deutschlands Sorge ist heute eins mit der unseren, seine Freude unsere Freude, und jeder Kämpfer unter seinen Fahnen ein Mann aus unserer Mitte.

Die schlaflose Welt

Es ist weniger Schlaf jetzt in der Welt, länger die Nächte und länger die Tage. In jedem Lande des unendlichen Europa, in jeder Stadt, jeder Gasse, jedem Haus, jedem Gemache ist der ruhige Atem des Schlummers gekürzt und verfiebert, wie eine einzige schwüle erstickende Sommernacht glüht die feurige Zeit in die Nächte nieder und macht die Sinne wirr. Wie viele hüben und drüben, die sonst sanft in der schwarzen Barke des Schlafs – bewimpelt mit bunten und flatternden Träumen – hinübergitten vom Abend in den Morgen, hören jetzt nachts die Uhren wandern, wandern und wandern den ganzen ungeheuren Weg vom Licht zum Licht, und fühlen innen den Holzwurm der Sorgen und Gedanken unablässig fressen und nagen, bis das Herz ihnen wund wird und krank. Eine ganze Menschheit fiebert jetzt nachts und tags, furchtbare übermächtige Wachheit funkelt durch die aufgereizten Sinne von Millionen, Schicksal dringt unsichtbar durch die Tausende Fenster und Türen und scheucht den Schlummer, scheucht das Vergessen von jeder Lagerstatt. Es ist weniger Schlaf jetzt in der Welt, länger die Nächte und länger die Tage.

Keiner ist jetzt allein mit sich und seinem Schicksal, jeder späht aus sich hinaus in die Ferne. Nachts, in der Stunde, da er allein liegt und wach im geschützten, verriegelten Haus, fliegen seine Sinne zu Freunden und Fernen: vielleicht wird zu dieser gleichen Stunde irgendein Teil seines Schicksals erfüllt, ein Reitersturm in einem galizischen Dorfe, ein Überfall zur See, all das, was zu ebendieser Sekunde tausend und Tausende Meilen weit geschieht, hat Bezug auf sein Leben. Und die Seele weiß es, sie dehnt sich und möchte in Ahnung, in Sehnsucht etwas fassen davon, feurig ist die Luft von Wünschen und Gebeten, die jetzt von einem Ende der Welt zum anderen hin und wider fliegen. Tausendfaches Gedenken ist rastlos unterwegs, von den schweigenden Städten zu den Lagerfeuern, von einsamer Feldwacht zur Heimat zurück, von den Nahen zu den Fernen schweben unsichtbare Fäden der Liebe und Besorgnis, ein Gespinst des Gefühls, ein unendliches, überflicht jetzt allnachts, alltags die Welt. Wieviel Worte werden jetzt geflüstert, wieviel Gebete dem anteilslosen Raum gesagt, wieviel sehnende Liebe schwingt durch jede Stunde der Nacht! Die Luft zittert unablässig von geheimnisvollen Wellen, für welche die Wissenschaft keinen Namen kennt und deren Beben kein Seismograph zu messen weiß: aber wer vermöchte zu sagen, ob sie ganz ohnmächtig sind, diese Wünsche, ob nicht dies ungeheure, aus den untersten Tiefen der Seele glühende Wollen auch so die Ferne überschwingt wie die Vibrationen der Töne und die elektrische Zuckung? Wo sonst Schlaf war, wesenlose Rast, ist jetzt bildernder Drang: immer und immer wieder müht sich die Seele, durch das nächtige Dunkel die Entfernten zu sehen, die ihr teuer sind, und in der Phantasie erlebt jetzt jeder vielfaches Geschick. Tausend Gedankengänge durchhöhlen den Schlaf, immer und immer stürzt sein schwankes Gebäude wieder zusammen und leer wölbt sich über den Einsamen das bildreiche Dunkel. Und, wacher des Nachts, sind die Menschen jetzt auch wacher des Tags: in den einfachsten Personen, denen man begegnet, ist in diesen Stunden etwas lebendig von der Macht des Redners, des Dichters, des Propheten, das Geheimnisvollste im Menschen ist durch den ungeheuren Druck der Tatsachen gleichsam nach außen gepreßt, jeder einzelne gesteigert in seiner Vitalität. So wie dort draußen im Felde jetzt aus schlichten Bauern, die still und friedlich ein Leben lang ihr Feld bestellten, in erregter Stunde plötzlich das Heldische, das Heroische sich entzündet, so flammt hier aus sonst ganz dunklen und beschwerten Menschen die Fähigkeit der Vision; jeder und jeder erlebt in seinem innern Schauen weit über den gemeinen Kreis seiner Existenz hinaus, und wer sonst nur auf sein Tagewerk blickt, spürt nun in jeder Nachricht beseelte Wirklichkeit und Bild. Immer und immer wieder durchackern jetzt die Menschen mit Sorgen und Visionen die unfruchtbare Scholle der Nacht, und sinken sie endlich hin in den Schlaf, so fühlen sie fremde Träume. Denn das Blut ist heißer in ihren Adern, und aus dieser Schwüle blühen tropische Gewächse des Grauens und der Besorgtheit, Träume, aus denen es Seligkeit ist, zu erwachen und zu fühlen, daß sie unnützer Alpdruck waren und nur jener entsetzlichste Traum der Menschheit furchtbare Wahrheit: der Krieg aller gegen alle.

Von Schlachten träumen jetzt die Friedlichsten, Kolonnen stürmen und stürzen durch den Schlaf, das Blut tost dunkel vom Widerhall der Kanonen. Und schreckt man empor, so hört man's noch im Wachen, das Getöse der donnernden Wagen, das Klirren der Hufe. Man horcht hinaus, man beugt sich vom Fenster: und wirklich, unten ziehen in langen Reihen die Wagen, die Pferde durch die verlassenen Straßen. Ein paar Soldaten führen am Halfter eine ganze Schar von Pferden, geduldig trotten sie mit schwerem, klingendem Schritt über das laute Pflaster. Auch ihnen, die sonst still in ihren warmen Ställen des Nachts von der Arbeit ruhten, auch den Tieren ist der gewohnte Schlaf genommen, die friedlichen Gespanne sind getrennt und die geschwisterlichen entpaart. Auf den Stationen hört man aus den Waggons die Kühe, die geduldigen, brüllen; von der warmen, weichen Sommerweide werden sie hinausgeführt ins Unbekannte, sogar ihnen, den ganz Dumpfen, ist der Schlummer verstört. Und die Züge fahren hinaus in die schlafende Natur: auch sie ist aufgeschreckt vom Aufruhr der Menschen, Reiterscharen sprengen nachts über Felder, die seit aller Ewigkeit im Dunkel ihre Rast hatten, über die schwarze Fläche des Meeres grellt an tausend Stellen der Lichtkreis der Scheinwerfer, heller als Mondlicht und blendender als die Sonne, selbst unten, das Dunkel der Gewässer, ist aufgestört von den Unterseebooten, die nach Beute jagen. Schüsse donnern durch die schweigenden Berge in Hall und Widerhall, daß die Vögel auftaumeln aus ihren Nestern, nirgends ist der Schlaf mehr sicher, und selbst der Äther, der ewig unberührte, durchquert von der mörderischen Eile der Aeroplane, den unheilbringenden Kometen unserer Zeit. Nichts, nichts darf Ruhe haben und Rast in diesen Tagen, Tier und Natur hat die Menschheit mitgerissen in ihren mörderischen Kampf. Es ist weniger Schlaf jetzt in der Welt, länger die Nächte und länger die Tage.

Aber besinnen wir's nur, wieder und wieder, die Weite der Zeit und daß dies, was jetzt geschieht, ohne Beispiel in der Geschichte, daß es wert ist, schlaflos zu sein und nur wach, unendlich wach. Nie war die Welt seit ihrem Bestand so im Ganzen erregt, nie so aufgereizt in ihrer Gemeinsamkeit. Ein Krieg, das war bislang nur immer eine einzelne Entzündung im ungeheuren Organismus der Menschheit, ein Glied, das eiterte und ausgebrannt wurde zur Heilung, indes alle anderen in ihren Lebensfunktionen ungehemmt blieben und frei. Es gab immer Unbeteiligte, irgendwo waren immer noch Dörfer, in die keine Botschaft jener Erregung drang, die geruhig ihr Leben abteilten in Tag und Nacht, in Arbeit und Rast. Irgendwo war noch immer der Schlaf und die Stille,

Menschen, die lachend in der Frühe erwachten und traumlos schliefen. Aber nun hat die Menschheit, je mehr sie die Erde gewann, sich inniger verbunden, ein Fieber schüttelt jetzt ihren ganzen Organismus, ein Grauen jetzt den ganzen Kosmos. Es gibt keine Werkstatt in Europa, kein einsames Gehöft, keinen Weiler im Wald, dem nicht ein Mann weggerissen ist, an diesem Ringen beteiligt zu sein, und jeder dieser Menschen hängt wiederum mit Fäden des Gefühles an anderen, auch der Geringste strahlt von seinem Wesen so viel Wärme aus, daß es kälter wird, einsamer und leerer mit seinem Entschwinden. Jedes Schicksal bildet Schicksal aus sich, kleine Kreise, die im Wellenschlag sich im Meere des Gefühles erweitern und steigern, in ungeheurer Bindung und gegenseitiger Bestimmung des Erlebens stürzt keiner ins Leere mit seinem Tod, jeder reißt etwas von Fremden mit. Jedem spähen Blicke nach, und dies Schauen und Sehnen, millionenfach erhöht und verwebt mit dem Geschicke ganzer Nationen, schafft nun die Unruhe einer ganzen Welt. Die ganze Menschheit horcht und durch das Wunder der Technik wird ihr gleichzeitig gleiche Antwort. Die Schiffe werfen sich über unzählbare Wellen Botschaft weiter, von den Funktürmen von Nauen und Paris spritzt in Minuten eine Nachricht in die Kolonien Westafrikas und an den Tschadsee, in Indien lesen die Hindus auf den Blättern aus Hanf und Geflecht zu gleicher Stunde die Entscheidung wie die Chinesen auf ihren seidigen Papieren – an die äußersten Nervenenden der Menschheit dringt die Erregung und scheucht das stumpfe Hinleben. Jeder blickt, jeder aus allen Fenstern seiner Sinne nach Botschaft aus, saugt Beruhigung aus den Worten der Mutigen und Furcht aus dem Zweifel der Verzagten. Die Propheten, die wahren und die falschen, haben wieder Macht über die Menge, die jetzt horcht und horcht, im Fieber wandelt und im Fieber liegt, Tag und

Nacht, die langen Tage und die unendlichen Nächte dieser Zeit, die wert ist, wach erlebt zu sein.

Denn diese Tage wollen keine Unbeteiligten und auch das Fernsein von den Schlachtfeldern ist kein Außensein. Jedem einzelnen von uns wird jetzt das Leben um und um geschüttelt, keiner hat das Recht, ruhig zu schlafen im Ungeheuren der Erregung. In dieser Umwandlung der Nationen und der Völker wandeln wir uns mit, gleichviel, ob wir sie bejahen oder verneinen mit unserm Willen, jeder ist verstrickt in das Geschehen, keiner kühl im Fieber einer Welt. Es gibt kein Gleichbleiben gegenüber verwandelten Wirklichkeiten, keiner steht heute gesichert auf einem Felsen und blickt lächelnd nieder auf die erregte Welle: jeder ist, ob mit, ob ohne sein Wissen, mitgerissen von der Flut und weiß nicht, wohin sie ihn treibt. Keiner kann sich abschnüren, denn mit unserem Blut und Geist kreisen wir im Strom einer Nation und jede Beschleunigung treibt uns weiter, jedes Stocken in ihren Pulsen hemmt den Takt unseres eigenen Lebens. Alles wird, wenn das Fieber gewichen sein wird, neuen Wert für uns haben und gerade das Gleiche wird anders sein. Die deutschen Städte, mit welchem Gefühl wird man sie sehen nach diesem Ringen, und Paris, wie anders, wie fremd wird es dem Gefühle geworden sein! Ich weiß es heute schon, ich werde in Lüttich im gleichen gastlichen Haus nicht mehr mit gleichem Gefühl, mit den gleichen Freunden sitzen können, seit die deutschen Bomben niederhagelten auf die Zitadelle, zwischen manchem Freunde diesseits und jenseits der Grenze werden Schatten von Gefallenen stehen und mit kaltem Atem die Wärme des Wortes wegsaugen. Umlernen werden wir alle müssen vom Gestern zum Morgen durch dieses unübersehbare Heute, dessen Gewalt wir jetzt erst nur im Grauen spüren, und zu einer neuen Lebensform genesen durch dies Fieber, das jetzt unsere Tage glühend und unsere Nächte so schwül macht. Eine andere Generation steigt hinter uns empor, deren Gefühle gehärtet sind an diesem Feuer, anders werden sie sein, die in jenen Jahren Siege sahen, wo wir nur Zurückweichen erblickten, Zagen und Mattigkeit. Aus der Verwirrung dieser Tage wird eine neue Ordnung sich bilden, der sich stark und helfend zu fügen unsere erste Sorge sein muß.

Eine neue Ordnung – denn dies schlaflose Fieber, die Unrast, das Hoffen und Harren, das unseren Tagen und Nächten jetzt die Ruhe aufzehrt, kann nicht dauern. Wie furchtbar alle Vernichtung sich jetzt über die verstörte Welt zu breiten scheint, so ist sie doch gering gegen die noch gewaltigere Kraft des Lebens, das nach jeder Anspannung sich immer wieder Rast erzwingt, um sich neuerdings stärker und schöner zu gestalten. Ein neuer Friede – oh, wie ferne glänzen heute noch seine lichten Schwingen durch Staub und Pulverdampf! – wird die alte Ordnung des Lebens wieder erbauen, Arbeit des Tages und Rast der Nacht, in die tausend Stuben, die jetzt wach sind in Aufregung und Angst, wird die Stille heimkehren mit sänftigendem Schlaf und beruhigte Sterne wieder niedersehen auf eine selig atmende Natur. Was jetzt noch als Grauen anmutet, wird dann in erhabener Verwandlung schon Größe sein; ohne Bedauern und beinahe mit Sehnsucht werden wir dieser unendlichen Nächte gedenken, da in so wundervoller Erweiterung wir werdendes Schicksal im Blute spürten und den heißen Atem der Zeit über unseren wachen Lidern. Nur wer die Krankheit erlebt hat, kennt das ganze Glück des Gesundens, nur der Schlaflose die Süße des wiedergewonnenen Schlummers. Die Heimkehrenden und die Zurückgebliebenen werden des Lebens froher sein als die Vergangenen, ernster und richtiger werden sie seinen Wert und seine Schönheit zu werten wissen, und fast möchte man der neuen Gestaltung sich entgegensehnen, wären nicht noch heute wie in den antiken Tagen die Fliesen des Friedenstempels genetzt mit geopfertem Blut und dieser neue selige Schlaf der Welt erkauft mit dem Tod von Millionen ihrer edelsten Gebilde.

An die Freunde in Fremdland

Lebt wohl, ihr Lieben, ihr Gefährten vieler brüderlicher Stunden in Frankreich, Belgien und England drüben, wir müssen Abschied nehmen für lange Tage. Kein Wort, kein Brief, kein Gruß, den ich euch jetzt hinübersendete in eure nun feindlichen Städte, käme in eure Hand, und selbst wenn er euch fände, keiner erreichte euer Herz. Mit einem Male sind wir, die wir lang verbunden waren in Freundschaft und gemeinsamer Neigung voneinander durch Gewalt gelöst, aber ich beklage es nicht. Denn zum erstenmal würden wir jetzt – tauschten wir auch nur in geschriebenem Worte Rede und Gegenrede – uns nicht mehr verstehen. Wir sind die Gleichen nicht mehr wie vor diesem Krieg, und zwischen unserm Gefühl steht das Geschick unserer Heimat. Ihr seid mir fern in diesen Tagen, seid mir fremd, und keine Sprache, nicht die unsere, nicht die eure vermöchte, daß wir uns nahe würden und vertraut. Lebt wohl, ihr Lieben, lebt wohl, ihr Gefährten!

Bin ich darum undankbar, weil mein Gefühl euch verleugnet in diesen Stunden? Nein, glaubt es nicht, ich habe nichts vergessen, keinen der Abende, wo wir uns ins Auge blickten über den gastlichen Tisch, wo wir Arm in Arm durch träumende Gassen schritten – die vielleicht jetzt knattern von den Salven der Gewehre und niederprasseln im Feuersturz –, ich weiß, daß ich Heim hatte in eurem Haus und Bruderrecht in eurem Herzen. Wie schön waren sie, diese Abende, wenn wir uns einer dem andern die Namen unserer Dichter lehrten, manchmal ein Buch aufschlugen und uns Verse lasen, wie schön war es, gemeinsam heimatliche Werke erläutern und erklären zu dürfen, oh, wie spürten wir damals, daß Fremdheit der Art durch Liebe und Vertrauen unendliche Befruchtung des Geistes werden kann und ein Gefühl gesteigerter Lebensfülle! Daß deutsch meine Sprache war, und französisch die eure, war nur ein schöpferischer Reiz unserer Gemeinschaft, in stetem Vergleichen wurden wir stolz, eigene Werte zu empfinden und die fremden zu bewundern. Fiel eine Zeitung, ein Buch uns in die Hände, das hetzte und die Nationen entzweien wollte, so spotteten wir darüber: unsere Gemeinschaft, so meinte ich, so dachtet ihr damals zu fühlen, sei stärker als alle Entzweiung, und das, was uns verbinde – so dachten wir damals –, sei selbst stärker als das Band der Geburt, die Fessel der Sprache. An diesem Vertrauen wurden unsere Stunden schön und der Begriff der Heimat gelöst von den Grenzen der Reiche: unsere Brüderlichkeit war stark über die Sprachen und rein jenseits aller Anfechtung.

Das ist nun vorbei, ihr Lieben, vorbei, so lange Brüder meiner Sprache und der euren in Waffen sind, und es jene Gemeinsamkeiten gilt, deren Gewalt erst die Gefahr uns offenbart. Ich habe nicht vergessen, was ihr mir ward und zutiefst noch seid, aber ich bin in diesen Tagen nicht der Gleiche, der mit euch saß, mein Wesen ist gleichsam umgewandt und das, was in mir deutsch ist, überflutet mein ganzes Empfinden. Noch vermöchte ich, euch gerecht zu sein, aber ich finde den Willen nicht mehr, gerecht zu sein. Heute ist das Maß verwandelt und jeder Mensch nur wahr durch Gemeinsamkeit mit seiner Nation. Meine eigene Sache ist jetzt nicht mehr, ich kenne keine Freundschaft, ich darf keine kennen, als die des ganzen Volkes, meine Liebe und mein Haß gehören mir nicht mehr zu. Und ich bin nur dann ganz wahr, wenn ich euch einzelne verleugne: der geringste plattdeutsche

Bauer, der kaum ein Wort meiner Sprache versteht und sicherlich kein Wort meines Herzens, steht mir näher in diesen Stunden als ihr, ihr Lieben, denen ich so oft mich hingab mit meiner innersten Empfindung, immer von Verständnis umfangen, immer von Vertrauen umfaßt. Die letzte Faser deutscher Erde in Ostpreußen sind mir wichtiger als eure Städte, deren Schönheit und vielfältiger Reiz jeden Nerv meines Wesens zum Klingen brachten. Ich muß vergessen, was ich von euch empfing, um besser fühlen zu können, was alle anderen deutschen Leute empfinden. Nicht euch muß ich verleugnen und die Liebe zu euch, sondern mich selbst, jeden einzelnen Gedanken knicken, der nicht aufschießt in der großen deutschen Saat.

Erwartet darum nicht, daß ich heute für euch spreche, daß ich sage, Belgiens Menschen sind nicht Meuchelmörder und Schänder von Verwundeten, die solche Taten tun, gehören in jene Unterschicht, die in jeder Masse den trüben Bodensatz bilden und von den Ereignissen emporgeschüttelt das Bild einer ganzen Nation trüben. Daß ich sage, Frankreich ist friedlich und nur verleitet, und nicht jeder Engländer sei perfid und pharisäisch, daß ich nichts tue, mich mit Worten jener Welle von Zorn entgegenzuwerfen, die Deutschland heute gegen ihre Bedränger schleudert. Ich weiß, es wäre gerecht, dies laut zu sagen, und weiß, wie schön es ist, auch in der Leidenschaft gerecht zu sein. Aber für die Schönheit ist heute kein Raum in der Zeit, nichts gilt als die Schönheit der Tat und ihre anderen Tugenden: Mut, Entschlossenheit, Zuversicht. Wer noch nicht mitkämpft, darf den anderen zumindest nicht in die Waffen fallen, nicht die Mahnung der Menschlichkeit gegen einen schleudern, dessen Zorn und Todesmut ein anderes und wahrhaft nicht geringeres Gesetz hat, als dem Betrachter gemäß ist. Der Soldat darf im Augenblick, wo er den Hahn abdrückt, nicht daran denken, daß sein Gegner den Krieg nicht gewollt habe und heimwärts Frau und Kinder seiner Rückkunft harren und so darf eine ganze Nation nicht zögern, mit ihrem ganzen innern Lebenswillen eine andere so lange zu hassen, als sie ihren Daseinssinn bedroht. Und diesen Haß gegen euch – obzwar ich ihn nicht empfinde – ich will ihn doch nicht mäßigen, weil er Siege zeugt und heldische Kraft. Jetzt ist keine Zeit zu einzelnen Feststellungen, zu persönlichen Gerechtigkeiten. Erwartet darum nicht, ich würde, so sehr ich mich euch verpflichtet fühle, euer Anwalt sein! Ehret mein Schweigen, wie ich das eure ehre, wie ich selbst schweigen würde, wenn ihr euer Volk gegen Deutschland aufriefet. Was wir persönlich einander danken, hat keiner jetzt zu verrechnen. Jetzt geht es ums ganze, und die Völker zahlen nicht mit Worten, sondern mit Waffen: lassen wir jetzt unsere kleine Gerechtigkeit der Worte und opfern wir unsere persönliche Freundschaft der höheren Gemeinschaft, deren Schicksal jetzt gestaltet wird.

Aber glaubt nicht darum, ihr Lieben, es sei mir leicht, dieses Schweigen! Ich muß die Zähne zusammenbeißen, wenn ich lese, daß die Bomben niedersausen auf Lüttich – vielleicht in das gleiche Haus, wo wir oft gemeinsam saßen –, und daß Löwen zum Teil zerstört ist, scheint mir wie ein Verlust in meinem Leben. Ich lese, daß deutsche Flieger in die Rue Vivienne in Paris eine Bombe warfen: dort habe ich gewohnt, ich muß an den freundlichen Wirt an der Ecke denken, mit dem ich täglich herzliche Worte tauschte, an sein kleines Mädchen, das immer von mir die fremden Briefmarken erbat, und ich leide an dem Gedanken, an dem Bild meiner Phantasie, wie die Armen totenbleich von den zerschmetterten Scheiben zurückflüchteten. Aber wie kläglich ist doch wiederum dies mein Leiden gemessen an dem ungeheuren der Tausende, die, jung, lebensfroh und kühn vor Tagen noch, nun mit zerfetzten, verstümmelten Gliedern in den Lazaretten liegen! Kläglich dünkte ich mir selbst, wollte ich etwas, das mich allein bedrückt, jetzt Wort, jetzt Schrei werden lassen. Und nicht wahr, ihr Freunde, ihr fühlt nicht anders als ich? Ihr versteht mich auch in meinem Fernesein, in meiner schmerzhaften Fremdheit zu euch! Ihr wißt – oh, ihr wißt es, denn gemeinsam haben wir sie bewundert – wie sehr ich den Rubens liebe in der Kirche zu Mecheln und jeden Stein von Paris, jede Straße und jedes Haus. Aber ich darf nicht rufen: rührt nicht an Ewiges der Kunst, denn auch das, was Deutschland heute tut, ist für alle Ewigkeit. Deutschland dichtet sich heute in ehernen Strophen ein Heldenlied und seine Schlachten sind nicht geringer als alle Taten der Einzelnen. Auch eine Nation und ihre Einheit ist ein Kunstwerk, trächtig von unendlichen Kräften, und kein Bild, keine Musik kann unser Herz so erheben, wie der Anblick dieses Landes in der Stunde seiner höchsten Schönheit. Aber hier, ihr Freunde, ich fühle es, hier ist die Grenze, hier verstehen wir uns nicht mehr, dies ist etwas, was man nur mit dem Blut erleben kann und nicht mit den Sinnen allein. Aber ihr erlebt es vielleicht drüben ebenso – nur ist ein Hüben und Drüben nun zwischen uns allen, über das wir nicht hinwegkönnen. Zu nah, um uns jemals zu hassen, und doch in dieser Stunde zu fern, um uns so voll zu verstehen, wie einst, wollen wir nicht Rede und Gegenrede tauschen. Das Schweigen wahre uns unsere Freundschaft!

Lebt darum wohl, ihr Lieben, ihr Gefährten vieler brüderlicher Stunden in Frankreich, Belgien und England, wir müssen Abschied nehmen für lange Tage! Unsere Freundschaft ist vergeblich, solange unsere Völker in Waffen sind, aber sie wird zwiefach wertvoll nach jenem großen Ringen. Denn dann wird statt jenes heiligen Zornes viel kleine Bitterkeit, viel niederer Groll, viel erbärmliche Gehässigkeit in der Welt sein, dann wollen wir unser Samariterwerk beginnen, die Wunden zu heilen, die unsere Brüder geschlagen haben. Wir wollen versuchen, soweit unsere Kräfte reichen, unsere menschliche Freundschaft vorbildlich zu machen für eine der Völker.

Dann kann das Wort, die Rede wieder stark werden – zur Zeit der Taten ziemt uns das Schweigen. Vergeßt mich nicht, um der Pflichten willen, die wir dann zu erfüllen haben, so wie ich euch treu bin, mehr als ich es zeigen darf. Lebt wohl, ihr Lieben, lebt wohl, ihr Gefährten in Fremdland, lebt wohl, lebt wohl!

Vom »österreichischen« Dichter

Ein Wort zur Zeit

Die beiden entscheidenden Verwandlungen, die in diesem Jahr [1914] der Größe und Gefahr sich im geistigen Bewußtsein Österreichs kundgetan haben, scheinen eigentlich miteinander im Widerspruch zu stehen und in ihren Konsequenzen sich aufzuheben. Das erste Ereignis für uns war, daß der Begriff Österreich, unter dem wir unbewußt die Vorstellung innerer Zerrissenheit und Selbstmüdigkeit verstanden, sich plötzlich in seiner einheitlichen Idee als etwas absolut Notwendiges empfand, daß das österreichische Selbstbewußtsein so stark und kraftvoll wurde, um Taten und Siege zu zeitigen. Gleichzeitig mit dieser energischen Betonung des eigenen Staatsempfindens war aber auch eine gänzliche Identifizierung unseres seelischen Erlebens mit dem deutschen Schicksal unverkennbar. Nie hat sich Österreich so sehr als österreichisch empfunden, nie aber auch so sehr als deutsch. Bei aller Selbstbehauptung sind doch alle Unterschiede geschwunden, und im Geistigen gibt es heute keine Grenzpfähle gegen das Deutsche Reich.

Diese Stunde ohne Eifersucht und ohne kleinliche Eitelkeit ist darum auch vielleicht die rechte, um ein Gefühl auszusprechen, das lange in mir und manchem gegenwärtig war und nur aus einer ganz merkwürdigen Scheu unterdrückt wurde, aus der Furcht, sich mit seinem ganzen Gefühl jemandem anzubieten, ohne seiner Zustimmung und Liebe gewiß zu sein. Ich meine damit: Viele unter uns (und von mir selbst kann ich's mit aller Bestimmtheit sagen) wußten niemals, was damit gesagt sei, wenn man uns »österreichische Schriftsteller« nannte. Wenn man eine Grenze schob zwischen unser Bemühen und das der deutschen Dichter, wenn man uns, die wir in der deutschen Sprache einzig unsere geistige Heimat haben, mit dem Hinweis auf den Geburtsschein als etwas Fremdes, wenn auch Verwandtes, ablehnte. Wenn man uns künstlich nach der Zugehörigkeit zur Monarchie eine Eigenheit und Sonderheit zuerkennen wollte und so gewaltsam in einen Gegensatz bringen zu der großen deutschen Kunst.

Freilich: auch in den Schulen bei uns haben wir gelernt, daß es eine österreichische Kunst gibt. Österreichischer Dichter blieb – ob Deutscher, Tscheche oder Pole –, wer innerhalb der schwarz-gelben Grenzpfähle geboren war. Ein paar kleine Entgleisungen zeigten zwar rasch, wie unorganisch und darum unwertig der Versuch einer solchen Begriffsbildung war, denn der größte italienische Prosaist Alessandro Manzoni ist, wenn man will, österreichischer Dichter, weil Mailand im Jahr seiner Geburt noch zu Österreich gehörte, und Gabriele d'Annunzio, unsern besten und grimmigsten Feind, müßten wir auch noch den Unsern nennen, wenn er ein paar Jahre früher im noch österreichischen statt im italienischen Venedig zur Welt gekommen wäre. Manche polnische Dichter sind österreichische Dichter, manche wieder nach dieser falschen Maxime russische. Nirgends also gibt dieser Begriff des österreichischen Dichters eine wirkliche reine faßbare Einheit, selbst in seiner äußersten Verkürzung nicht, im Sinne des deutsch-österreichischen Dichters.

Auch der österreichische Dichter im Sinne des deutschösterreichischen ist ein künstlicher Begriff. Niemand wird eine wirkliche Einheit zwischen Schnitzler und Schönherr, zwischen Rilke und Rosegger, zwischen Lenau und Stifter herstellen können. Was immer da an

Begriffsbildung versucht wurde, war künstlich und wie alles Künstliche verderblich. Selbst in seiner höchstgesteigerten Form, in Grillparzer, ist die österreichische Natur – die so verschieden ist und so tausendfaltig wie unsere Landschaft – niemals kristallinisch rein geworden, seine süße Musik ist bloß diejenige Wiens, seine verärgerte Bitternis nur die des enttäuschten österreichischen Beamten. Sein Mißbehagen ist weltenweit von dem elementaren Lenaus, von dieser Melancholie der ungarischen Steppen und magyarischen Violinen, sein kleiner, verkrochener Haß unendlich weit von der kampffrohen heißen Erbitterung des streitbaren Jesuitenjägers Hermann von Gilm. Nicht die geschickteste Phrase kann bei uns die Verschiedenheit des Tirolers, des Deutschböhmen, des Wieners, des Steiermärkers in eine Einheit verkleben, kein Wille, weder der offizielle Staatswille zu einer »heimischen« Literatur, noch das einzelne Bemühen mancher Patrioten, den ganzen Österreicher in der Literatur so restlos darzustellen, wie etwa Schiller und Goethe den Deutschen in ihrer höchsten Gesamtheit. Heimatkunst in ihrer besten Form ist bei uns immer Provinzkunst geblieben, Bartsch gibt uns heute die Steiermark mit Liebe und Leidenschaft, Schönherr Tirol, Schnitzler und Hofmannsthal die alt-neue wundervolle geistige Kultur Wiens, und selbst Bahr, der Ganzösterreicher aus Entschluß, ist nur einmal wirklich dichterisch bejahend geworden, damals, als er seine engste Heimat schilderte, Oberösterreich und den ›Franzl‹. Die Einheit unserer österreichischen Literatur – in dieser Stunde darf man's wohl aufrichtig sagen – ist eine für Lesebücher geblieben und für patriotische Anlässe.

Ich weiß es nicht zu sagen, wie weit mein Wunsch auch derjenige der anderen Dichter in Österreich ist, aber ich würde es als Erleichterung, als ein Abtun einer quälenden Phrase empfinden, wenn man uns in Deutschland nie und nie mehr österreichische Dichter nennen möchte, außer in jenem vollen Sinne der Gleichberechtigung, wie man etwa von den schwäbischen Poeten spricht. Wenn man aufhören würde, uns als einen Ansatz, einen schönen Schößling am Fruchtbaum der deutschen Kunst zu empfinden, sondern unsere restlose Zugehörigkeit, unsere absolute Brüderlichkeit zu allen anderen selbstverständlich zuerkennen würde. Daß unser Gefühl zu Deutschland heute keine Grenze kennt, daß uns jeder Fußbreit elsässischer Erde so teuer ist wie eigenes Geviert, bezeugt jedes Wort, das wir sprechen, jedes Wort, das wir schreiben. Niemals haben wir in Österreich Grund gehabt, uns zu beklagen, die deutsche Bühne, die deutschen Zeitungen hätten uns ihre Gastlichkeit verwehrt, aber Gastlichkeit ist zu wenig, weil sie immer noch den Begriff des Fremdseins, wenn auch in schönster Überwindung in sich schließt, und wir möchten, daß man uns, so wie wir Deutschland als unsere Heimat empfinden, auch dort als Zugehörige betrachte. Lassen wir endlich das leere Wort vom »österreichischen Dichter« der Vergangenheit, es möge zu den vielen Unterscheidungen gehören, mit denen wir uns unnütz in Deutschland beschäftigt haben, da doch die entscheidende Stunde gezeigt hat, daß Deutschland Einheit ist und seine Sprache uns allen nur gegeben, um diese Einheit liebend und gläubig zu bezeugen.

Warum nur Belgien, warum nicht auch Polen?

Eine Frage an die Neutralen

Von allen Völkern und Nationen, über Meer und Land, ist das Mitleid der ganzen unbeteiligten Welt in diesen Tagen einer einzigen Richtung zugeströmt, um dem Lande zu helfen, das als erstes Opfer im Ringen Europas fiel. Unbeteiligt am Kriege und doch teilnehmend an dem Unglück, das er schuf, haben die neutralen Staaten einhellig Belgien ihre spendende Liebe zugewandt. Offene Arme haben die nun Heimatlosen empfangen, sanfte Worte ihren Schmerz begütigt. In Holland hat man die Flüchtlinge geborgen, in Dänemark sie aufgenommen, aus Italien, aus Afrika und Australien wurden ihnen Kleider gesandt, Parlamente haben sie gegrüßt, Dichter sie gefeiert, Millionen und Millionen sind ihnen zugeflossen. Mit großer Geste hat Vanderbilt allein ihnen allmonatlich eine Million Dollar versprochen, aber auch die Armen und Ärmsten haben sich draußen gesellt, um mit tausend Gaben der Einzelnen den Einzelnen zu helfen, Mitleid dem Unglück, Überfluß der Entbehrung. Nicht nur in Paris und London, auch in neutralen Residenzen haben die Sänger für Belgien gesungen, die Theater gespielt, die Dichter gesprochen, Frauen sind mit belgischen Bändern und Fahnen von Tür zu Tür gegangen, und Deutschland nicht zuletzt, das gezwungen war, als Feind in das Land zu rücken, hat tausendfältig die Notdurft der Zurückgebliebenen zu lindern gesucht. Wunderbar hat man hier die große menschliche Gemeinsamkeit des Mitleidens, die Einheit des gütigen Empfindens in einer zerklüfteten Zeit spüren können, und man möchte sich rein ihrer freuen, aufrichtig und unbedenklich, wäre dies Mitleid immer selbstlos und arglos, bloß eine sanfte Hand, Leiden zu lindern und zu begütigen. Aber dieses Mitleid ist vielfach dann zur Waffe geschmiedet worden, um andere zu treffen, Haß zu zeugen, während es Liebe sein wollte, und vor allem, es ist als Schleier gebreitet worden, um anderes Leiden zu verhüllen. Davon muß einmal gesprochen sein.

Mit keinem Wort denke ich daran, Belgien etwas von der großen menschlichen Sympathie wegreden zu wollen, der dieser unglückliche Staat heute teilhaftig wird, ja kein Zwang könnte mich dazu vermögen, ihm die Gaben der Güte und des Geldes zu mißgönnen, da ich doch selbst in tiefstem Herzen das Mitgefühl für jeden einzelnen der dort Betroffenen teile. Nichts von der Hilfe möchte ich ihm abspenstig machen, nichts von der Sympathie, nicht einen einzigen Franken der Unterstützung seiner tragischen Not entfremden. Mag zwischen Staat und Staat Schuld stehen oder Mißverständnis, der Einzelbetroffene ist immer der Unschuldige, und ich wüßte nichts, nicht einen einzigen Fall menschlichen Leidens und menschlicher Qual in diesen Tagen, die man wagen dürfte, verdient zu nennen. All die unseligen Menschen, die im Sommer noch friedlich saßen im bestallten Haus, mit Pflug und Sense über die flandrischen Felder hinschritten, von sicherem Strand das Meer heranwogen sahen als einzigen Feind und nun geflohen sind unter fremdes Dach, manche vielleicht unter den nackten Himmel, die Hab und Gut, Freund und Heimat hinter sich ließen, alle diese Tausende stehen jenseits von Schuld und Unrecht im heiligen Bereiche des Unglücks, das nur das Mitleid ehrfürchtig betreten soll. Hier noch zu mißgönnen, mag Fanatikern des Völkerhasses möglich sein, aber keinem, der sich um die innere Gerechtigkeit bemüht. Vielleicht bin ich besonders geneigt, das Schicksal Belgiens in seiner vollen Tragik zu empfinden, weil ich kostbarste Stunden meines Lebens seiner Landschaft, seinen Menschen, seinen Bildern und Büchern verdanke, vielleicht fühle ich das Schreckliche dieses Niedersturzes deutlicher, weil ich noch die letzten Tage vor dem Kriege, ein Ahnungsloser unter Ahnungslosen, in diesen Städten und Straßen verbrachte, von denen manche seitdem der eiserne Absatz des Krieges für Jahre niedergetreten hat. Aber ich glaube, es gibt überhaupt keinen Deutschen, der selbst bei erbitterter Gegnerschaft diesen Flüchtigen sein Mitleid weigerte, keinen, der die Hand niederschlagen wollte, die den Verwaisten und Verarmten Zehrung und Hilfe bietet. Niemand, auch in Feindesland, wird fähig sein, hier zu wehren und zu rechnen, ob diese Hilfe verdient sei oder nicht, denn der Unglückliche ist ja niemals mehr im Unrecht und der Hilfsbedürftige durch seine Not schon immer auch der Würdige.

Aber doch: einer Frage wird man draußen die Antwort nicht weigern dürfen, und sie muß gestellt sein an alle, Freund und Feind und vor allem an die Neutralen, an jene, die fern bleiben wollen mit der Leidenschaft und nur nahe sein mit dem Gefühl. Eine Frage, so selbstverständlich und doch so selten gestellt, eine Frage, die durchaus nicht dieses Mitleid mildern will, sondern im Gegenteil, es weiten und erhöhen, die vielleicht heißeste, brennendste Frage unserer Zeit: warum dieses Mitempfinden, diese Anteilnahme, diese Begeisterung des Gefühls nur für Belgien, nur für Belgien allein? Ist wirklich alles menschliche Leiden heute einzig zwischen Schelde und Maass beschränkt, ist inmitten der kämpfenden und ringenden Völker nicht auch noch ein anderes Land, das ebenso leidet, dessen Menschen in gleicher Angst und gleichem Grauen gleich erbarmungswürdig und gleich unschuldig in fremden Häusern und auf fremden Straßen irren? Ist nicht neben diesem belgischen Leiden, das man ausschreit, rühmt und verherrlicht, für das alle Stimmen der Welt mit Engelszungen reden, für das Millionen Hände Balsam und Güte bereithalten, noch ein anderes Leiden in der Welt, ein anderes Volk in gleicher Not, dessen Martyrium mit merkwürdiger Geflissentlichkeit verschwiegen wird, um dessen Schicksal niemand im neutralen Lande sich kümmert? Die Frage ist, ich weiß es, auch eine Anklage, aber nicht ein Einzelner ist es, der sie erhebt, sondern es sind Millionen Stimmen, die um Hilfe rufen und deren Schrei nicht in die Ferne dringt.

Das Leiden hat kein Maß, und Unglück läßt sich gegen Unglück nicht wägen, aber doch, es kann geruhig gesagt sein, daß dieses andere Volk nichts Geringeres erlitten hat als Belgien, sondern eher mehr, hundertfach mehr. Ich brauchte seinen Namen nicht zu nennen und jeder wüßte es, auch diejenigen, die es nicht zu wissen scheinen, die mit einer seltsamen hypnotischen Beharrlichkeit auf der Landkarte nur zu der Grenze zwischen Deutschland und Frankreich starren, als ob nicht auch einem anderen Volk und keinem geringeren das entsetzliche Los zugefallen wäre, zwischen den zermalmenden Anprall von Millionenarmeen gestellt zu sein. Es ist das Märtyrerland der Neuzeit, seit Jahrhunderten auf das Kreuz des Leidens geschlagen, und doch lebendig, zerrissenen Leibes und glühender Seele, trotz aller Wunden und Qualen. Man hat ihm das Rückgrat seiner Selbständigkeit gebrochen, man hat es in die Knie gezwungen, aber nichts hat seinen Geist, seinen Glauben an die Auferstehung und zukünftige Größe brechen können. Und seine zehn Millionen, zerrissen in drei Länder, sind heute wieder eins in dieser Stunde, freilich nur durch ihren Wunsch, durch das Schicksal und vor allem: durch ihre Qual.

Dieses Land Polen hat erlitten, was ein Land nur erleiden kann, und dieselbe Welt, die für Belgien tausend Tränen hatte, Mitleid und Güte, nennt seinen Namen nicht.

Noch ist die Stunde nicht gekommen, sein ganzes Martyrium zu erzählen, noch hat es, gegeißelt seit Monaten, noch immer nicht alle Stationen des Kalvarienweges zu dem Gipfel seiner Leiden durchschritten, aber schon ist, was diesem Volke zufiel, ohne Beispiel im Schmerzensbuche des irdischen Duldens. Seit Hunderten von Jahren ist es elendsgewohnt, aber dies ist doch seine härteste Stunde, denn was Belgien einen einzigen Monat erlitt, das duldet es nun schon unendliche Frist. Über Belgien ist die deutsche Heereswelle hingestürzt, alles mitschwemmend, was sich ihr in den Weg stellte, so wie ein aufgeregtes Wasser Muscheln und Steine zerreibt, aber es war ein einziger Anprall. Nun sind die stürzenden Massen verströmt, in den Kanälen des geregelten Krieges gedämmt, und mitten im Weltkrieg hat dieses Land wieder einen – vielleicht trügerischen – Glanz von Frieden. In Brüssel glänzen abends spiegelnd die Fenster und Straßen von Licht, in den Fabriken kreisen die schaffenden Räder, auf den Schienen sausen die Züge, über die Äcker schreitet mit Sterz und Pflug, säend und erntend, der Bauer. Noch mag die deutsche Gegenwart einzelne bedrücken, ruhig aber und sicher geht der Atem des Landes. In Polen sind heute wie vor Monaten drei Millionen Soldaten noch immer in steter kämpfender Flut, von den Karpathen bis hinauf zum deutschen Haff und Meer ist kein Dorf, eine Stadt, kein Pfad und kein Weg, der den Krieg nicht gesehen. Von Freund zu Feind geschmettert, zwischen allem Auf und Nieder des Krieges, vom Vormarsch und Rückgang der Heere schaukelt das Volk von Hoffnung zu Verzweiflung, vom ersten bis zum heutigen Tage ist Polen das schaurige, verwüstete Blachfeld des Dreivölkerkrieges zwischen Rußland, Deutschland und Österreich.

Die Welt weiß es, sie muß es wissen, und doch – ich frage warum, warum? – spricht niemand von Polen.

Niemand wagte, stellte man ihn Blick in Blick zu dieser furchtbaren Frage, niemand wagte zu behaupten, daß dort etwas nicht geschehen sei von all dem, um dessentwillen man Belgien bemitleidet und beklagt. Niemand in neutralem Land ist so naiv, zu glauben, Kosaken seien sanfter als die deutschen Barbaren und der Krieg hier ein menschenfreundlich Geschäft. Es ist nicht nötig, mit Greuelgeschichten sein grausiges Schicksal zu belegen, es genügt für den, der den Krieg gesehen oder dem genug Phantasie zu eigen ist, um ihn auch von ferne, innerlich mit gesteigertem Gefühl zu erleben, es genügt zu sagen: daß Polen seit acht Monaten der Kriegschauplatz von Millionenheeren ist. Es genügt oder es müßte genügen, um das Mitleid einer Welt zu wecken. Wo sonst unter sorglich bestellter Scholle das Getreide sproßte, birgt nun die aufgewühlte Erde eine andere, unfruchtbare Saat, die Leichen der Krieger und die Kadaver der Pferde. Die blanken Adern der Bahnen sind aufgerissen, die Brücken gesprengt, die Wege verstaut, der Pulsschlag eines großen Landes fiebrig und krank geworden und das kostbare Blut der Menschen längst seinen Adern entströmt. Aus den Städten, von denen manche zu Trümmern geschossen wurden, sind die Bürger in rasender Flucht geflohen, Millionäre als Bettler, viele Frauen mit der Schmach gewaltsamer Befleckung. Im Sommer sind die Unglücklichen weggeflohen, ohne ein warmes Kleid in einen fremden Winter hinein, wie die dunkeln Raben des Unglücks dem Sturm vorausjagend, der ihre Häuser knickte und ihr Schicksal zerbrach. Alle Bande hat der Schrecken und die Eile gesprengt, Vater und Bruder, Mutter und Schwester, flüchtend im Tumult, haben sich verloren, dahin und dorthin geschleudert von der plötzlichen Welle, und seit Monaten hat man bei uns in allen Zeitungen die Schreie gelesen, wie sie sich wieder suchten über eine ganze Welt von Unglück hinweg. In fremden Städten müssen sie wohnen, in Baracken und Lagern, sinnlos, hilflos ihre Tage verbringend, nur die Stunden zählend bis zur Heimkehr, abgelöste wertlose Splitter einer einst tätigen und sinnvollen Gesamtheit. Die aber zurückblieben, mußten furchtbarer Gäste Diener sein, unbewehrt Kosaken empfangen, die sie plünderten, unbeschützt Kälte ertragen, die sie bedrängte, wehrlos dem Hunger gegenüberstehen, der ihnen die Kehle drückte. Was sich an irdischen Leiden ersinnen läßt, Leiden des Körpers, der Sinne und der Seele, haben hier nicht Hunderte und Tausende, sondern Zehntausende und Hunderttausende erlitten, ein ganzes Volk sein Martyrium ohnegleichen.

Und in diesem Volk ist es wiederum ein Volk, das den Kelch der Qualen bis zum Rande geleert hat, auch sie seit Jahrhunderten Leidensgewohnte und doch nie so geprüft: die Juden. Denn dort in Galizien, in Russisch-Polen ist das Judentum noch Volk, ein Volk mit eigener Sitte, Gebräuchen, Sonderheit und Sprache. Innerhalb aller anderen Nationen ist die Judenfrage in diesem Kriege gleichsam aufgezehrt worden im Feuerbrand der Geschehnisse. In Deutschland, in Frankreich, in England und Österreich sind die Juden unterschiedlos eingegangen in die Leidenschaften der Völker, aber im russischen Polen und in Galizien, so weit es die Russen besetzen, ist ihr Schicksal sofort ein Sonderschicksal, ein Proletenschicksal geworden. Alle Rechte sind ihnen genommen worden, und alle Leiden aufgehäuft. Wenn sie flüchteten, konnten sie noch sehen, wie hinter ihnen ihr Hab und Gut von Flamme und Raub vernichtet wurde, wenn sie blieben, hatten sie ihre Liebe zu Österreich unter der Anschuldigung der Spionage und des Verrates zu büßen. Sie waren es, die von der Bevölkerung den einrückenden Russen gleichsam als Opfer dargebracht wurden, an denen ihr erster Zorn sich kühlen, ihre böseste Lust sich entladen sollte, sie waren die besten Geiseln ihrer Forderungen, das sicherste Unterpfand ihrer Raubgier, weil sie nach dem Gesetz des Landes und des Krieges vogelfrei waren für jede Willkür und Anmaßung. Noch ist die Stunde nicht gekommen, um das ganze Ausmaß ihrer Leiden der Welt zu sagen, noch sind zuviel der Stimmen jetzt oder für immer erdrosselt, erst nach dem Kriege wird hier eine Anklage erhoben werden müssen gegen alle, die es verschuldet und gegen die Welt, die schweigend und durch ihr Schweigen zustimmend diese Verbrechen geduldet hat. Aber auch die Flüchtigen, die in furchtbarer Diaspora über ganz Österreich sich verstreuten und nach Rußland zurück, soweit das Gesetz ihnen dort Heimstatt erlaubt, leben seit Monaten nur vom bittern Brot des Mitleids und der Fremde. Seit den Tagen Nebukadnezars und der Zerstörung des Tempels hat das jüdische Volk vielleicht keine härtere Prüfung bestanden.

Und immer wieder, immer heftiger, je mehr man die ganze Weite dieses Unglücks bedenkt, bricht einem die Frage aus der Brust, warum die Welt, warum die Neutralen, die selig Unbeteiligten, immer nur von Belgien reden und immer nur Belgien bedenken, warum sie wie in einer geheimnisvollen Übereinkunft all diese Qualen und Leiden Polens sich selber verschweigen? Ist es eine Unwissenheit oder ist es ein Nichtwissenwollen? Ist es nur darum, weil die österreichische Regierung nicht wie die französische und englische und belgische Greuelbücher herausgegeben hat mit Dokumenten und Photographien, weil sie keine Agenten und keine Kinematographen nach Amerika und Holland und in die Schweiz sandte, dort das ganze Elend zu entrollen? Ist wirklich die Phantasie der Unbeteiligten, ist sie tatsächlich so träge, daß sie erst mit dem glühenden Eisen von Grausamkeiten, mit den vergifteten Spitzen der Verleumdung aus ihrer Ruhe geweckt werden kann? Muß wirklich ein so ungeheures, tragisches Geschehen erst pathetisiert werden, ist nicht in dem brechenden, gequälten Blick eines hingemarterten Volkes schon Klage und Ergriffenheit genug? Es scheint nicht. Ein paar Polen von Rang und Namen haben sich in der Schweiz zusammengetan, um Hilfe zu werben, aber keine Schiffe sind von Australien gekommen mit Getreide, kein Vanderbilt hat Millionen gespendet, kein Parlament diese Leiden gegrüßt, kein Dichter sie besungen. Vergebens sucht man sich's zu erklären. Liegt es vielleicht an dem Mangel an sinnlicher Sichtbarkeit, gründet diese Indifferenz sich darauf, daß Belgien nach außen hin eine Nation bildet und Polen keine? Das kann der wahre Grund nicht sein. Denn erstlich ist Belgien, das flämisch-wallonische, nicht einheitlich in Sprache und Art, und bei Polen wiederum müßte gerade seine Zerrissenheit, die künstliche Zerrissenheit der Nation und ihr durch alle Schicksalsschläge nicht abzutötender Einheitsdrang dem Mitleid nur noch tiefere Regung abzwingen. Das kann nicht sein. Oder gibt es vielleicht wirklich, wie Bertha Zuckerkandl bei uns so schön sagte, »Rangstufen des Mitleids«, existieren Kategorien der Sympathie für Länder erster und zweiter Ordnung? Ist Belgien vielleicht darum so bedauert worden, weil es ein reiches Land war, strotzend von Kunst und Kultur, und Polen so verachtet um seiner Armut willen? Aber Armut sollte doch nur die Reibfläche sein, an der sich das Mitleid zur Flamme entzündet, und wenn auch in Polen viele Menschen gedarbt haben, so darf doch niemand ihre Kultur verächtlich besehen. In den geplünderten Schlössern waren Kunstwerke gehäuft, so schön und wertvoll, wie in den belgischen Städten, und eine Granate, die die Marienkirche in Krakau, die Skulpturen des Veit Stoß zertrümmerte, vernichtete der Menschheit nicht weniger als jene von Mecheln oder Löwen. Auch dies kann also die Ursache sein, warum die Welt so beharrlich sich dem Schicksal Polens verschließt. Aufrecht und immer drohender bleibt die Frage. In dieser Parteilichkeit des Mitleids muß ein Tieferes verborgen sein. Das Gefühl hat ja geheimnisvolle Zusammenhänge, und die Sympathien Kohäsionen abseits der Vernunft. Und es wäre denkbar, daß durch Nachbarschaft und historische Verbrüderung Belgien der lateinischen und angelsächsischen Rasse wesensnäher sei als Polen, daß irgendwo in den Fibern ihres nationalen Wesens früher der Nerv des Empfindens bei belgischem Schicksal mitvibrierte, daß ihr Gefühl nicht mit Zahlen Stadt an Stadt messe, sondern Neigung das Erlebnis Flandern lebendiger tönte. Aber man muß nicht künstliche Argumente formen, um zu beweisen, daß Belgien der europäischen Kultur nie näher war als Polen. Im Gegenteil: wenn es in Europa ein Land gab, das Belgien verhöhnte und verachtete, so ist es Frankreich seit einem Jahrhundert gewesen. Seine ganze Literatur ist einhellig in Verspottung und Verdammung der flandrischen Nachbarn. Baudelaires Lieblingsgedanke war, ein Buch gegen die Belgier zu schreiben, seine Notizen dazu sind Lauge und Spott. Octave Mirabeau hat es in unseren Tagen dann wirklich geschrieben, in hundert einzelnen Manifestationen hat sich die Abwehr Frankreichs gegen die belgische Kunst in den letzten Jahrzehnten geäußert. Vergebens hat sich Maeterlinck um die Akademie bemüht, ihre Türen blieben ihm verschlossen, keinem ihrer Dramatiker hat das französische Theater sich aufgetan – wenn ich das eine Stück nicht zähle, ›Le Mariage de Mademoiselle Beulemans‹, ein Hohnstück auf Belgien, das mehr als ein Jahr tagtäglich in einem Pariser Theater bejubelt wurde – und würde man Briefe und Schriften der besten Belgier von heute durchforschen, so fände man nur Klage und Erbitterung über französische Zurückweisung. Gegen England wiederum hatte Belgien ein Jahrzehnt lang sich politisch zu wehren, als dort ein plötzlich reges moralisches Gefühl die »belgian atrocities« am Kongo entdeckte (seltsamerweise knapp nach der Entdeckung der Kupferminen) und man aus sittlichen Gründen den grausamen Belgiern ihre Kolonie wegnehmen wollte. Blätterte man die Zeitungen von zehn Jahren zurück, man fände in ihnen den gleichen Text wie heute gegen Deutschland. Von leidenschaftlicher, eingewurzelter Sympathie für Belgien im französischen oder englischen Sprachgebiet war also nicht zu reden und noch weniger von historischer Feindseligkeit gegen Polen. Eine Polin war Königin von Frankreich gewesen, und Tausende, viele Tausende sind für die Sache Frankreichs und der Freiheit unter Napoleons Fahne verblutet.

»Enfants de la Pologne,
Marchez en Catalogne!«

so jubelte man ihnen vor einem Jahrhundert in Paris zu, und sie marschierten nach Spanien, nach Niederland, nach allem Feindeslande Frankreichs. In Moskau, an der Beresina, am Ebro und in Italien haben die polnischen Lanzenreiter für Frankreichs Ehre gekämpft, als einer der letzten verließ in der Völkerschlacht bei Leipzig der Prinz Poniatowski die fliehende französische Armee und stürzte unter der zersprengten Brücke in den Tod. Paris war die Heimstatt aller großen Polen, Chopin schuf dort seine größten Werke, Mickiewicz, der nationale Dichter, lehrte an der Sorbonne die Geschichte und den Geist seines Volkes. Alle Dichter der Romantik in allen Ländern haben Verse geschmiedet für die Freiheit Polens, und noch in unseren Tagen hat England ihre Revolution bejubelt und Amerika den Präsidenten bestürmt, als man in Rußland Pogrome erfand und die Tage von Kischenew den Namen Rußlands befleckten. All dies war vor Zeiten und war noch gestern rege im Bewußtsein der Welt. Und heute sind alle Nationen plötzlich einig im Mitleid für Belgien, aber keine hat ein Wort oder eine Träne für Polen.

Warum, warum diese seltsame Parteilichkeit? Noch immer hat die Frage keine Antwort. Immer erbitterter, immer leidenschaftlicher muß sie von neuem gestellt sein. Und es gibt nur eine Antwort dafür: das Mitleid der Neutralen ist bewußt und einseitig beeinflußt worden. Eine Agitation hat von der ersten Stunde eingesetzt, die billig war, solange sie bloß der Linderung des belgischen Leidens galt, die aber verbrecherisch wird, sobald sie versucht, dies Mitleid, dies spendende, quellende Mitleid der Neutralen in eine Waffe gegen Deutschland zu verwandeln, und vor allem in einen Deckmantel, unter dem die Qual Polens, das Leiden dieser Nation vor den Augen der Welt versteckt werden soll. Von den Beteiligten kann ich den Versuch verstehen, die Parteilosen zur Partei zu machen. Es ist nur zu verständlich, daß die Verbündeten heute für Belgien werben, daß sie Greuelbücher herausgeben, daß Maeterlinck nach Italien reist und Vandervelde nach Amerika, daß eine Anklage hier organisiert wird, um Deutschland zu schädigen und Helfer in diesem Kriege zu gewinnen. Ich kann es verstehen, daß die besten Bürger dieses unglücklichen Landes heute Prediger sind und Werber für ihre Heimat, ja sogar ihren Haß kann ich verstehen, selbst da noch, wo er in seinen Äußerungen sinnlos wird. Ich kann – ohne es zu billigen – sogar verstehen, daß sie die Leiden ihres Landes umschmieden zu einer Waffe. Denn alles wird ja in diesen Tagen des Weltkrieges seiner eigentlichen Bestimmung entzogen und einzig zu dem Zwecke gewandt, um Vernichtung zu erzeugen. Fabriken, die sonst friedliche Geräte schufen, zeugen jetzt schneidenden Stahl, Bahnen und Schiffe, die der Umwertung der Waren und dem Vergnügen der

Friedlichen dienten, befördern jetzt Armeen und Munition, Philosophen wenden ihren Witz daran, die Notwendigkeit des Krieges zu beweisen, und die Dichter – Kriegslieferanten auch sie – zeugen Haß und Begeisterung, Explosive des Geistes. Alle Gefühle sind für Kriegszwecke in Beschlag genommen, die Leidenschaft, der Mut, der Glaube, die Begeisterung, und so mag auch dieses Grausamste begreiflich sein, daß selbst das menschliche Leiden, das doch nicht den Nationen gehört, sondern dem Allmenschlichen, dem Ewigen, daß auch dies mißbraucht wird als eine Waffe, Leidenschaft zu zünden, als Kitzel, den Zorn zu erregen und das Rachegefühl. Selbst dies kann man aus dem Affekt der Leidenden verstehen, daß sie ihre Qual umwenden wie eine Waffe gegen denjenigen, von dem sie meinen, daß er sie ihnen schuf. Aber nur zu einem darf das Leiden und sein wundervolles Gegengefühl, das Mitleid, nicht mißbraucht werden: zum Betäubungsmittel des Gewissens. Es darf die Qual Belgiens nicht bunt vorgezeigt werden, um diejenige Polens zu verhüllen; es darf nicht Deutschland der Grausamkeit angeklagt werden, um die Untaten der Kosaken und das Stöhnen ihrer Opfer zu überschreien, es darf das Mitleid für ein Volk nicht mit dem Ellbogen weggedrängt werden von der Agitation für die Not eines andern. Hier müssen die Neutralen gewarnt werden, ihr Mitleid, das Abwehr und Schutz sein will, nicht zur Waffe verhärten zu lassen. Mitleid muß eine Macht jenseits aller Politik bleiben, eine Gewalt jenseits aller irdischen Gewalten, niemand darf sich vermessen, sie einzig an sich zu reißen und sie Fremden zu entwinden. Das Leiden Belgiens darf das Leiden Polens in der Meinung der Welt nicht vergewaltigen.

Ich wiederhole noch einmal – denn heute, wo lügnerische Leidenschaft an jedem Wort so lange rüttelt, bis es umgestoßen mit verkehrter Meinung auf dem Kopf steht, soll jedes lieber mit doppeltem Schlage festgerammt werden – ich wiederhole noch einmal, daß ich Belgien nicht vom Mitleid Europas, vom Mitleid Amerikas nehmen möchte, das so übermächitg ihm jetzt entgegenströmt, kein Wort der Güte, keine Träne der Anteilnahme, keinen Heller des Geldes. Im Gegenteil, ich finde es wundervoll, daß zu einer Zeit, wo die Völker Europas Gemeinschaften geschlossen haben, sich mit den Waffen zu unterstützen oder mit den Waffen zu bekämpfen, noch eine andere große Gemeinschaft auf Erden ist, die des Mitleids und der Anteilnahme, die der Güte und der Hilfsbereitschaft. Aber eben weil diese Quelle so rein und reichlich strömt, darf sie nicht getrübt werden durch politische Tendenzen, nicht einem Volke einzig zuströmen und andere dürsten lassen, die gleicherweise ihrer bedürfen. Das Mitleid der Welt darf sich durch einseitige Agitationen nicht kaptivieren lassen, wenn es rein und seines Namens würdig bleiben will. Es darf kein Unterschied gemacht werden im Gefühl für die Verjagten Belgiens und die Heimatlosen Polens. Für neutrale Länder muß das Leiden Belgiens und Polens, Deutschlands und Frankreichs, Österreichs und Rußlands, Ungarns und Serbiens gleich schmerzlich sein und gleich ergreifend, weil es allmenschliches Leiden ist, jenseits von Vaterland und Heimat. Solange das Mitleid der Neutralen sich jedem gibt, ist es Menschlichkeit, sobald es Unterschiede macht, wird es Politik. Und das Herz der Welt darf heute sich nicht einem Einzelnen auftun, es ist nötig, oh so nötig, daß es alle bedenke. Haben die Kriegführenden die bittere Pflicht, sich getrennt zu fühlen in Freund und Feind, so ist den Neutralen die selige auferlegt, alle als Brüder zu empfinden und allen ihr Mitleid zu geben.

Vielleicht mag es manchen von ihnen zu viel scheinen, mit seinem Mitleid plötzlich eine ganze Welt umspannen zu müssen, Tausende und Millionen von Schicksalen in sich mit all ihren Schmerzen nachzubilden, den Kreis, seines bewegten Gefühls so jäh bestürmt ins Unendliche zu erweitern. Aber doch, gerade dies darf gefordert sein. Nichts hat dieser Krieg so deutlich uns gelehrt, als die ungeheure Steigerungsfähigkeit des Gefühls und der gemeinsamen Leidenschaft. Tausende im Kriegsland, die in Freundschaft und Nachbarschaft lebten mit jedem und jedem, mußten plötzlich sich einen heißen Haß aus dem Herzen graben, der ganze Völker, ganze Nationen, die halbe Erde umfaßte, Kräfte der Feindseligkeit, die in diesen stillen Menschen nur als Keime verborgen lagen, quollen plötzlich auf und überwuchsen ihr ganzes Wesen. Die Erbitterung in Europa hat sich plötzlich über Nacht verhundertfacht, vertausendfacht, Völker, Millionen Menschen haben eine Expansion des Gefühls erlebt, wie sie nie zu erdenken war. Aber in demselben Maße, wie diese seelischen Kräfte der Befeindung in den kriegführenden Staaten sich verbreitert haben, müssen in den seligen Ländern, die nicht gezwungen sind, zu hassen, die keiner befeindet und keiner beleidigt, jene hohen Gefühle sich weiten und mehren, die Gefühle der Bindung und Brüderlichkeit: das Mitleid und die teilnehmende Güte. Sie, die nicht hassen müssen, wie unendlich können sie lieben, sie, denen nichts genommen wird, wie überschwenglich sollten sie geben! Soll unsere Welt im Gleichgewicht bleiben, so muß all diesen Mächten der Entzweiung und des Hasses die bindende Kraft der Versöhnung und der Liebe in gleichem Maße entgegengesetzt werden, die Seelen müssen in den Friedensländern jedes einzelne sich so weiten, bis sie mit ihrem Fühlen die ganze Welt umspannt. Sie dürfen nicht wählen zwischen den Leiden der kämpfenden Völker, Ausnahmen und Bevorzugungen machen, ihre Pflicht ist, parteilos zu sein im Menschlichen und ihre Anteilnahme freizuhalten von Beeinflussung. Denn jede Sympathie ist heute ethisch nichtig und wertlos, die sich bescheidet, die nur Belgien umfaßt. Will sie wahrhaft menschlich sein und die Forderung ihres innern Bruderwillens erfüllen, so muß sie weiter ausgreifen und sich so tief beseelen, bis sie alle jene Länder, alle jene Völker umgreifen kann, wo der Krieg heute Menschen leiden läßt, wo Hilfe eine Notwendigkeit und Trost eine Pflicht ist. Unendlich wie das Leiden muß heute auch das Mitleiden werden, fremd allen Grenzen und aufgeschwungen ins Grenzenlose, soll diese Stunde nicht nur des Hasses, sondern auch der Güte äußerstes Maß für alle Zeiten sein.

Der Turm zu Babel

Die tiefsten Legenden der Menschheit walten um ihren Anbeginn. Die Symbole des Ursprungs haben eine wundervolle dichterische Kraft und gleichsam selbsttätig deuten sie auf jeden späteren großen Augenblick der Geschichte zurück, in der sich Völker erneuern und bedeutende Epochen ihren Anbeginn nehmen. Und es ist in den Büchern der Bibel, noch auf den ersten Blättern, bald nach dem Chaos der Schöpfung, ein wunderbarer Mythos der Menschheit erzählt. Damals, kaum erstanden aus dem Unbekannten, noch umschattet von der Dämmerung des Unbewußten, hatten die Menschen sich zusammengetan zu einem gemeinsamen Werk. Sie standen in einer fremden, weglosen Welt, die ihnen finster schien und gefährlich, hoch über sich aber sahen sie den Himmel stehen, rein und klar, als ewigen Spiegel des Unendlichen, nach dem eine Sehnsucht ihnen eingeboren war. Und so traten sie zusammen und sprachen: »Wohlauf, lasset uns eine Stadt und einen Turm bauen, dessen Spitze bis in den Himmel reiche, daß wir uns einen Namen machen für die Ewigkeit.« Und sie taten sich zusammen, kneteten Lehm und brannten Ziegel daraus und huben an zu bauen, daß es ein Turm werde, der hinreiche in Gottes Saal zu seinen Sternen und zu der blanken Schale des Mondes.

Gott sah vom Himmel das kleine Mühen und mochte gelächelt haben, wie er die Menschen erblickte, die selbst klein, durch die Ferne wie winzige Insekten noch Kleineres zusammentaten, geknetete Erde und behauene Steine.

Ein Spiel mochte es ihn dünken, einfältig und ungefährlich, was die Menschen da unten begannen in ihrem wirren Verlangen nach Ewigkeit. Aber bald sah er die Grundfesten des Turmes wachsen, weil die Menschen einträchtig waren und einhellig, weil sie nicht innehielten in ihrem Werke und einträchtig sich halfen, einer dem anderen. Und da sagte er sich: »Sie werden nicht ablassen von dem Turm, ehe sie ihn nicht vollendet haben.« Zum ersten Male erkannte er die Größe des Geistes, den er selbst in die Menschen getan. Er ward inne, daß es nicht mehr der seine war, der dann ewig ruhte nach sieben Tagen des Werkes, sondern ein anderer, gefährlicher, wundervoller Geist der Unermüdlichkeit, der nicht abläßt von der Erfüllung. Und zum ersten Male ward Gott bange vor den Menschen, denn sie waren stark, wenn sie ähnlich waren wie er selbst, eine Einheit. Er begann nachzusinnen, wie er das Werk hemmen könnte. Und er fand, daß er nur stärker wäre als sie, wenn sie nicht mehr einträchtig wären, und tat Zwietracht zwischen sie. Er sprach zu sich selbst: »Lasset uns sie verwirren, daß keiner des andern Sprache vernehme.« Damals wurde Gott zum ersten Male grausam gegen die Menschheit.

Und Gottes finsterer Entschluß wurde Tat. Er reckte die Hand aus gegen die Fleißigen, die unten in emsiger Eintracht wirkten, und schlug ihren Geist. Die bitterste Stunde der Menschheit war gekommen. Plötzlich über Nacht, mitten am Werk, verstanden sie einander nicht mehr. Sie schrien sich zu, aber keiner begriff des anderen Rede, und da sie sich nicht verstanden, ergrimmten sie gegeneinander. Sie warfen ihre Ziegel weg, Haue und Kelle, sie stritten und zankten, und schließlich liefen sie alle fort vom gemeinsamen Werke, jeder in sein Heim, jeder in seine Heimat. Über alle Felder und Wälder der Erde zerstreuten sie sich, bauten jeder nur mehr seine enge Heimstatt, die nicht in die Wolken reichte und nicht zu Gott, sondern nur eben sein Haupt schützte und seinen nächtlichen Schlaf. Der Turm Babels aber, der gewaltige, blieb verlassen, Regen und Wind rissen an seinen Zinnen, die schon den Himmel nahe gesehen, allmählich sanken sie ein, bröckelten ab und zerbrachen. Bald war er Legende, nur aufgezeichnet im Lied, und die Menschheit vergaß das größte Werk ihrer Jugend.

Hunderte und Tausende Jahre gingen darüber hin, die Menschen lebten seitdem in der Abgeschiedenheit ihrer Sprachen. Sie taten Grenzen zwischen ihre Felder und Länder. Grenzen zwischen ihre Glauben und Sitten, fremd lebten sie nebeneinander, und wenn sie ihre Marken überschritten, so war es nur, um sich zu berauben. Jahrhunderte, Jahrtausende gab es keine Einheit zwischen ihnen, nur abgesonderten Stolz und eigensüchtiges Werk. Aber doch, wie von einem Traum mußte aus ihrer gemeinsamen Kindheit noch eine Ahnung des großen Werkes in ihnen sein, denn allmählich ansteigend in die Reife der Jahre, begannen sie wieder einander nachzufragen und unbewußt den verlorenen Zusammenhang zu suchen. Ein paar kühne Menschen machten den Anfang, sie besuchten fremde Reiche, brachten Botschaft heim, allmählich befreundeten sich die Völker, eines lernte vom anderen, sie tauschten ihr Wissen, ihre Werte, ihre Metalle, und allmählich entdeckten sie, daß verschiedene Sprachen keine Entfremdung sein müßten und Grenzen kein Abgrund zwischen den Völkern. Ihre Weisen erkannten, daß keine Wissenschaft aus einem Volk allein die Unendlichkeit begreifen könnte, bald empfanden auch die Gelehrten, daß der Austausch der Erkenntnisse rascher den gemeinsamen Fortschritt befördere, die Dichter übertrugen die Worte der Brüder in die eigenen und Musik, die einzige, die frei ward vom engen Band der Sprache, durchdrang gemeinsam aller Gefühle. Die Menschen liebten das Leben mehr, seit sie wußten, daß auch eine Einigkeit möglich war jenseits der Sprache, ja sie dankten Gott für das, was er als Strafe über sie verhängt, dankten ihm, daß er diese Vielfalt ihnen zugeteilt, weil er ihnen damit die Möglichkeit gegeben, vielfach die Welt zu genießen und an den Verschiedenheiten die eigene Einheit stärker bewußt zu lieben.

So begann er allmählich auf Europas Boden wieder zu erstehen, der Turm zu Babel, das Denkmal der brüderlichen Gemeinschaft, das Monument der menschlichen Solidarität. Nicht die stumpfe Materie war es mehr, Ziegel und Ton, Mörtel und Erde, den sie wählten, um den Himmel zu erreichen, Gott und Welt zu verbrüdern. Aus dem feinsten unzerstörbarsten Stoff des irdischen Wesens, aus Geist und Erfahrung, aus den sublimsten seelischen Substanzen war er erbaut, der neue Turm. Breit und tief war das Fundament, die Weisheit des Morgenlandes hatte es vertieft, christliche Lehre gab ihm das Gleichgewicht und die Menschheit der Antike die ehernen Quadern. Alles, was je die Menschheit getan, was der irdische Geist vollbracht, ward eingefügt in diesen Turm und er stieg empor. Jede Nation steuerte bei, was sie schuf zu diesem Denkmal Europas, junge Völker drängten sich heran und lernten von den alten, gaben ihre unberührte Kraft zu der weisen Erfahrung. Sie lernten voneinander die Kunstgriffe und daß jeder anders arbeitete, erhöhte nur den gemeinsamen Eifer, denn wenn einer mehr tat, so war es Ansporn für den Nachbarn, und die Zwistigkeiten, die manchmal unter den Nationen manche verwirrten, konnten keinen Einhalt tun an dem gemeinsamen Werk.

So wuchs der Turm, der neue Turm von Babel, und nie stieg seine Spitze so hoch empor wie in unserer Zeit. Nie waren die Nationen gegenseitig so sehr in ihren Geist eingedrungen, nie die Wissenschaften ähnlich innig verknotet, nie der Handel so sehr verwoben zu einem wundervollen Netz und nie hatten die Menschen Europas ihre Heimat und die ganze Welt so sehr geliebt. Schon mußten sie in diesem Rausch der Einheit den Himmel fühlen, denn die Dichter aller Sprachen begannen gerade in den letzten Jahren in Hymnen die Schönheit des Seins und des Schaffens zu preisen und fühlten sich wie einst die Erbauer des mythischen Turms, schon selbst der Gott durch die Nähe der Erfüllung. Das Denkmal stieg auf, alles Heilige der Menschheit war darin versammelt und Musik umflutete es wie ein Sturm.

Aber der Gott über ihnen, der unsterblich ist wie die Menschheit selbst, sah erschreckt den Turm wieder wachsen, den er schon einmal zerschlagen, und ihm bangte wiederum. Und wiederum wußte er, daß er nur stärker sein könnte als die Menschheit, wenn er wieder Zwietracht sendete und es vollbrachte, daß die Menschen einander nicht verstünden. Wieder war er grausam, wieder sandte er Verwirrung unter sie, und nun, nach tausend und tausend Jahren, ist dieser entsetzliche Augenblick mitten in unserem Leben erneuert. Über Nacht verstanden die Menschen einander nicht mehr, die friedlich miteinander geschaffen, und weil sie sich nicht verstanden, ergrimmten sie gegeneinander. Wieder warfen sie ihr Arbeitszeug weg und richteten es als Waffe gegeneinander, die Gelehrten ihre Wissenschaft, die Techniker ihre Entdeckungen, die Dichter ihre Worte, die Priester ihre Glauben, alles wurde tödliche Waffe, was früher Handhabe war zu lebendigem Werk.

Das ist unser furchtbarer Augenblick von heute. Der neue Turm von Babel, das große Denkmal der geistigen Einheit Europas, ist verfallen, die Werkleute haben sich verlaufen. Noch stehen seine Zinnen, noch ragen seine unsichtbaren Quadern über der verwirrten Welt, aber ohne die gemeinsame Mühe, die erhaltende, fortdauernde, wird er stürzen in Vergessenheit. Wie jener andere in den Tagen der Mythe. Viele sind heute unter allen Völkern, die solches wünschen, die das, was ihre Nationen beigetragen zum Gemeinsamen, am liebsten auslösen möchten aus dem wundervollen Bau, unbesorgt darum, ob er in Brüche ginge, um allein mit der verminderten Kraft ihrer Volksgemeinschaft den Himmel und die Unendlichkeit zu erreichen. Aber andere sind noch zur Stelle, die meinen, es könne niemals einem Volke, einer Nation, gelingen, zu erreichen, was kaum die vereinte europäische Kraft in Jahrhunderten heroischer Gemeinsamkeit vermocht. Menschen, die gläubig glauben, daß dieses Denkmal sich hier vollenden müsse, in unserem Europa, wo es begonnen ward, und nicht vielleicht in fremden Erdteilen, in Amerika, in Asien. Noch ist die Stunde nicht reif zu gemeinsamer Tätigkeit, noch zu groß die Verwirrung, die Gott in die Seelen sandte, und Jahre werden vielleicht vergehen, ehe die Brüder von einst wieder in friedlichem Wettbewerb gegen die Unendlichkeit schaffen. Aber wir müssen doch wieder an den Bau zurück, jeder an die Stelle, wo er ihn verließ in dem Augenblick der Verwirrung. Vielleicht werden wir einander bei der Arbeit Jahre nicht sehen, vielleicht kaum hören voneinander. Aber wenn wir nun schaffen, jeder an seiner Stelle, mit der alten Glut, so wird der Turm wieder aufsteigen, und auf den Höhen werden sich die Nationen wiederfinden.

Das Herz Europas

Ein Besuch im Genfer Roten Kreuz

Mögen andere die Schlachten schildern, Feldherren bejubeln, Kaiser und Herzoge rühmen – ich habe nichts gesehen in diesem Kriege, was mir wichtiger schiene, zu schildern, würdiger, erhoben zu werden, als das kleine Haus auf der Place Neuve in Genf, das ehemalige Musée Rath. Die Bilder sind fortgeschafft, aller Schmuck ist ihm genommen. Nur oben auf dem griechischen Gebälke weht die Flagge des Roten Kreuzes und um seine Giebelstirn schlingt sich aus blutfarbenen Buchstaben ein Fries: »Agence Internationale des Prisonniers de Guerre.«

Es ist ein Haus, nicht größer als alle anderen der Stadt, nicht erstaunlich sonst durch einen Sinn oder eine Schönheit. Aber jetzt, in diesen drei Jahren, war es die Seele, war es das Herz Europas. In unsichtbarer Brandung strömt hier jeden Tag die Angst, die Sorge, die fragende Not, der schreiende Schrecken von Millionen Völkern heran. In unsichtbarer Ebbe strömt hier täglich Hoffnung, Trost, Ratschlag und Nachricht zu den Millionen zurück. Draußen, von einem Ende zum anderen unserer Welt, blutet aus unzähligen Wunden der gekreuzigte Leib Europas. Hier aber schlägt noch sein Herz. Denn hier antwortet dem wahrhaft unmenschlichen Leiden der Zeit noch ein ewiges Gefühl: das menschliche Mitleid.

Und darum soll von diesem Hause hier erzählt werden. Von dem Musée Rath und seiner Geschichte im Kriege.

Die Geschichte des Roten Kreuzes ist keinem Gebildeten ganz fremd. Jeder weiß, so glaube ich, daß nach der Schlacht bei Solferino auf die Anregung des Genfer Bürgers Dunant ein internationaler Verein gegründet wurde, um im Kriegsfalle die Verwundeten zu schützen und innerhalb der feindlichen Armeen eine neutrale Sphäre des Hilfsdienstes zu schaffen. 1870 hat diese Institution sich schon bewährt und in allen späteren Kriegen. Aber dennoch, wer hat ihrer sich dann noch erinnert im Frieden? Wir sind alle – heute wissen wir es schmerzlich und tragen diese Erkenntnis als unsere Schuld – sehr vergeßlich gewesen, sehr leichtfertig und sehr gleichgültig. Wir waren nicht mißtrauisch genug bei den Zusammenkünften der Großen, waren zu nachsichtig für die Kleinen, die Hetzer und Schwätzer, die vom Kriege im Frieden redeten wie von einem Fußballmatch, und wir waren zu teilnahmslos für die Angst und Vorsorge, für die Beunruhigung der besten und klügsten Menschen. Wir hatten Friedensgesellschaften und die wundervolle Frau in Österreich, Berta von Suttner, und haben sie mit einer Art lächelnder Nachsicht gerade noch gewähren lassen, sie nie geschützt gegen den Hohn und den Spott der anderen. Was uns nicht auf die Nägel brannte, hat uns nicht berührt. Wer von uns hat die Protokolle im Haag genau verfolgt, aus denen dem Rücklesenden heute alles Unheil und alle Versäumnis schreckhaft erkenntlich ist, wer von den Intellektuellen sich jemals um die Kongresse des Roten Kreuzes gekümmert, die irgendwo im Abseits eine unendliche Arbeit in die Zukunft und damit in unsere jetzige Gegenwart hinein getan?

Wer weiß es zum Beispiel, daß 1912 auf dem Kongreß in Washington beschlossen wurde, das Rote Kreuz sollte im Kriegsfalle die Fürsorge für die Gefangenen übernehmen? Im Kriegsfalle! Das Rote Kreuz! Was ging das uns an? Man hat es überlesen in der Zeitung, es war wichtiger wahrscheinlich, von einer neuen Tänzerin zu erfahren oder von einem Raubmord. Wer von uns, wer von uns Schuldigen hat nur eine Sekunde des Dankes für diese bewundernswerten Menschen gehabt, deren ganze Sorge seit Jahren unabänderlich dem Kriege entgegenzitterte wie die Magnetnadel im Kompaß dem Pole? Wer hat es gelesen? Was ging es uns an?

Oh, wieviel ging es uns an! Wir wissen es heute. Und wissen es noch immer nicht genug. Denn was mit den Millionen abgesperrter gefangener Menschenbrüder geschehen wäre, hätte sie nicht hilfreich das Rote Kreuz unter seinen Schutz genommen, kann sich keiner erdenken. Vielleicht sind wenige Beschlüsse in der Geschichte der Menschheit so wichtig wie jener auf dem Kongreß in Washington, den wir überlesen haben oder übersehen, verloren oder vergessen.

Oh, wieviel ging es uns an! Wir wissen es noch immer, noch immer nicht genug!

Zwar, wir hätten es fühlen können, wären wir genug menschlich gewesen. Denn schon 1912 war ja ein Krieg, eine kleine Generalprobe des großen Mordens. Freilich ein Krieg »irgendwo drunten in der Türkei«. Damals wirkte zum erstenmal diese Organisation zugunsten der Gefangenen, übte die noch ungelenken Kräfte. Aber wir, was wußten wir davon? Wir lasen immer nur die Siege und Niederlagen und die Niederlagen und Siege, hörten zu, schauten zu mit einem kaltwarmen, fast sportlichen Interesse. Keiner, keiner unserer Dichter und Intellektuellen (Tolstoi, der einzige, war schon tot) hat damals sich erhoben und statt von Politik von Menschheit gesprochen. O Schuld, unendliche Schuld von uns allen, grausam gerächt bis ins siebente Glied! Gleichgültigkeit von einst und Gleichgültigkeit auch jetzt noch der meisten gegen alle Taten und Leistungen, die nicht heroisch aufgezäumt sind, die nur im Dunkeln, im Abseits geschehen! Noch immer klagen wir nicht genug unsere Schuld an, ahnungslos gewesen zu sein. Noch immer danken wir nicht jenen genug, die es nicht gewesen sind.

Und dann, 1914, war er plötzlich da, der Krieg, der Blitzschlag in unsere aufgeschreckte Welt. Auf den Gassen jauchzte die Menge, und die geistigen Führer, die Dichter, die Professoren, die Künstler – Schmach, unendliche Schmach über sie – jauchzten mit ihnen. In Genf aber traten gleich in den ersten Stunden jene wenigen Menschen sorgenvoll zusammen, die seit Jahren ihr ganzes Leben einzig dieser entsetzlichen Stunde entgegenbauten, und beratschlagten, was zu tun sei. Sieben waren beisammen, das enge ausführende Komitee, und sie begannen, sich die Arbeit einzuteilen, die erste Organisation zu entwerfen. Einer von ihnen bemerkte schüchtern, sie allein würden vielleicht zu wenig sein, und es werde not tun, einige Hilfskräfte aufzunehmen. Man debattierte lange darüber. Auch eine Schreibmaschine wurde vorgeschlagen, doch zunächst als unnötig verworfen. Das kleine enge Bureau, so meinten sie, würde ausreichen bei angestrengter Arbeit, den ganzen Einlauf zu bewältigen. Und noch am selben Tage begannen sie ihr Werk.

Lächerlich, nicht wahr, dieser Mangel an Voraussicht? Lächerlich diese Diskussion um die Schreibmaschine, lächerlich der Gedanke, dies künftige Meer von Grauen mit einem Fingerhut ausschöpfen zu wollen. Aber ich vermag nicht mitzulächeln über diese schöne Torheit. Denn ich liebe alle Menschen, die sich noch in letzter Stunde diesen selbstmörderischen Wahnsinn Europas nicht ausdenken konnten, die es für unmöglich hielten, daß man im Zeitalter der Zivilisation jahrelang Millionen Menschen in Baracken und umzäunten Lagern festhalten würde wie wilde Tiere. Die es nicht glauben konnten, daß man friedlich im Lande wohnende Frauen und Kinder aus ihren Wohnungen reißen und in künstlicher Abschließung versperren werde. Die es noch heute nicht glauben können und für die es, Tag für Tag, ein neues schreckhaftes Erwachen ist und gleichzeitig wie ein böser Traum.

Ein paar Tage, die ersten des Krieges, saßen diese Menschen von früh bis spät in die Nacht in zwei Zimmern und beantworteten die einlaufenden Fragen. Wie Sturmvögel kamen die ersten Briefe, aber dann wurde es selbst ein Sturm, eine Woge, ein Meer. Plötzlich waren es 1000 Briefe täglich, dann 3000, 5000, 10 000 und Ende Dezember 30 000, die jeden Tag die Angst Europas herschwemmte. In dicken Säcken schleppten die Boten sie herein. Das bloße Sortieren und Einordnen erforderte schon mehr als die ganze Kraft. Vergeblich suchten sie abzudämmen. Man schob den ganzen Verkehr zwischen Deutschland, Österreich und Rußland nach Kopenhagen hinüber. Man nahm Hilfskräfte auf. Jeder einzelne von diesen wunderbaren Menschen arbeitete mit seiner Frau, seinen Kindern bis tief in die Nacht. Aber es half nichts. Es half nichts. Denn schon millionenfach gellten die Angstschreie der Angehörigen Deutschlands, Frankreichs, Englands, Belgiens herüber. Und mitten in dieser Arbeit mußte erst ein System gefunden werden, um einheitlich und gerecht den Einlauf zu erledigen. Der Anfang war ja ganz kindisch. Zuerst hatte man versucht, auf einzelne Bögen die Namen der Gefangenen aufzuschreiben, aber bald wurden es Bände und Bücher, Folianten, Regale, Wände und schließlich tiefe Räume, ein ganzes hohes, vom First bis zum Keller vollgepreßtes Haus. Man brauchte Hilfe, Hilfe an Geld und Menschen, Zeit und Raum.

Die Hilfskräfte, sie waren zuerst zur Stelle. Es wird ein dauernder Ruhmestitel der Stadt Genf bleiben, daß auf den ersten Ruf hin Hunderte und Hunderte sich drängten, hier freiwillige Arbeit zu tun, ein Ruhmestitel anderseits der Leitung des Roten Kreuzes, daß sie, über alle Vorurteile der wahnwitzig gewordenen Welt erhaben, ohne Bedenken Franzosen, Deutsche, Engländer, Serben und Bulgaren unter demselben Dach friedlich und freundschaftlich nebeneinander arbeiten ließ. Noch heute findet man hier, und vielleicht nur hier in ganz Europa, eine Oase wirklicher Internationalität, freundschaftlichen Verkehr zwischen Menschen aller Völker, die nur ihre Brüderlichkeit fühlen und nicht ihre Feindschaft.

Schwieriger war das Problem des Raumes. Zuerst versuchte man es mit einzelnen Hilfsbureaus, schließlich räumte die Stadt das Musée Rath, in dem 1200 Menschen den ganzen Tag bis tief in die Nacht für die fremden Millionen Soldatenbrüder tätig waren. Draußen gingen die ersten Schlachten und man spürte sie bis hier herein. Denn immer nach jedem Siege, nach jedem Rückzuge schossen neue Sturzbäche von Briefen, Fragen, Telegrammen herab, jede Kampfpause ließ sie ein wenig verebben. Auf einem großen Blatte veranschaulicht jetzt eine statistische Zeichnung den Einlauf und damit die Fieberkurve des Krieges. Steil aufzuckend, wieder nachlassend, neu aufschießend, zeigt sie das schreckhafte pathologische Bild unserer geistigen Krankheitsgeschichte vom August 1914 bis zum heutigen Tage. Aber noch ist Raum für ein leeres Blatt daneben. Noch wird man weiter die Zuckungen des irrwitzigen Europas verfolgen können, bis es in seinem Fieber verbrannt oder hilflos verblutet ist.

Endlich war ein wenig Ordnung geschaffen, das Chaos in einen Organismus verwandelt. Nun tickt der ungeheure Betrieb regelmäßig wie eine Uhr. Das System der Auskunft ist ein ganz einfaches. Für jede Anfrage nach einem Vermißten wird ein weißer Zettel ausgestellt, eine »fiche« ausgeschrieben, die Namen, Rang, Alter des Vermißten enthält und den Tag seiner Abgängigkeit. Gleichzeitig wird von der Feindseite über jeden Gefangenen oder Verwundeten eine spontane Auskunft gesendet und diese gleichfalls mit Namen, Rang und Tag auf einer andersfarbigen, etwa auf einer grünen »fiche« vermerkt. Begegnet nun der weiße Zettel dem grünen Zettel, so ist die Identifizierung vollendet. Die Familie wird verständigt, in welchem Gefangenenlager sich der Vermißte befindet, und der Wechselstrom zwischen den beiden Polen: Heimat und Feindesland, ist eingeschaltet, der ständige Kontakt gesichert.

Nicht wahr, das ist einfach? Einem Kinde zu erklären, so selbstverständlich scheint dieser Mechanismus. Aber nur scheinbar kann das Militär Menschen in Ziffern verwandeln, nur unzulänglich ein Zettel eine Person, eine Persönlichkeit darstellen. Denn in Wirklichkeit reißt dieser Kontakt hundertfach ab und ist dann nur durch ganz besondere geistige und psychologische Geschicklichkeit herzustellen. All die Hemmnisse, die Widerwärtigkeiten, die Zufälle, wer kann sie erzählen! Da sind vor allem die Synonyma, die gleichlautenden Namen. Die französische Abteilung zählt vielleicht 5000 Gefangene, die Martin heißen, darunter wieder 500 Henri Martin desselben Regimentes. Auf der deutschen Seite sind die Müllers und die Schulzes die ersten voran im Kriege. Welche Mühe, bei dieser Gleichnamigkeit keine Verwirrung anzurichten, die Kontakte richtig zu legen, die Verbindungen nicht falsch zu leiten. Dann ein anderer Feind: die Rechtschreibung! Lefébre, einen der gebräuchlichsten französischen Eigennamen, kann man in zwanzig Formen schreiben, und der Gefangene selbst weiß oft nicht die richtige. Oder das Gefangenenlager ist glücklich festgestellt, aber ehe ein Brief einlangt, der Gesuchte schon wieder in ein anderes überführt. Oder die Auskunft war falsch, nun wandert sie zu Kameraden und Ärzten. Neue Mühe, neues Forschen! Wer ahnt von fern die unendliche, dunkle, unsichtbare Arbeit wider alle Tücken von Tausch und Tod, von Schicksal und Zufall, bis eine einzige Auskunft richtig gegeben ist, eine einzige, eine einzige Angst von den Millionen gestillt, und immer wieder nur auf eine Stunde, auf eine Woche! Es ist ein Danaidenfaß, das hier sich mit menschlichem Elend füllt. Aber keine Mühe kann es zum Grunde aufschöpfen, dies Blutmeer des Grauens.

Und dann, das große Register des Roten Kreuzes hatte ein Loch. In allen früheren Konventionen hatte man die Zivilgefangenen vergessen, diese Unglückseligsten der Unglückseligen. Oder eigentlich gar nicht vergessen, sondern nur diese Niedertracht zu erdenken vergessen. Denn es ist das traurige Vorrecht dieses Krieges, der angeblich auf einem Höhepunkt der europäischen Zivilisation geführt wird, daß er zur Vervollkommnung der Mordmittel eine neue raffinierte seelische Qual hinzugefügt hat: daß er auch die Schicksale friedlicher Frauen und Kinder in seine Klauen gefaßt. Während früher feindliche Ausländer und Angehörige entweder aus dem Kriegslande heimreisen konnten oder in voller Freiheit im Kriegslande zurückblieben, war in unserer großen Zeit zum erstenmal das Kriegsrecht auch auf die Wehrlosen erstreckt worden, und zwar so brüsk, so unvermutet, daß es für sie im Völkerrecht keine Norm, keinen Schutz gab (denn das Völkerrecht hätte sich selbst mit einer vorsorgenden Maßregel ins Gesicht geschlagen). So mußte mitten im Kriege mit unermüdlicher Mühe und vielfältiger diplomatischer Verhandlung das Rote Kreuz sich selbst das Recht auf Hilfe erobern. Erst wenn man dieser Allerärmsten Schicksal hier nachfühlend in seiner ganzen entsetzlichen Vielfachheit betrachtet, erkennt man, wie gräßlich das Nervengewebe Europas zerrissen und zerstört ist, und begreift nicht mehr, wie jemals dieser zerrissene Völkerleib unserer Erde wieder gesunden könne.

Aber auch diese Arbeit zur Hilfe der Gefangenen, sie ist nur ein Teil, ein winziger, unendlicher Bruchteil der heroischen Leistung, die hier jene Führer und Organisatoren täglich zu vollbringen haben. Ich könnte zur Verdeutlichung der Riesenmasse Zahlen nennen, die Ziffernhöhe der erledigten Anfragen, der beantworteten Briefe, die hoch in die Millionen gehen. Aber Zahlen, sie sind doch heute nur Rechenexempel der Diplomaten und der Feldherren, und es widert einen an, sie auszuwägen gegen das unermeßliche Gefühl, das oft ein einziger dieser Briefe erregt.

Wie durch einen einzelnen Webstuhl täglich im ewigen Hin und Wider unzählige Fäden, so gehen hier im Laufe der Tage, Wochen, Monate, Jahre, ganze Millionen Schicksale durch die Hände einzelner unermüdlicher Menschen. Oh, diese vielfachen flehentlichen Bitten, die Klagen und Beschwerden, die Wünsche und Fragen, die alle erledigt werden wollen! Was ist hier zu tun! Und vor allem, was wird hier getan! Das Rote Kreuz in Genf überwacht gleichzeitig die Gefangenenlager, ob in jedem einzelnen genügend Nahrung und Freiheit den Internierten gegeben werde. Es nimmt die Bitten – die flehenden, herzzerreißenden Bitten um Austausch der Schwerverwundeten zu einem Gesundungsurlaub in der Schweiz entgegen. Es ist in einem das Bankhaus, das die Geldanweisungen von der Heimat in die Ferne besorgt, die Paketpost, die Liebesgaben vermittelt, die ärztliche Überwachung und die letzte Instanz aller Beschwerden. Es bietet sich als diplomatisches Schachbrett, auf dem, Zug um Zug, die feindlichen Nationen für ihre eigenen Gefangenen kämpfen. Es ist eine letzte Instanz jenseits des Krieges, und doch gleichzeitig in seiner Mitte für die Appelle der Vernunft und der Menschlichkeit.

Und wunderbar ist in dieser Arbeit tägliche Tragik und Trübsal mit ganz seltenen und ergreifenden Augenblicken tiefer und menschlicher Freude gemengt. Wie schwer, man denke es sich aus, täglich und täglich Hunderten und Hunderten fragender, suchender, stöhnender Menschen, Frauen und Müttern das eine nackte, harte und unerbittliche Wort »tot«, »décédé«, schreiben zu müssen! Und selbst dieses letzte, unerbittliche Wort ist den Liebenden nicht genug. Denn wer will von einem einzigen harten Wort die ganze Hoffnung sich ermorden lassen? Noch immer, noch immer schreiben sie wieder, sie wollen das Unabwendbare immer wieder zu wenden suchen, sie klammern sich an die phantastische Hoffnung eines Irrtums, oder sie wollen zumindest vom Vater, von dem Gatten noch ein letztes wissen, die Krankheit, an der er gestorben, den Ort, wo er begraben liegt, ein Zeichen der Erinnerung, ein Dokument. Auch hier geben diese hilfreichen Samariter noch Antwort. Sie schicken Skizzen von dem Grabe, Nachrichten aus dem Hospital, Zeugnisse von Kameraden. Aber doch, welche Qual, welche Not für sie selbst, täglich und täglich solche Briefe ausschreiben zu müssen, in alle Winkel und Dörfer der Welt! Welches Entsetzen, hier in einem Raum immer und immer wieder die Stimme der Urangst um geliebtes Leben zum Herzen gellen zu fühlen! Und wie rührend sind diese Briefe manchmal, wie unsäglich rührend! Eine Bäuerin schreibt aus ihrem Dorfe ganz einfach: »Haben Sie nichts von meinem Sohne Jean gehört, ich habe seit August keine Nachricht von ihm«, und unterschreibt mit schlechter, zitternder Schrift ihren Namen und glaubt, die Arme, jeder kenne ihren Sohn, jeder wisse es schon, wer dieser einzelne sei, der ihr alles ist unter den Millionen! Und eine andere verlangt nach acht Tagen Antwort, sie habe schon einmal wegen ihres Mannes geschrieben, und glaubt, man erinnere sich ihrer noch, ihres winzigen Tropfens Unglück in diesem unendlichen Meere. Denn jeder ist doch irgendwie allein mit seinem Schmerze, keiner kann es sich ausdenken, daß das, was eine Seele auseinanderreißt von oben bis unten wie ein brüchiges Tuch, der anderen Welt ein Nichts sei, eine Zeile in einer Verlustliste, eine kalte Zahl, ein Atom, ein Hauch, eine Gleichgültigkeit. Kein einzelner kann es heute ganz fassen, wie gleichgültig, wie ziffernhaft, wie wesenlos sein Menschliches der Welt geworden ist. Und dies war für mich das Unvergeßliche dieses Hauses, daß man dies millionenfach Einzelne hier plötzlich versammelt und darum so riesenhaft spürt, so ungeheuerlich und so unfaßbar, daß man darüber kaum sprechen kann und nur aufheulen möchte wie ein getretenes Tier.

Das Herz Europas, wie hört man es hier hämmern! In Stößen sind die Dossiers an den Wänden aufgehäuft – man hat jetzt keine Zeit, sie recht zusammenzuordnen – und doch liegt in jedem ein ganzes Menschenschicksal eingepreßt und seine Peripetien im Kriege. Manche Mappen sind besonders umfangreich, und es gibt einige, die der Stolz und die Liebe ihrer Hüter wurden, ganze Iliaden von Kämpfen um ein Einzelschicksal, Odysseen von armen, geknechteten Menschen in den Meeren des Unglücks. Man reicht mir aufs Geratewohl eine heraus. Es ist die Geschichte eines fünfjährigen Kindes, eines kleinen, hübschen Mädchens – die Photographie liegt bei und zeigt ein zartes, verschüchtertes Gesicht –, das in Belgien eines Tages verloren aufgefunden wurde. Es konnte seinen Namen nicht nennen, von der Mutter war die Kleine auf der Flucht irgendwie getrennt worden, der Vater in die belgische Armee eingerückt. Man wußte nicht, wem es zugehörte, denn von Hunderten von Frauen kamen damals entsetzte Briefe um ihre verlorenen Kinder, und es galt, diese Briefe nachzusenden, das Signalement weiterzugeben. Man mußte vergleichen, fragen, suchen, schreiben, telegraphieren, bis man endlich seine Zugehörigkeit gefunden. Nun wußte man glücklich die Mutter und wollte den Vater verständigen, der auch entsetzt nach seines Kindes Schicksal aus einer anderen Ferne schrie. Aber der Vater war inzwischen in Gefangenschaft, nun konnte man ihn wieder nicht erreichen. So beschloß man, das Kind nach Frankreich zu transportieren, wohin die Mutter geflüchtet war. Verhandlungen mit der deutschen Regierung mußten angeknüpft werden, und endlich gelangen sie. Indessen war der Vater in der Schweiz interniert worden, hatte sich dort mit der Mutter vereinigt, und sie wollten ihr Kind bei sich haben. Neue Verhandlungen mit der Regierung, neue Schwierigkeiten, denn inzwischen waren die Eltern wieder zurückgekehrt, und endlich, nach zwei Jahren erbitterter Korrespondenz, verzweifelten Suchens, gelingt es, diese drei Menschen zu vereinigen. Hunderte Briefe birgt dieses eine einzige Dossier, und als letzter liegt darin, rührend in seiner Einfachheit, ein ungelenker Dankbrief des nun schon siebenjährigen Kindes an das Rote Kreuz. In anderen Dossiers ähnliche Irrfahrten, andere Verwirrung, aber gleich viel Angst und Entsetzen. Aus jedem strecken sich verzweifelte Menschenarme einander entgegen über den leeren Raum, über die brennenden Grenzen, und es ist mehr Tragik, mehr Unglück und mehr Größe in diesen Dokumenten, als man einst in allen Generalstabswerken wird finden können. Für ein großes Epos der Menschlichkeit ist hier der Stoff bereitet und ein einzelner wird vielleicht zu schwach sein, seine ganze Gewalt im Worte nachzuschaffen. Wer könnte sie aussagen, wer sie zur Genüge ausschreien, diese Vielfältigkeit des

Elends auf unserer heutigen Erde, diese Äonen von Angst zwischen Brief und Brief! Dieses Warten, dieses brennende, fressende, saugende Warten in Millionen von Seelen, diese vampirischen und oft tödlichen Verschlingungen des Zufalles! Hier fühlt man nur, wie arm ein einzelner ist gegen die Unendlichkeit des heute aufgewühlten Gefühles. Man kann es nicht mit zwei Augen zu Ende schauen und mit einer Seele, einer einzigen schwanken menschlichen Seele zu Ende fühlen!

Das Innerliche solchen Eindruckes, wer könnte es ganz fassen! Aber schon das Äußere dieses Hauses hat mich im Tiefsten bewegt. Unterbewußt war in mir (und wohl in den meisten) ein Vorgefühl, diese ungeheure Organisation, die das ganze europäische Elend umfaßt, müßte irgendwie gewaltig sein, in riesige Räume mit allen Bequemlichkeiten gestellt, eine Art Fabrik zur Verwertung des tragischen Materials. Ich erwartete mir dieses Haus grandios im Sinne einer Vollendung der technischen Hilfsmittel und im Sinne der Repräsentation. Aber es ist noch grandioser, als ich es vermeinte. Doch durch das Gegenteil: durch seine Einfachheit, durch die heroische und zuerst fast beleidigende Armut seiner Mittel. Nackte Holzwände, in Eile aufgerichtet, Baracken anstatt Räumen, grobe, gezimmerte Tische ohne Schubladen, schmucklose niederhängende Lampen, kärgliche Strohsessel, alles aufs billigste und einfachste angeschafft und alles so knapp aneinander, daß nicht Raum ist, sich umzudrehen. Fünfzig bis sechzig Hilfsarbeiter, immer ellbogennah im gleichen Abteil, dazwischen Schreibmaschinengeklapper, und über den Köpfen, auf einem einfachen, ungestrichenen Holzgerüst, noch eine zweite Etage, zu der man auf Holztreppen hinaufsteigt. Ein Wanderzirkus hat mehr Komfort. Nirgends ein Fauteuil, nirgends die geringste, primitivste Bequemlichkeit. Das

Ganze wie in einer Nacht hastig aufgebaut und nur für einen einzigen Tag. Auch hier ist irgendwie wieder der gleiche falsche Gedanke sichtlich, von dem wir alle seit Jahren leben, daß dieser Krieg nur ein Provisorium sei, etwas Flüchtiges, Vorübergehendes. Daß es nicht notwendig sei, sich auf Jahre hin, für die besten Jahre des Lebens auf ihn einzustellen und einzurichten. Dank dieses schönen und furchtbaren Irrtums arbeiten diese hilfreichen Samariter hier seit drei Jahren unter Bedingungen, die der niedrigste Bureauschreiber einer Bank oder eines Amtes mit Empörung zurückweisen würde. Aber sie arbeiten unermüdlich, Tag und Nacht, vom ersten bis zum letzten.

Vom ersten bis zum letzten. Ich wollte den Leiter des Hauses, dem ich von Wien einen Gegenbesuch schuldete, aufsuchen und fragte, eintretend, nach seinem Zimmer. Man lächelte, und ich verstand zuerst dieses Lächeln nicht. Aber als man mich hinführte und ich sah, wie hier der oberste Leiter der Zivilabteilung in einem ungeheuren Saal mitten im Tumult der anderen an einem grob gezimmerten Holztisch mit fünf anderen Leuten zusammen arbeitet, ohne eine Schreibtischlade zum eigenen Gebrauch, nur mit einer roh gezimmerten Kassette, darin er die wichtigsten Dokumente birgt; als ich das sah und erinnernd verglich mit der Eleganz und Bequemlichkeit des kleinsten Privatbureaus, da ward mir erst die Größe und die Aufopferung dieser Menschen bewußt, die hier unsichtbar und unbekannt wirken für Unbekannte und Unsichtbare.

Noch ein anderer Platz war an diesem engen, ungehobelten Holztisch. Man zeigte ihn mir mit einer gewissen Ehrfurcht. Hier hatte Romain Rolland mehr als zwei Jahre tagtäglich und unermüdlich freiwillig im Dienste des deutsch-französischen Gefangenenaustausches gearbeitet. Und als mitten in dieser Tätigkeit der Nobel-Preis im Betrage von fast einer Viertelmillion ihm zufiel, stellte er ihn bis zum letzten Franken wohltätigem Wirken zur Verfügung, damit sein Wort die Tat und die Tat sein Wort bezeuge. Ecce homo! Ecce poeta!

Ich habe bisher die Namen der Menschen nicht genannt, die hier in stiller Aufopferung seit mehr als drei Jahren ihr Werk für die Menschheit tun. Aber ich glaube, man sollte sie kennen von einem bis zum andern Ende der Erde. Soll man wirklich nur die Namen der Orte und der Felder wissen, die Blut getrunken haben bis unter die Wurzel des Getreides, nur die der Beinhäuser der europäischen Jugend? Und nur die Namen der Feldherren, die an allen Straßenecken, auf allen Plakaten und schon auf den Zigarrenschachteln prangen? Nicht auch die Namen derer, die im gegensätzlichen Sinne gearbeitet haben, möglichst viel zu vereinigen, wo die anderen entzweiten? Die im Dunkeln standen, hilfreich und tätig, aber mit der gleichen Kraft der Organisation, der Überzeugung und der Entschiedenheit? Gustave Ador muß ich als den Präsidenten als ersten nennen. Er ist heute inzwischen zum außenpolitischen Leiter der Schweiz aufgestiegen. Aber jener Mann, der die Seele des Ganzen ist, dessen Initiative die Rettung der Zivilgefangenen zu danken ist, steht heute wie am ersten Tage an seiner Stelle, Doktor F. Ferrière, ein alter Mann und, wie man zuerst meinen möchte, ein müder Mann. Er hat schon im Jahre 1870 als freiwilliger Arzt im Kriege Dienst geleistet und ist doch als fast Siebzigjähriger im Balkankriege hinuntergefahren zu den bulgarischen Schlachtfeldern, und gerade der gegenwärtige Krieg hat ihm eine Kraft gegeben, wie sie nur das innerst bewegte Gefühl einem menschlichen Werke verleihen kann. Es ist nicht die Zeit jetzt und nicht die Stunde, all seine Verdienste und die Dr. Navilles auseinanderzusetzen, aber ich glaube, alle, die Anteil haben an den Geschicken der Gefangenen – und wer hat es nicht, wer ist zu abgesprengt aus der irdischen Gemeinschaft? –, sollten sich ihre Namen dankbar bewahren. Wird man einst das ganze Elend unserer heutigen Tage in seiner ganzen Größe überblicken, so werden auch jene erkannt werden, die es am leidenschaftlichsten zu mildern suchten.

Man tritt aus dem Hause. Hell erglänzt die Stadt. Auf dem Platze schießen die Wagen vorbei, Menschen schwärmen, lesen Zeitung, lachen, plaudern. Schon spürt man wieder nichts von dem ungeheuren Unglück, aus dessen Schatten man soeben getreten. Die Nähe vergißt die Ferne, die Ferne vergißt die Nähe. Es gibt keine wirkliche Nachbarschaft in unserer Doppelwelt von heute als das Gefühl. Nur wenn wir nicht vergessen wollen, in keinem Augenblick, in keiner Sekunde, sind wir uns und der Welt gerecht. Nur dann können wir sie verstehen. Und wir wollen nicht vergessen, nichts und niemanden im Guten und im Bösen, damit wir diese unsere Welt einst so schildern können, wie sie wirklich war in ihrer Größe und ihren Niedrigkeiten, und nicht, wie sie uns jetzt vorgetäuscht wird.

Das Feuer

Dem Erfolg der Stunde, dem höchst zufälligen, zu vertrauen, bedeutet Gefahr, aber Gefahr auch, ihn zu mißachten. Jede Wirkung hat zumindest den Wert, ihre Ursache erkenntlich zu machen, und so drückt immer ein sensationeller Erfolg schon durch seine bloße Existenz eine immaterielle Tatsache aus: irgendein seelisches Bedürfnis, das er erfüllt, eine ungesprochene Frage, die er beantwortet, eine nationale Stimmung, die er formuliert. Als sichtbare sinnliche Symptome der seelischen Verwandlungen sind die großen Erfolge darum für die Diagnose der Zeitpsychologie unschätzbar, und besser als aus allen Dokumenten und Berichten werden spätere Generationen aus den Auflagenziffern und Jahreszahlen der Erfolgsbücher einmal die Bluttemperatur Europas und alle ihre Schwankungen in den drei Kriegsjahren ablesen können. Aber schon heute wird es für die Erkenntnis der Stunde, ja selbst als politischer Behelf uns nicht ganz gleichgültig sein dürfen, wie das Erfolgsbuch seelisch beschaffen ist, das jetzt in Frankreich gleichsam im Sturm alle anderen Kriegsbücher überrannt hat, denn aus den repräsentativen Männern einer Nation erkennen wir am besten ein Land, aus den Erfolgen einer Zeit sie selber, die Zeit. So wie in Rousseaus ›Contrat social‹ die Revolution, in Goethes ›Werther‹ die Romantik, in Turgenjews ›Väter und Söhne‹ der Nihilismus in prophetischem Vorgefühl zusammengeballt war – so verkündet uns Henri Barbusses ›Le feu‹ die französische Besinnung von heute und vielleicht die europäische Verbrüderung von morgen. Es kann, es darf bei uns die Tatsache nicht übersehen werden, daß der stärkste Erfolg eines Kriegsbuches in Frankreich heute der eines leidenschaftlichen Friedensbuches geworden ist.

Henri Barbusse – der Gebildete muß sich nicht schämen, diesen Namen bislang nie gehört zu haben, auch derjenige nicht einmal, der in französischer Literatur recht bewandert zu sein vermeinte. Man kannte den jungen Dichter in der engsten Pariser Gesellschaft als den Schwiegersohn Catulle Mendès, kannte ihn auch ein wenig durch Verse und einen Roman ›L'enfer‹, der Talent verriet. Aber Talent, wie kleingemünzt und abgegriffen ist heute das Wort geworden, das einst in Rom und Griechenland als Goldbarren zugewogen wurde! Hätte eine deutsche Granate den Infanteristen Barbusse bei Crouy oder Souchez statt seines Nebenmannes zerschmettert, so wäre das kleine Bläschen seines Ruhmes rasch vertrocknet. Die Kameraden im Felde hätten ein paar Erdschollen über seinen Körper, die Zeitungen ein paar Zeilen über sein Gedächtnis geschüttet, und einer der stärksten Verkünder unserer Zeit wäre (wie so viele, deren Namen, deren Werke wir nicht ahnen) spurlos im riesigen Mörser der Vernichtung zerstampft worden. Heute aber, kaum ein halbes Jahr nach seinem Erscheinen, trägt dies Buch ›Le feu‹ auf dem Umschlag schon den erstaunlichen Vermerk »Hundertstes Tausend«. Und eine Jugend in Frankreich und weit darüber hinaus, eine ganze Welt sieht in Henri Barbusse den berufenen Verkünder ihres innersten Gefühles.

Dieses Welterfolgsbuch, das mit einer explosiven Kraft wie seit ›Nana‹ kein französisches Werk sich in die Zeit geschleudert hat, ist es ein Roman? Fast wäre man geneigt zu sagen: das Gegenteil eines Romanes. Denn Roman meint doch eigentlich Erfindungswerk, Phantasieprodukt, verwandeltes, gesteigertes, umgestaltetes Leben – »fiction« nennt der präzise englische Sprachgeist kurzweg alle schöngeistige Prosa –, dieses Buches Wert dagegen ist in erster Linie seine Nichterfindung, seine nackte, unmittelbare Wahrhaftigkeit und Tatsächlichkeit. Barbusse versucht nicht das Blut rosenrot zu färben und den Krieg in ein bravouröses Jugendspiel umzulügen, er verschmäht patriotisches Pathos als Steigerung und den berühmten Schützengrabenhumor, von dem die im Hinterland so viel zu faseln wissen, als Milderung der tragischen Geschehnisse. Er dichtet nicht zu, er harmonisiert nicht den Widersinn, er schildert das Leben, und mehr noch als dies den Tod im Kriege, die Existenz des französischen Infanteristen in Dreck und Feuer, der teuflischen Sphäre, der irdischen Hölle.

Ein Tagebuch also aus dem Krieg, eines von Tausenden, das erste nicht und gewiß nicht das letzte aus unserer in ein Hüben und Drüben zerrissenen Welt. Aber warum trifft gerade dieses so mitten ins allgemeine allmenschliche Gefühl, warum entlockt es, ähnlich einem antiken Drama, zugleich mit unendlichem Grauen auch jene geheimnisvolle schreckhaft-schöne Erregung der gepreßten Brust, die das Gräßliche zum Tragischen, das Sinnlose zum Symbol, das bloß Schmerzhafte zur seelischen Erschütterung erhöht? Warum dies Buch von allen so sehr und für eine ganze Welt? Es ist immer schwer, bei einem großen Kunstwerk die einheitliche Form seiner Wirkung zu finden, denn unendlich viele unterirdische Kräfte kristallisieren seine wirkende Kraft, aber ich glaube, hier beruht der unvergeßliche Wert des Werkes vor allem auf seiner einzigartigen Optik, seiner doppelten Perspektive: daß es einerseits aus dem tiefsten menschlichen Abgrund des Leidens, aus der dumpfen Erdhöhle des Schützengrabens vom französischen Infanteristen Barbusse und zugleich aus freiester moralisch-menschlicher Höhe vom allweltlichen Dichter Barbusse gesehen ist. Der Schauende, der Leidende ist als Atom in dem Chaos der Millionen verloren und doch gleichzeitig ihm entwunden durch seine geistige Freiheit, die selbst in dieser Hölle des Hasses und der befohlenen Zerfleischung die Fähigkeit der Liebe und Versöhnung nicht für einen Augenblick preisgibt. Darum zeigt dies sein Buch ebensoviel Meisterschaft der Kunst wie der Menschlichkeit.

Schon die rein literarische Technik ist in ›Le feu‹ eine ganz erstmalige und persönliche. Nichts wird Eigenschicksal darin, alles nur kollektives Erlebnis. Nicht das Tagebuch eines einzelnen Soldaten bietet er dar, sondern das »Journal d'une escouade«, das Erlebnis einer Gruppe, das Schicksal seines Infanteriezuges. Zwischen den beiden bisherigen Möglichkeiten der dichterischen Darstellung, der von außen oder innen, der objektiven oder der subjektiven, hat Barbusse hier die dritte gewählt: die kollektive. Der Krieg ist nicht wie bei Tolstoi mit allgegenwärtiger Eindringlichkeit in allen seinen Formen, aus allen seinen Stockwerken zugleich gesehen, in der Stube des Feldherrn, im Gemach des Kaisers, in der Seele des Bauern oder des Offiziers, unter dem unendlichen Horizont der Weltgeschichte; nicht aber auch wie bei Liliencron und Stendhal bloß aus der Optik des eigenen Auges, des persönlichen Gesichtsfeldes. Hier ist das erlebende, schauende Ich zu einer neuen Einheit verzehnfacht, hier spricht und schildert statt des einzelnen die Kameradschaft der siebzehn Mann, die in diesen hundert Wochen in der feurigen Esse gemeinsamen Leidens zu einer einzigen Einheit zusammengeschmolzen ist. Der Infanteriezug, die kleinste militärische Einheit des Weltkrieges, sie erzählt in dem Buche den gigantischen Krieg.

Barbusse, ihn selbst, den Dichter, ihn spürt man vorerst gar nicht. Er ist gleichsam nur Trichter des Grammophons, in den diese siebzehn Stimmen sprechen und stöhnen, der anonyme Horcher und Künder ihrer Leiden, er ist unsichtbar wie der Maler vor dem Bilde, das er von außen mit dem Innersten seines Wesens füllt. Aufgelöst in brüderliche Gemeinschaft erlebt er nichts abgesondert und persönlich mehr, aber was er erlebt, lebt er mit siebzehn Seelen. Er ist der Horchende und darum der Schweigende, er läßt die Stimmen um sich aus dem Leben in sein Buch hineinsprechen, wie sie sprechen, und fälscht die Worte der Kameraden nicht um. Er läßt ihnen das Eckige und Brockige ihrer Bauernsprache und damit die Unmittelbarkeit des Ausdruckes, er poliert den rauhen Dialekt nicht ab und lackiert ihre Rede nicht mit Aphorismen und Reflexionen. Im Pariser Welsch, im Argot sind drei Viertel dieses Buches geschrieben und darum kaum für jene verständlich, die ihr Französisch aus Grammatiken und von braven Gouvernanten lernten; aber selbst, der seinen Sprachschatz auf dem Montmartre ergänzte, stolpert über manches Wort, das die Akademie im Jahre 1914 noch nicht kannte und erst der Schützengraben gestanzt hat. Meisterhaft ist diese neue Technik der Gruppendarstellung, und vor allem: sie ist mehr als Technik, weil sie nicht dem Kunstgriff eines geschmeidigen Literaten entwuchs, sondern einer menschlichen Notwendigkeit, dem treudankbaren Gefühl einer hundertwöchigen Gemeinschaft unter dem gleichen nächtlichen Zelt aus Segeltuch, und jenem anderen, feurig gesponnenen, der deutschen Granaten. Losgerissen von der eigenen heimatlichen Welt, eingeschüttet in die unendliche des Krieges, wird diese Handvoll Menschen ihm seine Heimat, seine Familie, sein Volk. Was er lebt, lebt er mit ihnen und durch sie, sie haben ein Leben und einen Tod. Wie in der Höhle Polyphems die Gefährten des Odysseus sich zusammendrängen und wissen, daß in der nächsten Minute die riesenhaft grausame Hand in ihre Reihen greifen und zwei von ihnen fassen wird, und keiner weiß es noch wen, so kauern diese Siebzehn hier tagelang, nächtelang zusammen in ihrer Deckung, und die Urangst preßt ihnen die letzten Worte aus der Seele. Und diese Worte der Angst vor dem Tode und andererseits die dumpfen tierischen Schreie der ewigen Ekstase vor dem täglich neugeschenkten Leben – stärker als all die schönen Worte, mit denen die rückwärts heimischen Dichter und die Pariser Zeitungen den Krieg »verklären« – sie sind die unbeschreiblichen, unvergeßlichen im Werke des Henri Barbusse, diese Gespräche im Dunkel des Lebens vor dem Dunkel des Todes.

Und der ganze Krieg, der unübersichtliche, breite, vielfältige, massige, gigantische Krieg, er ist in diese Gespräche einfacher und eben in ihrer Schlichtheit ergreifender Menschen ganz klein zusammengeballt wie in einen winzigen Knäuel. Aber die Stunden, die langen unzählbaren Stunden des Wartens – Warten ist ja die Haupttätigkeit dieses Krieges, Warten auf Befehle, auf Entscheidungen, auf Ablösung, auf Urlaub, auf Tod, auf Frieden, auf Menschlichkeit – sie rollen ihn allmählich auf. Gleichsam mit kindlich spielender Hand lockern die Gespräche Masche um Masche dieses ungeheure stählerne Netz, mit dem Frankreich und unser ganzes tragisches Europa überspannt ist, sein ganzes phantastisches Nervengewebe wird deutlicher sichtbar in diesen bäurischen Bemerkungen, als es jemals kalte erklärende Darstellung zu veranschaulichen vermöchte. Ich will an Beispielen zu zeigen versuchen, wie diese Technik des Gespräches bei Barbusse im Spiel den ganzen Mechanismus des Krieges auseinanderlegt. Es ist Ruhepause. Kameraden rüsten in müßiger Stunde ihre Rucksäcke und schütten sie vergleichend aus. Stück um Stück sieht man darin das ganze befohlene Rüstzeug des Infanteristen, seinen militärischen Bedarf und zugleich in dem heimlich Zugepackten jedes Tornisters den individuellen Charakter jedes einzelnen. Der holt die Photographie seiner Frau mit den beiden Kindern heraus, der zweite ein Andenken, der dritte ein Kartenspiel, der vierte ein handliches Stoßmesser, und sie betasten ihre kläglichen Kostbarkeiten gegenseitig Stück um Stück. Sie vergleichen, wie man praktischer anordnen könnte, sie packen also gleichsam vor den Augen des Lesers ihre Tornister aus, sie sprechen und vergleichen, sie erinnern sich an diesen winzigen Gegenständen an Vergessenes zu Hause und im Krieg, und allmählich rollt die ganze Heimat, die ganze Ferne aus den geöffneten Rucksäcken in das Buch hinein. Oder einer kommt zurück von der Heimat; eine »bonne blessure«, wie dort drüben die französischen Infanteristen zärtlich den Schuß nennen, der statt des Todes dem Glücksvogel ein paar Wochen Urlaub bringt, hat ihm Gelegenheit gegeben, sich im Hinterland aufzuhalten, und nun schildert er den Weg vom Spital zur Etappe, von der Etappe ins Hinterland, schildert die Vexationen der französischen Bürokratie, den Hochmut der Offiziere, all die bitteren und süßen Erfahrungen mit den verschiedenen Samaritern. Die Kameraden mengen ihre Erfahrungen ein, und aus Rede und Widerrede erwächst allmählich eine (wenig freundliche) Schilderung des französischen Hinterlandes. Mit ein paar losen Einzelbildern ist blitzschnell so die geschlossene Vision des komplizierten Gefüges sinnfällig gemacht, auf dem die vorderste kämpfende Front elastisch ruht. Oder eine rasche Lektion über Artillerie! Sie wachen auf vom Donner einer Kanonade und beschreiben gegenseitig nach den Tönen der Geschosse die Kaliber und ihre Wirkung. Wie der Jäger die Stimmen der Tiere, so erkennen diese Höllenbewohner am bloßen Geräusch die Geschosse, sie unterscheiden genau, bloß nach dem Schall, auf Zentimetergröße die schweren Granaten und agnoszieren mit ganz besonderem Grauen die zerschmetternden österreichischen Mörsergeschosse, die sie vor Verdun zuerst kennengelernt. Sie schildern mit ihren

Rufen und Schreien und Scherzen unbewußt die Flugbahn, die Wirkung, die Schnelligkeit der Geschosse, und unmerklich wird aus dem bäuerisch und banal geführten Gespräch ein ungeheuer anschauliches Bild der fürchterlichsten Waffe dieses Krieges, der Artillerie.

Aus solchen kleinen Darstellungen, Episoden und Anekdoten ist das ganze Buch gestaltet. Einzelne sind unvergeßlich in ihrer Schönheit oder ihrem Grauen. Da ist die des Fliegers, der Sonntag morgens über den Stellungen kreist und zu beiden Seiten der Schützenlinie je eine dunkle, viereckige, gleichartige Masse wahrnimmt. Er schraubt sich nieder, dies Seltsame zu erkunden, und sieht zur Rechten und zur Linken eine gleichzeitige Feldmesse, die deutsche und die französische. Von beiden Seiten tönt zu gleicher Stunde zum gleichen Himmel und zum gleichen Gott Gesang und Gebet zweier Sprachen, zweier Völker empor, aber ehe noch die frommen Worte zu ihm aufrauschen, splittern schon die Schrapnelle der Abwehrgeschütze um seinen Apparat. Oder jene andere Geschichte, die des Soldaten aus Souchez, der in der Wüstenei des früheren Ortes, im zerschmetterten Nichts des Heimatortes wie ein Blinder umhertappt und sein eigenes Haus nicht mehr zu erkennen vermag, so gänzlich um und um ist seine Heimat verwüstet. Oder die des Soldaten, der die Leiche seines Bruders – des letzten von sechs – sucht und nicht weiß, daß sie eine Armspanne von seinem Lager hinter dem Erdwall liegt und die Uhr, die er die ganze Nacht ticken hörte, die des Gesuchten ist, die mit ihrem kalten Mechanismus sein warmes junges Leben überdauert. Unvergeßlich durch Grauen, unvergeßlich durch Wirklichkeit, unvergeßlich durch Kunst der Darstellung sind diese Episoden, und doch, und doch: immer und immer stöhnt der einzelne der französischen Soldaten, klagt der Dichter aus ihnen verzweifelnd: »On ne peut pas se figurer!« Man kann es sich nicht vorstellen:

das wird der immerwährend wiederkehrende Rhythmus, das Leitmotiv des Werkes. Entsetzlichstes stellt Blatt um Blatt der Dichter dar und fühlt doch immer, er sagt nicht genug, nicht genug des Leidens, nicht genug der Qual. Denn selbst wenn er alle Höllen dieses Krieges schildert, das Grauen, das entsetzliche, wie dies darstellen, die unsichtbarste und grausamste aller seiner Qualen, seine Unendlichkeit, die Zeit, die langsame, allzu langsam fließende Zeit? Sekunden und Minuten, die kann man mitdenken, aber die Monate, die Jahre, wie sie fassen, diese Dauer, diese Monotonie, diese Ewigkeit? Sie verzweifeln, die französischen Infanteristen, und er verzweifelt mit ihnen, sie an der Welt, er an der Kunst. Das äußerste Leiden der Menschen wird hier zugleich zur höchsten Not, zur Verzweiflung des Künstlers.

Endlosigkeit, Zermürbung, Müdigkeit, Unabsehbarkeit dreier Jahre, diesen letzten Höllenkreis des französischen Infanteristen von heute, den Zola in seinem ›Débâcle‹ noch nicht kennen konnte, ihn schildert heute Barbusse seinen Landsleuten und der Welt. Als Drohung hält er den politischen Patrioten und hinterländlerischen Durchhaltern diese letzte Qual ihrer Opfer entgegen, kein Leiden schildert er, der Soldat und Kämpfer war, ein makelloser Zeuge, so grausam wie dieses der unermeßlichen Dauer, vor der es keine Rettung gibt. Denn auch die Pause, der Urlaub, die angebliche Rast, auch sie ist den Heloten des rasend gewordenen Nationalismus, den Infanteristen, vergiftet, eine grausame Farce, grinst sie aus diesem Buche der Qual. Barbusse schildert den ersten Besuch der Urlauber in Paris. Noch klebt der Schmutz des Erdloches an ihren Kleidern, noch gellen ihnen die Ohren vom Donner der Geschütze, noch krampft sich ihnen die Seele von den Bildern des Grauens. Und sie kommen über die Boulevards, die von Müßigen strotzen, die Automobile sausen geputzte Menschen hin, die

Geschäfte funkeln Lockung, die Frauen mit den Blicken. Nichts, niemand weiß von Krieg, allen diesen Menschen ist er fern wie der strahlende Himmel über den Dächern. Aber doch: hier ist ein Zeichen. Vor einem Geschäft sammeln sich Leute und bestaunen hinter der Glasscheibe ein sonderbares Ding. Was ist es? Sie drängen sich mit und sehen die lebensgroße Wachsfigur eines deutschen Offiziers in echter deutscher Uniform mit dem eisernen Kreuz aus Pappe, die, um Gnade knieend, ihre beiden Wachsarme bettelnd zu der ebenfalls wächsernen Figur eines französischen Offiziers emporhebt, dessen karminrote Kinderwangen und blöd verdrehte Glasaugen auf ihn niederstarren. Unter dieser einfältigen Spielerei steht groß angeschrieben »Kamerad«, das Spottwort für die Deutschen. Die Soldaten sehen hin, Grauen und Ekel faßt sie an: so denken sich also hier diese Müßiggänger die Deutschen, so denken sie sich hier im Hinterlande den Krieg! Eine elegante Dame streift sie parfümiert an und fragt: »Nicht wahr, meine Herren, Sie, die Sie wirklich Soldaten sind, Sie müssen das auch gesehen haben?« Und die beiden, gewürgt von Ekel, stammeln ein furchtsames »Ja . . . ja . . .« und die anderen glänzen vor Freude. Sie gehen weiter in ein Café, Plauderer reihen sich ihnen an, rühmen sie als echte Soldaten, ein Herr erzählt, wie gern er, der Begeisterte, in den Krieg gegangen wäre, aber das böse Ministerium gäbe ihn nicht frei, ein anderer erklärt ihnen, daß er hier ebenso wichtig für den Staat sei wie sie draußen. Wieder sagen sie: »Ja . . . ja . . . ja . . .« gutwillig und scheu zu allem, aber sie spüren tief innen, zwischen ihnen und jenen ist eine Grenze, sie sprechen verschiedene Sprachen. Und sie irren weiter, die Armen, namenlos vergessen fühlen sie sich in der Großstadt, in diesem Paris, das nur an sich selbst und sein Vergnügen denkt, und plötzlich sagt der eine: »Weißt du, es gibt kein Land heute mehr, sondern zwei Länder im

Land, und die sind einander zu fremd. Dort draußen ist man zu unglücklich und hier ist man zu glücklich.« Verloren fühlen sie sich in der Hauptstadt Frankreichs, die sie mit ihrem Blut in tausend Tagen verteidigten, und gesenkten Hauptes wandern sie aus der steinernen Fremde zurück in ihre andere, in die furchtbare Heimat, in ihre Schützengräben.

Sie sind wieder zu Hause, sind wieder Familie, die »escouade«. Nun aber hebt der letzte Akt dieser menschlichen Tragödie an. Sie wachen nachts auf vom Alarm und werden aus dem Schlaf in den Sturm geschickt. Die Schilderung dieser Apokalypse unserer modernen Menschheit hat Barbusse so grausam, so entsetzlich lebendig – oder besser: so entsetzlich mörderisch – gestaltet, daß man sie nicht wieder zu erzählen vermag. Die Seele verbrennt einem, daß es solche Stunden auf unserer Erde gibt, und der Atem wird nicht mehr frei für das Wort, davon zu sprechen.

Dann kommt die Nacht nach dem Sturm, nach dem Gemetzel. Es ist vorbei. Die letzten Zwei von den einstmals Siebzehn der Escouade streifen über das von den Granaten zerhämmerte Feld. Sie suchen die Kameraden, die vor einer Stunde mit ihnen beim Kartenspiel saßen, und finden als zerfetzte Leichname die einzelnen Brüder, die sie geliebt, mit denen sie durch diese zwei Jahre verwachsen waren wie Muskel und Haut. Aber doch: in ihr menschliches Grauen, ihre brüderliche Trauer vermengt sich unaufhaltsam die dämonische urweltliche Ekstase der eigenen Existenz, der rasende Triumph: »Ich lebe noch! Ich lebe noch!« Sie haben selber getötet, sie sehen den Tod um sich mit blutenden Schädeln und grinsenden Fratzen und wissen doch nur das eine, daß sie selbst noch leben. Sie irren weiter von Leiche zu Leiche. Immer wieder, immer verzweifelter klingt von den furchtbaren Bildern des Grauens das Leitmotiv des Buches auf »on ne peut pas se figurer«, man kann es sich nicht vorstellen! Und sie verstummen, sie kriechen zurück mit ihren blutigen Händen durch den Stacheldraht und kauern sich wieder hin in ihre Winkel. Und nun beginnt ganz leise Stimme um Stimme aus dem Dunkel zu sprechen. Ganz namenlos sind sie schon, diese Stimmen der Übriggebliebenen, und manchmal tönen sie dumpf, als sprächen die Toten, die neuen Zehntausend, die neuen Hunderttausend mit, die jetzt vor der deutschen Linie wertlos liegen wie Kot. Sie sprechen, die namenlosen Stimmen, vom Kriege und suchen seinen Sinn. Aber nicht von Elsaß-Lothringen reden die Infanteristen und von Marokko und Syrien wie ihre Minister, sondern nur von dem Leiden und seinem Ende. Einer wagt noch die Phrase, die angelesene, man müsse Deutschland zerstören, damit der Militarismus vernichtet sei. Aber die anderen glauben der Phrase nicht mehr. »Würde Deutschland auch geschlagen, so würde der Militarismus in einem anderen Lande neu erstehen«, so sagen sie. Nicht Deutschland müsse im Kriege besiegt werden für immer, sondern er selber, der Krieg, nicht Deutschland ist der Feind des Volkes, sondern der Krieg. »Zwei Armeen, die sich bekriegen, das ist ja eine einzige große Armee, die Selbstmord begeht!« ruft einer aus und alle stimmen ihm stürmisch zu. Kein Wort des Hasses haben diese französischen Kämpfer für Deutschland, und die eben noch mit den Handgranaten in ihre Linie gestürmt waren und mit den Messern wie die Bestien gewütet, sie haben Mitleid mit den Opfern des Krieges und Haß nur gegen den Krieg und all diejenigen, die sie hineingetrieben. Nie dürfe ein solches Leiden mehr über die Menschheit kommen, so schreien sie aus ihrer Not, und nur wenn dies der letzte Krieg der Menschheit gewesen, könne ihr Leiden sinnvoll sein. Keine Provinzen könnten ihr Leiden bezahlen, nur dieser eine letzte Gedanke, daß vor diesem Übermaß ihres Leidens die Menschheit zurückschrecken würde, noch einmal das Kreuz des Krieges freiwillig auf sich zu nehmen. »Guerre à la guerre!« gellt es aus den französischen Reihen über das Leichenfeld wie die Posaune des Gerichtes.

Und das ist Trost für sie, unendlicher Trost, daß sie alle als namenlose Heilande mit ihrer Qual die ganze Zukunft vom Kriege erlösen, daß dies Beispiel alle Generationen für immer ernüchtern wird. Aber nur eine Sekunde lang beruhigt sie dieses Idol. Denn wer, so fragen sie sich, wird dieses unser unermeßliches Leiden der Menschheit schildern, wer weiß es denn? Kein Dichter kann es sich von heimwärts erdenken, und die Kriegsberichterstatter, die »Touristes des tranchées«, die Spazierreisenden des Schützengrabens, auch sie haben nur einen Teil ihres Leidens gesehen und nicht den fürchterlichsten gefühlt: den Zwang, die Dauer, die Unendlichkeit. Wer weiß es, wer kennt es, dies Schicksal des Infanteristen? »Wir! Wir allein!« antworten die Stimmen. »Wir! Wir allein, die wir es erlebten!« Aber wie ein Hammer fällt das Bedenken eines auf ihr Herz. »Auch wir nicht, auch wir nicht!« schreit er auf. »Wir vergessen! Es ist zu viel. Man kann es nicht behalten. Auch wir, auch wir werden unser eigenes Leiden vergessen.«

Wie ein Feuerbrand fährt dieser Gedanke, der fürchterlichste des fürchterlichen Buches, durch sie hin. »Ja, wir vergessen!« schreit der eine. »Wenn ich nach Hause komme und die eigenen Briefe lese, die ich aus dem Felde geschrieben, so erkenne ich mich, so erinnere ich mich nicht mehr.« Und ein anderer: »Es ist zu viel, um alles zu behalten. Man vergißt die Dauer dieser Nächte, die Qual der Entbehrung, nichts bleibt als Orte und Namen wie im amtlichen Communiqué.« O Durchlässigkeit des Gefühls, o Unbeständigkeit des Erinnerns, o Mattigkeit des Gedankens! Wie Verzweifelte klagen sie sich selber an. »Wir sind ›machines à oublier‹, Maschinen des Vergessens. Der Mensch ist nur ein Wesen, das ein wenig denkt und viel vergißt.« Auch sie, die einzigen wahrhaften Zeugen, werden stumm sein vor dem Tribunal der Menschheit, auch sie nur stammeln können, statt zu sprechen! Als Helden wird man sie schildern, die sie sich als Märtyrer fühlen, als die maßlos schuldlos Leidenden, ihre Taten wird man kennen, die aneifernden, und nicht ihr Leiden, das allein die Generationen der Zukunft erlösen kann. Wozu dann diese Qual, dieses Leid? Verloren ist ihre Hoffnung: »Tant de malheur est perdu!« Alles Leiden ist vergeblich, wenn es die Menschheit nicht weiß, wenn niemand es wahrhaft bezeugt.

Dieser Zeuge, diese Stimme zu sein, die das Leiden des Infanteristen, des französischen, für alle Zeiten der Menschheit zum Gedenken kündet, hat Henri Barbusse versucht. Wie ein gigantisches Grabdenkmal, gequadert aus Qual, gemörtelt mit Tränen und Blut, ist es über dem Gedächtnis seiner gefallenen Kameraden getürmt, wie ein Fanal der Warnung flammt die erhobene Flamme seiner Leidenschaft in die Zeit hinein. Es wird dauern als Schutzwall gegen die trübe Flut der Gedichte und Traktate der Maulhelden, die eilig aus ihrer »Enthobenheit« vom Kriegsdienst eine Erhobenheit des Gefühls gemacht, als Abwehr und ewiger Hohn gegen die vorsichtigen Patrioten, die so beredet das große Stahlbad gerühmt und sich selbst gehütet, nur die Ferse darin zu netzen – es wird dauern, weil sein Gefühl aus Erlebnis gestaltet ist und weil dies Gefühl keine Grenzen und Völker mehr kennt, nur seinen heiligen Ursprung: die Menschlichkeit. Inmitten der Kämpfe um Entscheidungen der Kraft und des Besitzes ist es schon ein Sieg, der einzige, der im letzten Sinne zählt: der Sieg des klaren Geistes über den Widersinn der Erscheinung, der Sieg der Wahrheit über die Phrase und ihren erbärmlichen Knecht: das Wort.

Bei den Sorglosen

Non vi si pensa, quanto sangue costa.
Und denkt doch keiner, wie viel Blut es kostet.
Dante, Paradiso XXIX. 91

Besuch bei den Sorglosen, dieser aussterbenden Gemeinschaft unserer Welt. Einstmals, vor dem Kriege, hatten sie die ganze Erde, sie fuhren über Länder und Meere wie selige Vögel dahin, sie nisteten, wo immer Sonne glühte und Schönheit leuchtete, an der azurnen Küste Italiens und in den grauen Fjorden des Nordens, in den Tälern Tirols und den Burgen der Provence. Unermeßlich war ihre Bruderschaft, verbreitet in alle vier Winde der Welt, hinschwebend über die Sprachen, forteilend über die Grenzen, überall den Schaum, den hellen und süßen, des bewegten Lebens abtrinkend mit ihren ewig durstigen Lippen. Wo waren sie nicht, die Sorglosen? In den donnernden Städten fuhren leicht und federnd ihre Karossen, auf den Höhen der Alpen sausten sie winterlich, und ihre fernsten Konquistadoren lehnten weich auf den Promenadendecks der Schiffe und rollten abends in Kandy auf den Rikschas flügelnd dahin. Von der goldenen Welle des Reichtums getragen, schwebten sie über Völkern und Sprachen, die große Gemeinschaft der Sorglosen, weltumspannend, weltgenießend, nutzlos und schön, die Schmetterlinge des Lebens.

Wo ist sie heute, die große Gemeinschaft? Zersprengt in alle Winde, der Krieg hat sie vernichtet: es gibt keine Sorglosen mehr. Fast keine mehr. Der Schwarm ist zerstoben, nur ein armes, ein winziges Häuflein hat sich gerettet. Aus ihren Ländern sind sie geflohen, der Gefahr zu entgehen und den kleinen Ärgerlichkeiten. Die Gesetze schnürten sie dort zu peinlich, der Neid trat auf ihre

Fersen, und die Sorglosen lieben nur den Neid der anderen Sorglosen, nicht den der Bedrückten. Aber selbst draußen im neutralen Land, war ihnen der Krieg noch zu nah. Auch hier hat er sich ja eingeschlichen in die Städte, auch hier grinst er noch von Plakaten und Verordnungen, auch hier stört noch Armut und Proletariat, der trübe Dunst von der Bettelsuppe des Lebens. Und sie wollten allein sein, untereinander, Sorglose mit Sorglosen!

So sind sie in die Höhe geflüchtet, in den schönsten Winterwinkel der Welt, ins Engadin, nach St. Moritz. Hier kann das versprengte Fähnlein wieder sich sammeln und sein frommes Ritual, den Luxus, abhalten. Hier ist keine Armut links wie in den Städten, keine Krankheit rechts wie in Davos, Einschränkungen des Vergnügens haben nicht mehr die drohende Wirkung. Die Hotels, ihre alten Burgen des Luxus, stehen offen: langsam finden sich die Sorglosen wieder. Ein paar Hunderte freilich nur von den Hunderttausenden, die einst über die Erde hinschwebten. Aber der Schwarm hat ein Nest hier gefunden in St. Moritz: das letzte Häuflein der Unerschütterlichen ist beisammen und lebt in alter Weise, der wohlbekannten und uns doch so fremd gewordenen. Man lacht hier viel, man amüsiert sich. Man denkt nicht an den Krieg. »Non vi si pensa, quanto sangue costa.«

Oh, wie klug sind die Sorglosen! Wie wußten sie immer das Schönste vom Schönen, das Beste vom Besten auszuspüren! Und auch ihre letzte Trutzburg in dieser Zeit, St. Moritz, wie zauberhaft leuchtet sie in diesen Sonnenwinterstagen! Eine Perlmuschel mit geschliffenen Rändern, zackt sich die weiße Mulde gegen das durchsichtige Blau: aufgehoben aus der Tiefe in die Firnen, liegt dieses weiche Tal noch unter unendlichem Himmel. Denn so rein ist hier die durchsonnte Luft, daß alles noch ferner scheint und die Sterne nachts weiß niederbrennen aus

Unabsehbarkeit. Und dieses Weiß in der Wintersonne, das allgegenwärtige Weiß, das makellose, unirdische Weiß des Hochlandschnees, ist von einer Farbe, wie sie von allen Dingen der Welt nur die Edelsteine haben, die ihre Farben nicht still tragen wie ein Kleid, sondern aus sich brennen, gleichsam als ihre Seele. Man kann es nicht schildern. Man kann es auch nicht malen. Die Segantini-Bilder sind schön, bis man diese Wirklichkeit kennt, und einem vielleicht nachher wieder lieb als Erinnerung, hier aber bleiben sie arm. Sie verlieren ihren Glanz so wie das Wort Winter hier seine Kraft. Alles Böse, Drohende, Harte, das in dem spitzen Vokal, dem starren Konsonanten schwingt, ist hier fort: Winter, das ist hier Glanz, Sonne, Klarheit, Licht, Heiterkeit und Reinheit. Etwas Funkelndes wie der Diamant und doch mild zu fassen, etwas Reines wie Morgenlicht und doch von einer großen Kraft. Und etwas, das in großer Stille ruht und ganz ewig bliebe, störten es die Menschen nicht.

Aber die Sorglosen sorgen nur um sich. Mitten in die hohen, schöngeschwungenen Linien, ungeheuer im Ungeheuern, sind ein paar viereckige Blöcke geworfen, die Riesenkästen der Riesenhotels. Frech stehen sie mit ihren harten Stirnen gegen die Landschaft, unbekümmert, ob sie die Linie, die herrlich-harmonische, mit ihrer patzigen Gegenwart zerstören, gleichgültig auch sie gegen die andere Welt wie die Menschen, die sie beherbergen: die Sorglosen. Trutzburgen sind sie gegen die Zeit, Abwehr gegen das Außen, Heimstätten der Heiteren, der ewig Unbekümmerten. Hoch oben stehen sie über der Welt, über den Sorgen. Die vier grauen Schwestern, sie klimmen nicht auf bis zu ihnen, das Leid, das unendliche Leid, das über alle Länder Europas sich als Blutsumpf breitet, stößt seinen Atem nicht in diese reine Luft. Hier sind sie sicher, die Sorglosen. Non vi si pensa ...

An einer Kehre: zehntausend Diamanten splittern aus dem Schnee, eine Wolke sprüht und pulvert auf. Ein Bob saust vorüber, drei sechs, acht Farben, grün, gelb, rosa, schwarz, Stimmen, Gelächter, Rufe, vorbei. Wieder einer, noch ein Geschoß, das lachend explodiert, jauchzend weitersprüht, ein Angstschrei, ein Lachen, Farben, gelb, safran, blau, und wieder vorbei. Und noch einer und noch einer! Den ganzen Tag saust es so von Chantarella herunter, immer fährt und funkelt es an einer Wende des Berges, immer zuckt von irgendwo hier Gelächter in der hellen Luft. Und gemächlich fährt die Seilbahn die Sorglosen wieder empor und wieder sausen sie nieder.

Auf den Hängen drüber in Fahrt und Sprung die Skisportler. Wie Blutflecken leuchten die roten Jacken aus dem Schnee, man muß an eine weiße Wiese denken mit vielen Springkäfern, die da übereinanderpurzeln und wettfahren. Unten und oben, überall Eislaufplätze, geschliffene Spiegel, die in die Sonne funkeln. Dazu Musik. Ein Walzer über Schnee hinwehend, warm und süß. Und sie tanzen, die jungen Leute, oder sie spielen Polo und Hockey wie rasende Fische über die gefrorene Fläche hinschnellend. Und wieder die Musik und immer die Farbe, die wunderklare, in der Sonne strahlend! Dann wieder Schlitten. Vornehme Frauen mit kostbaren Pelzen lugen heraus, in das Klingen klirrt das Gelächter. Reiter zu Pferd, die hinter sich die Skifahrer an Seilen nachschleifen – ich weiß, alles dies ist Sport, aber es wirkt irgendwie lächerlich. Wie eine Maskerade, wie ein Kinderspiel von Erwachsenen. Sie sind alle zu elegant, zu gesucht in den Kostümen – die Augen brennen einem von den grellen Farben – und alle zu heiter: ein Jahrmarkt, eine Fête d'hiver, ein Maskenfest, so fühlt man's. Irgendwie zu laut, zu lustig, zu frech, als daß man nicht den Gegensatz ahnte, den ungeheuren, dem dies zu Trotz geschieht. Und daß diese Leute auf ihr Lachen, auf ihre Unbesorgtheit so stolz sind wie auf ihre Diamanten und die Adelskrone im Siegelring.

Nein, sie langweilen sich hier nicht, die Sorglosen. Seit Jahrzehnten trainiert auf den vornehmen Müßiggang, kann eine Bagatelle wie der Weltkrieg sie nicht von ihren Vergnügen abbringen. Ach, alle sind sie da, die man kennt von Vichy und Ostende und Karlsbad, und man kennt schon all diese kleinen Dummheiten, von denen man nicht versteht, daß sie diese Menschen nicht schon anöden, den Tangotee und die Soirées dansantes, die Maskenbälle und die Tennismatches und den Prestidigitateur – nur das Roulette fehlt und die Petits chevaux (oder vielleicht habe ich sie nicht gesehen). Ach, alles haben sie wieder um sich her, die Sorglosen, was sie brauchen, die Geschäfte mit den Blumen aus Italien und der Riviera und die Patisserie und die Parfümerie, all diese Geschäfte, in die man nur aus Langeweile geht. Und natürlich den Antiquitätenladen – wie könnte man den entbehren, den Antiquitätenladen 1800 Meter über dem Meere mitten im Weltkriege? Nichts, nicht einen Gran geben sie preis vom Einstigen, diese Letzten, Zähesten der großen Brüderschaft, die nun zerstoben ist in alle Winde der Welt. Wieder sitzen sie beim Tee, flirten und lachen, ein Tangopaar biegt und schwingt sich zur Melodie. Oh, wo ist der Krieg? Wo die verstörte Welt? Walzer, ein sanfter Walzer zum Tee. Und Lächeln und fliegende Blicke.

Lachen und Übermut: man horcht zwischendurch auf die Worte. Französisch, deutsch, italienisch, englisch – sie haben keine Heimat, die Sorglosen, sie sind von überallher. Und sie haben keine Väter, keine Brüder, keine Gatten, die sterben – man sieht es an ihren leichten Lippen. Sie sind jenseits von allem, nur mitten in ihrem Vergnügen. Ein Walzertakt hebt ihnen die Schultern, ein Lächeln trägt alles Lästige fort. Wer hat hier noch Sorgen? Gelächter und Musik. Non vi si pensa ...

Man denkt an Freunde, die zu gleicher Stunde jetzt irgendwo auf einer Schneehöhe liegen, ihrem Tode gegenüber, an andere, die jetzt, in dumpfen Bureaus seit Jahren gefangen, Zettel um Zettel ausschreiben müssen, man denkt an die tragischen Vorstädte Europas mit ihren nächtigen Larven von Frauen und grauen Schatten von Kindern – und man kann nicht anders, als sich dieser Menschen schämen, wie sie so lachend die Schneehänge herunterfahren in ihren Affengewändern. Aber doch, so sehr sich die Seele erbittert, wider Willen, ganz wider Willen hat das Auge Freude an ihnen. Es tut so wohl, wieder einmal gesunde, junge, heitere Menschen zu sehen, Jugend, die sich selbst geschenkt ist und diese Freiheit fühlen darf. Die es ahnen und leben ohne Angst: ich bin stark, ich bin jung, ich bin gesund! Jugend, die mit ihrer Kraft spielt, statt sie mörderisch zu verwerten, die nicht in Erdlöchern und Kasernen vermauert ist, sondern turnerisch leicht, das höchste, das seligste Gefühl der Erde genießt: Freiheit. Die, rot, die frischen Gesichter vom Sonnenbrand und vom rollenden Blute, in Paaren über das spiegelnde Eis tanzt, Kraft vereinend mit Grazie, auf Pferden hingaloppiert, schöne Linie der Leichtigkeit und Lust, und in Skiern frei und leicht in die Lüfte springt. Mit einemmal weiß man wieder, wie schön die Kraft ist, wenn sie nicht Gewalt, Roheit und Mord wird, wenn sie sich nur selbst genießt als Bewußtsein, als Harmonie, als Spiel. Und man erinnert sich, wie schön vordem die Welt war, als ihre Jugend noch Freude hatte!

Zwiespalt der Zeit! Man sieht die Freude der Menschen und schämt sich ihrer. Man sieht ihre Trauer und wünscht ihnen Freude. Man möchte mittun und fühlt sich in Schuld gegen die anderen, denen alles versagt ist, man möchte sorglos sein mit den Sorglosen und haßt doch ihre Kälte. Zwischen zwei Wellen schaukelt das Herz. Der Mensch in uns, der brüderlich aufgetane, mahnt: birg dich, verbirg dich, tu Trauer für das unendliche Blut! Und das Leben in uns, das ewig teilnahmslose, das nur sich selbst will und seine erlesenste, kostbarste Blüte, die Freude, es lockt: bleibt ganz in dir, bleib froh, deine Trauer wird es nicht ändern! Der Mensch in uns sagt: zahl freiwillig deine Schuld an die fremde Not, leide mit alles Leiden, versag dir die Freude! Und das Leben befiehlt: gib dich hin an jede Freude, sie ist deiner Seele Brot und Blut! Der Mensch in uns sagt: nur durch Trauer lebst du wahrhaft die Zeit, fühlst du den Krieg. Aber das Leben spricht: nur durch Freude erlöst du dich von der Zeit, besiegst du den Krieg!

Und das Herz, das irdische, schwankt. Es sehnt sich nach Freude der ganzen Welt und schämt sich jeder eigenen. Es haßt die Sorglosigkeit und haßt auch seine eigene Bitterkeit, seine zwecklose Trauer, die keinem hilft. Es bleibt heimatlos unter den Heiteren und horcht doch sehnsüchtig nach ihrem Lachen. Und fühlt sich unendlich allein hier zwischen der strahlenden Landschaft und den eisigen Herzen.

Satyrspiel des Abends nach der ewigen Komödie des Tages: Maskenball in einem der Luxushotels. Nein, die Sorglosen, sie langweilen sich nicht. Zuerst noch Fracks und Dekolletés in den hohen Sälen, Diamanten blitzen und die Blicke dazwischen, auf den Tischen lockt, was im Kriegsland der Verwegenste nicht mehr erträumt. Noch immer sitzen sie wie einst und spielen ihre Kinderspiele: Gesellschaft, Vornehmheit, Eleganz, Flirt. Europa stürzt in Trümmer. Die Zigeunerkapelle fiedelt. Zehntausend Menschen sterben jeden Tag. Das Diner ist zu Ende, der Maskenball beginnt. Witwen sitzen frierend in allen Gemächern der Welt. Mit nackten Schultern tritt eine Marquise vor, ein maskierter Chinese ihr gegenüber. Masken und Masken strömen herein. Und wirklich, sie sind wahr. Nirgends ein menschliches Gesicht unter ihnen. Die Spiegelleuchter brennen. Der Tanz hebt an. Süße weiche Takte, indes irgendwo jetzt Schiffe in die Tiefe fahren und Gräben gestürmt werden. Die Sorglosen tanzen den Mummenschanz der Nationen.

Und man sehnt sich, es geschähe wie einst, daß plötzlich die Lichter auslöschten und die Feuerschrift Belsazars Worte hinschriebe an die starre Wand. Oder Dantes Zeile, die fürchterliche: »Non vi si pensa, quanto sangue costa.«

Bertha von Suttner

Eine Ansprache, inmitten des Weltkriegs im April 1917 anläßlich der Eröffnung des Internationalen Frauenkongresses für Völkerverständigung in Bern

Diese Zeit, die größte Verwandlerin aller Werte, hat nicht nur die wirkliche, sondern auch die moralische Welt umgestaltet. Namen, die uns einst als Sternbilder der Ehrfurcht hoch im Himmel der Seele standen, sind ins Tägliche niedergesunken, und Gestalten wiederum, die wir in der Friedenszeit kaum beachtet, wachsen, vom Schatten der Ereignisse überhöht, mächtig in unserer inneren Welt. Und wie kaum ein anderer ist heute der lange mit lächelnder Überlegenheit ausgesprochene Name einer Frau klingend in unserem Herzen geworden, der Name Bertha von Suttners, den eine künftige Zeit unter den heroischen und tragischen der Geistesgeschichte aufzählen wird. Unsichtbar beseelt der von ihr gelebte Gedanke jetzt die ganze europäische Welt, er füllt mit seinem Atem diese Stunde, und da er wahrhaftig in Ihnen allen lebendig ist, so wäre es undankbare Vergeßlichkeit, jener nicht zu gedenken, die ihn in unser Leben mit ihrem eigenen Leben hineingestaltet hat.

Ich weiß nicht, ob gerade mir persönlich ein Recht zusteht, von dieser außerordentlichen Frau zu Ihnen zu sprechen, denn – daß ich's nur unverhohlen und mit Beschämung sage – ich muß mich selbst zu den allzu vielen zählen, die sie nicht genug verehrten, die ihr Werk nicht hinlänglich würdigten, solange sie selbst noch eine Wirkende war. Und wie leicht wäre es gewesen, eine wie gute, wie dankbare Pflicht! Sie lebte nah, mitten in unserer Welt in Wien, sie war zugänglich, ja werbend um jeden einzelnen Menschen, und ihre schönste Freude blieb, neue Gefolgschaft um ihre Idee zu versammeln. Mehrmals hatte ich Gelegenheit, ihr zu begegnen; und das Gütige ihrer Erscheinung, das Mildgeistige ihres Wesens, die unendliche Macht des tätigen Willens, der die schon gealterte Frau beseelte, war zu hinreißend offenbar, als daß man sich der Verehrung hätte verschließen können. Tiefe Sympathie mußte jeden fühlenden Menschen ihrem Wirken verbinden, aber doch, was für eine laue, lässige, untätige Sympathie war dies, die wir alle ihrer Idee entgegenbrachten, indes sie wirkend glühte in der Leidenschaft ihrer prophetischen Angst. Versuchen wir nicht auszuweichen: unser aller Mitschuld ist es im letzten, daß ihre leidenschaftliche Bemühung, statt im Mittelpunkte des europäischen Denkens zu stehen, auf kleine Kongresse, auf eine unterirdische und kaum fühlbare Wirkung beschränkt blieb, und diese unsere späte Dankbarkeit spricht uns nicht frei von unsühnbarer Schuld. Aber je mehr wir unseren eigenen Irrtum erkennen, desto mehr sind wir auch befähigt, die moralische Schönheit und die überzeitliche Mission dieser Frau zu würdigen und zu erkennen.

Sie wissen alle, daß es Bertha von Suttner erspart geblieben ist, dieses Grauen, dessen erbitterte und zugleich ohnmächtige Zeugen wir heute sind, zu erleben, daß nur der Tod sie weghalten konnte, führend an der Stelle zu sein, wo Sie sich heute versammeln. Acht Tage vor jenem Revolverschuß zu Sarajevo ist sie hingegangen, das Schicksal liebt solche dramatische Fingerzeige, und einen Monat später schien schon ihr Lebensgedanke, die Vermeidung des Weltkrieges, ihr nachgestorben. Aber nur Menschen sind vergänglich, niemals die Gedanken. Gleichsam die unsterbliche Seele der Menschheit, lassen sie sich nieder in einzelnen Gestalten und Nationen, aber nur scheinbar sterben sie mit ihnen. Sie wandern weiter in neue Gestalten, wandern weiter, bis sie sich erfüllt haben. Und eben darum, weil Bertha von Suttner diese Erfüllung, die vielleicht schon ganz nahe, nicht erleben durfte, eben um der scheinbaren Vergeblichkeit ihrer Existenz willen, ist es notwendig, dieses Lebens zu gedenken, das nichts anderes war als die in Tragik verwandelte Idee unserer Zeit.

Bertha von Suttner war eine österreichische Aristokratin, eine geborene Gräfin Kinsky, und ihr ganzes lebendiges Wirken ist symbolisch zwischen die beiden einzigen Kriege gestellt, die Österreich im letzten halben Jahrhundert geführt hat, den Krieg von 1866 und den gegenwärtigen. Sie hatte den ersten dieser Kriege, fast ein Kind noch, gesehen, aber so gesehen, wie eine wahrhafte Frau den Krieg sehen soll, mit allem menschlichen Mitleid und unendlichem Grauen. Und ihr ganzes Leben galt einzig der Idee, eine Wiederholung dieses Grauens ihrer Heimat und – denn sie war nicht nur Österreicherin, sondern auch Weltbürgerin – der ganzen Welt zu ersparen. In den drei Worten, die sie als Titel ihrem ersten Buche voransetzte, hat sie alles gesagt, was sie sagen wollte. Es hieß ›Die Waffen nieder!‹, und Sie wissen, daß dieses Buch – leider nicht auch der Gedanke – sich die ganze Welt erobert hat. Nur ein einziges Mal noch war einer Frau durch ein literarisches Werk ein ähnlich agitatorischer Erfolg beschieden gewesen, der Amerikanerin Beecher-Stowe mit ihrem Roman ›Onkel Toms Hütte‹, der ganz allein die Sklaverei erschlug und Millionen geknechteter Menschen befreite. Und Millionen geängstigter Menschen zu befreien durch ihr Pamphlet war auch der Sinn von Bertha von Suttners literarischem Wirken, und dies möge Ihnen ein bedeutsames Zeichen sein, daß es auch einer Frau in der Kunst immer gegeben ist, das Äußerste zu erreichen, wenn sie sich selber treu bleibt, wenn sie an die elementarsten menschlichen Mächte, an das Mitleid und das Muttergefühl, appeliert. An dieses urtümlichste, elementarste Empfinden, an das Allmuttergefühl aller Mütter der Welt, hat sich Bertha von Suttner gewandt, als sie den Ruf in die Welt schrie: »Die Waffen nieder!« Andere haben vielleicht den Gedanken des Weltfriedens geistiger und gedanklicher gestaltet, vor allem Tolstoi, der es als höchste Freiheit des Menschen, als die Knechtschaft vor Gott empfand, daß ein Leben das andere achten müsse. Eine Reihe Philosophen, Rechtslehrer und Nationalökonomen wiederum haben weittragende Theorien zur Vermeidung blutiger Austragungen von Völkerstreiten ersonnen. Und heute erst, mitten im Kriege, erkennen wir die Fülle der Probleme, die sich aus dem Zwiespalt der inneren menschlichen und der äußeren staatlichen Verantwortlichkeit jedes einzelnen ergeben. Sie aber, Bertha von Suttner, ging den geraden Weg. Sie hatte einen heiligen Köhlerglauben an die Vernunft der Menschheit und sagte ihr nichts anderes, immer, immer wieder, als die ganz primitive Wahrheit, die in allen Bibeln der Welt steht: Du sollst nicht töten. Sie sagte es mit einem neuen Worte: »Die Waffen nieder!« und sagte es so leidenschaftlich, so oft, so unermüdlich wie niemand vor ihr, denn – eine Kinderlose, hatte sie unendlich viel überschüssige Liebe an die Welt zu geben. Als sie das erstemal dieses Wort: »Die Waffen nieder!« in die Welt schrie, liefen ihr die Leute zu und horchten auf. Aber als sie immer wieder nur dasselbe sagte: »Die Waffen nieder! Die Waffen nieder!«, begann sich die Neugier zu langweilen. Man nahm diese leidenschaftliche Monotonie des Gedankens für Armut, seine Sinnfälligkeit für Banalität. Einige begannen sich zu ärgern, sie dachten: was es wohl not tue, mitten im Frieden immer nach Frieden zu rufen. Sie galt ja unserer scheinklugen Welt als Gespensterseherin und die öffentliche Meinung drückte sie allmählich in den Winkel hin zu den Okkultisten und Theosophen,

Vegetarianern und Volapükerfindern, in jene Winkelgasse knapp neben dem Narrenturm. Sie aber ließ nicht ab; immer wiederholte sie den Ruf, als wollte sie ihn einhämmern in den Kopf der Menschheit. Allmählich war sie etwas ganz Lächerliches geworden, die Friedens-Bertha der Witzblätter, und man nannte sie eine gute Frau mit jener mitleidigen Betonung, durch die man Güte der Dummheit nachbarlich macht.

Aber ebendiese Frau, von der man meinte, sie habe nichts als ihre drei Worte der Welt zu sagen, hatte das tiefe Instinktgefühl Kassandras und zugleich die Wachsamkeit Lynkeus', des Türmers. Nicht nur, daß sie mit vorfühlender Angst diesen Weltkrieg gleichsam atmosphärisch gewittert, nicht nur, daß sie das anklagende Gewissen der Völker durch Jahrzehnte gewesen, sie hatte auch die einzige notwendige Waffe der Zeit rechtzeitig zu fassen gesucht: die Organisation. Wachsam, wie sie war, hatte sie beobachtet, wie in allen Ländern gleichzeitig die entsetzliche Maschine des Krieges sich vervollkommnete, wie diese Organisation alle Gebiete vertrustete, wie sie Industrie, Literatur und Kunst in ihre Sphäre einbezog, wie die niederen Instinkte der Menschheit, Stolz, Neid, Mordlust, Ruhmsucht, und anderseits die edelsten, die Begeisterung, der Opferwille, das Gemeingefühl, als Rohstoffe in ihr verarbeitet wurden. Und sie sah ein, daß man mit unbewehrtem Gefühl eine solche gigantische Maschine nicht zerstören könne, daß man im Gegenteil ihrer Organisation eine andere, gleichstarke und noch stärkere entgegensetzen müsse, der Kriegsorganisation eine Friedensorganisation. Man mag denken, wie man will, von der Idee der Organisation – ob man sie bejaht als einen Triumph der modernen Menschheit, ob man sie verneint als die Mechanisierung der Persönlichkeit, sie ist und besteht als die stärkste Wesensform der Gegenwart, und selbst der, der sie zerstören will, kann es heute nur durch ihre eigene Methode. Dies hatte Bertha von Suttner als erste vorahnend erkannt – »Vorbereitung ist alles«, dieses Lieblingswort der Militaristen, nahm sie ihren Gegnern weg für den Frieden und versuchte eine Mobilisierung aller gegen die einheitliche Gefahr. Und es hat sich als richtig erwiesen, daß diese Idee der inneren und äußeren Vorbereitung nicht nur für die Nationen, sondern auch für den einzelnen Menschen die einzige Rettung im gegebenen Augenblicke war. Denn fast alle der wenigen hervorragenden Menschen, die vom ersten Tage an Kriegsgegner gewesen sind, waren es nicht aus einer Improvisation der Seele, sondern aus einer Organisation ihrer Ideen. Tolstoi war befestigt durch zwanzig Jahre geschlossenen Denkens, Rolland hatte lang vor dem Kriege in seinem Romane durch einen Vergleich der europäischen Bruderkulturen seine Überzeugung von der Unzerstörbarkeit der höheren Gemeinschaft gewonnen. Nur diejenigen, die nicht überrascht waren, die Vorbereiteten, die innerlich Organisierten, hatten ihre ganze Kraft zum seelischen Protest bereit, und wenn fast die ganze Welt zu den Überraschten zählte, so war es nur, weil sie sich nicht rechtzeitig jener Organisation gegen den Krieg eingefügt, die Bertha von Suttner begonnen. Freilich, wie kurz war ihr Leben gegen die Unendlichkeit der Aufgabe! Wie leicht hat es der Kriegswille, wie schwer der Pazifismus! Denn während jener an die offenen Instinkte der Menschheit, die der Kraft, des Stolzes, der Leidenschaft, appelliert, während er auf tausendjähriger Tradition geharnischt mit uralten Argumenten steht, muß der Friedenswille immer erst die verborgenen Instinkte, die der Nachgiebigkeit und Versöhnlichkeit, wecken und hat der Tradition nichts entgegenzusetzen als das Ungewisse der Utopie.

Alle diese Schwierigkeiten hatte sie, die Bertha von Suttner, vielleicht besser erkannt, als wir wissen. Aber sie war eine Idealistin, und das heißt nicht, wie die meisten Menschen meinen: den Widerstand der Wirklichkeit gegen die Idee übersehen und mißkennen, sondern heißt: trotz diesem Widerstand die für notwendig erkannte Idee zu Ende leben. Gewiß: sie hatte vielleicht nur diesen einen Gedanken: »Die Waffen nieder!«, aber es ist ihre unvergängliche Größe, daß dieser Gedanke nicht nur der richtige, sondern auch der einzig und einzig wichtige unserer Epoche gewesen war. Und es bedeutete dann die Arbeit ihrer dreißig tätigen Jahre, diesen Gedanken immer tiefer in die Wirklichkeit einzubauen. Aber wer half ihr, wer stand zu ihr? Wer trat bei in diese Friedensgesellschaft, die sie begründet? Waren wir nicht alle aus jenem Mißtrauen gegen Vereine, aus jenem unedlen Hochmut, einer Selbstverständlichkeit zu dienen, ihren Plänen fern geblieben? Meinten wir nicht alle, wir könnten, jeder einzeln, Wesentlicheres wirken als im Zusammenschluß? Sie aber, gleichgültig gegen alle Gleichgültigkeit, unermüdlich in ihrer Arbeit, gründete Friedensgesellschaften, die österreichische, die ungarische, eilte von Kongreß zu Kongreß, suchte die Staatslenker und die Diplomaten auf, die ihr halbe Worte und unverbindliche Versprechen gaben. Sie warb um die Massen und um die Nationen. Und da sie die Gemeinschaft nicht fand, suchte sie die einzelnen. Sie fand Alfred Nobel, den Erfinder des furchtbaren Sprengstoffes, und weckte sein Gewissen, daß er jenen Preis stiftete, der wenigstens einmal im Jahre die Menschheit an die Existenz einer Friedensorganisation erinnerte. Sie fand Carnegie, den Herrn von Pittsburg, wo Tag und Nacht Tausende an Kanonen und Gewehren hämmern, und gewann ihn ihrem Gedanken. Sie flocht von Mensch zu Mensch eine Kette, klein, aber doch die Besten verbindend, eine Kette zwischen den Nationen, die selbst heute unter dem Anprall von dreißig Millionen Soldaten nicht ganz zerrissen ist. So gab diese heroische Agitatorin der Menschheit ein dauerhaftes Beispiel, daß die Frau, selbst wenn ihr das Recht der öffentlichen Einflußnahme auf Politik durch das verweigerte Wahlrecht versagt ist, deshalb doch nicht zur Untätigkeit und Wirkungslosigkeit verdammt bleibt, daß ihr immer der Weg offen steht, durch Menschlichkeit auf Menschen einzuwirken, Seele zu Seele, indem sie in jenen, die verantwortlich sind, das Gewissen weckt. Und wie hat sie gerüttelt an diesem Gewissen der Menschheit, wie war sie wachsam auf ihrer ›Friedenswarte‹. Monat für Monat hat sie in dieser Zeitschrift eine Kritik der Ereignisse gegeben, die wenig gelesen, wenig bemerkt wurde – und tragischerweise immer nur von den tausend schon überzeugten Menschen und nicht von den Hunderttausenden, die hätten überzeugt werden müssen! Als einzige hatte sie das Radikalmittel gewiesen, während die andern mit diplomatischen Salben und politischen Tränklein immer wieder ein trügerisch vorübergehendes Wohlbefinden erzielten: »Die Waffen nieder!« Seit zwanzig Jahren hatte Bertha von Suttner um diesen Weltkrieg gewußt, indes wir alle atemnah neben ihr ahnungslos unser Leben lebten.

Aber – ich frage Sie und mich – spreche ich wirklich wahr, wenn ich sage, wir waren ahnungslos gewesen, wir hätten nicht um diesen Weltkrieg gewußt. Ein Ja und ein Nein, beides als Antwort wäre Übertreibung, denn es gibt eine eigentümliche Art des Wissens in jedem Menschen, eine eigentümliche und gefährliche Art des Wissens und gleichzeitig Nichtwissenwollens, die mit einer elementaren Funktion unseres Lebenswillens zusammenhängt. Wir bemerken vieles und bemerken es doch nicht bewußt, weil wir es nicht bemerken wollen, weil wir es gewaltsam verdrängen und ins Unterbewußtsein, in die Dämmerung des Gefühls zurückstoßen. Wir wissen alle um unsern Tod, der in uns lebt und wächst, aber wir wollen es nicht wissen, um heller zu leben, und tun so, vor uns selbst, als atmeten wir ewig. Wir wissen, daß, während wir durch eine Frühlingslandschaft fahren und das gleitende Bild vor den Fenstern genießen, vorn an der Lokomotive ein halbnackter rußiger Mensch vom Kesselbrand angeglüht wird, aber weil wir wissen, daß wir nicht voll genießen könnten mit diesem Gedanken, unterdrücken wir gewaltsam den Gedanken. Und so haben wir im Frieden aus Lässigkeit, aus Leichtfertigkeit, aus seelischem Selbsterhaltungstrieb an den Krieg nicht geglaubt, weil wir uns nicht stören lassen wollten. Sie aber, Bertha von Suttner, hatte einsam die tragische Mission übernommen, die ewige Aufstörerin zu sein, unbequem ihrer Zeit wie Kassandra in Troja und Jeremias in Jerusalem. Sie hatte sich heroisch entschlossen, lieber im Gelächter der Menschen zu leben als in Trägheit des Herzens.

Dies aber ist und bleibt ihre denkwürdige Größe und ihr Beispiel für diese Stunde, daß sie sich durch Lächerlichkeit nie abhalten ließ, tätig zu sein. Dostojewski hat einmal gesagt, der größte menschliche Fehler, die gefährlichste Hemmung unserer Kräfte sei unsere Angst, lächerlich zu erscheinen. Diese Angst hatte sie überwunden. Sie schrak nicht zurück, das scheinbar Unerreichbare zu fordern. Sie wußte ja selbst besser als jeder andere um die tiefe Tragik der Idee, die sie vertrat, um die fast vernichtende Tragik des Pazifismus, daß er nie zeitgemäß erscheint, im Frieden überflüssig, im Kriege wahnwitzig, im Frieden kraftlos und in der Kriegszeit hilflos. Dennoch hat sie es auf sich genommen, zeitlebens den Törichten als Don Quichotte geltend, der gegen Windmühlen ficht, aber heute wissen wir es schauernd, was sie immer wußte, daß diese Windmühlen nicht Wind, sondern die Knochen der europäischen Jugend zerreiben. Vielleicht sind auch wir vor den Klugen und Kühlen jetzt der Lächerlichkeit und des Narrentums verdächtig, wenn wir das scheinbar Unerreichbare fordern, während Millionen Menschen im Kampfe stehen, von der Brüderlichkeit und Versöhnung der Nationen sprechen. Aber gerade dieser hohen Frau Beispiel zeigt, daß Erfolg mit Wirkung nicht verwechselt werden darf, und, was zeitlich unwirksam, durchaus nicht schon zukünftig unfruchtbar ist. Mögen andere an uns die Schuld begehen, die wir an dieser Frau begangen haben, daß wir nur mit lauter Freundlichkeit neben ihrem Leben standen und sie mit unserer strafwürdigen Passivität verhinderten, ihre Idee zu verwirklichen, ihr Beispiel zeigt wunderbar beseelt, daß man nur dann ins Lebendige wirkt, wenn man einzig auf seine Gedanken blickt und nicht auf seine äußeren Möglichkeiten in der Zeit, wenn man aus einem Leben eine Überzeugung macht und aus einer Überzeugung ein Leben.

Bekenntnis zum Defaitismus

Wort, Vers, Buch, Bild, Aufschrei, Protest – wir wissen alle schon, es hilft nichts: sonst stände längst die Welt nicht mehr bis zu den Hüften im Blut. Das Einzelne ist machtlos, der Einzelne ohnmächtig im Protest. Und alle fühlen wir nur eine Möglichkeit der Rettung: Gemeinsamkeit.

Gemeinsamkeit des Wortes, des Willens, Zusammenschluß der Millionen, die in der Fortführung dieses Krieges ein noch größeres Verbrechen sehen als in seinem Beginn. Gemeinsamkeit der Millionen, gebunden zu einem Schrei, einer Tat, einem Willen. Aber zwischen diesen Menschen gleicher Gesinnung steht noch trennender als die Mauern der Sprache, als die Gräben der Grenzen der Dämon von Babel, der sie verwirrt: Politik. Vier Menschen an einem Tisch können sich kaum zusammenhalten, ohne daß der Hochmut, der Imperialismus ihrer politischen Ideen sie nicht widereinander wendete. So haben wir hüben und drüben tausend Gruppen und Grüppchen, Konventikel und Vereine, alle abgesprengt von der einen Idee der Kriegsfeindschaft, alle machtlos, alle kraftlos, weil gleichzeitig gegeneinander und gegen den Wahnsinn der Welt gewandt. Und alle träumen, wünschen, glühen wir doch einen Gedanken: Gemeinsamkeit.

Wir brauchen sie. So müssen wir sie finden. Keine logische, sittliche, ethische Notwendigkeit des einzelnen ist so wichtig wie die Notwendigkeit der Welt. Wir müssen nachgeben, einer dem andern, damit wir zusammentreten können auf eine einzige große Plattform des Willens und der Tat. Wir müssen eine breite Plattform suchen (keinen elfenbeinernen Turm), damit viele Platz finden, damit wir Masse werden und damit Macht. Die Macht, die einzige, die ihre Kraft daran wendet, die Herrschaft der Macht zu zerstören. Aber wo sie finden, diese Plattform? Wo beginnt, wo endet unsere Gemeinsamkeit?

Unsere Gemeinsamkeit soll beginnen im Menschlichen, im Allmenschlichen und soll da enden. Hören wir alle für eine Weile auf, vom Staate und vom Stande aus zu denken, von unserm Stande und von unserm Staat! Denken wir einzig vom Menschlichen her, vom einzelnen Menschen, von dem millionenmal multiplizierten, gemarterten, hingeschlachteten Menschen, ohne diese multiplizierten Massen Franzosen, Deutsche und Engländer zu nennen. Treten wir in eine Sphäre der Gemeinsamkeit, die das Wort Elsaß-Lothringen nicht kennt, kein Trentino und kein Polen, keine Freiheit der Völker und der Meere, sondern nur Freiheit der einzelnen Menschen über sein Schicksal! Suchen wir unsere Brüderlichkeit jenseits von Politik, denken wir abseits von Geographie und Geschichte – nein, denken wir überhaupt nicht. Fühlen wir nur! Unsere mögliche Gemeinsamkeit kann einzig in dem Gefühl sein: daß noch nie, seit Sterne und Sonne über dieser irren Welt stehen, der Mensch so geschändet worden ist. Und daß dieser Schande ein Ende gesetzt werden muß. Treten wir zusammen, an so verschiedene Lösungen wir auch glauben, treten wir nur erst zusammen! Nicht für eine Ewigkeit. Nur solange noch Krieg ist. Vereinigen wir uns jenseits unserer politischen Gesinnung vorerst im Gefühl unseres Widerstands. Damit erkenntlich sei, wie viele dem Wahnsinn widerstreben, von wie wenigen die Welt vergewaltigt wird.

Wir brauchen Gemeinsamkeit. Wir brauchen eine

Plattform, und wir brauchen für uns alle, die sie betreten wollen, ein Wort. Kriegsfeinde, Friedensfreunde – das Wort ist zu schwach. Pazifismus: der Gedanke ist zu abgehurt, zu geschändet von den Landsknechten und Freibeutern der Gesinnung. Wer ist denn nicht Friedensfreund von den Heerführern der Menschheit? Clémenceau will den Frieden, Lloyd George; ich lese, daß ein türkisches Blatt Kaiser Wilhelm für den Friedensnobelpreis vorschlug, Barrès will ihn und Sonnino – jeder will den Frieden, einen guten, einen starken, einen gerechten, einen dauerhaften Frieden; alle sind sie ja, hört man sie nur recht, leidenschaftliche Pazifisten. Und auf die Plattform des Pazifismus werden sich am Vortage des Friedensschlusses – sie haben ja gute Witterung – eilig noch alle unsere lieben Intellektuellen drängen, die von Kriegsbeginn jede Überzeugung außer ihre eigene so beredt verfochten haben. Nein – so bequem darf sie nicht sein, unsere Gemeinsamkeit.

Wollen wir unserm Bekenntnis, unserm Beisammensein einen rechten Sinn, eine leidenschaftliche Bedeutung geben, so müssen wir ein Kampfwort wählen, unter das die Gesinnungslosen sich nicht verkriechen können. Bekenntnis wird erst wirksam durch Haß, Gefahr und Widerstand. Nehmen wir – wie einst die Geusen taten – das Haßwort unserer Feinde, machen wir aus ihrem Schimpf unsern Stolz, aus ihrer Verachtung unsere Ehre: *nennen wir uns offen Defaitisten! Vereinigen wir uns im Defaitismus!* Seien wir Flaumacher! Soyons défaitistes! Siamo disfattisti! Geben wir dem Wort unsern Sinn, wie wir es verstehen, tragen wir es als Waffe, und heben wir sie hoch, daß sie funkelt und glüht gegen Heimsiegfrieds Zorn!

Zeigen wir offen: unser Ideal und Eures ist Gegensatz! Wir sind Eure Feinde und Ihr die unsern! Das Wort, das Eure Denunzianten und Heimhelden gegen uns heben, ist für uns Schmuck und Ehre! Was Euch heilig ist, das

Menschenopfer, scheint uns erbärmlich; was uns heilig ist, die Freiheit des Individuums, ist Euch Verbrechen! Wir sind Defaitisten, das heißt: wir wollen keines Sieg und keines Niederlage, wir sind Siegfeinde und Freunde des Verzichts. Wir sind Defaitisten, das heißt: wir sehen mehr Größe in der Nachgiebigkeit und der Versöhnung als im Kampf mit verbissenen Zähnen! Wir sind Defaitisten, das heißt: wir lieben den Menschen, Gottes ewigen Sohn, mehr als die irdischen Gebilde der Staaten. Wir sind Defaitisten, das heißt: wir fühlen keine Schande darin, die Schwächeren zu sein im Krieg und die kürzeren Kanonen zu haben; wir suchen die Gerechtigkeit nicht zwischen den Drahtgewinden und unsere Freude nicht an zerschmetterten Feindesregimentern. Wir sind Defaitisten, das heißt: kein Opfer des Stolzes, des Geldes, der Ehre, der Erde scheint uns vergebens, wenn das heilige Blut von Menschen nicht mehr vergossen und Europa von seiner Qual erlöst wird. Wir sind Defaitisten, das heißt: uns ist Politik nicht das Erste, sondern das Letzte, uns ist das Leiden der Menschen wichtiger als die kommerzielle Blüte der Nationen und die kalten Monumente der Ehre. Wir sind Defaitisten, das heißt: wir sehen in Eurer großen Zeit die Pestbeule der Weltgeschichte!

Bekennen wir uns! Laut und offen! Und vereinigen wir uns, aus allen Ländern, allen Ständen über unser politisches, soziales und intellektuelles Einzelgefühl zur Gemeinsamkeit!

Schreien wir unsere Kriegsfeindschaft mit diesem Wort in die Welt. Seien wir Flaumacher in der eisernen Zeit! Soyons défaitistes! Siamo disfattisti!

Die Entwertung der Ideen

(Eine Antwort an Alfred H. Frieds Aufsatz ›Der Vernunftmeridian‹)

Motto: »Le sang d'un seul homme est d'un plus grand prix que la liberté du genre humain.« *Jean Jacques Rousseau*

In seinem in der ›N[euen] Z[ürcher] Z[eitung]‹ erschienenen Aufsatz ›Der Vernunftmeridian‹ hat Dr. Alfred H. Fried sehr klar die beiden Anschauungen, die eine Beendigung des Krieges herbeizuführen suchen und sich dabei verhängnisvollerweise selbst im Widerstreite befinden, den Jusquauboutismus und den Defaitismus genannt. Die einen stellen die Idee des ewigen Friedens selbst durch Fortsetzung des Kampfes sich als Ziel, die andern die Abstellung des Kampfes jeder Idee voran. Die einen denken an die Staaten und ihren Staat, die andern nur an die Menschen, die hingemordeten, gequälten Menschen. Die einen denken an die bessere Zukunft, die andern an die entsetzliche Gegenwart. Die einen glauben an die Idee als höchste Notwendigkeit für den Menschen, die andern an das Leben »ipsa vita«. Und A. H. Fried kommt zu der persönlichen Konklusion, »wer wird nicht, trotz allem Verständnis für die Sehnsucht der nur mit dem Gefühl arbeitenden Defaitisten, den Sieg der Jusquauboutisten herbeiwünschen?«

Ich sage darauf – ohne die Bezeichnung Defaitist zu fürchten – »jeder wirklich fühlende Mensch«. Jeder, der sich von der Politik losgesagt und zu seiner Menschlichkeit zurückgefunden hat. Von der Vernunft zum Gefühl. Denn unserer Vernunft, sind wir ihrer so sicher? Können wir bewußt behaupten, klar zu denken in diesem Augenblick? Klar zu denken im Blutdunst der Welt? Wir wissen, daß nach einigen Stunden in einem Weinkeller, auch ohne einen Tropfen zu trinken, das Gehirn durch den unsichtbar ausströmenden Duft betäubt wird, daß eine Art Rausch und dumpfer Trunkenheit sich der Sinne bemächtigt. Solche Keller sind jetzt die Staaten Europas: in fast allen ist durch den unsichtbaren Blutdunst die Klarheit des Geistes und des Urteils benommen. Keiner kann jetzt von sich mit Sicherheit behaupten, richtig zu denken: erst wenn wir wieder an die frische Luft kommen, wird erkenntlich sein, wer nüchtern geblieben ist. Nein, unsere Vernunft ist nicht der Meridian, der unverrückbar in den Umschwung der Welt eingezeichnete, auf den wir unsere Berechnungen aufbauen können. Einzig das Gefühl.

Mißtrauen gegen die Ideen, alle Ideen, Glaube an die einzige Wirklichkeit: das atmende, blutende, zeugende, leidende, millionenfach einzelne Menschenleben, nur dies kann eine Gewißheit sein, ein sicherer Standpunkt. *Seit vier Jahren hat Europa Millionen Menschen einigen Ideen geopfert. Wäre es nicht Zeit, daß jetzt einige Ideen den Millionen Menschen geopfert würden?* Selbst Ideen, die so hohe, so verführerische Namen tragen wie die der Freiheit, der Gerechtigkeit, der Ehre, des Nationalgeistes, Ideen, die alle schwanken im Wirbel der Welt, sich aufblähend im Siege, einschrumpfend nach jeder Niederlage, biegsam und anpassungsfähig wie der Charakter ihrer Verkünder? Sind denn Ideen nicht immer an die Menschen gebunden und damit der Unbeständigkeit anheimgegeben? Können sie denn Heimstatt finden in der Vielheit, sind sie denn wahrhaft anderswo erfüllt als in ihrer Unerfülltheit? Gibt es eine andere Gewalt, die sie erzwingen kann, als die innere der Seele? Noch nie sind sie auf den Schlachtfeldern wahr geworden, die großen Ideen: nur auf den Scheiterhaufen, am Kreuz und am Märtyrerpfahl, immer dort nur, wo ein einzelner sie vorbildlich ans Ende lebte. Nie wo die Masse siegte, Kanonen gegen Kanonen.

Aber ich weiß: diesmal ist die verführungsvollste Idee der Menschheit an das Ende des Kampfes gestellt, die *Vernichtung der Gewalt*. Gewalt soll das Ende aller Gewalt erzwingen. Blut nur noch deshalb fließen, damit nie mehr Blut vergossen werde. Aber wer bürgt für die Gewißheit? Wer kann zu einem Menschen heute mit aller Bestimmtheit sagen: »Stirb, du rettest damit deiner Enkel Leben.« Und wer sich dem Wahne hingeben, die Gewalt würde je enden auf Erden? Keine Macht, die aus menschlichem Triebe stammt, geht zugrunde: sie verwandelt sich nur. Amerika hat sich verblutet im Kampfe für die Aufhebung der Sklaverei: aber die Eisenwerke von Pittsburg, wo halbnackte Menschen fast verbrennen im Anhauch der gigantischen Schmiedefeuer, die Armenviertel New Yorks, mir scheinen sie nicht viel anders als jene Plantagen, von denen das letzte Jahrhundert erzählte. Aus dem Sklavenwesen kroch die Gewalt in den Kapitalismus, aus dem zerstörten Kapitalismus wird sie in eine andere Form sich hinüberretten: *nur Formen werden zerstört und nicht Zustände, nur Gesetze verwirklicht und nicht Ideen*. Schöne Fahnen sind sie, leuchtend im Wind, die Ideen, aber entsetzlich, sobald stürmenden Regimentern vorangetragen. *Keine Idee ist eine ganze Wahrheit, aber jeder einzelne Mensch ist eine ganze Wahrheit*. Dies, nur dies, scheint mir ins Bewußtsein der verwirrten Menschheit einzuhämmern wichtig, diese eine Umwertung im Gefühl der Menschheit zu befördern: die Entwertung der Ideen, die Höherwertung des einzelnen Menschen. Und um so wichtiger als in einer rapiden Progression die Entwertung des Menschen (wie die des Geldes) fortgeschritten ist. Fünfzigtausend Menschen – das sind heute »normale« Verluste einer Woche, fünf Milliarden (die als Gigantensumme angestaunte Kriegsentschädigung eines einjährigen Krieges) die Kosten weniger Tage. Und in dem Maße als der einzelne Mensch sich entwertet, steigt der Preis der allgemeinen Idee, ist schon gestiegen ins Wolkenhafte, ins Unerreichbare, ins Sinnlose. Und ich frage: ist es nicht Zeit, ihr alle, die ihr das Wort habt und damit eine Macht, zur Besinnung zu rufen, *die Ideen zu entwerten und das Menschenleben in Ehrfurcht wieder einzusetzen?* Die Politik in sich zurückzustauen und das allmenschliche Gefühl zu beleben?

Jusquauboutismus und Defaitismus – das sind neue Namen für den alten Zwiespalt, was mehr dem Menschen wert sei, die Idee oder das Leben. Ich glaube, daß jeder Mensch ein äußerstes Recht auf sein Leben hat: das Recht, es zu bewahren aus seiner Überzeugung, und das Recht, es hinzugeben für seine Überzeugung. Menschen, die ihr Leben hingeben für ihre Idee, frei, freiwillig hingeben, stehen selten auf in den Zeiten; Märtyrer zu sein, ist eine große, erhabene Fähigkeit, eine Berufung und kein Massenschicksal. Das Märtyrertum in ein Massenschicksal zu verwandeln, Millionen für seine Idee sterben zu lassen, statt ihr voranzusterben – an diesem verbrecherischen Irrtum ist jeder mitschuldig, der eine Verlängerung des Kampfes für irgendeine ihm wichtig scheinende Idee fordert. Für irgendein Ideal, dem er nur mit dem Wunsch, mit dem Worte dient. Es scheint mir ein unverschämter, erbärmlicher Luxus in der Kriegszeit, Ideale zu haben und Ziele, für die andere kämpfen, und ich sehe in einem Defaitismus, der das Menschenleben als höchsten Wert einsetzt, mehr gerechte Gesinnung, als in einem Idealismus, der mit fremdem Blute seine Überzeugung münzt. Denn nur damit ist die ungeheure Verschwendung von Blut für die Ideen in dieser Zeit zu erklären, daß gerade die Verkünder des Idealismus den Preis schuldig bleiben, indes die anderen bezahlen. Nur damit die entsetzliche Preistreiberei der Ideen, der Kettenhandel mit Idealen und der Wucher mit Menschenleben. Nur damit der Bankrott des Gefühls, das ganz Vernunft geworden ist, mathematisch statt menschlich, Politik statt Seele.

Gerade einem Manne wie Alfred H. Fried, dem Träger des Friedens-Nobelpreises, einem Manne, dessen restlos reine und leidenschaftliche Gesinnung ich verehre, glaube ich darum widersprechen zu müssen, wenn er den Vernunftmeridian nicht unbedingt jenseits jedes Schlachtfeldes setzt. Es gibt für mein Gefühl keinen Sieg der Ideen – Ideen siegen nicht, sie sind zu Gast in den Menschen und in den Zeiten, sie stärken sich nicht an ihrer Verbreitung (im Gegenteil!), sie sterben nicht an ihren Niederlagen. Aber die Menschen sterben, und darum muß unsere Anteilnahme jetzt bei ihnen sein. Die Ideen brauchen uns nicht, denn sie haben ihr ewiges Leben. Die Menschen brauchen uns, denn sie haben nur dieses einmalige irdische, dies so sehr geliebte und jetzt so bedrohte Leben, und wer von ihnen jetzt noch fällt, klagt unser Schweigen an. Die Gerechtigkeit, die Gleichheit, das Selbstbestimmungsrecht des einzelnen und der Völker, das Ende der Gewalt, die ewige Eintracht – all diese großen Ideen wird kein einziger von diesen Toten mit seinem Tod der Menschheit bringen, und auch Hunderttausende Tote nicht. Nur die Lebendigen schaffen die Welt.

Entwertung der Ideen, Neubewertung des einzelnen, jetzt verschleuderten Menschenlebens – vielleicht ist dieser notwendigen Umwertung Ort und Stunde jetzt gut. Auch die Schweiz ist leise angerührt worden vom Schicksal in diesen Tagen, die Grippe hat einige Opfer gefordert, aber wie wenige! Nur dreihundert Menschen. Ich setze mit Absicht das grausame Wort *»nur«* dreihundert Menschen, weil ich weiß, daß es jedem fühlenden Menschen weh tut. Daß diese Herabminderung des

Wertes, wenn man sagt »nur« dreihundert hingestorbene Menschen, sein Gefühl aufreizt. Und im Gefühl schmerzhaft aufzureizen, daß man es als nichtig, als lächerlich heute schon empfindet, wenn ein Staat »nur« dreihundert schaffender, wirkender, lebensgeliebter Bürger verliert, scheint mir notwendig zu der richtigen Einstellung auf die Möglichkeit, daß für einige unklare und unrealisierbare Ideen, für einige Strich Land noch Hunderttausende und Millionen Menschen hingeopfert werden sollen. In diesen Tagen einer nahen Gefahr ist hier jeder einzelne des Wertes bewußt geworden, den sein Kind, sein Bruder, sein Freund für ihn bedeutet, und – losgelöst von der ewig relativen Rechnerei der Zeit, für die fünfzigtausend Tote »normal« sind – hat jeder gespürt, wie unendlich wertvoll, wie unersetzlich jedes einzelne kleine, arme anonyme Menschenleben für andere einzelne, kleine arme anonyme Menschen ist. Und vielleicht nimmt diese Erkenntnis manchem, der hier unerbittlich zu Hause die Armeen weiter gegeneinander warf, ein wenig von seiner Leidenschaft, den Sieg einer oder der andern Gruppe zu wünschen, und fördert den Sinn der Nachgiebigkeit der Nationen, indem sie tätig mithilft an der Entpolitisierung der Welt, an der Neubewertung des einzelnen Menschenlebens, und damit an der Entwertung jeder Kriegsidee.

Opportunismus, der Weltfeind

Die politische Meinung muß notwendigerweise Gegner haben und zeitliche Hemmungen. Aber die Überzeugung hat nur einen Feind (einen ewigen Feind): den Opportunismus.

Nichts war gefährlicher, als daß die Menschen bei sich selbst und den andern diese beiden Begriffe unausgesetzt verwechselt oder gleichgestellt haben: Meinung und Überzeugung. Meinung haben viele. Überzeugung ganz wenige. Meinung fliegt zu aus Wort, Zeitungsblatt, Wunsch und Gerede, fliegt wieder fort mit dem nächsten Wind, klebt an den Tatsachen und ist immer dem Druck der Luft, der Massenpsychose, unterworfen. Überzeugung wächst aus Erlebnis, nährt sich an Bildung, bleibt persönlich und unteilhaft an den Ereignissen. Meinung ist Masse, Überzeugung der Mensch.

Und das Tragische der Zeit darum in einem Satz: die Meinungen haben über die Überzeugungen gesiegt. Das Gerede über das Wissen. Überall. Ein Kind kann an der Rechentafel die Summe der Menschen aufzählen, die, unverwirrt von Sieg und Niederlage, ihr geistiges Bekenntnis nicht einen Augenblick an die Zeit verraten haben. Und vergebens warten wir bei den andern auf das einfachste urmenschlichste Wort: »Ich habe mich geirrt.« Wo ist die Zeitung, die auf ihrem ersten Blatte ankündigt: »Wir haben, durch irrige Voraussetzungen getäuscht, unsere Leser unrichtig informiert?« Wo der Politiker, der in einem Brief an seine Wähler erklärt: »Ich habe Unrecht getan, daß ich in bestem Glauben usw.«? Wo der Künstler, der General, der Dichter, der offen das Einfachste bekennt, verwirrt gewesen zu sein von dem ungeheuren Impetus der Tatsachen, mitgerissen in die Stromschnellen der Meinung?

Was wir erleben ist Opportunismus. Ein sachtes Hinüberschleichen. Zechpreller der Verantwortung, sieht man die Wortführer, die politischen, die literarischen, ganz leise von den Tischen aufstehen, an denen sie gesessen haben und sich heimlich hinüberschieben zu den andern und, kaum dort niedergelassen, so tun, als ob sie ihr Leben lang dort gewesen. Einige haben schon dreimal so ihren Platz gewechselt: vergeßlich gegen sich selbst, zählen sie auf die Vergeßlichkeit der andern und rechnen – leider richtig – mit dem merkwürdigen Instinkt der Masse, die immer selbst unschuldig gewesen sein will und vergißt, daß ihre Meinung (ihre zu einer ungeheuren dynamischen Macht durch das millionenfach solidarische Jasagen gesteigerte Meinung) den Schein einer nationalen Überzeugung hatte.

Darum ist als moralisches Phänomen jeder plötzliche Umschwung einer Volksgesinnung gleichgültig, so wichtig er im politischen Sinne sein mag. Denn es sind nicht neue Schichten, die plötzlich zu Wort kommen, die abgelebten überfluten, sondern – wie im Theater die gleichen Statisten erst als Trojaner dann als Griechen erscheinen – im wesentlichen dieselben Menschen: ob sie nun Enttäuschung treibt oder Hoffnung, keinesfalls ist es Überzeugung, denn Überzeugungen wachsen nicht wie Bambusrohre über Nacht. Und der Opportunismus, der aus Nützlichkeit Meinungen wechselt, dem Hindenburgs oder Fochs militärische Erfolge moralische Verwandlungen schenken, ist vielleicht noch gefährlicher als jede resolute Starrheit. Ideen gewinnen nicht durch Massenzuzug: sie verflachen und verschmutzen daran. Ich weiß, daß die besten Menschen Frankreichs, die leidenschaftlichst freien Männer ein Grauen haben, jetzt das Wort »droit« und »liberté« auszusprechen, so abgegriffen ist es geworden von unwürdigen Händen, und gerade dem Deutscheuropäer, dem Demokratie ein Ideal war, wird es schwer sein, mit den plötzlichen deutschen Demokraten von morgen gemeinsam zu sein (die eben erst ihre Mitgliedskarte zur Vaterlandspartei zerrissen und in den Abtritt geworfen haben). Die Seuche des Opportunismus, international, wie nur die Syphilis und der Kriegswucher waren, hat sich schreckhaft über Europa ausgebreitet und nicht eine politische Partei, sondern sie zu bekämpfen wird unsere wahre, unsere notwendigste Pflicht. Opportunismus der Politiker, die, kühle Männer serviler Logik, auf der Degenspitze ihre Ideale voltigierten, hat den Krieg verlängert. Opportunismus der Literaten, die das Megaphon der Begeisterung an sich rissen, damit ihre kleine Stimme mächtig wirke, den Haß vervielfacht, Opportunismus der Parteiführer, die nur für ihre nächste Wahl bangten, die Meinung des Volkes verstört und Opportunismus des Volkes selbst, das sich zum ersten Male von all diesen Herrscherelementen nicht gedemütigt sondern bewundert und gepriesen sah, die Tragödie vollendet. Keine Überzeugung, auch die aberwitzigste, hat so viel Unheil angerichtet wie der Opportunismus, und eben weil er die einzige Macht ist, die durch die Erfahrungen nicht gelitten hat, weil er im Gegenteil heute mächtiger, tätiger, geschäftiger ist als je, müssen wir ihn als den Feind erkennen. Den gefährlichsten Feind des Geistes. Den Urfeind der Überzeugung und des Gewissens.

Seien wir wach! Wehren wir uns noch einmal gegen die Begeisterung! Geschichte und Gegenwart hätten uns Skepsis reichlich lehren sollen vor raschen Verwandlungen. Jedem Umschwung, wie gewaltig er sein möge, sehen wir ins Triebrad! Es gibt keinen reinen Gedanken, keine edle Idee, die nicht unwertig würde, sobald sie die Opportunisten, die Freibeuter der Meinung, an sich reißen, und was aus Nützlichkeitsgedanken, nicht aus innern, erlebten Notwendigkeiten entsteht, kann niemals wahrhaft schöpferisch werden. Die neue Republik darf nicht von den alten Akrobaten der Gesinnung geführt sein. Umwälzungen schaffen Unklarheiten und in diesem Tumult sind die Geschmeidigen der Meinung immer voran. Sollen noch einmal die wahrhaft Überzeugten schweigen müssen, nun aus Ekel wie damals aus Zwang? Es ist wahrhaft genug der Nachsicht: vielleicht wird es möglich sein, sich mit den Gegnern der Gesinnung, den offenen, zu verständigen. Aber die wahre, die moralische Gefahr sind die Überläufer, die Verwässerer aller Ideen, die Opportunisten des Augenblicks, die Vaterländler jedes Vorteils, die Schmarotzer des Erfolges: auch hier ist Macht zu bekämpfen, der ewige Widerpart des Geistes, und zwar in ihrer gefährlichsten Form: der Scheinform der Überzeugung, die mit dem Zauber des Worts den Geist nachahmt, den sie verleugnet. Die unsere Worte nimmt und ihnen den Sinn entkernt. Die demagogisch: »Menschheit« sagt und einzig sich selbst meint, in allem und jedem einzig sich selbst, indes die Idee immer jenseits ist vom einzelnen, so sehr sie ihm einzig gehört. Nochmals: Achtung vor dem Opportunismus, dem Weltfeind! Lieber Gegner vor uns als Überläufer neben uns!

Die Erziehung zum republikanischen Bewußtsein

Über die brennendsten Dinge unseres Augenblicks muß klar gedacht, klar gesprochen sein. Ohne Wehleidigkeit im Empfinden, ohne andere Kunst als die der Klarheit im Ausdruck.

Ich will versuchen, etwas deutlich zu sagen, was man vorerst nicht gerne wird wissen wollen, obwohl es jeder weiß. Daß nämlich *in Deutschland die Republik noch nicht da ist, sondern nur ihre Form.*

Zunächst ist nichts anderes geschehen, als daß der monarchische Gedanke besiegt ist; deshalb hat die Republik noch nicht gesiegt. Das Volk ist des verhängnisvollen Irrtums gewahr, der es seit fünfundvierzig Jahren täglich tiefer in die Knie gedrückt hat. Nun ist es aufgestanden. Aber es geht noch nicht den neuen Weg: es weiß ihn noch nicht. Die Republik ist da, aber noch kein republikanisches Bewußtsein.

Das Volk weiß, das deutsche, daß es seine alte Staatsform haßt. Aber es liebt, es versteht nur mit seiner Hoffnung, seiner Erwartung die neue, die republikanische, es liebt sie mit einer idealischen, aber noch nicht mit einer wissenden Liebe. Dieses – das republikanische Bewußtsein – muß erst geschaffen werden: nichts tut mehr not für die nächsten Stunden, nächsten Wochen, nächsten Jahre. Die Republik darf nicht dem Volke umgestülpt werden von außen, es muß von innen in sie hineinwachsen. Redet Euch nicht ein, dies sei damit geschehen, daß ein paar Hoflieferantenschilder überklebt sind und daß eine rote Fahne auf dem Berliner Schlosse weht. Das zeigt nur, daß die Autokratie besiegt ist, nicht den innerlichen Sieg der Republik.

Dieser innere Sieg der Revolution kann nicht von heute auf morgen kommen – täuschen wir uns nicht – zumindest nicht in Deutschland. Vielleicht in Italien, in Spanien, in Ländern, wo die Idee ständige Glut ist unter der monarchischen Kruste. In Deutschland war sie ausgekühlt seit fast fünfzig Jahren. Auf dem Schlachtfeld von 1870 schrie Victor Hugo den Deutschen noch entgegen: »Seid Ihr Narren? Wir jagen einen Kaiser glücklich weg und Ihr macht Euch einen neuen?« Man lachte ihn aus. Man lachte jeden aus, der im Reichstag das Wort wagte. Überhaupt, man schob das Wort Republik hinüber zum Verächtlichen. Geschah in Frankreich irgendeine Schmutzerei, so hoben sich stolz alle Finger und zeigten hochfahrend »Seht Ihr: die Republikaner!« Es war Tendenz in diesem Hochmut, aber sie wirkte. Allmählich war in Deutschland das Wort Republik ein Synonym geworden für Unordnung, Korruption, Geldmacherei, Untüchtigkeit, Dekadenz. Immer mehr kühlte die Glut von 1848 aus. Der republikanische Gedanke in Deutschland war erfroren. Und was gestern geschah, mehr eine Explosion als eine Flamme. Eine Selbstentzündung durch übergroßen Druck. Ein In-die-Luft-Fliegen des alten Regimes. Aber die republikanische Idee leuchtet noch nicht, noch strahlt sie nicht Geist aus, ihren Geist. Er muß erst wieder entzündet werden.

Ich konstatiere dies ruhig und klar: wir haben die Republik als Staatsform, als Form des Ganzen. Noch nicht als Geist des Einzelnen, als Bewußtseinsinhalt. Es ist besser, das nicht zu leugnen. Denn wie kläglich wäre ein Umspringen über Nacht aus einem Extrem ins andere: unsere Linkspolitiker freilich sind ja Virtuosen in diesem Sprung über den Abgrund des Gewissens, aber das Volk ist bedächtiger geworden. Es hat zu viel Leidenschaft verbraucht. Es hat die Republik als eine Hoffnung auf Rettung in dem ungeheuren Elend genommen wie eine Arznei. Betrügen wir uns nicht; es war nicht der Geist, der Glaube, die Überzeugung, die jene Wandlung bewirkten, sondern die Not, der Haß, die Erbitterung. Sie war ein Rückstoß gegen Gewalt, ein Vorstoß aus freiem Willen. Zorn hat die Freiheit geschaffen. Nun muß diese Freiheit, die fast unbewußt erzwungene, bewußt gemacht werden. Das deutsche Volk muß erst den Wert seiner Tat erkennen, das republikanische Bewußtsein erst erweckt sein.

Damit stelle ich keinen Gegensatz zwischen die deutsche Revolution und die französische. 1793 war ein Pariser Putsch, ein Aufstand, ein Ausbruch, eine Revolte: erst die Führer schufen die Revolte zur Revolution um, indem sie im Volke das Bewußtsein, das historische und moralische, seiner eigenen triebhaften Tat aufweckten. Indem sie der Tat ihren Sinn zeigten, aus Not die Tugend machten, aus einer Befreiung die Freiheit. Auch damals geschah dies nicht, wie heute selbst Gebildete glauben, über Nacht: in unendlichen Diskussionen, Agitationen, Versuchen, Ansprachen, Gedichten, Dramen wurde der republikanische Geist geweckt. Systematisch geweckt: man lese nur die Dekrete nach, in denen Robespierre und St. Just die Dichter auffordern, dem Volke Darbietungen zu geben, in denen es den Sinn seiner eigenen blinden Tat sehend versteht, man erinnere sich an die theatralischen Inszenierungen, an die zahllosen notwendigen – ja notwendigen! – Lächerlichkeiten und Übertreibungen, bis das Bewußtsein erweckt, der Gedanke verstanden, die Staatsform gesichert war. Das muß auch in Deutschland geschehen. Ich wiederhole: die Republik ist schon da, nur fehlt noch das republikanische Bewußtsein.

Bewußtsein ist nicht Stolz. Nichts wäre verfehlter, als dem Volke einzureden, es solle stolz sein, daß es republikanisch sei (und womöglich gleich die Belgier, Engländer, Italiener verachten, weil sie noch nicht so weit sind). Das Volk soll nicht stolz sein auf die Republik: sondern sie als selbstverständlich empfinden. Als ihre Luft, die ihnen Atem gibt, ohne die sie nicht leben könnten. Als so natürlich, wie ihre körperlichen Bedürfnisse, als so zugehörig wie Arm und Bein. Ganz ohne Haß auf das Vergangene: es ist nicht nötig, Fürstendenkmäler wegzuräumen und Hoftheater Nationaltheater zu nennen, darin steckt noch Unruhe, Angst vor einem Rückfall. Vergangenes als historisch begreifen, die Gegenwart aber als das dauernd Zukünftige, die Form als abgeschlossen, den Inhalt als fruchtbar wandelbar – *diese ruhige Selbstverständlichkeit, dieses unstolze, unfanatische, unlaute, unherrische Bekenntnis zur Republik nenne ich republikanisches Bewußtsein.*

Eine Generation wird vielleicht notwendig sein, es zu erwecken, nicht die alte, die sich im monarchischen Ideal verbraucht hat und unbewußt bei bestem Willen die Republik so autokratisieren würde wie sie den Sozialismus verpreußt hatte. Nicht vielleicht auch die allerjüngste, die in drei Tagen die neue Welt bauen und aus einem treumonarchischen Vaterlandsvolk ein fesselfreies Weltbrüdervolk zaubern will. Es braucht die starke Generation der anonymen Menschen (nicht der Vordränger), Generation der kleinen Lehrer, ernsten Beamten (die Literaten sind am überflüssigsten, weil sie nichts anonym tun) gerade jene Menschen, die selbst nicht umspringen am ersten Tag, sondern allmählich erst den Sinn dieser großen Verwandlung begreifen und ihn lehren. Es braucht die langsame Demokratisierung der Sitten, dies Aufhören der Schichtenbildung der Berufe, es braucht – ich sage es den Ungeduldigen, für die es möglich scheint, einen Menschenblock von 70 Millionen von unten nach oben mit einem Handgriff zu kehren – Geduld. Ich glaube, daß das deutsche Volk, wenn es einmal den republikanischen Gedanken erfaßt hat, ihn in einer eigenen und großen Form verwirklichen wird. Bis jetzt ist, ich wiederhole es immer wieder, nur das Äußere vollendet. Denn für das republikanische Bewußtsein ist auch die deutsche Republik nur ein Anfang: ihm gibt es kein letztes Vaterland als die europäische, die allmenschliche Gemeinschaft, die sich aus der Freiheit der Nationen selbst frei entwickelt und für die alle Einzelgebilde ebenso Hemmung als Förderung sind. Frei sein, heißt, keine Grenzen um sich haben: kann dies das Volk heute noch nicht erzwingen, so vermag es doch jeder einzelne in seiner Seele. Und dies Gefühl der Freiheit in jedem einzelnen fördern, nenne ich Erziehung zum republikanischen Bewußtsein, Fundament der neuen geistigen Welt.

Die Tragik der Vergeßlichkeit

Es ist verlockend schön und vielleicht sogar wahr, immer wieder von den edelsten Geistern das idealistische Bekenntnis zu lesen, den einzelnen Menschen wie der ganzen Menschheit sei ein tiefer Trieb zur Erkenntnis, zum Erfassen der Wahrheit eingeboren. Jedes Erlebnis wird dem einzelnen zur Lehre, jedes Leiden hilft ihm zu wissendem Fortschritt, und so erhebt sich sein Leben von den Verwirrungen der Jugend zu immer größerer Klarheit und Umfassung. Welthistorisch betrachtet liegt in diesem Gedanken ein ungemeiner Trost, denn diese Fähigkeit zu immer klarerer Erkenntnis verbürgte, durch Millionen Schicksale innerhalb der Jahrhunderte emporgesteigert, eine unaufhaltsame Erhebung der Menschheit, eine friedliche Einigung im Sinne einer höchsten Kultur.

Nun ist sicherlich dieser Trieb zur Wahrheit, diese Leidenschaft zum Erkennen der Menschen und der Menschheit eingeboren, aber ebenso auch ein ihr geheimnisvoll entgegenwirkender Gegeninstinkt, der mit seiner Schwerkraft den Aufstieg in das Unendliche hemmt. Und das ist der unbewußte und oft auch bewußte Wille von einzelnen Menschen, Völkern und ganzen Generationen, die Wahrheit, zu der sie sich selbst mühsam durchgerungen haben, wieder gewaltsam zu vergessen, die Fortschritte der Erkenntnis freiwillig aufzugeben und sich zurück in den alten wilderen, aber gleichzeitig wärmeren Wahn zu flüchten. Wider unseren Willen wirkt dieser Instinkt in jedem von uns, der Wahrheit auszuweichen – denn die Wahrheit hat ein Medusenantlitz, gleichzeitig schön und grauenhaft – und in unserer Erinnerung aus jedem Erlebnis nur das Angenehme auszulesen, die sympathischen Züge aufzubewahren. Dieser Prozeß einseitiger Auslese und Umfälschung läßt darum ewig den Menschen ihre Jugend schön und jedem Volk seine Vergangenheit großartig erscheinen, und vielleicht ist dieser gewaltsame Trieb zur Verschönerung, zur Idealisierung des Lebens den meisten Menschen überhaupt eine Vorbedingung, daß sie die Wirklichkeit und ihre Existenz zu ertragen vermögen. Hier mischt sich die Trägheit des persönlichen Gefühls mit tieferem, unbewußtem, unpersönlichem Instinkt der Selbsterhaltung, hier walten Gesetze, die mit dem letzten der menschlichen Natur unweigerlich verbunden sind. Denn ohne diesen geheimnisvollen Geist des Vergessens wäre der Kreislauf des Geschehens längst zu Ende, Gestalten wie Christus und Buddha hätten ihre Lehre für immer verwirklicht und die Einheit der Menschen wäre längst kein Traum mehr.

Diesen tiefen Trieb einer ganzen Zeit, einer ganzen Generation zum Vergessen und Vergessenwollen vermochte aber niemals eine Zeit eindringlicher erkennen zu lassen als die unsere, denn es scheint, daß eine geheimnisvolle Relation zwischen der Intensität der Wahrheit besteht und der Beschleunigung, mit der sie das Bewußtsein flieht: je erfolgreicher der Wille zur Erkenntnis einsetzt, um so stärker auch der Zwang, von dem Druck, von der Qual dieser Erkenntnis wieder loszukommen. Denn nie wäre es sonst möglich gewesen, daß in diesem einen einzigen Jahre, nach dem furchtbarsten Kriege der Menschheit, die Mehrzahl heute schon ihr ganzes tragisches Erlebnis in diesen fünf Jahren und ihre ganze Erkenntnis vergessen hat.

Besinnen wir uns einmal in Aufrichtigkeit! Als der Krieg sich zu Ende neigte, gab es einen ganz wunderbaren Augenblick in Europa, es war wie ein Augenaufschlagen, ein Erwachen aus einem wüsten Traum, ein Sichbesinnen. Jeder einzelne wurde plötzlich gewahr, daß hinter seiner heroischen Anstrengung nicht sein eigener Wille und nicht ein göttlicher, ein allmenschlicher Impuls wirkte, sondern kleine Triebe, gereizte Eitelkeiten, fremder Hochmut und fremder Stolz. Das tiefste Leiden hatte eine mystische Gemeinsamkeit erzeugt und aus allen Völkern brach ein unwiderstehliches Verlangen nach einer höheren brüderlichen Gemeinschaft als jener der Regimenter, Armeen und Nationen. Das seit hundert Jahren geträumte Sternbild der vereinigten Staaten Europas, des friedlichen Völkerbundes, stand mit einem Male glühend am Horizonte. Mit Entsetzen sahen Millionen auf einmal das fremde Blut an ihren Händen, alles war in ihnen bereit, ihre Leidenschaften nun einem höhern Ziel, der Verbrüderung, der letzten Einheit hinzugeben.

Diesen Augenblick der höchsten Erkenntnis, diesen Augenblick, wo die Wahrheit wie ein milder Mond für eine Stunde zwischen den Wolken der Gehässigkeit und der Verdüsterung vortrat, ihn haben wir erlebt vor einem Jahre. Und selbst in hoffnungsvollem Irrtum befangen, meinten wir, die Seelen, die einmal aufgeblickt in diese Helligkeit ihres Herzens und in die hohen Himmel der Wahrheit, würden nie mehr sich diese Erkenntnis verdunkeln lassen. Und doch haben wir ein noch Unbegreiflicheres erlebt, haben erlebt, daß auch diese im tiefsten Leiden geborene Wahrheit, kaum daß die Völker, die Nationen wieder ein wenig Rast und Ruhe und Heiterkeit und Trägheit hatten, für immer unterging.

Ein Jahr ist seitdem vergangen, ein einziges Jahr, ein Jahr sogar ohne Blut und Mord, und wir leben mitten in der alten Lüge, mitten im Wahn. Mehr als je sperren sich die Staaten gegeneinander ab, die Generäle, selbst die besiegten, sind wieder zu Helden geworden, die verschimmelten Phrasen dienen wieder als Brot des Lebens. Von neuem lassen sich die Völker narren, sie seien bedroht von ihren Nachbarn, sie müßten rüsten, ihre Ehre gebiete ihnen dies und jenes, und so marschieren sie wieder in Uniform und ziehen Fahnen auf und bauen Kanonen, innerlich schon bereit zu den alten blutigen und irrsinnigen Spielen. Wie konnte das geschehen, fragen wir uns selbst, die wir den Umschwung dieses Jahres erlebten? Der Anfang ist klar: die Schuldigen und Verantwortlichen in allen Ländern, die die Wahrheit fürchteten, haben sich ihr entgegengestemmt und sich gegenseitig von Land zu Land wieder in den Lügen emporgesteigert, aber nie hätte ihnen dieses erbärmliche politische Spiel der Selbsterhaltung gelingen können, wäre nicht in den Menschen mit ihrer ungeheuren Müdigkeit, mit ihrer seelischen Trägheit ihnen ein Helfer entstanden: jener angetierte Wille, die Wahrheit zu vergessen. Man frage einen Buchhändler: der wird erzählen, daß heute niemand mehr Kriegsbücher lesen mag, daß das Publikum die wichtigsten Dokumente des Erkennens für unnötig findet. Nein, nur nichts lesen, nichts hören, nichts sehen, nicht die Wahrheit in geschriebenen Lettern und im gesprochenen Wort, nicht in den Gestalten der Krüppel, der Waisen, der Arbeitslosen, nein, nur vergessen, nur rasch vergessen um jeden Preis, nur laut Hurrah brüllen, um das Gewissen zu überschreien, um nicht die eigene Stimme zu hören, nur fortrasen in hitziger Flucht vor der Wirklichkeit in Vergnügen hinein, in Lügen, in Traum. Aber nur weg von der Wahrheit!

Und das, gerade dies macht unsere Zeit so furchtbar tragisch, so widerlich und so hoffnungslos, daß sie eines ungläubigen Glaubens ist, daß alle nationalen und politischen Ideale, die jetzt so laut gebrüllt werden, irgendwo einen falschen Ton haben und aus einer Absicht, nicht aus einer Innerlichkeit klingen. Es gibt Zeiten, wo der nationale Wahn eine kindliche und ahnungslose, eine reine und unbewußte Schönheit hatte. Selbst 1914 war noch solchen kindlichen Vertrauens voll. Wenn da jedes Volk – es hatte ja keiner einen wirklichen Krieg gesehen, keiner auch nur mit der Phantasie in seine Abgründe hineingeblickt – meinte, es sei überfallen, verraten worden und seine Brüder und Gefährten in Gefahr, so waren sie aufrichtig gläubige, unwissende Opfer dieser ihrer reinen Gläubigkeit. Den Menschen von heute aber fehlt dieser unschuldige Wahn. Sie haben einmal vom Baum der Erkenntnis die bittere Frucht genossen und hinter jedem ihrer Worte ist etwas, das sie Lügen straft, und jeder, der die Worte hört, auch jeder, der ihnen zujubelt, weiß irgendwo im tiefsten Herzen um ihre Lüge. Es gibt keinen Abgeordneten in irgendeinem Parlament Europas, der die einfache Tatsache nicht wüßte, die ein siebenjähriges Kind verstehen muß, wenn man sie ihm erklärt, daß nämlich unser Europa keine andere Möglichkeit hat, sich wirtschaftlich zu erhalten als die brüderliche Vereinigung, daß wir 20 Millionen Menschen als nutzlos bezahlte Beamte und Soldaten verwenden, um unser gegenseitiges Mißtrauen zu nähren, während in Amerika diese 20 Millionen Menschen, statt den Staat zu belasten, produktive Arbeit und Werte erzeugen und mit dieser Überlegenheit alle unsere Staaten einmal zugrunde richten werden. Jeder dieser Abgeordneten weiß, daß dieser Krieg für Europa war, was der peloponnesische für Sparta und Athen, der momentane Erfolg einer Partei, in Wahrheit aber der Untergang einer ganzen Kultur. Jeder weiß es, und keiner hat den Mut, es zu sagen, alle sprechen sie weiter von Bedrohung des Vaterlandes und nationaler Ehre, aber so wie sie selbst glaubenslos, ist die Welt vertrauenslos geworden und der grauenhafte Dunst von Lüge liegt darum über unseren Tagen. Unsere Welt ist dunkel geworden, weil sie das Dunkel des Vergessens wollten, weil sie die Wahrheit, die sie einmal erkannt hatten, nicht länger ertragen wollten.

Tragischer Ausblick tragischer Stunde in tragischer Welt! Wieder ist der alte Schlaf über der Erde, aber erregt noch von den wüsten Träumen des blutigen Tages. Unruhig geht der Atem der Völker, und wenn sie sich träumend hin und her wälzen, klirren manchmal schon verräterisch die Waffen. Vergebens blickt die Vernunft in diese Dunkelheit, die kein einzelnes Wort zu erhellen vermag, in diesen dumpfen Schlaf, den kein Ruf der Warnung aufschrecken kann, und muß ohnmächtig bekennen, daß offenbar ein tieferer Sinn in dieser Selbstflucht in das Vergessen liegt, in diesem ewigen Rückschritt der Menschheit von ihren reinsten Zielen. Aber wenn dies auch der Menschheit als Schicksal verhängt ist, immer wieder dem Wahn der Entzweiung anheimzufallen, so bleibt es ewige Aufgabe der Wachen, zu warnen und dem Unvermeidlichen zu wehren. Alles Erleben ist sinnlos, insoweit es vergänglich ist und wieder verloren geht, alle Wahrheit nutzlos, wenn sie wieder vergessen wird. Und darum muß es der Lebenssinn jedes Wachen sein, die einmal klar erkannte Wahrheit für sich selbst festzuhalten und unablässig zu erinnern an das Sternbild über unseren Häuptern, um vorbereitet zu sein auf die heilig-seltene Stunde seiner Wiederkehr.

Die Wahl der Staatsangehörigkeit

Ein Vorschlag für die Friedensverhandlungen

Für viele, für die meisten wird auch nach diesem Kriege die Staatszugehörigkeit kein Problem sein. Die meisten Deutschen bleiben Deutsche, die Franzosen alle Franzosen, die Engländer Engländer. Aber eine Minderzahl, und eine beträchtliche, wird vor eine Entscheidung gestellt, eine Wahl: Hunderttausende, sogar Millionen in Österreich, Ungarn, Rußland, Elsaß, alle die tragischen Menschen, die kein Vaterland mit der Sprache eingeboren haben oder keine Sprache mit dem Vaterland. Sie müssen sich entscheiden, im besten Falle durch freie Wahl. Aber selbst diese Wahl ist noch ein Zwang, wenn sie sofort durchgeführt werden muß.

Ich wähle Beispiele. Ein Deutschböhme soll in die tschecho-slowakische Republik. Er zögert, ob er seinem Boden treu bleiben solle, seiner Heimat oder auswandern und seiner Sprache getreu sein. Ein Jude in Deutschösterreich schwankt, ob er dem neuen jüdischen Staat sich anschließen solle oder, Jude bleibend in seiner Gesinnung, das deutsche Sprachbekenntnis anerkennen. Dazu noch die Mischlinge der Nationen, der Rassen, die ja in ihrem zwiefachen Gefühl ohnehin die zerrissensten aller in diesen fünf Jahren waren.

Entscheidung wird von allen diesen gefordert. Das ist gerecht. Vielleicht sogar eine innere Befreiung für die meisten. Aber es ist zu befürchten, daß eine *sofortige* Entscheidung gefordert wird. Und diese wäre ungerecht. Wie sich entschließen zu einer Staatsform, zu einer Lebensform, ehe man sie kennt, seine Frau, seine Kinder, sein ganzes zukünftiges Leben mit einer Formel binden, deren Effekt einem selbst fremd ist? Ich wiederhole die Beispiele: der Deutschböhme, kann er sich für die tschecho-slowakische Republik erklären, ehe er weiß, welche Rechte seiner Sprache, seinen Kindern zuerkannt sind? Der Jude, ehe er ahnt, ob sein heimatliches Reich ersteht, ob es Raum und Wirkungskreis für ihn hat, der Elsässer, ehe er seiner sprachlichen Freiheit sicher ist? Kann man so rasch einen Federstrich unter ein Dokument setzen, das die menschliche Freiheit auf Lebenszeit in einen staatlichen Kerker schließt? Ist es nicht unmoralisch, ein aufgezwungener Leichtsinn, zwischen zwei Möglichkeiten zu entscheiden, von denen man nicht die eine kennt und nicht die andere.

Darum stelle ich für diese unzähligen Menschen das Postulat *der freien Wahl nach reiflicher Überlegung*. Laßt sie ein Jahr warten oder zwei oder drei – *drei Jahre scheinen mir die rechte Frist* – um die ungestaltete chaotische Form der neuen Staaten sich formen zu sehen. Dann erst ist ihr Ja oder ihr Nein ein Entschluß und keine Voreiligkeit mehr. Eine Bürgschaft für sie, wäre diese Frist auch ein Ansporn für die neuen Staaten selbst, durch möglichst viel Entgegenkommen und Freiheit ihr Gebilde möglichst vielen zu einem erstrebenswerten zu machen. Wer dann einen Staat für sich wählt, der ist ihm seelisch und moralisch verpflichtet, der andere, der ihm eingezwungen wird, bleibt Fremdkörper und anarchisch frei in der zufälligen Gemeinsamkeit.

Ich weiß die Form nicht, in der dieser Gedanke sich realisieren ließe, da aber die Notwendigkeit, diese ewige Formerin aller Formen, für Millionen sie fordert, wird sie sich finden. Ich stelle sie zur Diskussion derer, die diesen Fragen wissenschaftliche Bildung entgegenbringen, und ich stelle sie als Forderung an jene, die jetzt über das Schicksal nicht nur der Völker, sondern auch der

Menschen entscheiden. Solange das letzte Ideal nicht erfüllbar ist – Weltbürger zu sein, frei vom Staate, ganz nur der letzten Gemeinschaft der Menschheit zugehörig – muß es unsere Aufgabe sein, das Staatsproblem zu einem möglichst menschlichen zu gestalten. Und zur Freiheit des Menschen gehört Freiheit der Entschließung: sie als ein Recht für die sonst Rechtlosen zu fordern, ist Sinn und Absicht dieser Zeilen.

Epilog einer vergeblichen Bemühung

Eine schöne und reine Absicht ist mißglückt, ein langbedachter und zärtlich gehegter Plan vorläufig mißlungen: darüber soll hier ohne Beschämung und mit tiefem Bedauern berichtet werden. Es ist bekannt, daß noch in der Zeit der größten Verwirrung, noch während des Waffenstillstandes, lange also bevor jene Dokumente unterfertigt wurden, die den Völkern Europas den Frieden (angeblich) bringen sollten, in allen Ländern eine Reihe von Intellektuellen sich sammelte, um öffentlich kundzutun, daß für sie der Haß zwischen den Nationen ein überlebtes, ein gefährliches und verächtliches Gefühl bedeutete und sie sich als Künstler wie als Menschen einig fühlten über die Sprachen und Grenzen. Jenes Manifest Romain Rollands, das Künstler aller Nationen unterzeichneten, zog gleichsam die Grundlinien einer europäischen Magna Charta, in der die ewigen Rechte des Geistes auf Freiheit und Unabhängigkeit festgelegt werden sollten. Gleichzeitig suchte Henri Barbusse mit seiner ›Clarté‹ in allen Ländern die neue Jugend zu organisieren und sie dem Ideal einer übernationalen Brüderlichkeit zu gewinnen. Diese Versuche waren zum Teil erfolgreich, aber nur zum Teil; denn Ideen lassen sich nicht so leicht organisieren wie Interessen, und gerade eine Weltanschauung, deren letzter Sinn die persönliche Unabhängigkeit und Freiheit des einzelnen ist, reglementiert sich schwerer als eine Vaterlandspartei, die Annexionen oder ein Monistenbund, der ein naturwissenschaftliches Dogma postuliert. Es gab hüben und drüben Mißverständnisse: eine Gruppe wollte unbedingt die übernationale Idee mit der bolschewistischen binden, eine andere mengte sich (Gott weiß, aus welchem Grunde) mit dem expressionistischen Kunstbekenntnis, kurz, es fehlte nicht an Reibungen, Schichtungen, Schwierigkeiten und Eitelkeiten. Und bald fühlten wir, es gäbe, um die so schöne, so notwendige Idee der europäischen geistigen Eintracht in eine einheitlich wirkende und der politischen Vergiftung entgegenwirkende Kraft zu verwandeln, nur eine Möglichkeit: die einer gemeinsamen freundlichen Aussprache zwischen den Führenden aller Länder über Zwecke und Ziele, Wirksamkeit und Wirkungsform der Bewegung, deren Notwendigkeit wir, die Minoritäten in allen Ländern, mit gleicher Überzeugung empfanden und noch empfinden.

Ein Kongreß der Intellektuellen war geplant mit Delegierten aller Länder irgendwo in einer geeigneten Stadt Mitteleuropas, in Bologna oder Salzburg oder einer Stadt der Schweiz, und seit einem Jahre haben wir unendliche unterirdische Mühe darauf verwandt, uns brieflich auf Ort und Stunde zu einigen. Im Laufe der Zeit änderte sich allmählich unsere Absicht: wir beschlossen, einen öffentlichen Kongreß zu vermeiden, um uns vor Zuläufern, Unberufenen, vor der unvermeidlichen Parasitengattung jener Intellektuellen zu schützen, die bei jeder Sache sich zudrängen nicht um der Sache willen, sondern um sich sprechen zu hören und von sich sprechen zu lassen, vor jenen gefährlichen Eitelkeitsnaturen, für die jedes Ding der Erde nur Spiegelfläche ist, die ihnen ihr eigenes Bild zurückwirft. Statt eines Kongresses mit Reportern, Photographen und feierlichen Reden erwogen wir zunächst eine intime Zusammenkunft zwischen Künstlern aller Länder, ein erstes internationales Beisammensein der Geistigen an irgendeinem Orte für ein paar Tage. Und die wirklichen Führer, alle jene in allen Ländern, die der Verhetzung und Selbstisolierung Europas entgegenarbeiten wollten, alle jene, die nur unser ganzes Europa als ihre wahre geistige Heimat fühlen, hatten bereitwillig ihr Kommen für den Herbst dieses Jahres zugesagt.

Aber auch diese Absicht ist gescheitert, und ich schäme mich nicht, den einzigen Grund der Vereitlung zu verraten: unsere Zusammenarbeit unterblieb zunächst einzig aus materiellen Rücksichten, aus dem nackten Mangel an Geld. Gerade die Unabhängigen unter den Künstlern sind in allen Ländern fast immer auch jene, die in engen Verhältnissen leben, und eine Reise ins Ausland kostet dank der neuen Erfindung der Paßtaxen – die Welt fühlt gar nicht mehr, um wieviel Jahrhunderte sie zurückgeglitten ist – und infolge der Geldentwertung in den kriegführenden Ländern wirkliche, für uns sogar vierstellige Summen. Nun hätten einige von uns durch literarische Erfolge oder privates Vermögen wohl vermocht, die Reise für sich zu bestreiten; aber wie peinlich wäre es diesen Bevorzugten geworden, gerade auf manche der liebsten Kameraden verzichten zu müssen, nur weil ihnen die materielle Möglichkeit fehlte. Von anderer Seite Geld zu beschaffen, schien zweifellos aussichtsvoll: gewiß hätten einige Exporteure oder Industrielle, die an der Anbahnung internationaler Beziehung geschäftliches Interesse haben, eine Zusammenkunft der Geistigen als vermeintliche Eselsbrücke für spätere kommerzielle Absichten finanziert. Vielleicht hätten wir auch mit einigem Lärm das Geld sogar von Uneigennützigen zusammengetrieben. Aber wir wollten im stillen uns vereinigen und aus eigener Kraft.

Dieser Plan ist also mißlungen oder besser: er ist vertagt für Monate oder ein Jahr oder Jahre, und ich fühle keine Beschämung, diesen Mißerfolg öffentlich einzugestehen. Denn es scheint mir nicht gegen, sondern für die

Bewegung in dieser Zeit zu sprechen, wenn sie nicht den Reichtum und die Macht für sich hat, wenn sie mühsam, im Dunkel und gegen alle Widerstände, sich behaupten muß. Alles, was die paar »guten Europäer« *in Europa früher* planten, eine große mehrsprachige Tageszeitung oder Revue, eine weite umfassende Organisation, ein internationales Informationsbureau, all das ist schon in den Anfängen gescheitert, und selbst dieser bescheidenste Wunsch, daß ein paar Menschen aus Frankreich, England, Italien, Deutschland und Österreich für wenige Tage an einem Tisch beisammen sitzen und die gemeinsamen Pläne erörtern sollten, selbst diese Absicht hat sich nicht verwirklicht, und alle diese Versuche nicht infolge geistiger Lässigkeit oder seelischer Gleichgültigkeit, sondern einzig aus materiellen Gründen. Dr. Schulte-Vaerting hat jüngst in einem sehr schönen Aufsatz erzählt, wie die Welt seit Jahrtausenden immer nur den Krieg und nie den Frieden zu finanzieren sich entschlossen hat: so organisieren sich auch heute in allen Staaten Europas immer nur jene Bewegungen rasch mit Geldmitteln und Machtbefugnissen, die auf Zerspaltung hinarbeiten, indes die Bemühungen um die Verschwisterung kärglich und ohnmächtig bleiben. Nun, dies müssen wir als Unabwendbares hinnehmen. Aber Ideen bedürfen glücklicherweise zu ihrer Verwirklichung keiner sichtbaren Manifestationen: gerade im Unsichtbaren bewahren sie ihre reinsten Kräfte, und das Undankbare einer Bemühung ist beste Probe für die leidenschaftlich Bemühten. So bittet unser Mißerfolg durchaus nicht um Bedauern oder Unterstützung. Ob wir Einzelnen in den verschiedenen Ländern, die wir über alle Nationen hinweg heute schon die künftige Einheit Europas sehen, uns bald einmal gelegentlich die Hände reichen dürfen oder nicht, bedeutet wenig gegen unser Verbundensein im Geiste. Wir können warten. Denn der Geist ist es schließlich am Ende, der die Tat gestaltet, nicht das Wort, nicht das Geld, nicht die Macht. Wir können warten. Und wir wollen warten, geduldig, mit jener Geduld, wie sie nur die unerschütterliche Gewißheit einer Überzeugung zu verleihen vermag.

Aufruf zur Geduld

Zu den siebenhundertfünfzig Aufrufen und Manifesten des letzten Jahres noch einen (den niemand zu unterschreiben braucht): Aufruf zur Geduld!

Einen Aufruf gegen die Aufrufe, gegen die voreilige Zusammenrottung zusammenhangloser Menschen, die, um irgend etwas zu beschleunigen, was sie dumpf wünschen, sich zu Gruppen vereinen, die unter gleichem Wort wahllose Verschiedenheit der Begriffe einhürden. Nie war geistig die Neigung zum Herdentrieb bei den Intellektuellen stärker als in diesen Jahren, die Neigung, sich durch Masse zu verstärken, durch Echo – das doch nur bewegte Luft bleibt, so laut es auch dröhnt – statt durch innere Intensität. Die rasende, die krankhafte Angst, irgendwo bei einer Bewegung nicht dabei zu sein, einen Anschluß zu versäumen, hat ein Mitläufertum erzeugt, so kläglich, so klein, so geistig wertlos, so moralisch nichtig wie alle Uniformität. Kaum ist der Krieg da, so rotten sich die Entlegensten zusammen, um, jeder, Deutschland der Welt zu erklären, kaum ist das Wort Expressionismus erfunden, so deutet und deutelt jeder kleine Schreiber, jeder Maler, jeder Dozent und Schullehrer sein höchst unpersönliches Sein in das neue Wort hinein. Kaum hängt die rote Wolke des Bolschewismus am Himmel, so schreibt jeder sein Broschürchen, alles bündelt sich hastig zu geistigen, zu handwerklichen Sowjets. Und kaum ist der Krieg zu Ende, so entdecken sie plötzlich alle ein neues Feld, die Völkerversöhnung, die Internationale des Geistes, und flöten Rolland an und Barbusse.

Hier nun Halt zu rufen und zur Geduld zu mahnen, scheint mir Pflicht. Denn jene Zusammendrängungen nationaler und artistischer Bestrebung waren in einem höheren Sinn gleichgültig. Die zwölftausend Broschüren der deutschen Professoren und siebentausend Bände deutscher Kriegslyriker las draußen kein Mensch, und die Neutralen, denen sie zentnerweise von der Propaganda ins Haus geschickt wurden, heizten im kohlenarmen Winter ihre Öfen damit. Ob sich zweitausend oder sechstausend deutsche Dichter und Maler zum Expressionismus bekannten, war unwesentlich – ein Buch wie Franz Werfels ›Gerichtstag‹ stellt ihn so strahlend in die Zeit, daß der Begriff vor dem Werk erblindet. Aber wo diese deutsche Neigung zur Bündelei an Europa rührt, an die Welt, muß der unwissenden Ungeduld energisch in den Weg getreten werden: das Manifest der 93 hat gezeigt, welchen Schaden Ungeduld und unbelehrte Eilfertigkeit anzurichten vermag.

Eine Anzahl Menschen empfinden jetzt plötzlich den Wunsch nach geistiger Einheit Europas. Begreiflicherweise: denn Deutschland befindet sich heute in einer Isolierung des Hasses, wie niemals eine Nation, und der Durst nach Freundschaft, nach Brüderschaft und Anteilnahme brennt in Millionen Herzen. Begreiflich, daß sie nach jedem Funken, jedem Lichtschein vom andern Ufer hinüberschauen und sehnsüchtig ihm entgegenwinken, daß sie rufen, schreien und jubeln, wenn irgendein Gruß – wie etwa jener der ›Clarté‹, die ja doch nur auch ein Fünkchen Licht ist, noch keine Helligkeit – herweht, daß sie freudig die Möglichkeit begrüßen, wieder kosmopolitisch an einem Tisch beisammenzusitzen.

Aber an einem Tisch – seien wir uns darüber klar! – viel weiter hinaus reicht es heute noch nicht. Die paar Menschen, die drei Dutzend in allen Nationen, die immer einig waren, brauchen einander nicht anzurufen, sie kennen einander, und was jetzt eilig dazutritt, sich hastig zu ihnen drängt, bleibt bedeutungslos für das Ziel. Denn es handelt sich bei der Idee des zukünftigen einigen Europa nicht darum, wer der momentanen *Meinung* nach Internationalist ist, sondern wer es der *Überzeugung* nach ist. Ich versuchte einmal, diesen Gegensatz (den die wenigsten erkennen) zu formulieren: »Meinung haben viele, Überzeugung ganz wenige. Meinung fliegt zu aus Wort, Zeitungsblatt, Wunsch und Gerede, fliegt wieder fort mit dem nächsten Wind und ist immer dem Druck der Luft unterworfen. Überzeugung wächst aus Erlebnis, nährt sich an Bildung, bleibt persönlich und unteilbar an den Tatsachen. Meinung ist Masse, Überzeugung der Mensch.« Und ich füge noch bei: Meinung ist Ungeduld, Überzeugung Geduld. Wer rasch zuläuft, läuft rasch wieder fort. Deshalb dies Mißbehagen, das wir empfinden, wenn der Internationalismus, der heute nach dem Kriege als Bekenntnis ganz gefahrlos ist, mit einemmal soviel Zuläufer findet. Denn diese Ungeduldigen wollen Scheinresultate: Kongresse und Besuche, eine Attrappe von Versöhnung, in der immer nur dieselben drei Dutzend Schauspieler mit immer anders verteilten Rollen spielen werden, begleitet von einigen opportunistischen Statisten, die jetzt, wo das Stück einigen Applaus hat, sich zugesellen.

Aber geben wir uns keiner Täuschung hin: es ist ein Schauspiel nur. Ernüchtern wir die eigene Neigung, zwingen wir uns um zu jenem bessern Gefühl, das mit dem unheroischen Namen Resignation genannt wird und doch der wahre Heroismus ist: zu Geduld. Haben wir den Mut, uns zu sagen: wir sind eine verlorene Generation, wir werden das einige Europa nicht mehr sehen. Zwischen uns und Frankreich liegen die verwüsteten Gebiete und drei Millionen Gräber. Zaubern wir keine Potemkinschen Dörfer herauf, täuschen wir uns nicht darüber, daß all die Zuläufer abfallen werden, wenn nicht im ersten Anspruch die Völkerversöhnung zusammenkommt (oder ein neuer Sprengstoff erfunden wird, der den Sieg sichert). Haben wir den Mut, zu sagen: wir sind drüben und herüben nur kleine, ganz unendlich kleine vergeßliche Minoritäten, alles, was wir tun und wirken, ist unfruchtbar, unsichtbar, undenkbar in der gegenwärtigen Zeit, die vierhundert oder tausend Menschen, die jetzt die Manifeste mit unterschreiben, nässen nur weißes Papier. Locken wir nicht die Begeisterung der Jugend in den Wahn, sie könnten morgen oder in fünf Jahren schon wieder auf den Bänken der Sorbonne und den geliebten Straßen des Quartier Latin mit Kameraden schwärmen, bewahren wir sie vor allzu stürmischen Anbiederung (die, enttäuscht, in Haß umschlagen würde), mahnen wir mit zum einen: zur Geduld. Vor Gott sind tausend Jahre ein Tag, im Leben eines Volkes jede Generation nur eine Stunde: denken wir über unsere verlorene hinaus der nächsten entgegen, die – ich fürchte es gegen meinen Wunsch – wohl schon hinter unseren Tagen ist. Und suchen wir keine Fülle, kein Getümmel von Menschen, wo immer nur der Platz einiger weniger war: in der geduldigen werktätigen, anonymen Aufopferung zu unsichtbarem Ziel. Lassen wir die rasch aufsteigenden Feuerwerke der Manifeste, sie stürzen tatlos aus den Himmeln unserer Hoffnung zurück: gehen wir langsam den dunklen Weg unserer Erde, den Weg der Geduld!

Ist die Geschichte gerecht?

»Wer da hat, dem wird gegeben, daß er die Fülle habe; wer aber nicht hat, dem wird genommen, auch was er hatte.« Dieses Wort, obzwar 2000 Jahre alt, gilt unvermindert auch in der Gegenwart. Wo Erfolg, da strömt Erfolg zu, wo Reichtum, da neues, frisches, quellendes Gold und überdies noch die Anbetung vor dem Golde, der freiwillige Enthusiasmus der Mitläufer und matten Seelen, denn Macht ist die geheimnisvollste Materie der Welt. Magnetisch zieht sie den einzelnen, suggestiv die Masse an, die selten fragt, wo diese Macht gewonnen und wem sie weggenommen ist, sondern nur ihr Dasein als eine Steigerung ihrer eigenen Existenz blind hingegeben empfindet. Immer war es die gefährlichste Eigenschaft der Völker, sich selbst freiwillig unter das Joch zu stellen, sich begeistert in die Knechtschaft zu stürzen. Und am liebsten unter eine des Erfolges.

Jeder Gegenwart gilt dies grausame Wort, daß dem, der da hat, noch gegeben wird. Aber sonderbarer als dies: auch die Geschichte, auch sie, die leidenschaftslos sein sollte, klarsinnig und gerecht, auch sie hat die Neigung, nachträglich dem recht zu geben, der im wirklichen Leben äußerlich recht behalten hat; auch sie neigt sich, wie die meisten Menschen, zur Seite des Erfolges, auch sie vergrößert noch nachträglich die Großen, die Sieger, und verkleinert oder verschweigt die Besiegten. Auf die Berühmten häuft sie zu ihrem tatsächlichen Ruhm noch die Legende, und jeder Große erscheint in der Optik der Geschichte fast immer noch größer, als er wirklich gewesen – den unzähligen Kleinen wird genommen, was dem Großen zugetan wird.

Von der Heldentat eines Schiffes bleibt der Name des Kapitäns, und ins Dunkle sinken jene, die an seiner Seite gestorben und vielleicht mehr als er die wahre Leistung gefördert und getan. Auf die Monarchen wird der Fleiß und der Heroismus ihrer Untertanen gehäuft, immer nimmt die Geschichte aus der Notwendigkeit der Verkürzung auf wenige Namen und Gestalten Unzähligen ihre Tat und schiebt sie dem Stärkeren zu, denn: »Wer nicht hat, dem wird genommen, was er hatte.« Darum tut es not, Geschichte nicht gläubig zu lesen, sondern neugierig mißtrauisch, denn sie dient, die scheinbar unbestechliche, doch der tiefen Neigung der Menschheit zur Legende, zum Mythos – sie heroisiert bewußt oder unbewußt einige wenige Helden zur Vollkommenheit und läßt die Helden des Alltags, die heroischen Naturen des zweiten und dritten Ranges ins Dunkel fallen. Legende aber ist immer, gerade durch das Verführerische, durch den Abglanz von Vollkommenheit, der gefährlichste Feind der Wahrheit, und darum ist es unsere Pflicht, sie ständig zu überprüfen und die eigentliche Leistung auf ihr historisches Maß zurückzuführen.

Eine solche Entgöttlichung mindert nicht die Wesenheit, nicht den Weltwert eines Menschen, sie steigert nur unser Zeitgefühl, unser Zeiterkennen, sie macht durch Erkenntnis der Vergangenheit uns der Gegenwart mehr gerecht. Nichts gefährlicher als die Pietät vor der einmal erkannten Größe, nichts verhängnisvoller als die Kniebeuge vor der offiziell geheiligten Macht! Wo Legende ihre Ranken gewoben hat, um eine Gestalt psychologisch unsichtbar zu machen, dürfen wir sie, ohne damit blasphemisch zu werden, beruhigt wieder ablösen; immer müssen wir das Dazutun, das Dazugetane innerhalb der

Geschichte wieder korrigieren und dem unwiderstehlichen Zwang der Menschheit, vor Erfolg sich zu beugen, die reine und gerechte Achtung vor der tatsächlichen Leistung entgegensetzen.

Unsere Pflicht ist darum immer, nicht die Macht an sich zu bewundern, sondern nur jene seltenen Menschen, die sie redlich und gerechterweise gewonnen. Redlich und gerecht gewinnt sie eigentlich nur immer der geistige Mensch, der Wissenschaftler, der Musiker, der Dichter, denn was er gibt, das ist niemandem genommen. Das irdische, das militärische, das politische Herrschertum eines einzelnen entsteht ausnahmslos aus Gewalt, aus Brutalität, und deshalb müssen wir, statt die Sieger blindlings zu bewundern, immer die Charakterfrage stellen: durch welches Mittel und auf wessen Kosten einer gesiegt. Denn wo im Materiellen, im Staatlichen große Macht eines einzelnen entsteht, dort kommt sie selten aus dem Nichts oder aus freiliegendem Gut, sondern fast immer ist sie anderen, ist sie Schwächeren genommen, fast immer hat jeder große Nimbus da verdächtig blutfarbenen Schein.

Sind wir aber – und ich hoffe, wir sind es – von der Idee der Heiligkeit jedes einzelnen Lebens durchdrungen, leugnen wir das Recht eines Individuums, über Hunderte und Tausende seiner Leidensgenossen die Stufen zur Macht emporzusteigen – sehen wir die Weltgeschichte nicht einzig als eine Chronik von Siegen und Kriegen und nicht den Eroberer schon vorneweg als Helden an, dann erst machen wir jener gefährlichen Vergöttlichung des Erfolges ein Ende. Zwischen Macht und Moral ist selten eine Bindung, meist sogar eine unüberbrückbare Kluft. Sie immer und immer wieder aufzuzeigen, bleibt unsere erste, unsere dringendste Pflicht, und wenn Dichten nach Ibsens Wort bedeutet »Gerichtstag halten«, so dürfen wir uns nicht scheuen, auch ab und zu eine der mit serviler Ehrfurcht gesalbten Gestalten vor unser privates Tribunal zu rufen und auch dem Vergessenen, dem Getretenen das Recht der Zeugenschaft zu gewähren.

Ehrfurcht vor Georg Brandes

Europa, einst einer unserer höchsten geistigen Begriffe, ist wieder zum geographischen herabgesunken, die große Gemeinschaft großer Nationen, entwürdigt zu einem unerträglichen und unsinnigen Gezänk und Zwist der Völker. Den »guten Europäer«, von Nietzsche erträumt, in der Wirklichkeit schon fast zum Handgreifen nahe, haben die Jahre des Krieges beinahe ausgerottet oder unsichtbar gemacht. Ein paar Menschen nur, ein paar wenige Menschen stellen statt der Millionen uns heute das geliebte Ideal im Geiste lebendiger Existenz noch vorbildlich dar.

Diese wenigen Europäer, die zusammengetan heute ganz Europa sind, haben die Pflicht einander zu kennen, haben die Pflicht einander zu grüßen, um sich in ihrem Alleinsein zu bestärken, in ihrer Entschlossenheit zu festigen. Der erste, der leidenschaftlichste Gruß muß darum demjenigen gelten, der den Begriff des Europäertums am längsten, am tatkräftigsten von allen verwirklicht hat und als ihn grüße ich Georg Brandes, der, ein Greis nach den Jahren, mit ungebrochener geistiger Kraft die Einheit der Kunst in seiner Domäne souverän heute noch wie seit je verteidigt. Achtzig Jahre ist er vor kurzem alt geworden und mit Erschütterung liest man in den Briefen Nietzsches, wie vor 50 Jahren er schon der einzige war, der mit dem spähenden, fast unfehlbar erkennenden Blick den freiesten Genius des neuen Deutschland ebenso erkannte, wie er die großen Russen, Skandinavier, Italiener, Deutsche und Belgier als eine einzige Brüderschaft in seinem eigentlichen Vaterland Europa gesehen. Ich weiß in all diesen Tagen der Zwiespalt und Verirrung kaum ein schöneres Symbol als diesen Achtzigjährigen, der in zwei aufeinanderfolgenden Jahren eine repräsentative Biographie Goethes und eine zweibändige Voltaires gleichzeitig vorlegt, den Genius Deutschlands und den Genius Frankreichs, beide mit gleicher Gerechtigkeit und Liebe umfaßt. Seine heroische Arbeitskraft steht heute wie vor sechzig Jahren, da er sein großes Werk über die »Hauptströmungen« in gleicher fruchtender Fülle begann, noch immer greift seine Leidenschaft des Erkennens wie ein Blitzlicht, tastend und suchend über den ganzen Horizont unserer europäischen Welt hin. Nichts hat ihn verwirren können, während der Jahre der Verwirrung, weder der Aberwitz in Frankreich, noch jener in Deutschland und England, mutig hat er Freundschaften und Ehren, ein ungeheures in einem halben Jahrhundert aufgehäuftes Kapital an Sympathien in allen Kriegsländern geopfert, um seinen wahren Idealen, den überpolitischen und übernationalen getreu zu bleiben.

Eine solche Gestalt, ein solcher Mensch erfordert Ehrfurcht und gerade ein pazifistisches Blatt, oder vielmehr die Revue des Pazifismus scheint mir der richtige Platz, ihm diese Ehrfurcht auszusprechen. Ich weiß nicht, ob sich Brandes jemals agitatorisch im Sinne des Pazifismus betätigt hat, sein ganzes Leben, sein ganzes ungeheures Werk aber war nichts anderes als ein einziger Versuch der Bindung, eine unersetzliche Hilfe zu jenem gerechten gegenseitigen Verstehen, das ja der Anfang vom Ende eines jeden Hasses ist. Gleichsam auf neutralem geistigen Boden haben bei ihm nicht nur eine, sondern drei oder vier Jugenden aller Nationen aus seinen Werken die andern Nationen kennengelernt, und sie konnten an seiner Darstellung sehen, wie unablässig, trotz Kriegen und Entzweiungen, die Dichter und Künstler der verschiedenen Völker einander beeinflussen und daß, wenn man auch die Grenzen wie Mauern auftürmt und mit allen Stacheldrähten der Verleumdung und Verhetzung stützt, gleichsam unterirdisch, wie das Wasser unter der Erde, die großen gemeinsamen Strömungen des Geistes immer wieder zusammenfinden. Eine solche Existenz ist gleichsam ein Wahrbild europäischen Geistes in einer Person, in einer Gestalt, sie ist ein Vorbild für alle Forscher aller Länder, frei zu sein und sich nicht vom Widersinn des Zeitlichen beschränken zu lassen. Es genügt nicht von ihr, wie es heute so viele Literarhistoriker tun, bloß das Sachliche zu lernen, sondern die Sache selbst zu begreifen, die größte heiligste Sache des Forschers und des Künstlers: zeitlose Gerechtigkeit. Ihr hat er ein halbes Jahrhundert und mehr gedient und damit wie keiner unserer geistigen Heimat: Europa.

Zutrauen zur Zukunft

Anders wird sie sein, das ist gewiß, sehr viel anders, die Frau von morgen, und in ihrer Entwicklung sich wenig darum kümmern, wie die Menschen von gestern und heute sie wünschen und verlangen. Sehr anders wird sie sein, denn sie hat eine ungeheure Entwicklung zu vollenden: die endgültige Befreiung von der männlich einseitigen Moral. Und sie hat noch einige Bastillen zu erkämpfen innerhalb jener grandiosen Revolution der Frau, die in den letzten zwei Jahrzehnten so überwuchtig eingesetzt hat. Vielleicht stehen wir diesem moralischen Kriegsphänomen noch zu nah, um seinen Umfang ganz auswerten zu können, aber ich halte es für möglich, daß eine zukünftige Kulturgeschichte diese vollkommene Umwertung und Verwandlung der europäischen Frau um 1900 sogar mehr beschäftigen wird, als der Weltkrieg. Jedenfalls: sie ist das erstaunlichste Phänomen sittlicher Umschaltung innerhalb eines einzigen Geschlechts. Stellen wir nur klar und mit wachen Sinnen zunächst einmal fest, daß kaum jemals seit undenklichen Zeiten und niemals innerhalb der christlichen Zeitrechnung eine derartig sturmhafte und radikale Umformung aller sittlichen und sexuellen Beziehungen zugunsten der Frau sich vollzogen hat als in unserem Lebensalter. Eine solche Welle kann nicht plötzlich innehalten; sie muß fortrollen bis an ihren letzten Strand.

Ein Blick in eine illustrierte Zeitung vor fünfzehn, vor zwanzig Jahren, und man schrickt heute schon auf. Wirklich, so gingen Frauen gekleidet, so eingemummt und aufgetürmt, so lächerlich überladen, so mittelalterlich vermauert und verschnürt? Wie etwas Historisches, wirklich nur mehr als ein Kostüm verschollener Zeiten, wie die Reifrock-Frauen, wie die aufgeschraubten elisabethanischen Hofdamen, starren wir jetzt schon im photographischen Bild dieselben Wesen an, mit denen wir selbst noch gesprochen, gelebt und geschlafen haben, und beginnen erst an diesen Bildern zu ahnen, welche unübersehbare Verwandlung wir miterlebt in diesen fünfzehn, in diesen zwanzig Jahren. Aus diesen in Korsette geschnürten, bis zum Hals mit gefälteltem Tuch verschlossenen, mit Röcken und Unterröcken behafteten, aus diesen beinlosen, künstlich bienenhaft taillierten und auch in jeder Regung und Bewegung künstlichen Wesen, aus dieser historischen Frau von vorgestern ist innerhalb einer einzigen raschen Generation die Frau von heute geworden, mit ihrem hellen, offenen Leib, dessen Linie das leichte Kleid nur wie eine Welle klar überfließt, diese Frau, die – bitte nicht zu erschrecken! – heute am hellen Tag dem Wind und der Luft und jedem männlichen Blick so aufgetan ist, wie vordem nur in gewissen geschlossenen Häusern die Damen, deren Namen man nicht aussprechen durfte. Aber weder sie noch wir empfinden diese Freiheit des Körpers, diese Freiheit der Seele heute im mindesten als unsittlich, im Gegenteil: wir verstehen schon nicht mehr die doch so nahe Zeit, wo es einer Frau nicht erlaubt war, vor dem zwanzigsten Jahre etwas zu wissen und nach dem dreißigsten Jahre noch weiter zu begehren.

Ein solches Bekenntnis, eine so herrliche Befreiung der Frau zu ihrem eigenen Körper, zu ihrem Blut, zu ihrer Freiheit, zu ihrer Unabhängigkeit, wie sie sieghaft in dieser kurzen Zeitspanne eingesetzt hat, wird nicht haltmachen, weil einige ältliche Geister darüber erschrecken und einige verspätete Moralisten sich entrüsten. Noch ist der Typus, der neuen, der europäischen Frau nicht vollkommen erfüllt, noch zeigen sich gewisse Unebenheiten innerhalb der einzelnen Länder, ein stürmischeres Tempo der Verwandlung in den angelsächsischen und germanischen, ein stärkeres Ritardando in Spanien und Italien, aber die Wucht ist unverkennbar, mit der die Welle zu einem neuen Ufer rollt, und wir selbst werden von diesen Umformungen noch manches erleben.

Wie aber wird sie sein, diese neue Frau? Die positive Frage scheint mir zu kühn; man kann zunächst nur mutmaßen und feststellen, wie die Frau von morgen *nicht* sein wird. Verschwinden wird zunächst der Typus der »Dame« im Sinne der hochmütigen Lebenspassivität und der gesellschaftlichen Reserviertheit, diese Eingrenzung der Weiblichkeit in einen klassenhaften Sittenkodex, die Frau, die nichts war und nur repräsentierte, die in einem künstlich sexuell-unsexuellen Spiel vom Manne noch eine Art spanischen Hofzeremoniells, Überreste der Troubadour-Manieren in Form von eingelernten Galanterien verlangte. Und ebenso wie in der oberen Schicht der Typus »Dame«, wird in der bürgerlichen der Typus der »Hausfrau« verschwinden im Sinne des immer wieder Kinder säugenden Haustiers, des plättenden, fegenden, kochenden, bürstenden, flickenden und sorgenden Domestiken ihres Hausgebieters und ihrer Kinder. Vorbei wird auch sein der Typus des »Fräuleins«, der betont Unverheirateten im Gegensatz zur ehelichen Gesponsin, man wird Mädchen die Frauen vor der Geschlechtsreife nennen und jede andere nur Frau, ob ihre Mutterschaft nun eine kirchlich bescheinigte ist oder nicht, ihr Beisammensein mit dem Mann ein bürgerliches oder unkonzessioniertes. Alle diese hochmütigen und klassenhaften Abgrenzungen werden aufgehoben werden zugunsten eines Typus verstärkterer und einheitlicherer Frauenkameradschaft. Das Wort »Frau« wird ein Geschlecht aus allen Ständen und Klassen schwesterlicher zusammenfassen, als unsere europäische Welt dies bis zu unseren Tagen kannte.

Denn Kameradschaft, dieses Wort ist schon heute, und wird morgen noch mehr der Sinn aller Beziehungen sein. Kameradschaft, sie wird mehr gelten als familiäre Bindungen, mehr sogar als die erotischen. Nicht mehr wie bislang wird die Frau aus einer Untertänigkeit in die andere fallen, das heißt, aus der Obhut und dem Kommando der Eltern einem Manne als Eigentum zu Obhut und Kommando überstellt werden. Sie wird neben ihrem Manne stehen und nicht mehr unter ihm. Gleich an Bildung, unabhängig durch eigenen Beruf, nicht mehr gehemmt von der Angst vor einer streng bürgerlichen Moral, wird sie aus freiem Willen ein dauerndes oder nichtdauerndes Bündnis mit einem Manne schließen, erstlich, um das schwere Leben unserer Zeit gemeinsam zu bewältigen, zweitens, um dieses schwere Leben sich gemeinsam leichter zu machen, also gemeinsam zu genießen in Sport und Spiel und im geistigen Wettstreit. In einer neuen Freiheit, ich bin dessen gewiß, wird die neue Frau dem Manne von morgen gegenüberstehen und nicht mehr in der vorzeitlichen Haltung eines demütigen Wartens auf Gewähltwerden und Geheiratetsein. Dadurch wird und muß auch eine vollkommene Verwandlung im Erotischen geschehen, ein Übergang aus der Passivität der Frau in der Erotik, aus dem Warten auf das Gewähltwerden, zu freier Wahl, vielleicht sogar zu einer zeitweiligen Aktivität. Weil sie nicht mehr unerfahren sein wird wie die gestrigen, denen die Familie noch den Gatten wählte, wird sie selbst ihre Wahl treffen, und eine neue bessere Freiheit im Sinne der Kameradschaft in den Beziehungen zwischen Mann und Frau muß beginnen.

Diese Umformung, wer kann sie verkennen? Auch

der sie mißbilligt, vermag nicht zu leugnen, daß die Frau im Erotischen selbständiger, klüger, und aktiver, daß sie freier mit jedem Tage wird, und diese ungehemmte Freiwahl der Frau wird vielleicht noch eine unerhörte Beschleunigung erfahren, wenn es gelingt, die beiden einzigen Momente zu unterdrücken, die heute die Frau in ihrer sexuellen Freiheit und Freiwahl noch hemmen: die Angst vor den Geschlechtskrankheiten und die Furcht vor unerwünschter Schwangerschaft. Erreicht es die medizinische Wissenschaft, die ja heute an Wundern sich von Monat zu Monat überbietet, eine organisch nicht störende, nicht allzu kostspielige Verhütung oder Unterbrechung der Schwangerschaft herbeizuführen, gelingt es ferner, durch Vorbeugung oder eine rapide Heilung die Geschlechtskrankheiten zu beseitigen, diesen grauenhaften Schatten, der seit Hunderten Jahren den Eros unserer Welt verdüstert, dann erst wäre bei der Liebeswahl das Risiko, der Gefahreneinsatz bei der Frau mit dem Manne vollkommen gleich. Dann erst entstünde eine vollkommene Parität in der Geschlechtsbeziehung und der Geschlechtswahl bei Mann und Frau. Unterschätzen wir diese Momente nicht: sie sind die gewichtigsten, sie sind die letzten Hemmungen, die heute noch der völligen erotischen Kameradschaft und Brüderschaft zwischen Mann und Frau entgegenstehen, und ihre Beseitigung würde die erotische Umformung des Typus Frau in einer Weise beeinflussen, die wir uns heute noch gar nicht ausdenken können. Wenn dieser Angstkomplex und Widerstand, der heute zu 90 Prozent das Gefühlsleben der Frau und vielleicht nur zu 10 Prozent jenes des Mannes bedrückt, durch die Wissenschaft weggeräumt werden kann (und das mag morgen und übermorgen geschehen), dann wird alles das, was wir sexuelle Not nennen, mit einem Male entspannt und entlastet sein. Eine ungeheure Leichtigkeit im Eros wird in unsere Welt treten, alles Verhaltene und

Verhüllte, alles Unfreie und Verbotene in den Beziehungen zwischen Mann und Frau wird endgültig beseitigt sein.

Aber wird, ich höre die Frage, eine dermaßen rapide, innerhalb eines einzigen Geschlechts einbrechende Freiheit, wird sie nicht eine ungeheure Zügellosigkeit zur Folge haben, eine vollkommene Sexualisierung und Erotisierung der Frau? Wird dieses Forträumen der letzten Hemmungen sie nicht zu einer maßlosen Leichtfertigkeit treiben, zu einer tollen und versucherischen Selbstverschwenderei? Durchaus nicht. Es ist möglich, ja wahrscheinlich, daß, wenn es der Wissenschaft gelingt, die Geschlechtskrankheiten und den Empfängniszwang auszuschalten, zuerst eine kurze, stoßhafte Welle der Sexualität über unsere Welt hinweggeht (ähnlich wie die Tanzwelle nach dem Krieg), gleichsam ein Lustschrei nach einer langen Umschlingung von Angst und Gefährdung. Aber das wird nicht lange dauern, denn Reizungen zehren sich bekanntlich auf an Überdruß und Übermaß. Ich glaube, die Frau von morgen, die in ihrer Sexualität freie Frau, wird viel mehr der Amazone gleichen als der Bacchantin, mehr einen Lebenskampf suchen als bloß die Lebenslust, sie wird nicht mehr die Dienerin, die Sklavin, sondern die Herrin ihres eigenen Eros sein wollen. Denn eine neue Freiheit erzeugt immer organisch ihr Gegenventil, eine neue Verantwortlichkeit. Gestern und heute war die Frau nur verantwortlich der allgemeinen Moral, die ihr Tun und Lassen in genauen Paragraphen vorschrieb; es war genau das Schickliche vom Unschicklichen, das Erlaubte vom Unerlaubten abgezirkt. Die neue Frau, die von morgen, wird nur mehr sich selbst verantwortlich sein in ihrer Wahl und Entscheidung. Dadurch wird sich die neue Erotik, gerade weil sie viel weniger Elemente an Verbotenem und Versagtem enthält, weil sie von innen bezähmt ist und nicht von außen, wesentlich ehrlicher, ungezwungener ereignen, vor allem gleichgewichtiger, kameradschaftlicher. Sie wird der neuen Frau durchaus keine Tollwut der Geschlechtigkeit geben, sondern eine neue Sicherheit des Sichgebens und sogar Sichnehmens, eine Sicherheit von innen her aus dem Bewußtsein ihres Rechts, ihres ehrlich erarbeiteten Lebensanspruchs, ihrer menschlichen wie beruflichen Leistung.

So sehe ich die neue Frau wesentlich heller, heiterer, leichter und unbedrückter als jene der Vergangenheit, sie wird eine Gnade und Gabe kennen, die allen früheren Geschlechtern fremd war: Unbefangenheit. Unbefangenheit, weil sie nicht mehr gefangen ist, weil ihr ein klares Wollen und ehrliches Verweigern erlaubt sein wird, statt eines künstlichen Katze-und-Maus-Spiels, und darum eine neue Helligkeit. Vielleicht wird, ich leugne es nicht, durch diese Helligkeiten und Klarheiten etwas verlorengehen, was frühere Geschlechter in der Erotik liebten: die Spannung des Verhaltenen, des Geheimnisvollen und Gefährlichen. Vielleicht wird die Frau von morgen nicht mehr ahnen, was für festliche Entdekkung des eigenen Leibes den Früheren geschah, wenn sie aus ihren künstlichen Verhüllungen, denen der Kleider und denen der Sitte, hervorbrachen in eine vollkommene Hingabe. Vielleicht wird auch jene kostbare Traumsubstanz, jene innere Gefühlsekstase, welche sich früher bei den Frauen gerade durch die geistfremde Tätigkeit oder durch ihre Abgesperrtheit von aktiver Anteilnahme am Leben so wunderbar entwickeln konnte, etwas Seltenes werden bei der im Bürodienst tagsüber eingespannten, bei der im geistigen Wettstreit überlasteten Frau. Aber keine Sorge! Sie wird für die verlorenen Spannungen sich und uns schon neue entdecken, denn sie wäre nicht Frau, wenn sie nicht aus tiefstem Instinkt immer wieder ihren Leib und ihre Seele in Spiel und Spannung verwandeln würde – freilich auf einer immer höheren Fläche des immer geistigeren Spiels, einer immer seelisch wissender gewordenen Lust. Und die einzige Gefahr, die ich in dem neuen Typus der Frau von morgen sehe, ist die gleiche, die den Mann von heute und morgen trifft, wenigstens bei uns in Deutschland und am Kontinent: daß um der materiellen Unabhängigkeit und der sexuellen Freiheit willen die Frau zu viel von ihrer Freiheit verkauft, daß sie, kaum von der einen Hörigkeit befreit, nun aus Mannessklavin und Haushaltssklavin eine Bürosklavin werden könnte, daß sie – ebenso wie die Männer – zu viel und zu intensiv arbeite, daß also von dieser köstlichen Substanz der Welt Frau, daß gerade von der Jugend, von den jungen Frauen, das Beste und Blühendste in einer übertriebenen und überhitzten Verdienerei abgehetzt und abgeschunden werde. So sehr der Beruf die Frau vergeistigt, so sehr die Arbeit sie befreit hat, so sehr könnte Überarbeit sie wieder ihrer seelischen und sittlichen Errungenschaften berauben, weil sie eine Vergröberung des Genießens, eine Verhastung des Erotischen mit sich bringt und gerade dem widerspricht, was wir am meisten von der Frau wollen: daß sie Entlastung und Leichtigkeit in unsere allzu schwere Welt bringe und unsere eigene Leistung durch ihre aufschwingende und anspornende Gegenwart verstärke. Aber keine Sorge darum, denn jede Generation schafft sich aus ihren neuen und individuellen Gefahren auch die Kraft, sie zu bekämpfen. Und der Kampf der neuen, den Männern gleichgestellten Frau wird nicht mehr wie jener der letzten Generation um Frauenrechte, sondern ganz kameradschaftlich dem unsern um Menschenrechte gehen. Und gerade weil die Frau solange entrechtet und unterdrückt gewesen war, jahrzehntelang, jahrhundertelang, sollte sie und wird sie hoffentlich die Vorkämpferin gegen jede Form der Unterdrückung und Einschränkung auf Erden, der beste Anwalt für jede Bewegung zur moralischen Freiheit sein.

Revolte gegen die Langsamkeit

Epilogue aux elections allemandes

Immer muß erst ein Bergwerksschacht einstürzen und Hunderte Menschen begraben, ehe man fragt, welche Vorsichtsmaßregeln versäumt wurden. Immer erst ein Theater verbrennen, ehe man für Sicherheiten sorgt; immer erst ein Krieg ausbrechen, ehe man sich erinnert, was an tätigem Friedenswillen vernachlässigt wurde. Immer muß etwas gewaltsam Aufrüttelndes sich ereignen, damit das egozentrische Denken des Menschen sich von den eigenen Interessen zu den allgemeinen wende. So schrecken auch jetzt wieder vor der plötzlichen Radikalisierung Europas die Schläfrigen auf, reiben sich die Augen und fragen erstaunt, wie es geschehen konnte, daß die breite Masse der Jugend nicht mehr brav bürgerlich und national oder gemäßigt sozialdemokratisch wählt, sondern nationalsozialistisch oder kommunistisch, daß sie brüsk den warmen, allzu warmen Platz an der Mitte verläßt und sich auf die äußerste Linke oder Rechte stellt. Im bequemen Verlangen klagt und fragt die nachträgliche Weisheit der Auguren verlegen herum und möchte gern, nachdem die Kuh glücklich aus dem Stalle ist, einen Riegel vor die Tür schieben.

Und doch ist die Antwort klar. Was bei den deutschen Wahlen sinnfällig wurde, ist eine vielleicht nicht kluge, aber im Innersten natürliche und durchaus zu bejahende Revolte der Jugend gegen die Langsamkeit und Unentschlossenheit der hohen Politik, gegen die Feigheit und Unentschiedenheit der bürokratischen Methoden, eine Absage an das europäische Bürgertum, das den wesentlichen Gedanken Europas – nämlich Europa! – nicht verwirklichen wollte, eine Warnung für die Sozialdemokratie, die statt jungen lebendigen Menschen der geistigen Nachkriegsgeneration, noch immer die unsichern Vorkriegsgreise wie Scheidemann, an ihre Spitze stellt, und sie ist gleichzeitig eine Auflehnung gegen die kommerziell Nationalen, welche die Nation mit ihrem persönlichen Besitz gleichstellen. Eine Jugend, ungeduldig und radikal wie jede richtige Jugend, wehrt sich aus innerer Enttäuschung und Entrüstung gegen die Politik des dilatorischen Verhandelns, des Hinausziehens, des Flickens, Leimens und Verklebens aller brennenden und blutenden Konflikte. Sie fordert Energie, rasche, schneidende, radikale Behandlung statt dieser endlosen diplomatischen Verzögerungen. Wie man ihren eigenen Staat und Europa neu, ganz und gesund machen kann, darüber sind sie sich natürlich selbst weder einig noch klar; nur in diesem einen sind sie sich einig und klar, wie man es nicht machen soll, nämlich so wie es zur Zeit gemacht wird, und sie sehen mit Empörung, wie heute in Europa von einer staatlichen und amtlichen und politischen Bürokratie die ihnen wichtigsten Probleme verwässert und verlangsamt werden. Die stattgehabte Radikalisation war im tiefen nichts als eine sehr berechtigte und sehr notwendige, eine vielleicht gefährliche, aber doch unaufhaltsame Explosion einer kollektiven Enttäuschung von Millionen über das Tempo der Politik.

Diese Enttäuschung teilt jeder Redliche unter uns. Wir verbrennen vor Erbitterung über die niederträchtig lässige, kleingeistige, verantwortungslose Behandlung unserer entscheidendsten Lebensfragen durch einen Klüngel alter Männer, meist solcher, die an der Zerstörung Europas entweder mitschuldig oder zumindest nicht unschuldig gewesen sind. Mit welch inbrünstiger Erwartung haben wir knapp nach dem Kriege hingeblickt auf die eine und höchste Instanz, den Völkerbund. Nach der ungeheuersten Zerstörung sollte endlich der Aufbau beginnen, die Rettung aus dem blödsinnigsten Haß durch Verbrüderung, und wir hofften, in Genf würde das »Washington« der vereinigten Staaten Europas entstehen, die Hauptstadt einer zukünftigen sprachverbindenden, völkervereinenden Demokratie, ein moralisches Forum für alle Entscheidungen zwischen allen Rassen und Stämmen unserer weißen Welt, eine letzte schöpferische Instanz der Gerechtigkeit. Aber wie wurde diese Idee verwirklicht? Es wurden zunächst Beamte angestellt, hundert Beamte, zweihundert, dreihundert, fünfhundert, achthundert, tausend, ich weiß nicht wieviel Beamte. Es wurden Registraturen angelegt und Zettelkästen, Tische gekauft, große grünbezogene Tische und tiefe, weiche schlafsüchtig machende Fauteuils. Viel Papier wurde angeschafft, sehr viele, sehr schöne Kanzleibogen, Hunderttausende und Millionen, und alle wurden behämmert von neublinkenden Schreibmaschinen. Es wurden Staatsmänner entsandt, natürlich jene im Krieg so herrlich »erprobten«, nur Gott behüte, keine jungen, keine lebendigen Menschen. Und allmählich erkannten wir, was aus Genf geworden war: eine riesige Verlangsamungsmaschine aller wichtigen Fragen, ein ödes, kraftloses internationales Büro. Ein langweiliges Palaver begann, ein zweckloses Hin und Her von Höflichkeiten und Komplimenten und unverpflichtenden gegenseitigen Versicherungen. Sie sagten Frieden und meinten Aufrüstung, sie sagten Europa und meinten Vorherrschaft ihrer eigenen Länder, sie faselten von den vereinigten Staaten Europas und blätterten heimlich mitten in der Rede die Instruktionen ihrer Regierungen nach, wie dies am besten zu verhindern sei. Zwölf Jahre lang mahlt nun schon diese gespenstige Wortmühle (die nur leider unzählige Millionen kostet) Worte und Worte und Worte. Was aber hat, so beginnt sich unsere Ungeduld immer grimmiger zu fragen, was hat diese höchste Instanz in diesen zwölf Jahren Entscheidendes für Europa getan? Sie hat die Bank für Internationale Zahlungen gegründet. Großartig, ich weiß! Aber das hätte ein Dutzend jüdischer und christlicher Bankiers, wenn es ihren geschäftlichen Zwecken gedient hätte, in zwölf Stunden ebenso zusammengebracht. Er hat soeben, der herrliche Völkerbund, einen Preis für den besten Friedensfilm gestiftet. Famos! Aber diese fünfzigtausend Franken, hätte sie nicht ebenso leicht ein spleeniger Amerikaner gestiftet, wenn man ihn richtig bei der Hand gefaßt? Die Völkerbundanleihe für Österreich, für Ungarn – ja, ja, ich weiß, aber das hätte auch ein Morgan gegen die Verpfändung des Tabakmonopols und der Zölle fix gemacht. Alles das sind kleine Einzelheiten, praktische, taktische Erledigungen, aber, so frage ich, welche geistige Idee ist in diesen zwölf Jahren von den versammelten Diplomaten und Delegierten, von den »altbewährten« Männern Europas mit all den tausend oder zweitausend Beamten geschaffen worden? Welcher Gedanke, der einer europäischen Jugend das Blut hätte beflügeln können, welche Tat, die eine strahlende, eine schöpferische Hoffnung bei den Nationen unserer zerrissenen Welt erweckt? Was hat er getan, dieser Völkerbund, um den Lebenswillen, den Gesundheitswillen Europas zu steigern, was hat er geleistet für eine Jugend und ihre Gläubigkeit in diesen zwölf entsetzlich langen Jahren? Nicht die Abrüstung, nicht den Zollverein, nicht die Revision, nicht den wirtschaftlichen Frieden. Kurz: nichts.

Die junge Generation aber sagt sich mit Recht: zwölf Jahre sind ein Fünftteil eines bewußten Menschenlebens und wenn die europäische Politik in diesem Schneckentempo weitergeht, wenn sie weiterhin so schleimig langsam, so süßlich klebrig, so träge und gichtig bleibt, so wird in weiteren zwölf Jahren abermals nichts getan sein als abermals dreihundert öde Sitzungen verredet und verschwätzt, abermals Millionen Bogen Papier verschrieben, und noch immer wird Europa von Waffen starren, Staat gegen Staat, Volk gegen Volk, noch immer Zölle Grenzen sperren und das Leben verteuern, noch immer und immer diese grauenhafte Unsicherheit über jedem Haus und jeder Hütte schweben; und so sagt sie (mit Recht!) diese Jugend: wir müssen Schluß machen mit diesem Altmännergeschwätz, es müssen Männer kommen der raschen Entscheidungen (falsch oder richtig ist gleichgiltig, nur rasch, nur rasch!), Männer wie Stalin oder Mussolini, die Geschehnisse ins Rollen bringen, mag sein in einen Abgrund hinein. Aber lieber ein Ende mit Schrecken als das ewig Schreckhafte dieser lastenden Unentschiedenheiten, dieses feigen Überschwätzens aller wirklich bestehenden Gefahren! Denn Gefahr besteht, täuschen wir uns darüber nicht, und lassen wir uns nicht täuschen! Die Jugend hat dafür den bessern Instinkt, und ihre Wahl ist eine Warnung.

Die Radikalisierung der Jugend ist eine Warnung gegen die Langsamkeit und Feigheit der Entscheidungen in Europa: begrüßen wir sie in diesem Sinn. Vor einem Jahr war ich in Haag mit einem Freund, er zeigte mir die Stadt. Bei einem herrlichen Haus, bei einem Palast blieb er stehen und lachte. Ich fragte warum? Da sagte er: dies ist der berühmte, der berüchtige Friedenspalast. Gegründet zu Anfang des Jahrhunderts auf Anregung des Zaren, im Einverständnis mit allen Kaisern und Königen Europas. Er wurde gebaut (sehen Sie die schönen Steine, die herrliche Architektur!), um eine ewige Stätte des Friedens zu sein, und es wurden auch tatsächlich eine ganze Reihe von Jahren pseudopazifistische Reden in seinen Prunksälen gehalten. Hohe Diplomaten und Juristen, ordensgespickt bis an den Nabel, keiner unter sechzig Jahren, hielten dort Konferenzen auf Konferenzen, und als kluge, bewährte, kunktatorische Männer gingen sie langsam vor, um ja das Problem nicht wirklich anzutreffen. Sie schrieben und redeten. »Ut aliquid fieri videatur.« Aber in Wirklichkeit wollten sie nur verhindern, daß ein Wirkliches geschehe. Man hatte ja Zeit, den Krieg zu verhindern, oh, man hatte Zeit! Und plötzlich, 1914, war dieses herrliche Haus des Friedens wirklich das Kriegshilfsbüro, das es im letzten Sinn durch seine niederträchtige Langsamkeit, durch seine heuchlerische Verzögerungstechnik von Anfang an gewesen war.

Nun baut man – natürlich sehr langsam, wir haben ja Zeit! – in Genf einen Palast des Völkerbundes, wahrscheinlich mit sehr schönen Repräsentationsräumen, vielen Registerschränken und grünen Tischen. Aber die Jugend Europas läßt sich in ihrem Verdacht nicht mehr irre machen – und, Gott helfe mir, sie hat recht! – in diesen vielen Fauteuils würden immer nur Beamte sitzen, diese Schnüffler der Verlangsamung, und das wichtigste Problem unserer Zeit, die Einigung und Bereinigung Europas würde in diesem steinernen Kerker verstauben und versargt sein. Sie glaubt nicht mehr, daß mit den alten Methoden der Kommissionen und Ausschüsse und Delegationen und Bankette wahrhaft schöpferische Gedanken verwirklicht werden, befeuernde Ideen und beglückende Taten. Sie ist satt dieses öden Deliberierens, Verzögerns und Verheuchelns, sie hat einen redlichen, gesunden und prachtvollen Haß gegen die niederträchtige Langsamkeit der Altmännerdiplomatie. Sie glaubt nicht mehr, daß diese sogenannte Ordnung der »ordentlichen Leute« und Berufsdiplomaten und internationalen Politiker jene wirkliche Ordnung ist, die Europa jetzt aus seinem bedrohten Lebenswillen fordert. Das Tempo einer neuen Generation revoltiert gegen das der Vergangenheit. Eine junge Welt, gewohnt an den Schwung der Motoren, an den sausenden Blitz ihrer Motorräder, Automobile und Flugzeuge, empört sich gegen das Postkutschentempo der europäischen Diplomatenpolitik. Und entweder werden die alten, die »bewährten« Politiker sich diesem Rhythmus endlich anzupassen geruhen und selbst die Karre aus dem diplomatischen Sumpf der Sitzungen und Tagungen und Deliberierungen ziehen. Oder sie werden mitleidslos überrannt werden von einem neuen Geschlecht, das die Zeit anders und besser wertet als die Vorkriegsgreise, weil es ein wirkliches Europa noch selbst erleben will. Die Radikalisierung Europas ist keine Tollheit, keine Narrheit, wie die braven Optimisten sich zu glauben bemühen, sie ist eine Warnung, eine leider gefährliche und doch eine berechtigte. Caveant Consules!

Nehmt allen die Waffen weg, allen ...

An den Herausgeber des ›Morgen‹

Verehrter Herr Chefredakteur! Ihre öffentliche Anregung eines Volksbegehrens zur sofortigen Entwaffnung der illegalen Armeen in Österreich ist zweifellos zeitrichtig und zeitwichtig im höchsten Grade. Wir haben glücklicherweise das Wunder erlebt – denn anders als Wunder kann man es nicht bezeichnen –, daß trotz der gräßlichen Aufhäufung von Kriegsmitteln aller Art in den Händen aufgeregter und aufgehetzter junger Leute bis heute in Österreich verhältnismäßig wenig geschehen ist. Aber es ist frevelhaft, auf das Unwahrscheinliche, dies werde weiter so bleiben, gemütlich und gleichgültig zu zählen. Selbst ohne Kriegshandlung, ohne den Befehl oder Wunsch einer oder der andern Partei, kann durch einen unglücklichen Zufall jeden Augenblick sich ein Zusammenstoß unheilvollster Art ereignen; Aufhäufung von Waffen in einer Zeit äußerster Not bedeutet in sich schon Gefahr, denn wer die Geschichte kennt, weiß, daß in den entscheidenden Augenblicken der Instinkt immer stärker ist als der Verstand. Daß nachträglich die Führer erschreckt die Verantwortung von sich abwälzen werden mit dem berüchtigten: »Ich habe es nicht gewollt!«, hat noch nie einen Toten lebendig, einen Krüppel gesund, ein Unheil ungeschehen gemacht. Verantwortlich denken heißt aber an *alle* Möglichkeiten, auch an die der impulsiven Selbstentzündung und der Massenleidenschaft, denken. Ihr noch Waffen in die Hand zu drücken, ist ein moralisches Verbrechen, entschuldbar durch kein soziales und nationales Ethos und keine Moraltheologie.

So sehr ich also mit Ihnen in der Zweckmäßigkeit und Notwendigkeit eines Volksbegehrens zur bürgerlichen Entwaffnung übereinstimme, frage ich mich nur, ob Ihr vorgeschlagener Adressat der richtige ist. Dieses Referendum soll der österreichischen Regierung übergeben werden; sie wird es höflich und mit leise unterdrücktem Lächeln in Empfang nehmen. Denn sie kennt doch besser als wir alle die Waffenbestände hüben und drüben. Wenn sie wirklich wollte, hätte sie, da das Gesetz und das Waffenpatent ausdrücklich den Besitz von gefährlichen Waffen verbieten, längst einschreiten können. Die Organisationsleiter wieder wissen noch mehr, nämlich, wieviel Geld (wir hätten es besser verwerten können), diese Waffen gekostet haben und woher das Geld geflossen ist. Auch hier werden wir auf verlegenes Ausweichen stoßen. Die Regierung wird dann eine Erklärung abgeben, feierlich, natürlich feierlich, daß wir Gespenster am lichten Tag sehen, sie aber die Macht ehern in der Hand halte, um jeden gewaltsamen Umsturz von rechts oder links abzuwehren. Und alles wird gut österreichisch beim alten bleiben, bis eben ... bis eben ein Unglück geschieht, das ein paar oder ein paar hundert Menschen das Leben kostet. Dann wird eine ergriffene Sitzung abgehalten werden (und die Leichen der Opfer von den verschiedenen Parteien zu Agitationsmaterial zerhackt).

Es scheint mir also unzulänglich, die gesammelten Stimmungen nur der österreichischen Regierung vorzulegen. Die weiß, was sie weiß, und tut, was sie will, und hauptsächlich nie, was sie wirklich sollte. Um Praktisches zu erreichen, müßten wir schon energischer handeln – wir müßten die heikelste Stelle unserer Regierung antasten, wir müßten die B. I. Z., die Bank für internationale Zahlungen des Völkerbundes, selbst *kollektiv* als große, geschlossene Gruppe der Friedensfreunde ersuchen, die bisher geleisteten Kredite an Österreich nur zu verlängern oder neue nur unter der Bedingung zu gewähren, wenn statt der bloßen Pfandsicherheit der Tabakregie, die Regierung auch ihr Wort verpfändet, *sofort* und *bei allen Parteien* und Verbänden die Kriegswaffen des allzuoft angekündigten und bereits einmanöverierten Bürgerkrieges *endlich redlich und gründlich* anzufordern. Wir haben das statutarische Recht, als scheinbare Minorität – in Wahrheit sind wir, die einen Bürgerkrieg in Österreich für ein Verbrechen halten, die unendliche, nur leider nicht organisierte Majorität – dem Völkerbund *öffentlich* Vorschläge zu unterbreiten und Sicherheiten zu fordern – nicht für das eigene Leben, aber für das der Unzähligen, die durch die heimliche Anhäufung von Waffen und Explosivmaterial täglich und stündlich bedroht sind. Ohne mir über den Völkerbund idealistische Illusionen zu machen, glaube ich, daß seiner Bankstelle, der B. I. Z., ein solcher Antrag, der einen höheren Schutz für das gar nicht sehr gern geliehene Geld bedeutete, vielleicht nicht unerwünscht käme; vor allem aber wäre neuerdings und so öffentlich wie noch nie, die Tatsache beleuchtet, daß Österreich sich in einem unerträglichen und allgemeingefährlichen Zustand der »Wehrhaftigkeit« befindet.

Selbstverständlich würden die »Wehrhaften« uns sofort Vaterlandsverräter nennen, weil wir uns zum Schutz des Friedens an das »Ausland«, an die Welt wenden. Selbstverständlich! Denn Waffen und Gelder für Eigenbedarf und Organisationen darf man zwar vom feindlichsten Ausland sich schicken und schenken lassen, für Bündeleien und Zetteleien friedensmörderischer Art darf man »patriotisch« mit allen erdenkbaren Auslandsdiplomaten verhandeln – nur der redliche pazifistische Wille, seiner Nation und allen andern Blutopfer zu ersparen, heißt in diesem Vokabular Vaterlandsverrat und Feigheit. Nun, haben wir den Mut zu dieser »Feigheit«! Senden wir hunderttausend Stimmen und mehr aus Österreich hinaus in die Welt, fordern wir vor dem Forum der Öffentlichkeit, daß unserem unseligen, unheilbaren Parteikriege wenigstens das Mordwerkzeug entzogen und einem Zustand militanter Zweideutigkeit ein Ende gemacht werde, der nicht nur die Seelen, sondern auch die wirtschaftlichen Verhältnisse auf das gefährlichste verwirrt!

Ihr ergebener Stefan Zweig.

Der europäische Gedanke in seiner historischen Entwicklung

Die Geschichte, dieser scheinbar gezeitenlose Ozean der Geschehnisse, gehorcht in Wahrheit einem unabänderlichen rhythmischen Gesetz, einem inneren Wellengang, der ihre Epochen abteilt in Ebbe und Flut, in Vorwärtsströmen und Rücklauf –, und wie könnte es anders sein, da ja Geschichte von Menschen gemacht wird und ihre seelischen Gesetze nur die des einzelnen Menschen spiegeln. In jedem einzelnen von uns waltet diese Zweiheit; jener Prozeß, den wir Leben nennen, ist doch im letzten immer nur Spannung von Pol zu Pol. Gleichgültig, wie wir diese beiden Kräfte benennen wollen, ob die zentrifugale und zentripetale, oder, im Sinn der neuen Psychologie, die introverte und extroverte, oder, im Sinn der Moral die egoistische und altruistische – immer und überall drückt sich in dieser Form die wechselnde Tendenz aus, einerseits sich als Ich von der Welt zu isolieren und anderseits das eigene Ich der Welt zu verbinden. Wir wollen das Ich bleiben, die einmalige Persönlichkeit, die wir sind, wir wollen alles aus dem Leben an uns ziehen, um diese Persönlichkeit noch persönlicher zu machen. Aber gleichzeitig drängt es uns, dieses unser einmaliges Wesen der Welt zu verbinden, unsere Individualität in der Gemeinschaft aufzulösen. Was aber sind Völker anderes als kollektive Individuen? Und so unterliegen auch die Nationen dieser zwiefachen Tendenz, einesteils ihre Individualität, ihre geistige und kulturelle Persönlichkeit nationalistisch zu betonen, anderseits immer auch übernational höhere Gemeinschaften zu suchen, um sich zu befruchten und den anderen Völkern von ihrem Reichtum und ihrer Persönlichkeit abzugeben. Durch die ganze Geschichte spielen diese beiden Triebe der Anziehung und Abstoßung, des Friedens und des Krieges, der konzentrische und expansive, unablässig gegeneinander. Bald entstehen große staatliche und religiöse Gebilde, bald lösen sie sich wieder auf, Jahrzehnten und Jahrhunderten der Feindschaft folgen Jahrzehnte der Versöhnung und Freundschaft, aber im Grunde strebt, gemäß der immer wachsenden Weite des Blicks, die Menschheit immer höheren und fruchtbareren Vereinigungen entgegen. Jede dieser Tendenzen, die nationalistische wie die übernationale, haben, schon weil sie vorhanden sind, ihren kulturellen und physischen Sinn, eine ist nicht möglich ohne die andere in dem geistigen Organismus jener Wesen, die wir Staat oder Nation nennen. Und ihr Gegenspiel ist notwendig, um die schöpferische Spannung innerhalb der Menschheit zu erhalten. Von diesen beiden Tendenzen will ich aber hier nur die eine zum Gegenstand der Betrachtung nehmen, ich will in einer Zeit nationaler Zerrissenheit gerade das verbindende Element betonen, den geheimnisvollen Eros, der die Menschheit von ihrem ersten Anfang über alle Verschiedenheiten der Sprache, der Kultur, der Ideen hinweg zu einer höheren Einheit drängt. Ich will in dieser Stunde versuchen, in einem Blick auf die geistige Entwicklung Europas eine kurze Geschichte jener ewigen Sehnsucht nach Einheit des Gefühls, Wollens, Denkens und Lebens zu geben, die in zweitausend Jahren jenes wunderbare Gemeinschaftsgebilde geschaffen hat, das wir stolz europäische Kultur nennen.

Ich sagte: in zweitausend Jahren. Aber in Wahrheit reicht dieser urmenschliche Trieb zu einer letzten schöpferischen Gemeinschaft weit über die erhellte Welt der Geschichte bis in die Urzeit der Mythen zurück. Schon in dem ältesten Buche der Welt, auf den ersten Blättern der Bibel, da wo sie Kunde gibt von den ersten Menschen, finden wir in einem wundervollen Symbol die erste Geschichte dieser Sehnsucht der Menschheit nach einer schöpferischen Einheit der Menschen. Es ist die Legende, die tiefsinnige, vom Turmbau von Babel. An diesen wunderbaren Mythos will ich erinnern und ihn deuten: damals, kaum erst aus dem Unbekannten erstanden, hatten sich die Menschen – also sagen wir die Menschheit – zum erstenmal zusammengetan zu einem gemeinsamen Werk. Sie sahen einen Himmel über sich, und da sie Menschen waren, empfanden sie schon die Sehnsucht nach dem Übermenschlichen und Unerreichbaren, und sie taten sich zusammen und sprachen: »Lasset uns eine Stadt und einen Turm bauen, dessen Spitzen bis in die Himmel reichen, damit wir uns einen Namen machen für die Ewigkeit.« Und sie taten sich zusammen, kneteten Lehm und brannten Ziegel und huben an zu bauen, ihr erstes gewaltiges Werk.

Gott aber sah vom Himmel – so erzählt die Bibel – diese ehrgeizige Mühe und erkannte das großartige Wachstum des Werkes. Er erkannte die Größe des Geistes, den er selbst in den Menschen getan, und die ungeheure Kraft, die unwiderstehlich in dieser Menschheit waltet, soferne und solange sie einig ist. Und damit die Menschheit nicht sich überhebe und ihn, den Schöpfer, in seiner einsamen Höhe erreiche, beschloß er, das Werk zu hemmen und sprach: »Lasset uns sie verwirren, daß keiner des anderen Sprache verstehe.« Und weiter schildert die Bibel, wie plötzlich über Nacht die Menschen mitten am Werk einander nicht mehr verstanden, weil sie andere Sprache redeten. Und weil sie einander nicht verstanden, erzürnten sie sich wider einander. Sie warfen ihre Ziegel weg, die Kelle und ihr Arbeitszeug, kämpften miteinander, und dann liefen sie alle fort vom gemeinsamen Werk, jeder in sein Heim und jeder in seine Stadt. Nur ihr eigenes Land bestellten sie noch und ihre eigene Heimstatt, nur ihr eigenes Land liebten sie noch und ihre eigene Sprache. Der Turm Babel aber, gemeinsames Werk der ganzen Menschheit, blieb verlassen und fiel in Trümmer.

Dieser Mythos aus den ersten Blättern der Bibel ist ein wunderbares Symbol für den Gedanken, daß der Menschheit alles, auch das Höchste möglich sei, sobald sie einig ist – und nur ein sehr Geringes, sobald sie sich in Sprachen, Nationen spaltet, die einander nicht verstehen und nicht verstehen wollen. Und vielleicht – wer weiß, wieviele geheimnisvolle Erinnerungen in unserem Blut lebendig sind – vielleicht lebt noch irgendein dumpfes Zurückdenken an jene Urzeit in unserem Geist, platonische Erinnerung, daß die Menschheit einstmals eins war, und eine drängende quälende Sehnsucht, daß sie wieder eins werde, um das angefangene Werk zu vollenden; jedenfalls ist dieser Traum einer geeinten Welt, einer geeinten Menschheit, älter als alle Literatur, als alle Kunst, als all unser Wissen.

Eine Legende, wird man vielleicht sagen, ein kindischer Mythos, ein heldisches Märchen. Was aber sind – dies haben wir von unserem großen Psychologen Sigmund Freud gelernt – was sind Mythen anderes als Wunschträume ganzer Völker, so wie jeder Traum eines Menschen ein verdeckter und durch Dichtung entstellter Wunsch ist. Niemals sind Träume, und am wenigsten Träume ganzer Generationen, völlig sinnlos. Verachten wir darum diese Mythen der Vorzeit nicht. Denn jeder Gedanke, der Wirklichkeit wird, ist immer früher ein Traum gewesen, nichts können wir Menschen erfinden und erreichen, was nicht längst schon kühne Vorgänger einmal als Wunsch oder Forderung ersehnt haben.

Aber treten wir aus diesem Vorhof der Legende nun

ins innere Haus der Geschichte. Über dem Anfang liegt Dunkel. Wir sehen am Rande des Mittelmeers und im Orient Reiche entstehen und vergehen, manchmal ballt sich der Wille eines einzelnen Menschen, eines Alexander, oder der eines einzelnen Volkes zu ungeheurer Macht, überströmt wie eine Sturzflut die Länder, aber nur um sie zu berauben, zu brandschatzen, zu zerstören; und wenn dieser kriegerische Schwall zurückflutet, bleibt nichts zurück als Schlamm der Verwüstung. Alle die einzelnen Kulturen, die im Morgendämmer der Geschichte entstehen, haben keine aufbauende, keine organisatorische Kraft, sie dienen noch nicht dem Gemeinschaftsgedanken, und selbst die griechische Kultur prägt nicht der Welt das Siegel der Einheit auf. Sie gibt ein Maß, ein neues und herrliches, für die Menschenseele, aber sie gibt es nicht der damaligen Menschheit in die Hand. Die wahre politische und geistige Einheit Europas, die Universalgeschichte beginnt erst mit Rom, mit dem römischen Imperium. Hier geht zum erstenmal von einer Stadt, einer Sprache einem Gesetz der entschlossene Wille aus, alle Völker, alle Nationen der damaligen Welt nach einem einzigen, genial durchsonnenen Schema zu beherrschen und zu verwalten – Herrschaft nicht nur wie bisher einzig durch militärische Macht, sondern auf Grund eines geistigen Prinzips, Herrschaft nicht als bloßer Selbstzweck, sondern als sinnvolle Gliederung der Welt. Mit Rom hat zum erstenmal Europa ein ganz einheitliches Format, und fast möchte man sagen, zum letztenmal, denn nie war die Welt einheitlicher geordnet als in jenen Tagen. Ein einziger geistiger Plan überspann wie ein kunstvolles Netzwerk vom Nebelreich Britanniens bis zu den glühenden Sandwüsten der Parther, von den Säulen des Herkules bis zum euxinischen Meer und den skythischen Steppen die noch ungeformten und geistig dumpfen Nationen Europas. Eine einzige Art der Verwaltung, des Geldwesens, der Kriegskunst, der Rechtspflege, der Sitte, der Wissenschaft beherrscht damals die Welt, eine einzige Sprache, die lateinische, beherrscht alle Sprachen. Über die nach römischer Technik gebauten Straßen marschiert hinter den römischen Legionen die römische Kultur, der ordnende Geist folgt aufbauend der zerstörenden Gewalt. Wo das Schwert die Lichtung geschlagen, sät die Sprache, das Gesetz und die Sitte neuen Samen. Zum erstenmal wird das Chaos Europas zur einheitlichen Ordnung, ein neuer Begriff ist erstanden, die Idee der Zivilisation, der gesitteten, nach moralischem Maß verwalteten Menschheit. Hätte dieses Gebäude noch zweihundert, noch dreihundert Jahre länger gedauert, so wären die Wurzeln der Völker schon damals ineinander verwachsen, die Einheit Europas, die heute noch Traum ist, sie wäre längst schon dauernde Wirklichkeit geworden, und auch alle später entdeckten Kontinente wären untertan der zentralen Idee.

Gerade aber weil das römische Reich so groß, so weltumfassend und so tief gemauert in das Wesen der europäischen Erde war, bedeutet sein Einsturz eine so ungeheure moralische und geistige Verwüstung, einen so katastrophalen Augenblick in der Geschichte der europäischen Kultur. Der geistige Zustand Europas nach dem Untergang des Imperiums Romanum läßt sich vielleicht nur vergleichen mit einem Menschen, der durch eine furchtbare Erschütterung des Gehirns jählings alles vergessen hat, der aus dem Zustand geistiger Reife plötzlich auf die Stufe der Imbezillität zurückfällt. Der Verkehr zwischen den Völkern reißt ab, die Straßen verfallen, die Städte veröden, seit die gemeinsame Sprache, seit die römische Organisation die Nationen nicht mehr bindet. Alle die neueroberten wie die alten Kolonien vergessen in unglaublich kurzer Frist, was sie schon einmal gewußt hatten; die Kunst, die Wissenschaft, die Architektur, die

Malerei, die Medizin versiegen über Nacht wie Brunnen nach einem Erdbeben. Mit einem Ruck sinkt die europäische Kultur tief unter den Wasserspiegel der orientalischen und chinesischen. Erinnern wir uns an diesen Augenblick europäischer Schmach: die Werke der Literatur verbrennen oder vermodern in Bibliotheken. Von den Arabern müssen sich Italien und Spanien die Ärzte, die Gelehrten borgen, bei den Byzantinern noch einmal mühsam und ungelenk von Anfang an Kunst und Gewerbe erlernen; unser großes Europa, Lehrmeister in der Zivilisation, muß bei seinen eigenen Schülern in die Schule gehen! Ein ungeheures Erbe wird achtlos vertan, Statuen zerschlagen, Gebäude verwüstet; die Aquädukte verfallen, die Straßen veröden, und selbst ihre eigene Geschichte zu erzählen, hat diese Zeit keine Kraft mehr, während vierhundert Jahre früher Tacitus und Livius und Caesar und Plinius vorbildlich die Geschichte der Welt erzählt haben.

Dieser tragische Augenblick ist der Höhepunkt der europäischen Zersplitterung, der Tiefpunkt unserer gemeinsamen geistigen Macht, die furchtbarste Katastrophe, die jemals unsere Kultur betroffen hat. Es ist grauenhaft jener Zeit zu gedenken, grauenhaft, weil unwillkürlich uns die Angst bewegt, es könnte noch einmal ein solches Erdbeben alles vernichten, wozu wir jeder einzelne unsern Baustein beigetragen haben; es könnte noch einmal eine solche geistige und moralische Verwirrung mörderisch über unsere Erde dahingehen. Aber vergessen wir nicht: selbst in diesem äußersten Augenblick der Anarchie hat Europa nicht völlig den Gedanken der Einheit verloren. Denn die Idee unserer menschlichen Einheit ist unzerstörbar. So wie der Körper den mörderischen Mikroben aus seinem eigenen Blute Gegenkräfte entgegensetzt, so schafft sich der Organismus der Menschheit in den Momenten der Gefahr immer wieder aus sich selbst eine Heilkraft. Gerade also in jener Zeit, da die Erde wüst und den Elementen der Zerstörung anheimgefallen ist, errichtet sich der Geist einen neuen Bau oberhalb der Erde, gerade da das römische Reich zerfällt, schafft sich der architektonische Einheitswille der Menschheit ein neues gleich wunderbares Werk, die römische Kirche, gleichsam ein in die Wolken gehobenes Spiegelbild seiner irdischen Macht. Die Materie ist zerstört, aber der Geist ist gerettet, und nach dem furchtbaren Hagelschlag ist ein Samenkorn erhalten geblieben, die lateinische Sprache. Und beglückt erkennen wir: der Geist ist stärker als die Materie, denn die Festungen zerfallen, die Kastelle und Zwingburgen des römischen Reiches, aber die Sprache, die lateinische, sie schwebt wie der Vogel Phönix aus dem Feuerbrand. Was die Hand gebaut, kann versinken, was der Geist einmal für die Gemeinschaft der Menschheit geschaffen, kann verschüttet werden, aber nicht verlorengehen. Das Latein, die Einheitssprache, die Muttersprache aller europäischen Kulturen, ist uns auch in dieser apokalyptischen Stunde erhalten geblieben.

Freilich, die Mönche konnten die gemeinsame Sprache nur retten, indem sie sie vor der zerstörenden Wut der Völkerwanderungen gleichsam verbargen in den Katakomben der Klöster, und die Lebenskraft des Latein verdüstert sich sehr in diesen Verstecken. Wie Perlen ihren Glanz verlieren, wenn sie nicht den warmen Körper des Menschen berühren, so verliert zunächst das Latein, seit die strenge Klausur der Scholastik es als Schriftsprache von der Lippe des Menschen abschließt, seine völkerverständigende Kraft. Abgesperrt von der Luft, nicht mehr bestrahlt vom italischen Himmel, verliert dieses Latein seine Sinnlichkeit, seine Klarheit, seine Eleganz, alle die hohen Tugenden, die uns an seinen einstigen Dichtern beglückten. In dieser Sprache kann man nicht jubeln mehr, nicht mehr scherzen, nicht mehr lachen, nicht mehr mit Feinheit und Geschmack zärtliche und lebendige Dinge sagen, man kann sich nicht verständigen damit, nicht in freundschaftlichen Briefen, noch in vertrauter Unterhaltung. Was einst Sprache der Welt gewesen, der allgemeinen Verständigung, dient nur der Wissenschaft noch, den »artes liberales«, nicht mehr den Völkern – für einige Jahrhunderte ist die Verständigungsmöglichkeit innerhalb Europas völlig zerschlagen.

Ein dunkler Schlaf ruht über der Welt des Geistes, ein Schlaf, bewegt von geheimnisvollen Träumen und Visionen. Aber an seinem Ende wartet schon strahlend ein neuer Tag, denn schon sind einige Menschen auf dem Wege, dieser Gemeinschaftssprache, die, abgesperrt von der Sonne, im Schatten der Theologie zu Pergament erstarrt ist, wieder die Blutwärme des Lebens, die Gelenkigkeit der lebendigen Rede zu geben. Eine Reihe von Dichtern, vor allem Petrarca, durchbluten mit ihrer sinnlichen Kraft die alte mumifizierte Sprache und formen sie neu zu einer lebendigen Verbindungssprache zwischen den geistigen Menschen der Welt, zu einer Art von klassischem Esperanto.

Und mit einemmal ist das Wunder erfüllt, die geistigen Menschen ganz Europas, die durch ihre nicht ausgeformten Sprachen gesondert waren, können dank dieser neugeformten wieder miteinander sprechen, sie können sich Briefe schreiben und einander brüderlich verstehen. Die Grenzen zwischen den Ländern sind durch die Sprache wie mit einem Flügelschlag überwunden, es ist im Zeitalter des Humanismus gleichgültig, ob ein Student in Bologna, in Prag, in Oxford oder in Paris studiert, seine Bücher sind lateinisch, seine Lehrer sprechen lateinisch – *eine* Art des Redens, des Denkens und des Umgangs ist allen Geistigen Europas gemeinsam. Erasmus von Rotterdam, Giordano Bruno, Spinoza, Bacon, Leibniz, Descartes, sie fühlen sich als Bürger ein und derselben Republik, der großen Gelehrtenrepublik. Zum erstenmal fühlt Europa wieder, daß es an einem Gemeinsamen arbeitet, an einer neuen Zukunftsform abendländischer Zivilisation. Die geistigen Menschen aller Nationen machen einander Besuche, sie dedizieren sich ihre Bücher, sie diskutieren gemeinsam – endlich wieder gemeinsam – die Probleme der Zeit. Mit einer Geschwindigkeit, die erstaunlich kontrastiert mit der Umständlichkeit und Langsamkeit der Postwagen und Segelschiffe, tauschen sie ihre Erkenntnisse, ihre dichterischen Werke aus, und das Problem, daß sie verschiedenen Nationen angehören, der eine ein Holländer, der andere ein Deutscher, der dritte ein Italiener, der vierte ein Franzose und der fünfte ein portugiesischer Jude ist, kommt nicht mehr in Betracht gegenüber dem beglückenden Gefühl, daß sie alle Deputierte sind im unsichtbaren Parlament Europas, daß sie gemeinsam ein Erbe zu verwalten haben, daß alle neuen Entdeckungen, alle alten Errungenschaften des Geistes ihnen gemeinsam zugehören. Wenn eine verschollene Komödie des Terenz in verstecktestem Winkel Italiens gefunden wird, jubeln in England wie in Polen und in Spanien die Zugehörigen dieses Kreises, als wäre ihnen ein Kind geboren oder ein Vermögen geschenkt. In diesem übernationalen Reich des Humanismus, in dieser Herrschaft einer internationalen Elite, die – gleichgültig gegen die politischen und sozialen Streitigkeiten – in künstlerischer Leidenschaft über alle Grenzen hinwegdenkt, ist zum erstenmal wieder seit Rom nach langer Entfremdung der Beweis geliefert, daß ein gemeinsames europäisches Denken möglich ist, und dies Gefühl des sich Wiederfindens belebt wie ein feuriger Rausch die Geister. Plötzlich, so fühlen alle diese Menschen wie befreit, ist die Welt weit und reich geworden; aus der Erde steigen, in Gestalt von Statuen und die uralte Sprache sprechend, die Geister der Antike herauf, über den Meeren tauchen alte Kontinente auf, die Erfindung des Buchdrucks verbreitet sich mit unsichtbaren Flügeln – und damit in bisher nie geträumter Fruchtbarkeit das geistige Wort. Immer wenn die Welt weit wird, werden die Geister froh, und jener Überschwang der Kraft, der Freude und des Lebensvertrauens hebt an, dessen größte und unvergänglichste Form wir die Renaissance nennen, im wahrhaften Sinne des Wortes eine Neugeburt des Geistes.

Diese erste Form geistigen Europäertums – rühmen wir sie neidvoll, denn sie bedeutet nach einer langen Epoche der Kriege, also der Brutalität und Entfremdung, endlich wieder einen der Höhepunkte europäischer Humanität. Obwohl räumlich durch Tausende Meilen, durch Wochen und Monate getrennt, leben die Dichter, die Denker, die Künstler Europas damals inniger verbunden als heute in der Zeit der Flugzeuge, Eisenbahnen und Automobile. Der Augenblick des Turmbaus von Babel, der höchsten menschlichen Zuversicht, scheint wiedergekehrt.

Aber unerbittlich wie Ebbe der Flut, folgen solchen leidenschaftlichen Augenblicken der Verbrüderung die Gegenelemente des Zwistes und der Zerstörung: die menschliche Natur kann nicht ohne Kontraste leben. Wiederum folgt von der höchsten Höhe der tiefste Sturz. Die Einheit der katholischen Religion, die das Abendland mehr als ein Jahrtausend verbunden, zerfällt, die Zeit der religiösen Kriege bricht an, die Reformation zerstört die Renaissance. Mit ihr endet gleichzeitig die Herrschaft der neuerschaffenen lateinischen Sprache, dieser letzten europäischen Einheitssprache. Abermals bleibt der europäische Gedanke ein Torso, ein angefangenes und in Vergessenheit geratenes Monument. Denn durch die Entdeckung der Antike auf italienischer Erde haben die

Nationen eine ungeheure Kraftzufuhr erfahren, und wie immer verwandelt sich jetzt Kraft in Stolz. Jede Nation will jetzt allein das Imperium der Macht und der Kunst erringen, jede von ihrer eigenen Sprache aus eine Literatur schaffen, ebenbürtig den Vorbildern der Antike. In jedem Volk sagen sich die Dichter von der gemeinsamen Sprache, der lateinischen, los und schaffen Kunstwerke vollendeter Art in der eigenen. Tasso und Ariost in Italien, Ronsard, Corneille und Racine in Frankreich, Calderón, Cervantes und Lope de Vega in Spanien, Milton und Shakespeare in England: ein glorreicher Wettstreit entsteht, als fühle jedes Volk in Europa die Pflicht, sich selbst vor dem Areopag der Geschichte zu entdecken und zu bewähren, nach Rom die Führung zu nehmen in der Weltliteratur. Der literarische Nationalismus ist geboren, eine erste, noch unkriegerische Form des nationalen Kraftbewußtseins, und zwei, drei Jahrhunderte lang, vom Ende der Renaissance bis zum Anfang der Französischen Revolution, erlischt fast vollkommen der im Humanismus so herrlich entfachte brüderliche Geist in den Künsten.

Aber, ich sagte es zu Anfang, der Drang nach Bindung und Vereinigung ist ein immanenter Teil der menschlichen Seele, und nichts von unserer innersten Seele läßt sich auf die Dauer unterdrücken. Die Weltgeschichte kennt nur Pausen, kein Aufhören; der Trieb zu höherer Bindung, die geistige Liebeskraft halten niemals inne, sie wandeln nur ihren Ausdruck. Erst fanden sie ihre symbolische Form in der Zivilisation Roms und in seiner Sprache, dann in der Religion, dann im Humanismus, im neuen Latein und seiner Wissenschaft. Nun, da die Einheit der Sprache durch die erwachten Eigensprachen Italiens, Spaniens, Frankreichs, Englands, Deutschlands zerschlagen ist, sucht das Gemeinschaftsgefühl sich eine neue Form und findet sie – eine neue Sprache über den

Sprachen – in der Musik. Im siebzehnten und achtzehnten Jahrhundert sind nicht mehr die Dichter, nicht mehr die Theologen, nicht mehr die Gelehrten, sondern die Musiker die Bannerträger der europäischen Einheit, die repräsentativsten Vertreter des Kosmopolitismus, und sie bilden eine einzige große brüderliche Familie. Kaum haben in Italien im »stile nuovo« Monteverdi, Palestrina dieser neuen, bisher nur ungelenkten Sprache des Gefühls Glanz und Größe gegeben, so empfindet Europa: hier ist eine Sprache, in der wir alle einander wieder verstehen, und sofort schließen sich aus allen Ländern die Künstler zusammen. Und wo sie wirken, in welcher Sprache und in welchem Lande, ist ihnen gleichgültig: ubi ars, ibi patria. Überall, wo sie Gelegenheit finden, ihre Musik auszuüben, ist ihre Heimat, eine Nation gewährt der anderen restlose Gastlichkeit. Die Musiker sind die großen Weltfahrer des siebzehnten und achtzehnten Jahrhunderts, die Boten von Volk zu Volk. Erinnern wir uns nur, wie sie alle die Länder tauschen, der alte Heinrich Schütz kommt nach Italien, um bei Gabrieli zu lernen, Händel lebt in Neapel und London, Gluck bald in Wien, bald in Paris. Von den Söhnen des Erzprotestanten Bach läßt sich einer in Mailand, der andere in England nieder. Der Österreicher Mozart wird mit vierzehn Jahren in die Akademie von Bologna aufgenommen, und seine berühmtesten Werke, der ›Don Giovanni‹, ›Cosí fan tutte‹, ›Le nozze de Figaro‹ erheben italienische Worte in den Himmel unsterblichen Gesangs. Aber ebenso wie diese Deutschen und Ausländer aus aller Welt nach Italien, wandern die italienischen Meister in alle Städte Europas. Porpora nach London, nach Dresden, Piccini und Cherubini nach Paris, Jomelli nach Stuttgart, Caldara und Salieri nach Wien, Cimarosa nach Petersburg, und sein unvergängliches Werk ›Il matrimonio segreto‹ ist in Wien geschrieben, im selben Wien, wo Metastasio allen Musikern aller Sprachen für ihre Opern die Texte dichtet. Dieses große kosmopolitische Geschlecht lebt über den Ländern, über den Sprachen, über den Nationen, im Stolz auf seine Brüderlichkeit. Händel, Mozart, Haydn, Gluck, Spontini, sie schreiben ihre Opern bald auf französische, bald auf englische, bald auf deutsche, bald auf italienische Texte, und ihre Briefe wechseln in buntem Polyglott: wo sie miteinander kämpfen, geschieht es nicht um ihrer verschiedenen Sprachen willen, sondern um der Kunst willen, denn sie fühlen sich einig im Ziel, menschliches Gefühl auszusprechen – alle Priester eines einzigen Gottes, alle Diener an einem einzigen gemeinsamen Werk.

Man sieht also: der Rhythmus dieser Bewegung, die Völker zueinander drängt, setzt niemals aus. Er hat Pausen, er legt Intervalle ein, aber immer nur, um mit verstärkter Kraft, gleichsam in einer anderen Tonart, wieder neu anzuheben. Immer ist über dem geographischen Europa, seit seine Völker zur Kultur erwacht sind, ein geistiges sichtbar, immer erhebt eine andere Art der Kunst, der Wissenschaft das vielfarbige Banner der Einheit; aber immer wieder unterbricht die Gewalt – stets ist es die Gewalt, die den Geist befehdet – dieses brüderliche Gefühl: diesmal die Revolution und dann die Napoleonskriege, welche die Volksheere erschaffen und damit die Idee des Vaterlandes nicht mehr als eine Angelegenheit der Fürsten, sondern der Völker erscheinen lassen. Damit wird auch die Kunst und das Denken völlig national. Abermals hat ein Rücklauf begonnen. In Beethoven und Schubert und stärker noch in Wagner und in Chopin und Mussorgsky, in Rossini und Verdi wird die Musik, die bisher übernationale, gleichfalls national und ebenso die Philosophie, die Literatur, die zur patriotischen Nationalliteratur wird; jener Zustand hat begonnen, der bis zu einem gewissen Grade heute noch unverändert andauert

– jener Zustand der geistigen Autarkie, der bewußt und einseitig national gesinnten Isolierung.

Aber gerade in diesem gefährlichen Augenblick der gewaltsamen Entfremdung – es ist mehr als hundert Jahre her – erhebt sich eine große Stimme und spricht gebietend das prophetische Wort: »Die Zeiten der Nationalliteratur sind vorüber, die Zeit der Weltliteratur ist gekommen.« Wer sagt das? Irgendein nichtnationaler Dichter, einer, der kein Gefühl hat für die eigene Sprache, kein Verständnis, keine Liebe zum eigenen Volke, ein »fuoruscito«, ein aus seinem Vaterland Verbannter und Vertriebener? Nein, der größte der deutschen Dichter sagte es, Goethe. Je älter und klarer dieser hohe Geist wird, um so mehr verlangt er nach Weite. Die deutsche Welt, der bloß deutsche Standpunkt wird ihm, der über die ganze Erde blickt, zu eng, und neben seinem deutschen Standpunkt erschafft er sich noch ein europäisches Bewußtsein und versucht, obwohl repräsentativer Deutscher wie kein zweiter, gleichsam aus der Seele aller Völker zu denken. Er sagt (und das Wort klingt, als wäre es heute gesprochen): »In dem Augenblick, wo man überall beschäftigt ist, neue Vaterländer zu schaffen, ist für den unbefangen Denkenden, für den, der sich über seine Zeit erheben kann, das Vaterland nirgends und überall.« Goethes die Wirklichkeit umfassender und gleichzeitig die Zukunft ahnender Geist also erkennt in großartiger Antizipation zu einer Zeit, da Eisenbahnen und Flugzeuge noch Kinderträume unserer Welt waren, schon die kommende engere Verflochtenheit der Nationen durch die Fortschritte der Technik voraus. »Der Freihandel der Begriffe und Gefühle«, sagt er, »steigert ebenso wie der Verkehr in Produkten den Reichtum und das allgemeine Wohlsein der Menschen. Geschah das bisher nicht, so lag das nur am Mangel fester Gesetze, und der Grund lag im internationalen Verkehr.« Welch ein weises, tiefsinniges und der eigenen Zeit weit vorauseilendes Wort, dem schon die ersten Jahrzehnte des neunzehnten Jahrhunderts volle Bestätigung geben; denn tatsächlich beginnen damals – Goethe hat es atmosphärisch gefühlt – innerhalb Europas gewisse gemeinsame Seelenströmungen. Während vordem, im fünfzehnten, sechzehnten, siebzehnten und achtzehnten Jahrhundert es noch Jahrzehnte dauerte, ehe von einem Volk ein literarischer oder künstlerischer Einfluß zu einem andern herüberkam – erinnern wir uns, hundertfünfzig Jahre hat Shakespeare auf eine Übersetzung warten müssen –, geht jetzt zum erstenmal ein gewisser gemeinsamer Strom durch den verbundenen Adernkanal Europas. Menschen in Frankreich, Deutschland, Italien und England wiesen gewisse identische Dispositionen auf, im neunzehnten Jahrhundert zum erstenmal entstehen gewisse kollektive Gefühle und Tendenzen innerhalb unseres Europa. Es ist kein Zufall, daß der lyrische Pessimismus eines Byron, Shelley, Hölderlin, Puschkin und Mickiewicz in derselben Zeitstunde in allen Ländern ähnlichen Ausdruck findet, oder daß im Jahre 48 dieselbe politische Explosion überall gleichzeitig erfolgt, während vordem die Zündungen Jahrzehnte und Jahrhunderte aufeinander warten ließen. Zum erstenmal lebt, denkt, fühlt und erlebt das neunzehnte Jahrhundert in Europa gewisse Zustände einheitlich und identisch, zum erstenmal ahnt man, daß etwas wie eine gemeinsame europäische Psyche im Werden ist und über der nationalen Literatur und dem nationalen Denken eine Weltliteratur, ein europäisches Denken, ein Menschheitsdenken beginnt.

Sobald aber ein geistiges Phänomen einmal erkannt ist, sobald wir einen geistigen Prozeß hell werden sehen und als notwendig empfinden, ersteht sofort die Kraft, diesen Prozeß zu steigern, zu beschleunigen und ihn rascher zu verwirklichen.

Wenn so schon vordem eine geistige Einheit innerhalb Europas in gewissen Augenblicken bestanden hatte, so waren dies doch nur gleichsam Stimmungen, persönliche Brudergefühle gewesen, gelegentliche Konstellationen, ein kosmopolitisches Empfinden – erst am Ende des neunzehnten Jahrhunderts aber wird der Gedanke der »Vereinigten Staaten Europas« eine politische und gleichsam überpolitische Forderung. Daß sich alle Länder dieses Kontinents zu einer wirtschaftlichen und seelischen Einheit, zu einem einzigen Organismus verbinden sollen, dieses Postulat ist nicht viel älter als fünfzig Jahre. Als erster unter den Denkern der Neuzeit fordert Nietzsche bewußt und entschieden, daß man innerhalb Europas die »Vaterländerei« beende und ein neues, ein übernationales Nationalbewußtsein schaffe, das Vaterlandsgefühl des »neuen Europa«. Für Nietzsche, der dem Geist seiner Zeit so tragisch weit voraus war, besteht überhaupt keine Diskussion mehr über die unausweichliche Tatsache, daß Europa – »die kleine Halbinsel Asiens«, wie er es spöttisch nennt in seiner hohen Überschau – endlich eins werden muß. »Dank der krankhaften Entfremdung«, sagt er, »welche die Feindschaft der Nationalitäten zwischen die Völker gelegt hat und noch legt, dank der Politik ebenfalls des kurzen Blicks und der raschen Hand, die gar nicht ahnt, wie sehr ihre auseinanderlösende Politik nur Zwischenaktspolitik sein kann –, dank alledem werden jetzt die unzweideutigsten Anzeichen übersehen oder lügenhaft umgedeutet, in denen sich ausspricht, daß Europa eins sein will.« Man wird vielleicht sagen, die Wirklichkeit habe die Ansicht eines Philosophen sehr grausam dementiert, denn schon ein Vierteljahrhundert nach diesen Worten ist gerade zwischen diesen Nationen der fürchterlichste Krieg der Menschheit ausgebrochen. Aber auch diese letzte Möglichkeit hat Nietzsche gleichsam im vorhinein in seine Rechnung gestellt, ohne sich in seiner Mahnung erschüttern zu lassen. »Dieser Prozeß des werdenden Europäers«, sagte er, »kann durch große Rückfälle im Tempo verzögert werden, aber vielleicht wächst er gerade damit an Vehemenz und Tiefe.« Wer an Ideen wahrhaft glaubt, läßt sich durch einzelne Tatsachen nicht beirren, die ihnen zu widersprechen scheinen, denn ein Gedanke, in seiner Notwendigkeit voll erfaßt, ist von unüberwindlicher Stoßkraft, und vielleicht hat gerade der tragische Zwischenfall des europäischen Krieges den europäischen Gedanken jene von Nietzsche geforderte »Vehemenz und Tiefe« gebracht, die in der milderen Formulierung Goethes noch fehlten. Gleich leidenschaftlich fordert einige Jahre später Emile Verhaeren, der große hymnische Lyriker, in seinen Gedichten das gemeinsame europäische Rassegefühl. Diesen belgischen Dichter, lebend zwischen zwei Sprachen, zwischen zwei großen Völkern, die einander seit Hunderten Jahren befeindeten, hatte es tief bewegt, daß drüben am anderen Ende des Ozeans ein Dichter, Walt Whitman, den »Americano« feierte als den Mann der Zukunft. Walt Whitman proklamierte sein amerikanisches Volk als das einzig zukunftsträchtige Geschlecht, das die geistige Herrschaft der Erde erringen sollte. Das reizte den Stolz des Europäers in Verhaeren zur Antwort. Sollte wirklich Europa schon resignieren? Nein, niemals! In diesem jungen glühenden Menschen war etwas, das nicht glauben wollte, daß unser Europa, das zweitausend Jahre lang »la forge de l'idée«, die heilige Schmiede war, wo alle großen Gedanken der Welt gehämmert wurden und jene unvergleichliche Form gegossen aus dem Blute und Geiste aller Nationen, der lateinischen, der germanischen, der angelsächsischen, der slawischen, der deutschen, daß dieses Europa schon abdanken sollte und Schwert und Zepter den jüngeren Erben hinüberreichen. Ihn erbitterte das schwachmütige Gerede vom »Untergang des Abendlandes«, als ob Europas Mission auf Erden schon zu Ende sei und das Heil nur noch vom Osten und Westen kommen könne. Verhaeren glaubte (und wir glauben mit ihm) an die Vitalität Europas und seine noch lange nicht erschöpfte Kraft, er glaubte, daß wir europäischen Nationen berufen sind, die Führung der Welt zu bewahren und zu behaupten – freilich nur, wenn wir Kraft und Stärke unserer Rassen und Klassen nicht in unfruchtbarem Streit vermindern und zerstören, sondern sie binden durch leidenschaftliche Gemeinschaft. Dieses bindende und erhebende Element zwischen den Nationen Europas hat Verhaeren im Enthusiasmus gesehen, in der freimütigen und freudigen Bewunderung unserer gegenseitigen Leistung.

»Si nous nous admirons vraiment les uns les autres
Du fond même de notre ardeur et notre foi,
Vous, les pensiers, vous, les savants, vous, les apôtres
Pour les temps qui viendront, vous extrairez la loi.«

»Wenn wir einander unentwegt Bewunderung zollen
Aus unsrer Herzen tiefster Glut und Gläubigkeit,
So werdet ihr, die Denker, Dichter, ihr die Meister,
Die neue Formel finden für die neue Zeit.«

Wenn wir in Europa zwischen uns keinen Gegensatz, keine Überordnung anerkennen, wenn wir nicht die Unterschiede feindselig unterstreichen, wenn wir freimütig die individuellen Überlegenheiten von Volk zu Volk bewundern, so erheben wir uns zu jener moralischen Kraft, die in der Geschichte aller Zeiten immer entscheidend war. Wir müssen einig sein, wir Männer des Abendlandes, wir Erben der alten Kulturen, wenn wir die Führung behalten und das Werk, das vor zweitausend Jahren auf dieser Erde begann, vollenden wollen; – alle unsere Verschiedenheiten und Eifersüchteleien müssen wir einschmelzen in der Leidenschaft für dieses größere Ziel der Treue zu unserer gemeinsamen Vergangenheit und des Glaubens an unsere gemeinsame Zukunft.

So ist kurz vor dem Kriege das Ideal eines gemeinsamen europäischen Denkens und Handelns schon unterwegs: ein Philosoph proklamiert es aus der Überzeugung seiner Vernunft, ein lyrischer Dichter aus der feurigen Glut seines Enthusiasmus, und noch ein drittes großes Werk aus diesen Jahrzehnten gibt sein Bekenntnis zu den Vereinigten Staaten Europas, der Roman ›Jean Christophe‹ von Romain Rolland. Hier versucht ein Dichter die Stimmen der Völker zu einer einheitlichen großen Symphonie zu vereinigen, aus dem Geiste der Musik, wie Orpheus, den Widerstreit der Elemente zu bändigen. In diesem Buche läßt Rolland seinen Helden trauernd sprechen: »Das Europa von heute hatte kein gemeinsames Buch mehr, nicht ein Gedicht, ein Gebet, eine Tat des Glaubens, die ihnen allen gehörte, und dies ist eine Schmach, die alle Künstler unserer Zeit niederschmettern sollte. Nicht einer, der für alle schrieb, der für alle dachte.« Diesem Mangel wollte Jean Christophe entgegentreten; der Gegensatz der Nationen, der bisher solche Werke erschwerte, wird hier zum bindenden Element. Dieser Roman war gedacht als Katechismus des gegenseitigen Verstehens, der wechselseitigen Erziehung unter Erstattung jener Schuld, die jede Nation im Geistigen gegen die andere hat. Jean Christophe ist ein Deutscher; eingemauert in sein Land, versteht er die andern Völker, versteht er die andern Nationen nicht. Er kommt nach Paris, findet alles fremd, verlogen, töricht, unsinnig, bis ihm ein Freund begegnet, Olivier, der Franzose, der ihn lehrt, von innen her die besondere Art der französischen Kultur zu begreifen. Einer bildet sich am andern, die deutsche Kraft an der französischen Intelligenz, die schöpferische Tat bindet sich mit dem schöpferischen Gedanken. Aber Deutschland-Frankreich ist nur Zwieklang, und noch ist – das hat Rolland gefühlt – die letzte Harmonie nicht erreicht; so tritt in der Gestalt Grazias das dritte Land symbolisch in den Kreis –, zur deutschen dumpfen Kraft, zur französischen Klarheit die reife Schönheit des italienischen Genius. »Das Lächeln des italienischen Himmels« strahlt plötzlich über den Kampfplatz und klärt die Atmosphäre zu goldenem Licht. Erst in Italien findet die Symphonie dieses Buches ihre musikalische und menschliche Lösung. Vom Geist dieser drei Nationen durchdrungen ist Jean Christophe Europäer geworden; jene Höhe der inneren Freiheit ist erreicht, jener seelische Zustand der Gerechtigkeit, der den Stolz der Vernunft unterordnet.

Ich nannte nur drei Werke, drei Menschen von den allen, die in der Zeit vor dem Kriege mit vollem Bewußtsein auf die Notwendigkeit der Einheit Europas hinwiesen. Unendlich viel einzelne andere haben schüchtern und leise diesen Glauben geteilt, und gerade zu Anfang unseres Jahrhunderts begann durch die immer engere Bindung des Verkehrs, durch den aufblühenden Reichtum der vom Kriege noch nicht geschwächten Länder sich eine zukunftsfrohe, eine optimistische Stimmung in Europa zu verbreiten. Immer fühlt in den Augenblicken ihrer großen Einigung die Menschheit sich gleichsam religiös bewegt, immer scheint in solchen gesteigerten Augenblicken das Ferne nah, das Unerreichbare bereits erreicht. So fühlten wir junge, zeitgläubige Menschen, die in dem neuen Jahrhundert aufgewachsen waren und in allen Ländern, in Frankreich, in England, in Italien, Spanien und Nordland Freunde gefunden hatten und Kameraden in der gemeinschaftlichen Arbeit, die ganze Welt schon in Freundschaft verbunden, die vereinigten Staaten von Europa schon Wirklichkeit, und wie glücklich waren wir schon in diesem Vorgefühl. Und gerade dieser unserer Generation, die an die Einheit Europas glaubte wie an ein Evangelium, war es verhängt, die Vernichtung aller Hoffnungen, den größten Krieg zwischen allen Nationen Europas zu erleben; unser geistiges Rom ist nochmals zerstört worden, unser Turm zu Babel noch einmal von den Werkleuten verlassen.

Welche Verwirrung dieser Zwist zwischen den Völkern hervorgerufen, wir wissen es alle. Noch heute sind nicht alle die Brücken wieder aufgebaut, die jene Jahre zerstört, noch heute wehren sich in allen Ländern breite Kreise gegen den Gedanken der Gemeinsamkeit und Brüderlichkeit. Aber etwas sehr Sonderbares ist dennoch geschehen – gleichsam abseits von unserem Wissen und Wollen –, und wenn ich versuchen soll, die geistige Situation von heute zu formulieren, so möchte ich sagen, daß der Trieb nach einer Vereinigung Europas heute mehr in den *Dingen selbst* lebendig ist als in den *Menschen*. Eine andere Art des Geistes, als jener der Dichter, der Gelehrten, der Philosophen war, arbeitet jetzt an einer Verständigung, an einer Vereinheitlichung der Welt, ein anderer, ein unpersönlicher Geist: der technische Geist des Jahrhunderts. Dieser Geist hat andere Formen als alle bisher gekannten – ich möchte sagen, er ist ein vom Individuum abgelöster und der Gesamtheit gehöriger, und in der Tat sind ja die meisten der technischen Fortschritte, die jetzt unsere Welt formen und verändern, bis auf ganz wenige Ausnahmen, anonyme kollektive Leistungen. Der technische Geist, der heute an der Einheit der Welt arbeitet, ist eine Denkart mehr der Menschheit als des Menschen. Dieser Geist hat kein Vaterland, keine Heimat, keine menschliche Sprache, er denkt in Formeln, er rechnet mit Zahlen, er schafft die Maschinen, und diese Maschinen wieder schaffen, beinahe gegen unsern Willen, uns Menschen um zu einer äußerlich immer ähnlicheren Gestalt. Die neuen Kunstformen werden immer mehr aus nationalem direkt europäisches Gemeinschaftserlebnis zwischen den Völkern und Nationen. Ob wir wollen oder nicht, wir rücken immer enger zusammen im Raum und in der Zeit, seit unsere gemeinsame Technik die Distanzen verkürzt. Unsere Ferne wird vom Flugzeug überbrückt, und die phantastischste Reise, ist es nicht jene im Radioapparat, wo die winzige Drehung um einen Millimeter bewirkt, daß unser irdisches Ohr innerhalb einer Minute in London sein kann, in Rom, Moskau und Madrid? Eine Gegenwärtigkeit und Gleichzeitigkeit ist durch die technischen Errungenschaften uns gegeben, wie die früheren Geschlechter sie nicht zu ahnen, nicht zu träumen gewagt hätten. Was einer Nation wichtig ist, kann, ehe ein Atemzug endet, schon der anderen übermittelt sein, und es ist undenkbar, daß unser Gefühl sich diesem Drang zum Kollektiven völlig entziehen könnte. Mit übermenschlicher Macht zwingen die Errungenschaften des technischen Geistes uns von Jahr zu Jahr näher aneinander, und wäre die Individualnatur nicht, die ewig unabänderliche, und jene andere innere Kraft, welche in den Nationen eifersüchtig zur Selbständigkeit drängt, wir wären schon längst zu einer Einheit zusammengeschmolzen. Aber auch diese Gegenkräfte, die nationalistischen, sind ungeheuer stark geworden durch die Spannung, in welcher wir leben; am Druck ist der Widerstand gewachsen, und so ist das Problem des Kampfes zwischen Nationalismus und Internationalismus, Staat und europäischem Überstaat gerade im gegenwärtigen Augenblick auf dem dramatischsten Punkt der Geschichte angelangt.

Ich hatte mich bemüht, in großen rasch konturierenden Linien zu zeigen, wie vordem im Lauf von Jahrhunderten die beiden Gegenströmungen, die der nationalen

Selbstbetonung und die des übernationalen Gemeinschaftswillens, einander wie Ebbe und Flut rhythmisch ablösten. Jetzt, heute stehen sie zum erstenmal in entscheidendem Gegeneinander. Niemals war die Absonderung von Staat zu Staat in Europa größer, vehementer, bewußter, organisierter als heute: mit Verordnungen, wirtschaftlichen Maßnahmen, mit Autarkie sperrt sich ein Staat gegen den anderen in gewaltsamen Isolationen ab. Aber während sie sich abschließen, ist ihnen doch allen bewußt, daß europäische Wirtschaft und europäische Politik ein gemeinsames Schicksal sind, daß einer gemeinsamen Weltkrise kein Land sich durch eine Absperrung entziehen kann, weil die Sorge, wie in Faustens Tragödie, wenn man auch die Türen abschließt, durch das Schlüsselloch eindringt. Brust an Brust in einem entscheidenden Ringkampf stehen jetzt die beiden Anschauungen, Nationalismus und Übernationalismus, gegeneinander, es gibt kein Zurückweichen mehr vor dem Problem, und die allernächste Zeit muß schon offenbar machen, ob die Staaten Europas auf ihrer gegenwärtigen wirtschaftlichen und politischen Befeindung beharren oder diesen kraftverschwendenden Konflikt durch eine völlige Vereinigung, durch eine überstaatliche Organisation endgültig lösen wollen. Ich glaube, wir spüren heute alle und überall das elektrische Knistern, das durch die Reibung der Gegensätze entstanden ist, bis in unsere Nerven hinein, wir spüren alle, daß eine der beiden Tendenzen für die nächsten Jahre endgültig die Oberhand gewinnen muß. Welche wird siegen? Wird Europa seine Selbstzerstörung fortsetzen, oder wird es eins werden? Man verzeihe mir, wenn ich nicht, wie viele es vielleicht wünschen, sage: die Vernunft wird siegen und baldigst die Oberhand behalten, morgen, übermorgen werden wir ein vereintes Europa sehen, in dem es keinen Krieg mehr gibt, keine Binnenpolitik und keinen zerstörenden

Völkerhaß; aber doch, ich wage es nicht zu versprechen. Man verzeihe mir diese Kleinmütigkeit. Aber unsere Generation, die seit einem Vierteljahrhundert im Politischen immer nur Geschehnisse gesehen hat, die *gegen* die Vernunft gerichtet waren, die noch täglich erlebt, wie die notwendigsten Entscheidungen immer verzögert, die wichtigsten Entschlüsse statt in der zwölften Stunde immer erst in der dreizehnten gefaßt werden, unser geprüftes, enttäuschtes Geschlecht, das den Irrwitz des Krieges und den Aberwitz des Nachkriegs gesehen, es hat nicht mehr die kindergläubige Hoffnungskraft auf gesunde, rasche und klare Entscheidungen. Es hat auch die Stärke der Gegenkräfte erkannt, die Macht der kleinen, kurzdenkenden Interessen, die den großen notwendigen Ideen entgegenwirken, die Gewalt des Egoismus gegen den verbrüdernden Geist. Nein, es wird noch nicht morgen sein, das geeinte Europa, vielleicht werden wir noch Jahre und Jahrzehnte warten müssen, vielleicht wird unsere Generation es überhaupt nicht mehr erleben. Aber – ich sagte es schon – eine wahrhafte Überzeugung braucht nicht die Bestätigung durch die Wirklichkeit, um sich richtig und wahr zu wissen. Und so kann es auch heute schon niemandem verwehrt sein, sich selbst seinen Heimatbrief als Europäer zu schreiben, sich Bürger dieses noch nicht vorhandenen Staates Europa zu nennen und, trotz den heute noch bestehenden Grenzen, unsere vielfältige Welt von innen her brüderlich als eine Einheit zu empfinden. Mag dies ein Illusionismus sein. Aber wer entschlossen über das Bestehende und Rückständige hinwegdenkt, schafft sich zumindest eine persönliche Freiheit unserer unsinnigen Zeit gegenüber. Mit einem Lächeln kann er hinwegblicken über die eitlen und unwahrhaftigen Künste der Verlängerungsdiplomatie, mit Verachtung auf die gegenseitige Gehässigkeit der Zeitungen hüben und drüben, auf die Streitigkeiten und Stacheleien von Nation zu Nation, mit bedauerndem Mitleid auf die krankhafte Reizbarkeit der Völkerschaften gegeneinander; selber frei davon, kann er sich die Seele, kann er sich den Atem reinhalten von dem fürchterlichen Haß, der heute wie eine Giftgaswolke über unserer Erde liegt – und indem er sich so persönlich lossagt von diesen für ihn abgetanen Konflikten, vermag er besser das Menschliche auf unserer Erde zu verstehen und sich aufzuheben zu jener gelassenen, klaren und vorurteilslosen freien Gerechtigkeit, dank der man – wunderbarstes Wort Goethes – das Schicksal aller Nationen als sein eigenes empfindet.

Eine Ansprache

Es ist sehr lange her, viele Jahre und noch in dem früheren Jahrhundert. Ich ging noch auf die Schule, aber ich erinnere mich deutlich an die Erregung, die in Wien entstand, als die Broschüre von Theodor Herzl ›Der Judenstaat‹ erschien. Ich meine mit dieser Erregung nicht die leidenschaftliche Begeisterung, die sich später in der jüdischen Welt erhob und die als Zionismus heute eine welthistorische Erscheinung geworden ist. Nicht die Begeisterung ist in meiner Erinnerung, denn dieser Enthusiasmus begann in ganz anderen Gebieten, in Polen, in Rußland, im Osten bei den großen unterdrückten, proletarischen Massen des Judentums, die sich ihr religiöses Gefühl und ihren messianischen Glauben ungebrochen erhalten hatten. Die Erregung, die ich meine und an die ich mich erinnere, war eine gänzlich andere – sie war Ärger und Erbitterung in den bürgerlichen, in den geistigen jüdischen Kreisen Wiens. Man lebte damals gut und angenehm und unbesorgt im kaiserlichen Österreich, die Juden fühlten sich nicht mehr unterdrückt. Sie spürten kaum viel Haß oder grobe Gegnerschaft, aber ihre Väter erzählten ihnen von ihrer eigenen Jugendzeit, um wieviel damals alles härter und schwieriger und feindseliger gewesen wäre. Allgemein war im Raume Mitteleuropas damals in den bürgerlichen Kreisen die Ansicht verbreitet, daß die Absonderung des Judentums und der Antisemitismus absterbende Erscheinungen seien und die sogenannte Judenfrage langsam und lautlos sich von selber lösen würde. Sie werden nun verstehen, daß die Broschüre Theodor Herzls in den bürgerlichen Kreisen des Judentums, welche die Demokratie liebten und an ihren endgültigen Triumph auf Erden wie an eine Religion glaubten – längst mehr glaubten als an die eigene Religion – geradezu Erbitterung erzeugen mußten. Wozu einen Stein in einen stillen Teich werfen? Wozu die jüdische Frage aufwecken, die eben im Begriff schien, für alle Zeiten einzuschlafen? Warum noch einmal als Juden sich sichtbar absondern von den anderen Völkern und Religionen, wo doch die innere Assimilierung in wenigen Jahrzehnten alle Unterschiede verwischt haben würde.

Ich möchte hier nicht übertreiben und keine Unwahrheit sagen. Ich möchte nicht behaupten, als ob der Anfang des Jahrhunderts eine goldene Zeit des Judentums in Europa gewesen wäre. Aber sie hatte etwas der gegenwärtigen Zeit voraus, nämlich den Optimismus. Die Meinung war einhellig, daß die schwierigste, die gefährlichste Epoche unserer Beziehung zu allen andern Völkern bereits überwunden sei. Wir alle oder die meisten der jungen Menschen glaubten zu Anfang des neuen Jahrhunderts, daß dieses Jahrhundert nach Tausenden Jahren endlich dem getriebenen und wandernden Volke den Frieden bringen werde. Denn was hatte in all den Jahrhunderten die Feindseligkeit und das Mißtrauen gegen die Juden in Europa so wach erhalten? – Nur die sichtliche Absonderung durch die Religion und die von ihr geforderten Sitten und Gebräuche. Seit Hunderten Jahren, schon seit den Tagen der Römer, sahen die Völker immer mit Mißtrauen auf dieses eine Volk, das sich durchaus nicht anpassen wollte, das mit einer ihnen unbegreiflichen Hartnäckigkeit ein besonderes bleiben wollte. Alles tat dieses eine Volk anders wie die anderen Völker, es verehrte einen Gott, der allen andern Nationen unheimlich war, weil man ihn nicht sehen konnte, weil es kein Bild von ihm gab und keinen richtigen Namen, es hielt seinen Gottesdienst in einer fremden unverständlichen Sprache, es schrieb in einer für die andern unleserlichen Schrift. Es tötete die Tiere anders wie ihre eigenen Metzger, es bereitete die Speisen nach besonderem Gebot, es hielt andre Feiertage und vor allem – dies das Unverständlichste – es warb im Gegensatz zu den andern Religionen nicht für seine Religion. Wo aber ein Mensch sich verschließt und keinen andern Einblick gönnt in sein Wesen, erregt er Mißtrauen und Haß. Und wenn nun ein ganzes Volk sich derart abkapselte und absonderte, mußte besonders bei den niederen Klassen, die immer abergläubischer sind, der Glaube entstehen, dieses Volk hätte etwas Besonderes, etwas zu verbergen. Zum großen Teil waren es also die Religionsgebräuche, die strenge Orthodoxie, die finstere und undurchdringliche Betonung der Besonderheit, welche den Haß gegen das Judentum bis in das neunzehnte und zwanzigste Jahrhundert erhalten haben.

Dann aber kam die sogenannte Emanzipation. Das Judentum Europas verwandelte sich, es paßte sich an. Es tat das Geheimnisvolle ab und mengte sich frei unter die Völker. Nachdem es Jahrhunderte sich weggehalten hatte, suchte es sich nun mit einem Mal den Menschen anzupassen, mit denen es wohnte und lebte. Die große Masse der Juden in den Städten löste sich los von den jahrtausendalten Vorschriften der Bibel, sie kleideten sich, sie aßen, sie sprachen und schrieben wie die andern, und vielleicht nur in ganz primitiven, seltenen Augenblicken, bei Geburt und Tod trat bei den liberalen Juden der Zusammenhang mit dem Judentum in Erscheinung. Damit schien die eigentliche Schranke gefallen, der Weg zur Weltverbrüderung gefunden. Mit einer Geschwindigkeit, von der wir erst heute wissen, wie gefährlich sie war, traten die Juden Westeuropas in das geistige Leben der Nationen ein. Ich brauche Ihnen nicht die Namen zu nennen, sie würden allein eine Stunde füllen, all der Juden, die in der Kunst, in der Wissenschaft, der Medizin, der Jurisprudenz, der Politik, der Nationalökonomie, in Handel und Wandel innerhalb eines Jahrhunderts führende Stellungen gewonnen haben und welch ein stimulierendes Element die lang unterdrückte Aktivität des Judentums im geistigen Leben Europas geworden ist. Dadurch, daß die Juden sich bürgerlich anpaßten, dadurch war die sichtbare Erscheinungsform des Judentums als Einheit verschwunden und darum der Gegnerschaft die Angriffsfläche genommen. Der organisierte Judenhaß schien damit zu Ende, daß das Judentum seine sichtbare Organisation aufgegeben hatte, und Sie werden nun verstehen, warum damals in den bürgerlichen, liberalen, demokratischen Kreisen des Judentums, die mit einem wunderbaren Optimismus von einer völligen Angleichung träumten, so erbittert waren, als von einem der ihren die »Judenfrage« neu aufgeworfen wurde, die für sie längst keine Frage mehr, sondern ein erledigtes Problem der Vergangenheit war.

Aber sie hatten eines vergessen, nämlich daß mit dem Judentum zugleich auch der Antisemitismus seine Form geändert hatte, daß, während früher sein Schwerpunkt im Religiösen lag, er sich nun in das Soziale und Ethnologische verschob. Waren früher die Juden auffällig geworden dadurch, daß sie sich zu sichtbar absonderten und weghielten vom Leben der andern Völker, so wurden sie jetzt wieder auffällig, weil sie sich mit solcher Ungeduld, als wollten sie tausend Jahre mit einem Sprung nachholen, in wenigen Jahrzehnten eindrängten und vordrängten in das geistige und kulturelle Leben. Da sie alles taten – unbewußt und in der ehrlichsten Absicht –, um sich unkenntlich zu machen und sich den andern gleichzuordnen, mußte nun der Antisemitismus sie wieder kenntlich machen. Es trat also eine völlige Verschiebung des Problems ein, und zwar eine noch gefährlichere. Nicht mehr die andersartige Religion wurde zum Anlaß genommen, sondern ein angeblich anderes und minderwertiges Wesen. Nicht mehr der Glaube der Juden wurde als Gefahr proklamiert, sondern ihr Blut. Es ist leider nicht nötig zu erklären, welche Theorien zur Motivierung der Ausschaltung der Juden aus dem geistigen Leben in Deutschland und andern Ländern gefunden wurden. Sie haben heute eine allzu große Resonanz bekommen, als daß man sie noch erklären müßte. Es wäre Zeitversäumnis, sich mit dem neuen Ideal der Reinheit der Rasse auseinanderzusetzen innerhalb einer Welt, die seit tausend Jahren ein Mischtiegel aller erdenklichen Völker und Stämme ist, und wo es kaum den Kaisern und Königen des alten Europa gelingt, diese ideale Ungemischtheit nachzuweisen. Es hat keinen Sinn, mit einer Theorie zu streiten, die sich ohnehin auf die Dauer als impraktikabel erweisen wird. Wichtig dagegen ist, ehrlich und wahr zu sein, den Tatsachen ins Auge zu sehen und festzustellen, daß diese Ideologie in der gegenwärtigen Stunde eine ungeheure Gewalt gewonnen hat, daß sie in einem Staate von siebzig Millionen Menschen zur Staatsreligion geworden ist und agitatorisch weit über die Grenzen dieses Landes hinausgreift. Und wir würden uns einer Lüge und einer Feigheit schuldig machen, wollten wir nicht anerkennen, daß sie eine schwere Gefahr nicht nur für das ökonomische, sondern auch für das seelische Leben des Judentums darstellt, und daß nach einer Zeit des Optimismus die jüdische Nation abermals in eine der schwersten Krisen ihrer tausendjährigen Geschichte geraten ist. Nichts wäre gefährlicher als wegzuleugnen, wie sehr bis ins Leben jedes Einzelnen hinein uns dieser unerwartete Ausbruch von Haß verwirrt und verstört. Und unsere Aufgabe muß einzig sein, da wir ihn in der Außenwelt im gegenwärtigen Augenblick nicht beseitigen können, da er vorhanden ist, stark und sogar sieghaft und triumphierend, ihm wenigstens innerlich Stand zu halten. Nie mehr als heute war dem Judentum und jedem einzelnen Juden seelische Kraft und Sicherheit notwendiger, alle unsere Energie muß daran gesetzt sein, sie uns zu erhalten.

Die erste Bedingung, um einer Gefahr zu begegnen, scheint mir, sie in ihrem ganzen Umfange zu überschauen. Wir dürfen uns also nicht verschweigen, daß die Gefahr, unter der wir stehen, eine sehr große ist: vielleicht hat dieser Sturm nicht einmal sein äußerstes Maß erreicht. Wir müssen uns ferner rechtschaffen gewahr sein, daß wir dieser Krise innerlich schwächer und ungerüsteter entgegentreten als die früheren Generationen, daß eine große seelische Hilfe uns in dieser Abwehr nicht mehr zur Seite steht.

Denn unsere Väter und Ahnen hatten eine Hilfe, die wir nicht haben, eine Hilfe in sich, einen Glauben, den wir nicht mehr ganz glauben, sie hatten einen Sinn in ihrem Leiden, für den sie lebten und für den sie zu sterben bereit waren, sie hatten den Bibelglauben, sie hatten die Religion. Für sie war es ausgemacht und eine im Blute strömende Gewißheit, daß sie, das jüdische Volk, das auserwählte Volk Gottes seien, weiser, gerechter, frommer und reiner als alle andern Völker der Erde, und sie waren bereit, für diesen Glauben sich töten zu lassen, lieber als ihn aufzugeben. Ihnen war die Bibel die Wahrheit Gottes, und darum hielten sie die Thorarolle auf dem Scheiterhaufen an ihre Brust gepreßt. Ihr Leiden war ein Leiden für die Wahrheit und ihr Tod eine Zeugenschaft für den einzigen Gott, der nur diesem einen Volke und in dieser einen Sprache und nur in dieser einen Religion sich wahrhaft der Welt erschlossen. Dadurch hatte ihr Leiden einen tiefen, einen tröstlichen Sinn, und ihr Glaube wurde zu einer Kraft, die sie bewahrte und durch die Zeiten trug.

Diese Kraft, leugnen wir es nicht, wir haben sie nicht mehr, wir glauben nicht mehr, daß wir das einzig auserwählte Volk Gottes seien, besser, klüger, gerechter, edler als die andern Nationen, daß zu uns allein Gott spräche und für uns allein die Welt geschaffen. Wir haben diesen Stolz, diesen Fanatismus, diesen Einzigkeitswahn verloren, wir sind gerechter geworden gegen alle andern Religionen und Nationen, obzwar sie oft ungerecht waren gegen uns. Wir glaubten nicht mehr, daß die Erlösung der Welt uns allein vorbehalten sei und die Bibel ist nicht mehr das einzige Buch, in dem wir die Wahrheit suchen. Vielleicht sind wir durch diese Erkenntnis humaner, allmenschlicher geworden, brüderlicher zu allen andern Nationen, aber indem wir an unsere Unfehlbarkeit und Unübertrefflichkeit nicht mehr so glühend, so selbstverständlich glauben wie unsere Ahnen, sind wir schwächer geworden als sie. Unser Leiden hat nicht mehr wie für jene einen Sinn, es ist nicht mehr die Prüfung Gottes, um uns rein zu bewahren und zu erproben, sondern es scheint uns sinnlos, eine menschliche Torheit und nicht mehr ein göttlicher Wille. Wir leiden vielleicht heute mehr unter der Erniedrigung, weil uns jener Hochmut fehlt. Wir sind schwächer geworden in der Seele, seit wir nicht mehr gläubig sind.

Darum kann der Sinn dieser neuen Prüfung nur sein, daß wir uns eine neue Gläubigkeit erschaffen und damit eine neue Kraft. Wir müssen, da uns das Schicksal gemeinsam befällt, eine neue Gemeinsamkeit suchen, die ebenso stark ist als es einstmals die Religion gewesen ist. Diese Gemeinschaft darf aber keine bloß äußerliche sein, denn Krisen werden niemals durch äußere Maßnahmen, sondern immer nur von innen überwunden. Nur die Seele eines Menschen, nur die Seele eines Volkes kann seine Not besiegen. Darum scheint es mir, daß wir niemals Palästina als die einzige und alleinige Lösung ansehen dürfen, so sehr wir gerade heute erfassen, wie groß, wie weitausblickend und prophetisch der Gedanke Theodor Herzls gewesen ist. Es ist sicher ein ungeheurer Gewinn, daß heute für Tausende vertriebener Menschen eine Heimstatt geschaffen ist, eine Gnade für alle jene, welche unter dem Druck des Hasses und der Verachtung und Zurücksetzung nicht länger leben wollen und für Kinder und Kindeskinder den Besitz eigener Erde anstreben. Darüber hinaus ist Palästina noch ungemein bedeutungsvoll als ein idealer Sammelpunkt aller jüdischen Bestrebungen, als visuelle Ursprungs- und Einheitsstätte dieser in alle Winde der Welt verschlagenen Nation. Es kann ein Refugium bilden für die Ermüdeten, eine Arbeitsstätte gerade für die Kraftvollsten und Gläubigsten. Und nun es einmal geschaffen ist, spüren wir auch, wie notwendig es für das Schicksal des jüdischen Volkes geworden ist und daß es ein gesegneter Augenblick im Leben der Nation gewesen, da Theodor Herzl, bisher nur ein begabter und amüsanter Schriftsteller, sich entschloß, aus dem Gedanken ein Wort, aus dem Wort eine Tat zu schaffen. Es ist ein großes Ideal, aber es ist kein allgültiges, kein für jeden gültiges Ideal. Denn manchen von uns wird es vielleicht als eine Rückbildung erscheinen, als eine Sprache, die uns fremd geworden ist, ein Zurück in ein Land, das uns mit tausend Erinnerungen gewinnt, aber doch nicht mehr ganz Heimat ist, Rückkehr in einen neuen Nationalismus, wo wir im Innersten hoffen, daß die Idee des engherzigen abgeschlossenen Nationalismus bald zu Ende sei und einer neuen Epoche der Panhumanität weichen müsse. Glücklich jene, welche sich dort glücklich fühlen und ihre Erfüllung finden! Aber zu eng ist diese Erde, um die ganze jüdische Nation zu erfassen, und zu fern sind viele von uns dieser Urheimat geworden, zu sehr eingeboren in andere Länder und Sprachen, als daß wir sie wieder verlassen wollten. Und während jene dort aufbauend erneuern, ist auch uns eine Aufgabe gestellt, die nicht minder schwierig ist, auch ohne eigene Erde, auch ohne jenen orthodoxen Glauben den Sinn unserer inneren Gemeinschaft zu erfüllen und uns in dieser schwersten Krise seelisch zu bewähren.

Diese Aufgabe ist eine nicht minder schwierige und sie fordert – dies ihr Gewinn – unsere ganzen inneren Kräfte heraus. Wer in der letzten Zeit die Juden aus Deutschland und manchen angrenzenden Ländern gesprochen, mußte erschüttert gewesen sein, in welcher seelischen Verstörung, in welcher Ratlosigkeit sich alle diese Menschen befanden. Zu gewaltsam, zu unerwartet war der Stoß gekommen, wie ein Überfall. Denn alles, was die organischen Fundamente eines Lebens ausmachte, war über Nacht ins Wanken geraten. Dieser hatte seine Arbeit verloren, jener seine Wirkung und fast alle, was noch gefährlicher ist, den Glauben an die menschliche und göttliche Gerechtigkeit. Vielleicht sind schon lange nicht im Laufe der Geschichte so viele Menschen zugleich in ihrem Lebensgefühl getroffen worden, als die Juden Deutschlands durch ihre moralische Ächtung und Entrechtung. Ich stelle mit Absicht hier die materiellen Schädigungen zurück, die Einbuße an Geld, Besitz, Ansehen und Wirkung; all dies ist in den letzten Jahrzehnten der ökonomischen Orkane auch unzähligen Andern geschehen. Aber diese seelische Verstörung ist unvergleichbar grausamer gewesen, und es ist zu befürchten, daß sie eine neue Gefahr zeitigt für die jüdische Seele, eine Psychose, eine schwere Erkrankung. Einige Phänomene sind bereits wahrzunehmen, fast in jedem einzelnen Getroffenen und noch mehr in allen als Masse. Und da dies eine geistige Verstörung ist, so scheint es mir Pflicht aller Geistigen, ihr alle erdenkliche Aufmerksamkeit zu widmen und rechtzeitig mit aller Kraft entgegenzutreten.

Die ernste Krankheit, die jetzt unzählige Juden ergriffen hat, ist ein Unsicherheitsgefühl, ein Minderwertigkeitsgefühl. Seit Hunderten und Hunderten Jahren bedroht es das jüdische Volk, das immer befeindete, immer unterdrückte, immer in Gegenwehr befindliche. Es hat lange und lange an der Wurzel unserer Kraft gezehrt, es hat unzählige Menschen vergangener Jahrhunderte unglücklich und klein gemacht, ihnen den geduckten Blick und den scheuen Schritt und ängstliche Nerven gegeben. Und wir hofften schon im letzten Jahrhundert, daß diese alte Ghettokrankheit endgültig im Organismus unseres Volkes überwunden sei. Wir hatten gedacht, daß in Deutschland und überall durch die großen Leistungen auf allen Gebieten des kulturellen Lebens, in Dichtung, Malerei, Musik, Wissenschaft, im Sport und öffentlichen Leben der Weltbürgerschaft wir uns das Recht auf wahre Gleichheit erworben hätten, Rassen und Klassen endgültig gelöst seien im Geist einer neuen und humaneren Demokratie. Schon sahen wir eine frohe Jugend, schon lebten wir frei, heiter, unbekümmert mit dem guten Gefühl, brüderlich mitzuhelfen mit allen anderen Menschen dieser Erde an einer Versittlichung der Welt. Um so härter hat manche von uns dieser Rückschlag getroffen und so töricht es Ihnen scheinen mag, es sind nicht wenige Juden in Deutschland, welche aus einer Seelenschwäche den Haß und den Angriff gegen uns gleichsam bejahen, indem sie in sich selbst die minderwertigen Eigenschaften aufzufinden suchen, welche der Antisemitismus ihnen zuspricht. Manche haben sich verbittern lassen und der äußeren Isolierung noch eine innere zugefügt. Sie haben begonnen, sich selbst zu hassen, weil man sie haßt, und mehr als die Böswilligkeit ihrer Gegner quälen sie sich selbst in der eigenen Seele, ob sie nicht doch auf irgendeine Weise Schuld hätten, ob nicht das jüdische Volk in sich selbst ein fragwürdiges und den andern Völkern lästiges und gefährliches wäre. Die uralte Melancholie, der schwere Pessimismus, der auf unserem Volk der Leiden und Prüfungen seit Jahrhunderten lastet, er ist bei vielen grausam lebendig geworden in diesem Jahrhundert.

Das stellt natürlich eine ungeheure Gefahr für die Kraft und Sicherheit unserer Rasse dar und es ist unsere Pflicht, diese Selbstquälerei, dieses Mißtrauen gegen sich selbst mit all unserer geistigen Kraft, mit aller Leidenschaftlichkeit unserer Gläubigkeit zu bekämpfen. Aber wer Leidende, Unterdrückte, sich selbst nicht mehr Vertrauende beobachtet hat, der weiß, daß bei ihnen sich das Gefühl der Minderwertigkeit oft in einen überreizten Stolz flüchtet, in ein gesteigertes und übersteigertes Selbstgefühl. Öfter als jemals hört man nun Worte sagen, die man von vergangenen Generationen des Judentums nie ausgesprochen gehört hat wie »Ich bin stolz, ein Jude zu sein« und »Ich möchte nichts anderes sein als ein Jude«! Öfter liest man Erörterungen, die gerade jetzt, da der Antisemitismus die Juden als inferior behandelt, nachweisen wollen, daß sie eigentlich allen anderen Rassen und Nationen superior seien. Und wer ein feineres Ohr hat, der spürt, daß diese lärmende Art, das Judentum als das Beste, das Edelste, das Reinste auf Erden anzupreisen, als die Nation, die einzig im Recht ist und der Unrecht geschieht von allen anderen Nationen, daß diese lauten Selbstbewunderungen künstlich sind und nicht echt. In diesem Schreien und sich selber Begeistern, wie herrlich das Judentum, wie großartig es sei, liegt etwas von der naiven Technik der Kinder, die im Wald laut singen, weil sie sich fürchten. Und ebenso wie wir in jedem von uns und in der Gesamtheit den sehr echten jüdischen Pessimismus bekämpfen müssen, so haben wir auch diesen leider nicht ganz echten Optimismus sofort zurückzudämmen, sobald er seine Grenzen überschreitet und jüdische Überheblichkeit wird. In dem Augenblicke, wo wir wirklich uns heute noch für Gottes auserwähltes Volk erklären, allen andern Völkern überlegen, geben wir denen Recht, die uns nun ihrerseits eine Sonderstellung schaffen wollen. Wir segnen und bekräftigen damit die Bücher der Rassentheoretiker, wir sperren uns in ein neues Ghetto ein, indem wir uns durch Hochmut von den andern Völkern so absondern, wie sie uns in Gehässigkeit von sich absondern wollen. Wenn wir in Frieden und Freundschaft und Eintracht in einem wahrhaft demokratischen Geiste mit den andern Völkern und *Religionen* zusammenwohnen wollen, dürfen wir uns nicht irgendeine Art von Aristokratie gewaltsam zuerkennen, ebenso wie wir uns weigern, uns als Heloten, als minderwertige Rasse erklären zu lassen.

Wahre Demokratie ist nur möglich ohne Stolz des Einzelnen, sondern durch Freude am Gemeinsamen. Deshalb müssen wir uns – jeder Einzelne wie die Gesamtheit – vor willkürlichen Absonderungen hüten. Aus diesem Grunde halte ich auch den Haß für verwerflich in dem Kampf, den wir um unsere innere Freiheit führen müssen. Als das schreckliche Unglück über die deutschen Juden hereinbrach, hatten viele von ihnen gegen diese furchtbare Verletzung ihres Stolzes, ihres menschlichen Fühlens keine andere Waffe als die, zu einem Ausbruch des Hasses ihre Zuflucht zu nehmen. Ihr erster Impuls war, für immer mit dem Volke zu brechen, das ihnen diese fast unerträgliche Demütigung zugefügt hatte, jede Verbindung mit ihm zu lösen und blindlings zurückzuschlagen, um sich für den mörderischen Angriff auf ihre Ehre zu rächen.

Nun ist, im Gegensatz zu vielen meiner Brüder im Blute, die mir widersprechen werden, mein eigener Glaube, daß dieser Ausbruch der Leidenschaft, nicht die rechte Haltung ist, die wir einnehmen sollen. Denn ich hasse den Haß als eine Regung, die eines geistig, eines religiös eingestellten Menschen unwürdig ist. Ich glaube, daß ein Mensch, der sich dauernd dem Gefühl des Hasses hingibt, einen Teil seiner sittlichen Kraft verliert, und zudem glaube ich – und ich habe es auch während des Weltkrieges ausgesprochen –, daß sich der Haß niemals gegen eine ganze Gemeinschaft richten darf. Eine Nation oder eine Rasse als Ganzes genommen, darf niemals für die Taten ihrer Führer verantwortlich gemacht werden.

Ich weiß sehr gut, daß es natürlich ist, den zu hassen, der uns verletzt hat, daß der Haß dazu verhilft, sich von dem Gefühl einer erlittenen Demütigung freizumachen. Aber ich glaube, daß ein solches Verhalten auf die Dauer unserer unwert ist. Wir sind ein altes Volk, und unsere Erfahrung geht weit in die alten Zeiten zurück. Während dreier Jahrtausende haben wir die Feindschaft zahlreicher Nationen ertragen, die zum Teil schon lange hingeschwunden sind, die Feindschaft der Ägypter und der Chaldäer, der Römer und Spanier, der Franzosen, Deutschen und der Russen. Es gibt in Europa fast keine Stadt, in der nicht unsere Vorfahren auf dem Scheiterhaufen verbrannt wurden, keine Straße, auf der nicht unsere Vorväter in die Verbannung flüchten mußten. Aber trotzdem – und das ist der Stolz des jüdischen Volkes – sind wir kein Volk des Hasses geworden. Wir haben das Land, in dem wir wohnten, geliebt und die Sprache, die wir sprechen. Als Jude finde ich nichts edler an unserem Volke, als daß wir immer die Herren und nie die Sklaven unserer Leiden waren, daß uns erduldetes Unrecht niemals zu dauernder Feindschaft gegen das Volk, das uns verletzte, Anlaß gab. Wir haben immer als dankbare Freunde in Mitten der Völker gelebt, die unsern Vätern und Vorvätern Unrecht zugefügt haben, und ich hoffe, daß auch die heutige geistige Einstellung in Deutschland, die für uns Juden so traurige Folgen hat, nicht von ewiger Dauer sein wird.

Wenn es viele unserer Generation auch bis ins Tiefste getroffen und verletzt hat, so mögen diese Wunden wenigstens keine durch Haß vergifteten sein und nicht den Organismus und die seelische Haltung unseres Volkes für Jahre gefährden.

Vielleicht werden manche anderer Meinung sein, und insbesondere die Jugend träumt heute von Kampf. Sie deutet zurück auf die Heldenzeit, auf die Makkabäer, auf all die überlieferten Legenden des aggressiven und defensiven Muts, aber der jüdische Heldenmut in allen Ehren, die Krieger, die Makkabäer, sie haben, doch nur für eine kurze, für eine winzige Spanne Zeit das Judentum gerettet. Nicht in der Leistung der Waffen, immer im Geistigen ist unsere Stärke gewesen: nicht daß wir einmal in mythischen Zeiten mit anderen Völkern und Stämmen uns herumgemordet, hat dem jüdischen Volke eine besondere Mission in der Welt gegeben, sondern daß es die Bibel geschaffen hat, die Gesetze, die Lieder der Propheten und sein höchstes, sein ewiges Kunstwerk, den Gedanken des unsichtbaren Gottes. Immer war das Kontemplative, das große Verzichtende und sich auf die innere Welt Beschränkende die wahre Kraft dieser Rasse, von den Weisen der Bibel an bis zu Spinoza und den Gelehrten von heute; nicht die jüdische Unruhe, die schreckliche nervöse Ungeduld und das Rasch-vorwärtskommen-Wollen, das uns so viel Feindschaft eingetragen hat, ist die wahre und richtige Form unserer Lebenshaltung, sondern gerade die Ruhe, wie sie unsere großen Philosophen und die unzähligen stillen heiligen Lehrer namenloser Gemeinden in einem ganz auf das Ethische gerichteten Leben verwirklicht haben. Ich glaube, daß nichts dem jüdischen Volk heute förderlicher wäre und als Haltung geziemender, als eine gewisse Abwendung von der äußeren Welt. Ich meine damit ein Besiegen der eigenen Ungeduld, der seelischen Nervosität und der Raffgier, die hohe Kunst, unauffällig zu leben, die unsere weiseren Ahnen immer geübt haben. Gerade weil der Verdacht über uns schwebt und zum Teil mit Recht, zu rasch, zu hitzig, vorwärtskommen zu wollen, sollten wir freiwillig jeder Einzelne Zurückhaltung üben und sie von den andern fordern, der Reiche nicht so sehr seinen Reichtum zeigen, der Künstler es vermeiden, zu laut sich feiern zu lassen, der Kluge, sich nicht allzu sehr seiner Klugheit zu rühmen und vor allem darauf verzichten, die Führer der Nationen, innerhalb deren wir leben, im politischen Sinne sein zu wollen. Nichts war verhängnisvoller für die Entwicklung der Dinge in Deutschland als der starke Auftrieb der jüdischen Politiker nach der Revolution; nichts ist in der Geschichte von Tausenden Jahren dem Judentum so verhängnisvoll gewesen als seine Liebe zum Sichtbaren, zum Prunk und zur Pracht, zum lauten, zum fühlbaren Erfolg. Und wenn wir die Bibel, unser ältestes Buch lesen, so werden wir erkennen, daß es ein einziger Kampf der Führer und Propheten des jüdischen Volkes gegen diese verhängnisvolle Leidenschaft gewesen ist. Immer sucht das jüdische Volk seinem größten Gedanken zu entfliehen, das Unsichtbare zu verehren, die unsichtbare Leistung, die unsichtbare Wohltat, das unsichtbare Ethos, den unsichtbaren Gott. Immer wieder wollen sie sich ihre Götzen bauen, weil es so viel bequemer ist, vor dem goldenen Kalb zu knien oder vor steinernen Göttern des Ruhmes sich zu verneigen. Und immer wieder müssen die geistigen Führer dieses Volkes diese Götzen zerbrechen, immer wieder versuchen, dieses unruhige, ungeduldige Volk, welches das Göttliche mit Händen fassen will, zurückzutreiben zu seiner wahren inneren Mission. Und vielleicht sind solche großen, gewaltsamen Prüfungen, wie jetzt eine über das jüdische

Volk gekommen ist, notwendig, um es bescheiden zu machen, um zu verhindern, daß es sich erhebe, vielleicht sind sie notwendig, um uns wieder von Äußerlichkeiten zurückzuführen ins Innerliche und die seelischen Kräfte zu erneuern. Es ist eine Kunst, der Menschheit bekannt seit Tausenden Jahren, daß man gerade aus den Giften die besten Heilmittel gewinnt, wenn man sie richtig zu verteilen und zu binden weiß. So kann vielleicht auch aus dieser schwersten Gefahr, die über das jüdische Volk seit Jahrzehnten, seit Jahrhunderten gekommen ist, eine innere Erneuerung entstehen; vielleicht wird, was uns zerstören wollte, im höheren Sinne zum Bewahrenden. Diesen Sinn zu erkennen, muß unsere Aufgabe sein. Sie kann nicht gemeinsam gelöst werden, und niemand möge hoffen, ein Anderer werde sie für ihn lösen. Niemand darf erwarten, als gäbe es jetzt ein Universalheilmittel, das für uns alle gilt. Es gibt keine Vorschrift, wie sich jetzt das Judentum verhalten soll, wie es diesem schweren Augenblick zu begegnen hat. Nein, so bequem ist es uns nicht gemacht. Wir müssen uns gleichsam jeder selbst in die Hand nehmen, selbst durchforschen und die reinsten Kräfte zur uneigennützigen Leistung in uns zu finden und zu steigern suchen. Aber gerade wer so im Unsichtbaren dient, der dient besser als alle dem Sinn und der Sendung unseres Volkes, nur er erfüllt ganz in sich den Gedanken des unsichtbaren Gottes.

Geschichtsschreibung von morgen

So verschieden auch unsere Meinungen sein mögen, über *eine* Tatsache sind wir uns heute von einem bis zum anderen Ende der Erde einig: daß sich unsere Welt in einem anomalen Zustand, in einer schweren moralischen (sittlichen) Krise befindet. Insbesondere, wenn man auf Europa blickt, muß man das Gefühl haben, daß sich alle Völker und Nationen in einem Zustand krankhafter Reizbarkeit befinden. Der kleinste Anlaß genügt, um grenzenlose Erregung hervorzurufen. Schlechte Nachrichten werden leichter geglaubt als hoffnungsfreudige. Sowohl die Individuen als auch die Rassen und Klassen und Staaten scheinen eher geneigt, einander zu hassen als sich zu verständigen. Weder der einzelne noch die Nation haben Zuversicht in eine ruhige, produktive Entwicklung. Im Gegenteil, wir stehen alle in Europa unter dem Eindruck der Angst, daß ein gewaltsamer Ausbruch jede Sekunde sich ereignen könnte.

Woher stammt dieser Spannungszustand? Ich glaube, es ist noch immer der alte Bazillus, der dieses Fieber verursacht, ein Rückstand im normalen Blutkreislauf aus dem Kriege. Erinnern wir uns: die Kriegsjahre haben die Menschen in allen Ländern an höhere und heftigere Intensitäten des Gefühls gewöhnt. Kriege können nicht kalt und kühl geführt werden. So war ein ungeheurer Einschuß gesteigerter Leidenschaft notwendig, um einen vierjährigen Weltkrieg – fürchterlich lange Frist – bis zum Ende zu führen. Ständig mußten die Instinkte des Hasses, des Zorns, der Erbitterung in allen Staaten neu angefacht werden, denn Leidenschaft ist nach Goethes Wort »keine Heringsware, die man einpökeln kann auf viele Jahre«. Haß, Zorn, Kampflust sind ihrer Natur nach nur kurze Emotionen, und so mußte diese schreckliche Wissenschaft, genannt Propaganda, erfunden werden, um diesen kurzen Emotionszustand künstlich zu verlängern. Es wurden also Millionen eigentlich indifferenter und durchaus friedlicher Menschen, und zwar dreihundert oder vierhundert Millionen – man überlege diese Zahl –, durch vier Jahre daran gewöhnt, mehr an Haß, an Feindseligkeit in sich zu produzieren und zu verbrauchen, als diesen dreihundert oder vierhundert Millionen eigentlich natürlich war. Dann kam der Friede, und plötzlich sollte diese Pflicht zum Haß, zum Mord, zur Leidenschaft auf Kommando abgedreht werden wie ein Gashahn. Das widerspricht der Natur. Wenn sich ein Organismus einmal an Narkotika oder Stimulantien gewöhnt hat – Kaffee, Morphium, Nikotin – kann er sie nicht plötzlich entbehren, und so ist das Bedürfnis, sich zu militarisieren, zu hassen, zu bekämpfen, in dieser Generation weiterhin aktiv geblieben. Es hat sich nur umgeschaltet. Man haßt nicht denselben Landesfeind wie 1914. Aber man haßt und kämpft weiter mit der gleichen gefährlichen Leidenschaft. Es ist ein Haß geworden von System zu System, von Partei zu Partei, von Klasse zu Klasse, von Rasse zu Rasse, von Ideologie zu Ideologie. Aber im wesentlichen sind die Formen noch immer die von 1914, bestimmt durch das Bedürfnis, Gruppen zu bilden und sich als Gruppe feindselig gegen andere Gruppen zu ereifern. Mitten im sogenannten Frieden ist unsere Welt von einer ausgesprochen kriegerischen Mentalität beherrscht.

Wie können wir nun diesen gefährlichen Zustand beseitigen? Wie dieses ständige Fieber niederdrücken, wie die kriegerische Atmosphäre wieder humanisieren, wie den mit Haß vergifteten Organismus wieder entgiften, wie die moralische Depression, die wie eine Gewitterwolke über unserer Welt lastet, beseitigen? Dieses Problem ist für uns das Problem aller Probleme, und ich maße mir natürlich weder an, es als erster entdeckt zu haben, noch eine vollkommene Lösung dafür zu wissen. Ich weiß, und wir wissen es alle, wieviel in diesem Sinne versucht worden ist, und wir haben besonders der amerikanischen Demokratie und ihrer Regierung dankbar zu sein, daß sie immer und immer wieder die Notwendigkeit wirklichen Friedens und einer dauernden Weltverständigung betont. Aber wir sind doch recht mißtrauisch geworden gegen alle Konferenzen, Proklamationen und Aufrufe. Sie haben vielleicht einzelnes Unheil verhindert oder hinausgeschoben, nicht aber den moralischen oder vielmehr unmoralischen Zustand verändert, in dem sich unsere Welt befindet. Es scheint, daß die Vernunft mit ihrer ruhigen, bedachtsamen Stimme zu schwach ist gegenüber den Megaphonen, mit denen die organisierte Propaganda ihre Parolen in die Welt gebrüllt hat, und es liegt ja überhaupt im Wesen der Vernunft, selten sofortige Wirkungen zu erzeugen. Was die menschliche Vernunft vom tierischen Instinkt unterscheidet, ist, daß sie auf lange Frist vorausdenkt, und vielleicht müssen wir deshalb darauf verzichten, die heutige Generation, die Kriegsgeneration, die in den meisten Ländern die politische Führung innehat, von ihrer Lobpreisung der Gewalt, von ihrer Vergötterung des Krieges und ihrer Mentalität des Hasses zu kurieren. Vielleicht ist es unsere eigentliche Aufgabe, unsere ganze Kraft dahin zu wenden, daß wenigstens die nächste Generation, die Jugend von heute, nicht mehr dieser Ansteckung, diesem Fieber verfällt. Erwachsene Menschen lernen nicht mehr viel, nicht einmal an den schlimmen Erfahrungen, und unsere ganze Bemühung muß deshalb dahingehen, die jungen Menschen in jenem Alter zu erreichen, wo die Seele sich noch wie plastisches Wachs der Hand des Erziehers darbietet. Soll die neue Generation besser, menschlicher und vor allem glücklicher sein als die unsere, der der Krieg in die Mitte des Lebens gefahren ist und dabei das Herz zerschlagen hat, so muß sie besser, humaner erzogen werden. Innerhalb dieser neuen Erziehung scheint mir das wichtigste eine neue Form und eine andere Auffassung der Geschichte, als wir sie in der Schule gelernt haben. Eine Geschichte, die zeigt, wie die Menschheit geworden ist, Geschichte seines eigenen Volkes und aller anderen Völker, gibt dem jungen Menschen sein zukünftiges Weltbild. Nichts formt so entscheidend seine politische, seine individuelle, seine sittliche Einstellung zum Leben wie die Art, in der er Geschichte gelernt und begriffen hat.

Wie aber haben wir selbst in der Schule, insbesondere in Europa, Geschichte gelernt? Ich will ehrlich eingestehen, daß ich es selbst schon vergessen hatte. Nun geschah es mir, daß jüngst bei einer Übersiedlung mir mein eigenes Schulbuch aus dem österreichischen Gymnasium in die Hand fiel – nebenbei, wir tun Unrecht, unsere alten Schulbücher vorzeitig wegzuwerfen, denn nichts kann uns nach Jahren deutlicher zeigen, mit welcher Geschwindigkeit sich die Vorstellungen und Gesichtspunkte in unserer Zeit verwandeln. Aber da war es, das alte zerlesene Buch, und damit Gelegenheit zu rvidieren, wie es um die Art der Geschichte bestellt war, welche unsere gegenwärtige Generation geformt hat. Ich begann zu lesen und war ehrlich erschrocken – mein Gott, so hatte man uns gutgläubigen, unerfahrenen jungen Menschen die Geschichte der Welt dargestellt! So unwahr, so unrichtig, so absichtsvoll! Ich erkannte sofort – was wir Knaben damals nicht ahnen konnten –, daß hier Geschichte künstlich präpariert war, gefärbt, gefälscht, und zwar in einer wohlerwogenen bestimmten Absicht. Ich erkannte, daß, da dies Buch in Österreich gedruckt und für österreichische Schulen approbiert war, dem jungen Menschen die Anschauung eingeprägt werden sollte, der Weltgeist mit seinen tausend Emanationen habe nur ein letztes Ziel gehabt, nämlich Österreichs Größe und sein Kaiserreich. Aber zwölf Eisenbahnstunden weiter – oder zwei Flugstunden heute – in Frankreich oder in Italien, wurde unseren Altersgenossen die Geschichte genauso im nationalen Sinne präpariert: Gott oder der Geist der Geschichte einzig wirkend für Italien, für Frankreich, für das Vaterland. Noch ehe wir recht in die Welt schauen konnten, wurde uns eine Brille aufgesetzt – in jedem Lande anders gefärbt –, damit wir die Welt schon von Anfang an nicht mit freiem und menschlichem Blick ansehen sollten, sondern aus dem Gesichtswinkel nationalen Interesses. Schon damals begann also das, was man heute in Deutschland die nationale Erziehung nennt, die frühzeitige Uniformierung des Geistes und der Anschauungen auf einen einzigen Zuschnitt. Geschichte, die doch nur Sinn hat, wenn sie höchste Objektivität bedeutet, wurde uns einzig zu dem Zwecke eingelöffelt, um uns zu patriotischen Staatsbürgern zu machen, zu künftigen Soldaten, zu willenlosen Untertanen. Ebenso demütig wie gegen den eigenen Staat und seine Institutionen sollten wir hochmütig und gleichzeitig mißtrauisch werden gegen alle anderen Staaten und Nationen und Rassen durch die eingelernte Überzeugung, daß unser Vaterland das beste aller Vaterländer, die Soldaten dieses Vaterlandes die besten aller Soldaten, seine Feldherrn die tüchtigsten aller Feldherren seien. Daß unser Volk im Laufe der Geschichte immer im Recht war, und mit allem, was es tue, weiterhin immer im Recht bleiben werde: right or wrong, my country.

Dies war die erste falsche Orientierung, die wir von unseren Schulbüchern empfingen, und auch die zweite erkannte ich bald, als ich von der ersten Seite bis zur letzten dies alte Buch wieder las – freilich nicht mehr mit den gläubigen, naiven Augen des einstigen Knaben. Denn was wurde uns eigentlich in diesem Buch eingeprägt? Das Buch war so eingeteilt, daß bei den wichtigsten Geschehnissen an den Rand die Jahreszahlen gedruckt waren wie auf den Meilensteinen an einer Straße der zurückgelegte Weg, und diese Zahlen mußten wir auswendig lernen.

Welche Ereignisse waren es nun, die besonders hervorgehoben waren? Ich habe das Buch durchgeblättert und festgestellt, daß es zu neun Zehnteln Daten von Schlachten und Kriegen waren. Wir mußten auswendig lernen, in welchem Jahr vor Christus die Schlacht von Salamis war und wann die Schlacht von Cannae. Wie lange der erste Punische Krieg dauerte und wie lange der zweite, und so weiter durch die Jahrhunderte, Schlacht für Schlacht, Krieg für Krieg bis zu Trafalgar und Waterloo und Sedan – die Daten des Weltkrieges war uns dann verstattet, in etwas sinnlicherer Form als der bloß geschriebenen persönlich kennenzulernen.

Daß innerhalb dieser drei Jahrtausende auch einiges andere geschehen, dank dessen sich der Mensch vom Höhlenbewohner zum Träger der Kultur entwickelt hat, davon war in jenem alten Buch wenig zu lesen, und ebenso wenig von den Kaisern und Königen, von den großen Staatsmännern und weisen Präsidenten, welche in stiller und unpathetischer Arbeit ihrem Lande Frieden zu bewahren und den Fortschritt zu fördern wußten. Nur Hannibal, Scipio, Attila, Napoleon waren wichtig, nur Männer, die Kriege geführt, wurden uns als Helden dargestellt, und so von Anfang an unseren fügsamen Gehirnen der Gedanke mit immer wiederholtem Hammerschlag eingehämmert, das Wichtigste unserer Welt sei der Krieg und die wesentlichste Leistung eines Menschen, eines Volkes der Sieg. Unserer Generation wurde, und ich fürchte, auch der von heute noch in allen europäischen Ländern, von Anfang an eingeprägt, daß nur der Erfolg in unserer Welt entscheidet, daß jede Anwendung der Gewalt, auch des Krieges, eine nicht nur erlaubte, sondern auch wünschenswerte Handlung darstellt, falls sie dem Vaterland zum Vorteil gereicht. Nun, wir haben die Folgen gesehen. Sie haben zu jenem Zustand der Erregtheit, des Hasses, der Unruhe geführt, die heute unsere Welt verstören.

Nun hat es der Weltkrieg gewollt, daß mit allerhand anderen Dingen auch verschiedene Brillen zerschlagen wurden, die man uns jungen gutgläubigen Menschen aufgesetzt hatte, und ich kann nur wiederholen, daß ich aufrichtig erschrocken war, als ich jetzt mit diesen anderen Augen dies zerlesene alte Schulbuch wieder las. Denn was ist denn eigentlich damit dargetan, wenn man Geschichte ausschließlich als Kriegsgeschichte erzählt? Etwas ungeheuer Pessimistisches, etwas ungemein Deprimierendes. Denn was zeigt im letzten diese ewige Geschichte der Kriege und Siege? Eine völlige Sinnlosigkeit, eine langweilige Wiederholung. Eine Armee besiegt die andere, ein General den anderen, ein Volk das andere, Festungen werden erobert oder nicht erobert, Länder werden durch Annexion groß und dann wieder klein. In höherem Sinne scheint mir also dieser ewige Kalender aller Kriege der Menschheit genauso langweilig, als ob man in einem Buch die Geschichte aller Fußballmatches der letzten fünfzig Jahre aufzählen wollte, und daß damals der Tom den Jack besiegt hat und diesmal der Jack den Tom. Daß seit viertausend Jahren ein Volk das andere beraubt, bekriegt, bestiehlt, unterjocht, daß die Menschheit eigentlich gar nicht vorwärtsgekommen ist, sondern immer noch im Kreise in dem alten Blutsumpf herumstapft. Oder sollten wir darin den Fortschritt der Menschen erkennen von den Schlachten des Xerxes bis zu jenen Ludendorffs, daß nicht mehr mit der Streitaxt getötet wird Mann gegen Mann, sondern mit dem Maschinengewehr ganze Reihen umgelegt? Daß man nicht mehr siedendes Öl von den Zinnen einer belagerten Burg schüttet, sondern mit einem wunderbar konstruierten Flammenwerfer die brennenden Massen schleudert? Daß wir genau nach den alten Instinkten handeln, daß nur wir uns besserer Instrumente bedienen, und daß nicht mehr kleine kannibalische Horden miteinander kämpfen, sondern Millionenheere, und daß statt des mißtönenden Kriegsrufs der Barbaren aus Radio und Grammophon die Propaganda brüllt? Ich muß bekennen, daß, wie ich dieses alte Schulbuch meiner Jugend las, ich darin nichts fand, was auf junge Menschen erhebend und humanisierend wirken könnte, sondern nur den schlimmen Beweis unseres ewigen Rückfalls in die alte Barbarei. Ich konnte meinen Ärger schließlich nicht bezähmen und warf das Buch in eine Ecke, denn ich sah, durch diese Darstellung war unsere Generation zum Weltkrieg erzogen worden. Es war ein Lehrbuch aller, der gefährlichen und schlechten Instinkte, die unsere Zeit vergiften.

Aber so sind wir erzogen worden, so haben wir in allen Staaten Europas Geschichte gelernt. Und wir sehen heute die Folgen. Immer ist es uns in die Ohren geschrien, in das Herz gehämmert worden, daß Sieg die höchste Leistung ist, deren ein Mensch, deren ein Volk fähig ist, und daß es völlig gleichgültig ist, mit welchen Mitteln dieser Erfolg errungen wird. Gleichgültig auch, welcher Preis dafür gezahlt wird – zehntausend Menschen, hunderttausend Menschen, eine Million. Und statt daß sich diese unhumane, unmoralische Auffassung nach der fürchterlichen Erfahrung des Weltkrieges als verbrecherisch erwiesen hätte, sehen wir, daß sie mit einer noch nie gekannten Intensität und Übertreibung in den meisten Ländern Europas heute der Jugend und den Erwachsenen suggeriert wird. Man hört es bis hier herüber in dieses Land, das Geschrei der Diktatoren, die eine sogenannte heroische Lebensauffassung fordern, die predigen, Friedensliebe sei Weichlichkeit, und für den Menschen gäbe es nichts Wichtigeres, als für sein Vaterland zu sterben. Die als Recht kodifizieren: was meinem Volke nützt, ist erlaubt, und Ideologien erfinden, um jedes Verbrechen zu entschuldigen. Wir sind heute in Europa Zeugen einer so systematischen Vergötterung der Lüge in der Form von Propaganda, wie sie niemals in den dreitausend Jahren der Geschichte bestanden hat. Wir sind Zeugen einer Glorifizierung des Krieges als des höchsten Sinns des Daseins, wie nicht einmal die Spartaner und nicht die barbarischsten Völkerschaften sie gewagt haben. Wir erleben eine Verfälschung der Geschichte im nationalen Sinn, die uns das Blut in den Adern vor Abscheu fiebern und uns schaudernd fürchten läßt, daß diese Art der Erziehung junger und ahnungsloser Menschen eine nächste Generation in ein noch viel grauenhafteres Blutbad hineinstoßen wird als das letzte.

Was nun dagegen tun? Die Geschichte, weil sie zum großen Teil Kriegsgeschichte ist, aus dem Lehrplan der Schulen streichen? Nein, das habe ich nie gesagt. Die Geschichte muß, weil Summe aller Erfahrungen der Menschheit, der wichtigste Bildungsgegenstand eines jungen Menschen bleiben. Oder soll man wenigstens die Kriegsgeschichte innerhalb der Darstellung der Geschichte möglichst unterdrücken? Auch das sage ich nicht, denn das wäre eine Fälschung der Tatsachen, und die Geschichte von morgen muß eine der höchsten Objektivität sein. Aber von ihr zu fordern wäre, daß sie in einem anderen, in einem neuen Sinn geschrieben wird, in einem Sinn, der das Leben der Menschheit nicht als eine stagnierende Erscheinung darstellt, sondern als einen

Fortschritt ins Humane und ins Universelle, und daß die Geschichte darum vor allem alle jene Dinge betont und unterstreicht, welche diesem endgültigen Werke der Zivilisation gedient haben.

Die neue Geschichte, die wir fordern, muß von der Höhe des kulturell Erreichten und im Hinblick auf den weiteren Anstieg geschrieben werden – im Gegensatz zur Geschichte von gestern, die bloß Nationalgeschichte und Kriegsgeschichte war. Denn erinnern wir uns, wie diese Geschichte entstand, von Tacitus und Xenophon bis zu den Chronisten des Mittelalters und weit hinein in die neuere Zeit. Damals war die Welt noch nicht verbunden, jeder lebte im engen Raum eines verschwindend kleinen Vaterlandes – man denke an Griechenland, das kaum auf einer größeren Landkarte zu finden war. Der Horizont der Menschen reichte genau so weit wie die Grenzen ihres eigenen Reiches, und was anderswo noch geschah, wußten sie nicht. Wir aber leben heute in einer Welt der Gleichzeitigkeit, wir wissen in der gleichen Sekunde, was sich im entferntesten Punkte unserer Erde ereignet, wir erfahren es im Worte, im Klange, im übertragenen Bild. Wenn jene gleichsam in den Falten der Gebirge, in den Tälern lebten, den Blick umgrenzt von den Bergen, so sehen wir heute wie von einem Gipfel herab auf alle Erscheinungen zugleich in richtigen Dimensionen und Proportionen. Und weil wir diesen Überblick über das ganze Rund der Erde haben, müssen wir selbstverständlich einen neuen Maßstab setzen. Nicht was die einzelnen Nationen auf Kosten anderer Nationen zeitweise vorwärts gebracht hat, muß uns wichtig sein, sondern einzig, was der gemeinsamen Bewegung, dem Fortschritt dient, der menschlichen Zivilisation. Die Geschichte von morgen muß also eine Geschichte der ganzen Menschheit sein, und die einzelnen Streitigkeiten müssen ihr belanglos erscheinen gegenüber dem Wohl der Gemeinschaft.

Sie muß also völlig umgewertet werden, sie muß nein zu dem sagen, wozu gestern ja gesagt wurde, und ja zu dem, was gestern verneint wurde. Sie muß dem alten Ideal des Sieges das neue der Einheit, der alten Vergötterung des Krieges dessen Verachtung entgegenstellen als Richtpunkt ihrer Bewertung.

Kann dies ohne Gewaltsamkeit geschehen? Ich bin überzeugt davon. Wie man durch bloße Umstellung der Vorzeichen gleichzeitig der Wahrheit dienen kann und der Sittlichkeit, wie man Kriegsgeschichte erzählen kann, ohne eine einzige Tatsache zu verändern und doch, ohne sie zu glorifizieren – dafür ein Beispiel. Von allen Kriegsdarstellungen der Welt scheint mir die grandioseste Tolstois ›Krieg und Frieden‹. Anschaulicher und zugleich geistiger hat kein Historiker einen Krieg beschrieben als hier ein Dichter die drei Feldzüge Napoleons gegen Rußland. Man lebt jede Seite mit, man sieht die Feldherren und die Diplomaten über ihren Akten und Karten, die Armeen auf ihrem Marsch, die Offiziere, die Soldaten in jedem Augenblick der Schlacht. Man ist hingerissen, erschüttert, man lebt tausendmal stärker als bei allen Lobpreisern des Krieges die Größe des Geschehnisses mit. Aber wie verhindert Tolstoi, daß die Größe dieses Geschehnisses als ein Beispiel empfunden werde, daß etwas, was er innerlich für unmoralisch hält, andere begeistern könnte?

Gleich auf dem ersten Blatt schreibt er: »Am 24. Juni überschritten die Heere Westeuropas die russische Grenze, und der Krieg brach los. Das heißt, es trat ein Ereignis ein, das sowohl dem menschlichen Verstand wie der menschlichen Natur durchaus zuwider ist. Millionen Menschen begannen sich gegenseitig so viel Böses anzutun – durch Betrug, Verrat, Diebstahl, Plünderung, Brandstiftung und Mord –, daß die Akten aller Gerichte der Welt jahrhundertelang daran zu sammeln hätten.

Aber die Menschen, die dies alles verübten, sahen es in jener Zeit durchaus nicht als etwas Verbrecherisches an.«

So beginnt Tolstoi seine unübertreffliche Darstellung des russischen Feldzugs, und nun wird vielleicht auch deutlicher verständlich, was ich vorhin mit dem umgekehrten Vorzeichen meinte. Während der ganzen Darstellung weist Tolstoi unablässig darauf hin, wie die Sinnlosigkeit des Ganzen sich in jeder Einzelheit spiegelt. Daß die genialen Feldzugspläne sowohl Napoleons als Kutusows nie zur Ausführung gelangten, daß der Zufall hundertmal entscheidet statt der Berechnung, daß die unfähigsten Offiziere mit Orden bedeckt werden und die fähigsten übersehen. Blatt um Blatt weist er nach, daß die Hälfte von dem, was wir von einem Kriege erzählt bekommen, Unwahrheit ist, parteiische Darstellung, und daß man keinem dieser Generäle und Diplomaten im letzten und höchsten Sinne ein Verdienst zuschreiben dürfe, weil eben ihre Handlungen innerhalb eines sinnlosen Geschehens sich vollziehen und mehr vom Zufall als von der schöpferischen Vernunft gestaltet sind. Wir müssen also sparen mit unserer Bewunderung, mahnt Tolstoi, sie für etwas Besseres sparen als für Leistungen, die im Letzten einem Sinnlosen und sogar Verabscheuungswürdigen gelten.

Ich glaube, die Geschichte von morgen wird, wenn sie erzieherisch wirken soll, in diesem Sinne geschrieben werden müssen, daß die Kriegsereignisse zwar nicht unterdrückt werden, aber nicht als die höchsten positiven Leistungen eines Volkes weiterhin gewertet werden. Aber niemals ist eine Negation hinreichend. Und wenn wir die unaufhörlichen militärischen Aktionen innerhalb der dreitausend Jahre als die Schattenseite in der Geschichte der Menschheit betrachten, so muß doch notwendigerweise auch eine Lichtseite vorhanden sein. Ich meine, es muß doch innerhalb dieser dreitausend Jahre, die wir historisch zu überblicken vermögen, auch etwas anderes geschehen sein, als daß sich die Völker unablässig befeindeten, die Menschen sich gegenseitig erschlugen. Irgend etwas muß doch geschehen sein, was bewirkte, daß das schmutzige Tier Mensch aus seiner Höhle herauskroch und lernte, nicht nur Tiere und andere Menschen zu töten, sondern die Elemente zu meistern, zu Land und Wasser sich fortzubewegen und im Laufe der Jahre die Kraft seiner eigenen Hand durch die Maschine zu vertausendfachen. Etwas muß geschehen sein, das ihn nötigte, die Schrift zu erfinden, durch das Mikroskop das Unsichtbare, durch das Teleskop die Sterne zu betrachten und ihren Gang zu berechnen, den Blitz zu bezähmen und über Länder und Meere zu sprechen, zu denken, zu schauen. Diese Eroberung der Zivilisation, der geistigen Weltherrschaft, ist sie nicht wichtiger als die Geschichte aller einzelnen Eroberungen von Ländern und Städten? Ist sie nicht die einzige, die uns eine Zuversicht gibt, daß wir langsam – sehr langsam, ich gebe es zu – die Rückstände in unserer Natur überwinden, daß die Menschheit nicht stehenbleibt, sondern weitergeht auf ein unsichtbares Ziel zu? Und ist diese Geschichte unseres Fortschritts, diese Geschichte unseres allmählichen Aufstiegs zur Weltbeherrschung und zu einem immer höheren Zustand der Humanität nicht tausendmal tröstlicher, anfeuernder für junge Menschen und für uns alle, als der blutige Katalog aller Schlachten und Schlächtereien? Denn schildert sie nicht statt des bloßen Triumphes eines einzelnen Volkes, einer einzelnen Nation, unseren gemeinsamen, den wahrhaft wirklichen, den einzig gültigen?

Freilich, von dieser Geschichte des gemeinsamen Aufstiegs der Menschheit haben wir in unseren patriotischen Schulbüchern wenig gelernt. Wir sollten ja nicht unseren Ehrgeiz, unseren Stolz daran wenden, kosmopolitische, brüderliche Menschen zu werden und brüderlich zu fühlen, sondern die Geschichte sollte uns erziehen, Österreich, Frankreich, Deutschland – einzig unser Vaterland – zu lieben und allen anderen Völkern zu mißtrauen. Sie wollte uns erziehen, Staatsbürger und gute Soldaten zu werden. Darum wurde so sehr betont, was die Nationen gegeneinander geleistet hatten, und so sehr in den Hintergrund gestellt, was sie miteinander leisteten. Unsere Geschichte von gestern und leider auch die von heute in den meisten Ländern Europas folgt dem zur Zeit gültigen Trieb zur Isolation. Sie wirkt im Sinne der zentripetalen Kraft und bezieht alles, was im Weltall geschieht und geschah, einzig auf das Individuum Staat. Wir denken heute in Europa dank der Übermacht des Nationalismus nur vom Staate aus, und man möchte uns zwingen, nur für den Staat und innerhalb seiner Ziele und Zwecke zu denken. Unbewußt, und ich fürchte, sogar bewußt, dient die Geschichte dem Staate so sklavisch untertan wie die einzelnen Menschen.

Es ist nun meine Überzeugung, daß jeder, der in dieser Hypertrophie des Staatsgedankens und des Nationalismus das Unglück unserer Generation und auch der kommenden sieht, mithilft, die Welt von dieser Hypnose zu befreien, und daß die Geschichte von morgen, die wir fordern, nicht mehr der Glorifizierung einzelner Nationen, sondern dem brüderlichen Ruhm der ganzen Menschheit dienen soll. Wir müssen den Standpunkt wechseln, und wenn wir die Welt gerecht überschauen wollen, einige Stufen höher hinaufsteigen, wo wie in einer Landschaft die Einzelheiten sich verlieren und nur das große panoramische Bild in Erscheinung tritt. Eine solche Umstellung scheint mir nicht nur möglich, sondern in jedem Sinne aussichtsreich. Ich erinnere mich noch aus meiner eigenen Jugend der Offenbarung, die vor vielen Jahren ein Buch bedeutete, das eine ähnliche Umstellung in der Naturgeschichte in unseren jungen Seelen bewirkte. Es war ein Buch des Fürsten Kropotkin und hieß ›Gegenseitige Hilfe bei Menschen und Tieren‹. Vordem war uns immer nur gezeigt worden, in Hunderten und Tausenden Büchern, daß das Urgesetz der Natur der »Kampf um das Dasein« sei, Wald, Wiese, Sumpf und See, Luft und Höhle nur eine einzige Stätte wüstester Feindschaft und unbarmherzigsten Mordens. Ein Tier jage das andere ebenso ingrimmig und fast ebenso raffiniert wie Menschen einander jagen, in allen Zonen stürze sich der Stärkere auf den Schwächeren. Gegenseitige Vernichtung sei der einzige Trieb, der die ganze Tierwelt befeuere. Und nun kam dieses Buch und zeigte an einer Fülle von Beispielen, daß gerade im Tierreich, das wir doch für rein bestialisch und vernunftberaubt hielten, nicht nur innerhalb jeder Gattung, sondern auch von Spezies zu Spezies ein Wesen dem anderen hilft, daß im Tiere so wie im Menschen dem Instinkt des Egoismus jener der Solidarität geheimnisvoll entgegenwirkt. Wenn nun schon rein instinktmäßig die Tiere sich so verhalten, unbelehrt, ohne Bewußtsein, um wieviel eher müßte es uns möglich sein, die wir erziehbar sind und in deren Seelen doch der geheimnisvolle Gott durch das Gewissen spricht, uns immer weiter vom Tierischen und seinen schlechten Instinkten wegzusteigern. Und haben wir es nicht getan? In den Tausenden Jahren? Ist nicht statt der Kriege und Kämpfe, die die Geschichte allzutreulich verzeichnet, *dies* unsere wahre Leistung gewesen, daß wir in den letzten Jahrhunderten schon unfreudiger und mit schlechtem Gewissen uns in Kriege hineintreiben ließen, daß trotz aller offiziellen Vergötterung, wie sie heute insbesondere in Deutschland gelehrt wird, wir diesem Heldentum im innersten Herzen mißtrauen? Sind wir nicht alle, sofern wir ehrlich sind, tausendmal stolzer auf die Leistungen unserer Kultur, auf die Fortschritte unserer

Zivilisation, und würde uns darum nicht wirklich eine Darstellung der Geschichte gemäßer sein, welche uns alle jene verschollenen Siege vergessen läßt und statt dessen uns für unser ganzes Leben das bestärkende Gefühl gibt: wir gehen weiter; jedes Jahrzehnt, nein, jedes Jahr schenkt uns neue Erfindungen und Entdeckungen, gibt uns mehr Macht über die Elemente, und wenn wir ab und zu auch stolpern und rückfallen für eine blutige Stunde in die alte Barbarei –, wir gehen doch nicht sinnlos im Kreise herum, sondern unerschütterlich einem unsichtbaren Ziel entgegen.

Ich glaube: können wir der Geschichte von morgen diese Erkenntnis geben, daß alles, was uns Völker vereinzelte und gegeneinander trieb, ein Irrtum war und wesentlich nur, was uns gemeinsam vorwärtsbrachte, die Zivilisation, der Fortschritt, so würde die Mentalität von morgen eine bessere, eine optimistischere sein als die von heute. Vergleichen wir doch diese Geschichte von gestern mit der Geschichte von morgen in ihrer seelischen Antriebskraft. Was zeigt die Kriegsgeschichte? Nur was die Länder und Völker in dreitausend Jahren aneinander verschuldet haben. Wie Frankreich Deutschland plünderte und Deutschland Frankreich, wie Persien Griechenland unterjochte und Griechenland Persien. Und was ist damit geschaffen? Kriegslust und Haß einer Nation gegen die andere. Die Kulturgeschichte dagegen, von der ich träume, schildert genau das Gegenteil. Sie würde zeigen, nicht was eine Nation an der anderen verschuldete, sondern was eine der anderen verdankt. Sie würde zeigen, daß beinahe alles, was wir erfunden, erdacht, entdeckt, gedichtet, geglaubt haben, eine Kollektivleistung ist, daß jede Erfindung und Entdeckung schon irgendwo vorbereitet war und von einer Nation auf die andere übergriff, daß es gleichgültig war, wer siegte oder besiegt wurde, weil die Sieger oft gelernt haben von den Besiegten, und daß im letzten alle Völker und Nationen an dem Turmbau von Babel gemeinsam geschaffen haben. Während die alte Geschichte, die Kriegsgeschichte, immer wieder von neuem die Jugend verlocken will, die Gewalt als das höchste Gesetz und den sichtbaren Erfolg als den letzten Beweis jeder Leistung zu bewundern, lehrt uns die Kulturgeschichte, den Geist zu verehren in seinen tausendfältigen Formen, jenen unsterblichen Geist der Menschheit, welchen Diktaturen und Zensuren manchmal für eine Weltstunde knebeln, aber niemals ersticken konnten. Nicht mehr die Alexander, die Napoleons, die Attilas werden in dieser Geschichte von morgen die Vorbilder sein, sondern als ihre Helden wird sie nur diejenigen anerkennen, die dem Geist gedient, die ihm neue Formen und neuen Ausdruck gegeben, die unser Wissen vermehrt und unseren irdischen Sinnen Macht über die Elemente und Erkenntnis so vieler Geheimnisse des Himmels und der Erde verliehen haben.

Aber vielleicht wird man einwenden, es sei zwar richtig, daß Geschichte einzig in diesem Sinne des menschlichen Fortschritts geschrieben werden sollte, aber wir müßten doch mit der Tatsache rechnen, daß eine Darstellung unserer geistigen, unserer zivilisatorischen Leistungen nicht so stark auf die Imagination wirke wie die Darstellung von Schlachten und Kriegen, von Aufständen und verwegenen Expeditionen. Dieser Einwand ist an sich vollkommen berechtigt. Schon als Knaben haben wir uns alle für Alkibiades und Alexander, für die Helden von Thermopylae leichter begeistert, als für den gerechten Solon und den weisen Marc Aurel. Leidenschaften sind an sich für den Schriftsteller dankbarer darzustellen als moralische Eigenschaften – Gerechtigkeit, Nachsicht, Humanität –, die nicht so unmittelbar auf die Schaulust wirken, die in sich nichts Erregendes, nichts Spannendes haben. Immer hat es der leichter, der den sichtbaren Erfolgen, den gewalttätigen Instinkten dient, der immer nur die Mächtigen rühmt und die Sieger feiert. Ich weiß es aus eigener Erfahrung, daß es schwerer ist und weniger ergiebig, die milde Humanität eines Erasmus darzustellen als die amüsante Passioniertheit eines Casanova oder den Aufstieg Napoleons. Aber sollen die Darsteller der Geschichte wirklich dem unbewußten Wunsch der Massen nachgeben, die nur das Sensationelle, das Brutale, das Kriegerische als billiges Stimulans wollen? Ist es nicht vielmehr unsere Pflicht, gerade weil wir die Gefährlichkeit dieser Neigung zum Sensationellen kennen, statt des brutalen Heroismus jenen anderen darzustellen, den wir innerlich für den höheren halten – die großartigen Gestalten der Gelehrten, die aufopferungsvoll in ihren Laboratorien arbeiten, verzehrt von Einsamkeit, arm und unbekannt? Die Staatsmänner, die Fürsten, die Präsidenten, die nie einen Krieg führten und ihre ganze Kraft einsetzten, um im Sinne der Verantwortlichkeit, der Versöhnlichkeit und der Humanität zu wirken? Ist es nicht unsere Pflicht, eine Umstellung der Heldenverehrung vorzunehmen und diejenigen der Menschheit als Beispiel zu stellen, die sich töten ließen für eine Idee – statt jener anderen, die Tausende und Millionen in den Tod trieben für den egoistischen Gedanken eigener oder nationaler Macht? Wird nicht eben dies die wahre Aufgabe der Geschichte von morgen sein, gerade weil sie eine schwere, weil sie eine undankbare ist?

Aber welcher beschwingende Ton kann dafür auch von dieser neuen Art der Geschichte ausgehen, wenn sie die ewige Verbundenheit des schaffenden Geistes zeigt, wenn sie dartut, wie eine Kette durch die Zeiten reicht, von Land zu Land, von Volk zu Volk, eine Kette, der jede neue Nation und jedes neue Jahr ein neues Glied hinzufügt. Wenn sie zeigt, daß die drei Jahrtausende unserer bewußten Menschheit nicht bloß ein blutiges Gladiatorenspiel waren, das sich ein trunkener Gott sinnlos vorführen ließ, sondern daß wir in diesem großartigen Drama selber die Helden, die Darsteller, die Dichter, die Schöpfer sind. Wenn sie fühlen läßt, daß ein Sinn in diesem ewigen Wirken und Mühen der Menschheit waltet, wenn sie zeigt, daß die Menschheit eine Aufgabe hat, und wenn wir spüren, daß jedem von uns in seinem kleinen Dasein ein Wort, eine Geste in diesem Drama zugeteilt ist. So wie der Mensch nur richtig lebt, wenn er sein Leben als sinnvoll empfindet, so können wir auch das Gewesene nur als sinnvoll empfinden, wenn wir ihm einen Sinn zu geben vermögen, den Sinn einer Entwicklung zu einer immer höheren Stufe unserer Humanität.

Ich glaube, in diesem Geiste allein muß die Geschichte von morgen geschrieben werden: als Geschichte des menschlichen Fortschritts, um uns selber vorwärts zu bringen. Und daß eine solche Geschichte möglich, daß sie sogar schon auf dem Wege ist, dafür haben wir bereits verheißungsvolle Anzeichen. Gerade die letzten Jahrzehnte haben uns einige Versuche gegeben, Geschichte darzustellen nicht bloß als einen Kalender von Schlachten, einen blutigen Kreisgang im alten Sinne der Gewalt, sondern als eine Stufenreihe, auf der die Menschheit emporsteigt, und ich rechne es Amerika zu besonderer Ehre an, daß gerade hier diese Bücher den größten Erfolg und die größte Verbreitung gefunden haben. Ich erinnere da nur an die Geschichte von Wells, die den ersten geschlossenen Versuch darstellt, Weltgeschichte im Sinne der gegenseitigen Befruchtung der Völker zu sehen – ich erinnere an Amerikas Nationalgeschichte, die sich bewußt nicht »History of America« nennt, sondern »The Rise of American Civilisation« –, an van Loons ›History of Tolerance‹. Und es war mir eine besondere Genugtuung, daß ein Buch wie die Biographie der Madame Curie hier Millionen Herzen erobert hat; denn es stellt für mich geradezu den Typus der neuen Geschichte dar, wie ich sie geschrieben sehen wollte, jener Geschichte von morgen, die das Heldische nicht auf den Schlachtfeldern zeigt, sondern in einer einzelnen menschlichen Seele, Heldentum einer inneren Überzeugung und nicht Heldentum unter Befehl eines Korporals, Heldentum des Geistes und nicht der Faust und ihrer mechanischen Verlängerung durch Revolver und Kanone – jenes Heldentum, das mit seinem Willen nicht nur einer einzigen Nation gilt, sondern der ganzen Menschheit. Dieser letzte Maßstab, was ein Mensch nicht für sich und nicht bloß für seine eigene Nation, sondern was er für alle geleistet hat, wird und muß der Maßstab der Geschichte von morgen sein. Denn was sind uns heute noch Napoleons Siege, die er auf den italienischen Schlachtfeldern gegen Österreich errungen, Arcole und Rivoli? Sein eigenes Imperium ist längst zerfallen, Staub und Vergangenheit, und das Österreich, das er besiegte, existiert nicht mehr. Aber im gleichen Jahr und in der gleichen Landschaft mühte sich damals ein kleiner Gelehrter, Alessandro Volta, an einem winzigen Apparat. Ein Funke springt über aus der ersten Batterie, die er geschaffen, und erzeugt eine Kraft, die heute unser ganzes Leben bestimmt und verändert, die den Raum hier erleuchtet und die Stimmen schwingen macht im ganzen Umkreis der Erde, die unsere Bahnen treibt, die uns eine neue Gemeinsamkeit gegeben, welche die kühnsten Träume unserer Vorväter nicht zu träumen wagten. Solche Taten wird, so hoffe ich, die neue Geschichte vor allem verzeichnen und nicht die vergänglichen Umstellungen der Landkarte, und an Stoff, an neuen Taten und Heldentaten wird es ihr – davon bin ich überzeugt – nicht fehlen, auch wenn endlich die blutige Barbarei der Schlachten vorüber ist. Mich hat jüngst ein Wort tief getroffen, das ich in der Vorrede einer Zusammenfassung der wissenschaftlichen Leistungen bloß des letzten Jahres las. Es hieß: »Nie hat seit Anfang der Welt die Menschheit so viel erfunden und entdeckt wie in diesem einen letzten Jahr und nie so wenig davon gewußt.« Ein erschütterndes Wort, denn wir wissen wirklich nicht genug von dem Großen und Bestärkenden, das in unserer Zeit geschieht. Wir halten irrigerweise die kleinen oder die großen politischen Erfolge eines Führers, die Eroberung eines kleinen Stücks Erde für die Geschichte unserer Zeit, und das ist doch kaum Geschichte eines Augenblicks. Was der nächsten Generation das äußere und das innere Leben wahrhaftig verändert, geschieht vielleicht in dieser Stunde in irgendeinem der Hunderte von Laboratorien bei einem winzigen Experiment oder einer komplizierten Berechnung, die wir zunächst nicht verstehen. Aber sie verständlich zu machen und gleichsam in den Blutkreislauf unserer Zeit, in unser Denken pulsend einzuführen, scheint mir eben die wichtigste Aufgabe der Geschichte von morgen. Denn nur, wenn wir uns erinnern, daß dies die eigentliche Arbeit ist und daß diese Arbeit ununterbrochen geschieht, daß wir in jeder Stunde unseres Lebens im Geistigen fortschreiten, daß wir gemeinsam heute noch unsichtbare Eroberungen machen und der Geist der Menschheit so sehr triumphiert wie nie – nur dann können wir uns trösten über die Torheit der Nationen und der Diktatoren, die versuchen, die Völker gegeneinander zu stoßen, während sie doch gemeinsam fortschreiten, die versuchen, Rückschritt im Politischen zu erzwingen, wo der Fortschritt unaufhaltsam ist. Nur wenn wir in diesem neuen Sinn, den die Geschichte von morgen haben wird, auf unsere Gegenwart blicken, ist es möglich, nicht zu verzweifeln an unserer Zeit und uns, während wir als Staatsbürger enttäuscht werden, doch den Stolz zu bewahren, daß wir Menschen dieser Zeit sind. Nur dann können wir ohne Grauen in den blutigen Wirbel der Geschichte blicken, wenn wir ihn anschauen als schöpferische Vorbereitung einer besseren zukünftigen Zeit, als Vorbereitung einer neuen Humanität. Soll Geschichte einen Sinn haben, so muß es der sein, unsere Irrtümer zu erkennen und sie zu überwinden. War die Geschichte von gestern die unseres ewigen Rückfalls, so muß die Geschichte von morgen die unseres ewigen Aufstiegs sein, eine Geschichte der menschlichen Zivilisation.

Die Geschichte als Dichterin

Unsere allererste Begegnung mit der Geschichte geschah in der Schule. Dort wurde uns Kindern zum erstenmal bedeutet, daß nicht mit uns die Welt beginnt und begonnen hat, sondern daß alles Organische ein Entstandenes sei, ein Gewordenes und Gewachsenes; daß also schon lange vor uns eine Welt war und vor ihr wieder eine andere. So nahm uns die Geschichte zu sich, so führte sie uns an unseren neugierigen Kinderhänden immer weiter zurück durch den bunten Bildersaal der Zeiten. Sie lehrte das Kind, das wir waren, lehrte den Unmündigen, daß es einmal eine Epoche gegeben, wo die ganze Menschheit selbst ebenso unmündig und kindhaft gewesen, wo ohne Feuer, ohne Licht unsere Urahnen gleich Molchen in Höhlen gehaust. Aber sie zeigte auch, die Geschichte, unserem bewundernden Staunen, wie aus diesen zerstreuten rohen Horden des Anfangs Völker sich bildeten, Staaten sich kristallisierten, wie von Osten nach Westen, gleich einer wachsenden Flamme, die Kultur von einer Nation zur anderen sich weiterreichte und die Welt erleuchtete – Schritt für Schritt führte uns die große Lehrerin Geschichte den ungeheuren Weg der Menschheit vor, den Weg von den Ägyptern zu den Griechen, von den Griechen zu den Römern und vom Imperium Romanum durch tausend Kriege und Versöhnungen bis an die Schwelle unserer heutigen Welt. Das war und das ist die erste, die ewige Aufgabe der Geschichte, mit der sie uns allen in unseren Schuljahren entgegengetreten ist: dem jungen, dem werdenden Menschen den Gang und das

Werden der ganzen Menschheit zu veranschaulichen und ihn damit, den Einzelnen, geistig einer ungeheuren Ahnenreihe zu verflechten, deren Leistung und Werk er würdig zu vollenden hat.

Als die große Erzieherin zur Weltbildung – so also trat uns allen die Geschichte in unserer Jugend entgegen. Aber Erzieher und Lehrer, sie zeigten fast immer ein strenges Gesicht. Als eine mitleidslose Richterin, die unbeweglichen Antlitzes, ohne Liebe und ohne Haß, ohne Urteil und ohne Vorurteil die Geschehnisse mit ehernem Griffel aufzeichnete, die nach Zahlen und Gruppen das ungeheure Chaos des Weltgeschehens uns als Ordnung begreifen lehrte, mutete die Geschichte uns an, und wir liebten sie nicht allzusehr. Wir mußten – ich glaube, es ist allen so ergangen – Geschichte erst zwanghaft lernen, als Schulgegenstand, als Aufgabe lernen, ehe wir sie aus eigener Kraft zu suchen, zu erkennen und zu lieben begannen. Vieles langweilte uns, weniges gefiel uns in der großen Weltchronik, schon damals in den Jahren der Schule war unsere Einstellung nicht ganz von Urteil und Vorurteil, von eigenpersönlicher Vorliebe frei. Erinnern wir uns genau an jene Schuljahre, so erinnern wir uns auch, daß wir die Weltchronik, die uns die Geschichte entrollte, nicht immer mit gleicher Liebe lasen und mit gleichem Interesse. Es waren lange Strecken und Zeiten in jenen Büchern, die wir widerwillig, ohne Anteilnahme lernten, ohne Freude, ohne Liebe, ohne Leidenschaft, die wir eben lernten, wie man Gefordertes, wie man Aufgezwungenes, wie man einen »Schulgegenstand« lernt, aber, ich wiederhole es, ohne innere Freude, ohne phantasiemäßigen Anteil. Dann aber kamen wieder Episoden in der Geschichte, die wir leidenschaftlich wie Abenteuer miterlebten, einzelne Stellen in den Büchern, wo wir gar nicht rasch genug die Blätter wenden konnten, wo unser innerstes Wesen, unsere geheimsten Kräfte passioniert waren, wo unsere Phantasie in die bewunderten Gestalten selbst einschlüpfte, wo wir Knaben uns als Konradin fühlten, als Alexander, als Caesar und Alkibiades. Der Unterschied, den ich hier anführe, ist ein Gemeinschaftserlebnis; ich glaube, es gilt von jeder Jugend in jeder Nation, daß sie sich spontan Lieblingsepochen und Lieblingsgestalten in der Geschichte wählt, und ich glaube sogar, daß in allen Ländern und bei allen jungen Generationen sich die Liebe und Begeisterung genau denselben Gestalten und Episoden zuwendet. Überall sind es einerseits die großen Sieger wie Caesar und Scipio, welche die Begeisterung der Jugend erregen, und anderseits die heroisch Besiegten, wie Hannibal und Karl XII., denn hier greift das leidenschaftliche Mitleid ein, das jeden jungen Menschen so schön erregt. Im allgemeinen aber sind es im Norden und Süden, im Osten und Westen die gleichen dramatischen Episoden der Geschichte, welche die Zwölfjährigen, Dreizehnjährigen und Fünfzehnjährigen mit dem gleichen Effekt betören, und gewisse vitale Epochen der Menschheit wie die Renaissance, die Reformation, die Französische Revolution haben den Vorzug, daß sie sich mit einer besonderen Bildlichkeit und Plastik in unsere Sinne einprägen. Das kann aber kein Zufall sein, daß gewisse Lieblingsfiguren und Lieblingsstellen in der Geschichte seit den Tagen Plutarchs für die Menschheit gleich eindringlich geblieben sind, eine solche einmütige Erregung der Phantasie muß einen bestimmten Grund haben. Dieses geheimwaltende Gesetz, diesen Grund sehe ich darin, daß die Geschichte, sie, die wir erst als Lehrerin, als unerbittlich gerechte Chronistin kannten, manchmal auch Dichterin ist. Ich sage ausdrücklich: *manchmal*. Denn sie ist es nicht immer, nicht in continuo, so wie ja auch jeder Dichter, jeder Künstler, nicht die ganzen vierundzwanzig Stunden seines Tages ununterbrochen Dichter ist. Wochen und Monate sind für den wahrhaft schaffenden Menschen oft vollkommen brache Zeit, in der er, Bürger und Handlanger, ebenso unproduktiv lebt wie jeder andere; alle Spannung braucht Zeiten der Vorbereitung, der Sammlung. Dichterische Kraft, wie jede andere, muß sich vor ihrem stärkeren Anlauf erst aufstauen, sie muß ruhen und sich sammeln, um dann plötzlich sieghaft aufzubrechen. Der visionäre, der wahrhaft schöpferische Zustand kann weder bei einem Einzelnen, noch bei ganzen Nationen jemals ein Dauer-, ein normaler Zustand werden; und so wäre es unsinnig, wenn man von der Geschichte, wenn man selbst von dieser »geheimnisvollen Werkstatt Gottes«, wie Goethe sie nennt, unausgesetzt und ohne Pause nur große, aufregende, erschütternde, ergreifende Gestalten und Geschehnisse fordern wollte. Nein, auch die Geschichte kann nicht ständig Genies produzieren und ungeheure, übermenschliche Charaktere, auch sie hat Spannungspausen, Kunstpausen, und wer sie lesen wollte wie einen Kriminalroman, in dem jedes einzelne Kapitel mit dem Maximum an Revolverspannung geladen ist, der beleidigt den hohen Geist, der in ihr waltet. Stellen wir also fest – die Geschichte ist nicht ununterbrochen Dichterin, sie ist meist nur Chronistin, Tatsachenreferentin. Nur ganz selten hat sie solche sublime Augenblicke, die dann eben die Lieblingsstellen, die Lieblingsgestalten jeder Jugend werden – was sie gewöhnlich gibt, ist meist nur Tatsachenchronik, ungeformter Weltstoff, nüchterne Aufeinanderfolge logisch begründeter Geschehnisse. Aber manchmal, genau wie die Natur ohne menschliche Beihilfe oft makellose Kristalle in ihrem Schoße bildet – manchmal treten innerhalb der Geschichte einzelne Episoden, Menschen und Epochen uns entgegen in solcher Höchstspannung, in so dramatischer Fertigbildung, daß sie als Kunstwerk unübertrefflich sind und in ihnen die Geschichte als

Dichtung des Weltgeistes die Dichtung aller Dichter und jeden irdischen Geist beschämt.

Ich will versuchen, für solche heroische, dichterische Augenblicke – ich nannte sie einmal in einem Buch »Sternstunden der Menschheit« – ein oder das andere rasche Beispiel zu geben. Nehmen wir zur Probe die Jahrhunderte in Europa nach der Völkerwanderung, so sind sie im dichterischen Sinne eigentlich nicht ergiebig. Es kristallisieren sich zwar einzelne Gestalten großartig heraus, die Erscheinung Attilas, die Figur Karls des Großen und in Italien die plötzliche Erscheinung eines Dante, aber diese großen Figuren und interessanten Epochen greifen nicht ineinander zu jener erregenden Folge, wie sie das richtige Kunstwerk verlangt. Denn es genügt weder bei einem Theaterstück noch bei einem Roman, wenn der Dichter nur *eine* große Figur hinstellt: ein volles Kunstwerk muß, um spannend zu sein, auch Gegenspannung einsetzen, jede Gestalt muß ihren großen Gegenspieler haben, denn jede Kraft braucht, um sich voll zu entwickeln und ihr wahres Maß zu offenbaren, den schöpferischen Widerstand. Ebenso aber braucht die Geschichte, um wirklich dichterisch erregend zu wirken, immer *mehrere* große Gestalten zugleich, und ihre wahrhaft erregenden Momente sind immer erst die kataraktischen, wo riesige Kräfte gegen das Schicksal stoßen, wie das Wasser gegen den Felsen. Jahrelang strömt die Geschichte sonst in beinahe monotonem Rhythmus dahin, aber in manchen großartigen Sekunden schiebt sie plötzlich ihre Ufer zusammen, eine Stromschnelle entsteht, rasender Lauf, erregende Spannung, und mit einmal ist die historische Szene gefüllt und überfüllt mit einem ganzen Rudel genial kontrastierender Gestalten.

Nehmen wir als Beispiel solcher Überfüllung der historischen Szene zuerst das Zeitalter Karls V. Jahrhundertelang ist Europa zerstückelt. Plötzlich, mit einmal, fällt die höchste Macht der Erde, die je ein Mensch besessen, an *einen* Monarchen, an *einen* Menschen. Karl V. ist Kaiser von Deutschland, König von Spanien, Beherrscher Italiens und außerdem Besitzer aller neuen Erdteile, und er kann mit Stolz von sich sagen: »In meinem Reich geht die Sonne nicht unter.« Welche Fülle an dramatischen Gegenmomenten muß die Geschichte ersinnen, um eine solche Machtfülle in wenigen Jahren zu Fall zu bringen? Sie muß ein Kolossalgemälde komponieren, sie muß in ungeheuren Dimensionen dichten, sie muß eine ganze unerhörte Fülle interessanter und energischer Figuren auf den Plan rufen, sie muß vor allem einem solchen Fürsten große Gegenspieler ersinnen, wirkliche Monarchen; die Geschichte stellt in dieser einen knappen Zeit also gleich drei große Rivalen gegen Karl V.: Franz den Ersten von Frankreich, Soliman, den allmächtigen Padischah der Türken, und Heinrich VIII. von England. Aber drei Fürsten, selbst verbündet, sie wären nicht genug, eine so ungeheure Macht in zwanzig Jahren wieder zu vernichten. Also erfinde weiter, Geschichte: sei kühner! Sei großzügiger! Um das Europareich Karls V. zu zersprengen, muß die Geschichte *neue* Explosivkräfte ersinnen von bisher unerreichter Sprengkraft, so wie sie ja in jenen Zeiten das Pulver erfunden hat und die Buchdruckerkunst. Diese neue Explosivkraft gräbt sie in die Seele eines kleinen unbekannten Augustinermönchs, Martin Luther. Dieser eine einzelne Mann steht auf und zerreißt mit der bloßen Schreibehand die Einheit der fides catholica. Jetzt erst kommen die Gegenkräfte in Gang; ein Heer wilder Schwärmer, mit Thomas Münzer an der Spitze, muß in Aufstand das Land erschüttern, die Reformation muß die ganzen deutschen Fürsten gewinnen, bis dann die ungeheure Wendung geschieht, daß dieser mächtigste Mann der Welt, Karl V., in eisiger Winternacht, verlassen von allen seinen Getreuen, als jämmerlich Geschlagener über die Berge flieht und in einem spanischen Kloster Ruhe sucht. Ich frage, hätte je ein Dichter, ein Künstler genialeres Beispiel ersinnen können, als hier die Geschichte erdichtet, indem sie am Ende gerade diesen mächtigsten Mann der Erde gleichzeitig den Einzigen in der unendlichen Reihe der Fürsten innerhalb von Jahrhunderten sein läßt, der freiwillig und mit ehrlichem Abscheu auf die Macht verzichtet? Kann ein Ablauf logischer und gleichzeitig überraschender sein als dieser? Und welche Nebenfiguren sind in diesem Drama zusammengedrängt! Ich brauchte ein paar Stunden, um sie aufzuzählen und streue nur flüchtig ein paar Namen hier hin: Luther, Zwingli und Calvin, die drei großen Reformatoren, Tizian, Michelangelo, Benvenuto Cellini, Lionardo und das geschändete, zerstörte und seiner Kunstwerke beraubte Rom; Machiavelli und Erasmus von Rotterdam, Holbein und die großen deutschen Meister, und gleichzeitig in Spanien drüben Cervantes, dem bei einem Sturm bei dem unglücklichen Angriff auf Algier der Arm zerschmettert wird; die Entdeckung neuer Provinzen in Amerika, die Ausbreitung des Buchdrucks über die Welt, dazwischen als groteske Szene die närrische Episode der Wiedertäufer, der tragische Bauernaufruhr und die Verschwörung des Fiesco: Dutzende, Hunderte Dramen, zusammengedrängt in einen einzigen Lebensraum von dreißig Jahren – dreißig Jahre, die so dicht mit Spannung und erregenden Wetterstürzen angefüllt sind, wie vielleicht nur unsere eigene Epoche seit 1914. So dichtet die Geschichte, wenn sie michelangeleske Stunden hat.

Oder denken wir an ein anderes Fresko: die Französische Revolution, die innerhalb von fünf Jahren soviel Weltstoff in sich auflöst und verwandelt, wie sonst nur ein ganzes Jahrhundert – eine Zeit, die jede Phase des Denkens und der Gesinnung in einer lebenden Figur charakterologisch zum Ausdruck bringt. Ich erinnere nur:

Mirabeau, der wirkliche Staatsmann, Danton, der Agitator, Robespierre, der gelernte, kalte und klare Politiker, Marat, der Demagog, und dazwischen noch in allen Spielarten die reinen Idealisten und die reinen Korruptionisten, ein wildes Durcheinander und Gegeneinander, ein sich Übersteigern und Zutodehetzen. Und dann dieser unglaubliche Zug auf die Guillotine zu, unter die jeder seinen Vorgänger stößt, ohne zu ahnen, daß hinter ihm schon ein anderer steht, der ihn unter das gleiche Messer schieben wird. Welch ein Holbeinscher Totentanz, und er tobt weiter und weiter und weiter, bis dann die Revolution an ihrem eigenen Übermaß, in ihrer eigenen Überkraft zugrunde geht und ihr Erbe Napoleon nur die Hand auszustrecken braucht, um den verlassenen Thron an sich zu reißen.

Und dieser eine Mensch wieder, Napoleon, welch ungeheure und unübertreffliche Erfindung der Geschichte ist doch dieser Mann, der als Knabe in der Kriegsschule auf einen Zettel vermerkt: »St. Helena, eine kleine Insel, sie liegt im Atlantischen Ozean« und nicht ahnt, daß der Weg zu dieser Insel ihn innerhalb zwanzig Jahren über alle Länder und alle Kampffelder Europas führen wird, empor zur höchsten Machtfülle, die seit Karl V. irgend jemand in Europa besessen, und die er ebenso plötzlich verliert wie sein großer Vorgänger.

Hier scheint es einen Augenblick, als ob die Geschichte sich wiederholen wollte. Aber nein, sie wiederholt sich niemals. Sie spielt manchmal mit Analogien, aber sie ist so reich an Material, daß sie immer wieder neue Situationen aus ihrem unerschöpflichen Arsenal hervorholt. Sie wiederholt sich nie und nirgends, sie transponiert nur, gleichsam wie ein Musiker, ein und dasselbe Thema in eine andere Tonart. Gewiß, sie täuscht manchmal Ähnlichkeiten vor, aber sie täuscht, und wehe, wer diesem Schein glaubt, wehe dem Politiker, wehe dem Staatsmann, der diesen oberflächlichen Analogien traut und meint, nach einem Schema handeln zu dürfen, der denkt eine heutige Situation zu bewältigen, indem er eine ähnliche der Vergangenheit als Muster kopiert. Ludwig der Sechzehnte versuchte dies zum Teil, als die Französische Revolution begann; er glaubte am klügsten zu tun, wenn er genau aus den Büchern studierte, wie sein unglücklicher Schicksalsgefährte, Karl der Erste, sich gegen die Revolution Cromwells verhalten hatte. So hoffte er seinen Kopf vor dem Beil zu retten. Aber gerade dadurch, daß er die gleichen Fehler vermeiden wollte und vermied und zu nachgiebig war, verfiel er in andere Fehler. Nein, die Geschichte läßt sich nicht voraus erraten, denn sie ist zu reich, um sich zu wiederholen, und zu vielfältig, um sich errechnen zu lassen, sie meistert den erhabenen Kunstgriff des wahren Dichters, der, wenn er einen Roman oder eine Tragödie gestaltet, bis zum letzten Augenblick den Leser oder Hörer im unklaren läßt über den Ausgang, der das Unwahrscheinlichste zum Wirklichen macht und jede Erwartung immer wieder auf das großartigste überrascht und übertrifft. Der Ablauf der Geschichte ist unberechenbar und kennt Systeme ebensowenig wie das Roulette oder irgendein anderes Glücksspiel, denn ihre Geschehnisse rollen in so ungeheuren Dimensionen und innerhalb so unglaublicher Zufallsmöglichkeiten ab, daß unsere begrenzte irdische Vernunft nie ausreicht, sie zu antizipieren. Nie wird es also gelingen, aus Vergangenheit das Zukünftige zu errechnen. »Es gibt kein Vergangenes«, sagt Goethe, »das man zurücksehnen dürfte, es gibt nur ein ewig Neues, das sich aus den erweiterten Elementen des Vergangenen gestaltet.« Nein, die Geschichte wiederholt sich nie, sie spielt manchmal als souveräner Künstler mit Ähnlichkeiten, aber sie bleibt sich niemals gleich, sie erfindet immer neu, denn ihr Stoff ist Weltstoff, unerschöpflich, und jede denkbare Freiheit ist ihr von Gott her erlaubt; sie einzig ist souverän unter allen Künstlern in dieser Freiheit auf einer Erde, wo alles gebunden ist an Gesetze und Grenzen. Sie allein ist frei und macht von dieser Freiheit weitesten und weisesten Gebrauch. Haben wir darum mehr Ehrfurcht vor ihr, dieser unerreichbaren Dichterin! Ewig wird sie unsere Meisterin, unser unerreichbares Vorbild bleiben!

Denn dieser großen Dichterin Geschichte ist keine Art der Technik und der Kunst fremd, in jeder gibt sie unseren Kunstformen das entscheidende Exempel. Ich versuchte eben flüchtig anzudeuten, wie die Geschichte etwa in der Epoche Karls des Fünften oder der Französischen Revolution Kolossalgemälde mit hundert Gestalten und hundert Geschehnissen schafft, deren jedes einzelne schon selbst ein vollwichtiges Drama wäre, wie sie – im Stile Michelangelos – in einem Riesendeckengemälde Himmel und Hölle in den phantastischsten Kontrasten zusammendrängt. Aber auch wenn es sich nicht um derartig gespannte Zeiten, um so dramatisch kondensierte Epochen handelt, bewährt sich die Geschichte als Meisterin der Form. Sie muß nicht immer aufregend wirken, um groß zu sein. Ich wähle da als Beispiel, wie sie ein *langsames* Werden zu erzählen weiß, die erste Geschichte Roms, wie Livius und Sallust sie darstellen. In der ganzen Romanliteratur weiß ich nichts, was an klarer Komposition, an gemessener Steigerung und unablässiger Spannung diesem Aufbau zu vergleichen wäre, dieser sachten, aber unaufhaltsamen Entwicklung, die aus einem winzig kleinen Dorf in Latium, einem Maulwurfshügel, innerhalb von drei oder vier Jahrhunderten die mächtigste Stadt entstehen läßt, das Zentrum der abendländischen und kultivierten Welt. In dieser Entwicklung Roms bedient sich die Geschichte keiner romantischen, keiner pathetischen, keiner dramatisch gespannten Kunstform, sondern sie zeigt uns vorbildlich die Kunst des klaren Erzählens, epische Darstellung großen Stils, wie sie in unserem Jahrhundert Tolstoi geschaffen.

Nein, die Geschichte ist nicht nur dort große Künstlerin, wo sie pathetisch ist, dort fällt ihre Technik nur sichtbarer auf, aber dem Kenner offenbart sie sich auch in den kleinen Formen. Erinnern wir uns nur, die Geschichte ist nicht zu hochmütig, um manchmal auch einen richtigen Kriminal- oder Detektivroman zu schreiben, wie den Schwindel des falschen Demetrius, wie die Pulververschwörung, wie den Halsbandskandal Marie Antoinettes; ja sie scheut gelegentlich auch vor der frechen Farce nicht zurück, vor der Posse, etwa daß ein Schwindler seine ganze Zeit betrügt, wie Cagliostro, wie John Law oder – die Welt wird nicht klüger – wie die Goldmacher von heute, wie der Hauptmann von Köpenick oder der Dieb der Mona Lisa. Alle Formen der Kunst, die erhabensten wie die spaßig-populärsten, meistert die Geschichte als Erzählerin mit gleicher Vollendung. Sie kann – in der Troubadourzeit und in der Wertherzeit – ebenso trefflich sentimentalische Schwächlichkeit der Empfindung ausdrücken, wie die tiefsten religiösen Erschütterungen in den Zeiten des Flagellantentums, im Kinderkreuzzug und Savonarolas Bildersturm. Sie vermag das Heldentum darzustellen in seiner letzten Übersteigerung, wo es schon Desperadotum wird, zum Beispiel in der Eroberung von Mexiko oder jener Sibiriens mit weniger Menschen, als sie ein einziger Eisenbahnwagen zu enthalten vermag. Dann wieder kann die Geschichte dunkle, kriegerische Balladen schreiben, die wie Gedichte sind, so rund, so geschlossen, etwa den Heimritt Karls des Zwölften von Schweden aus der Ukraine, oder die Wikingerfahrten oder das Ende der Goten in Italien. Aber ebenso wie die Geschichte hier die höchsten lyrischen und dramatischen Formen bildet, kann sie, wenn sie guter Laune ist, zum bloßen Scherz, zum Spaß sich als Anekdote verkürzen, und auch in dieser engsten dem Witz schon nahen Form sind ihre Situationen unübertrefflich. Überall, in allen ihren Kunstformen und Charakterbildern läßt sie alles weit hinter sich zurück, was der einzelne Dichter, der einzelne Künstler erschaffen kann.

Wie kommt es aber, daß, wenn die Geschichte in sich schon so vollendet dichterisch ist, es immer und immer wieder Dichter und Künstler gibt, die sich des historischen als eines gegebenen Stoffes bemächtigen, die kühn darangehen, aus eigener Phantasie das von ihr Geschaffene umzugestalten und historische Dramen, historische Romane zu schreiben – also besser dichten wollen als die Wirklichkeit? Wo nehmen, mag man hier fragen, diese Verwegenen den Mut her, die Geschichte, diese Meisterin des Erfindens, noch überfinden zu wollen – eine solche Dichterin noch zu überdichten? Nichts berechtigter als diese Frage, als dieser Einwand. Aber hier muß ich an ein früher Gesagtes erinnern – die Geschichte ist doch nicht *immer* Dichterin, es gibt leere Punkte, zu breite, zu langsame Entwicklungen in ihrem Ablauf, brache Stellen auf diesem ungeheuren Acker, und dann – dies ist noch entscheidender – alles, was uns als Geschichte übermittelt wird, ist ja niemals das vollständige Geschehen, niemals das volle totale Bild eines Menschen, sondern bloß ein Schatten seines wahren Wesens, immer etwas Fragmentarisches. Schon der Einzelne, jeder von uns, weiß nur selbst gewisse entscheidende Dinge und Geschehnisse von sich, und er nimmt sie mit ins Grab. Wie erst bei einer solchen Fülle von Geschehnissen und Gestalten in solcher Ferne! Die Weltgeschichte – führen wir uns dies immer wieder vor Augen – ist ja kein komplettes, ausgedrucktes Buch, das man von Anfang bis zu Ende lesen kann, sondern sie ist ein riesiges Palimpsest, ein zusammengestoppeltes, nein, ein zu neun Zehnteln verdorbenes Manuskript; Hunderte Seiten sind unentzifferbar, Tausende aber verschollen und nur durch Kombination, durch Phantasie in ihrem Zusammenhang zu ergänzen. Diese zahllosen rätselhaften Stellen in der Geschichte müssen natürlich den Dichter zur Ergänzung, zur Erdichtung reizen. Hier wird er versuchen einzugreifen und aus dem Sinn der Geschichte, so wie *er* ihn begreift, das Fehlende zu erphantasieren, zu kombinieren, also das zu tun, was Michelangelo etwa an einer griechischen Statue getan, indem er versuchte, den fehlenden Arm, das fehlende Haupt aus der Wesensvision der Plastik zu ersetzen. Selbstverständlich sollte das aber der Dichter nur an jenen vieldeutigen Stellen versuchen, wo die Geschichte selbst nicht schon vollendet gedichtet hat, nicht an den eindeutigen, den vollendet klaren. An ihren wahrhaft genialen Stellen soll er nicht versuchen, sie überbieten zu wollen. Das hat selbst der größte aller Dramatiker, selbst Shakespeare gefühlt. Wie er in seiner Tragödie Julius Caesars an den Höhepunkt gelangt, an die Leichenrede Marc Antons, die das Volk zur Rache aufrüttelt, da verbietet er sich, selbst zu erfinden, er erfindet keine Rede Marc Antons, sondern greift zurück in das Buch der wirklichen Geschichte, in den Plutarch, und setzt fast wörtlich dessen historische Rede in seine Verse um. Wenn also schon ein Shakespeare sich solche ehrfürchtige Rücksicht auferlegt, wie ist sie erst jedem anderen geboten! Glücklicherweise ist dieser Respekt vor den Tatsachen, vor der urtümlichen Bildnerkraft der Geschichte wieder im Wachsen, und der »historische Roman«, die plumpe Geschichtsfälschung unserer Großväterzeit, vorbei. Die Zeit ist vorbei, wo ein Walter Scott mit der Geschichte herumfabulierte und Gestalten formte wie gemalte Puppen, unmöglich wäre heute sogar, was Schiller noch gewagt hat, die Jungfrau von Orléans auf dem Schlachtfeld sterben zu lassen, statt am Feuerpfahl. Wir sind klarer geworden, deutlicher, sachlicher und somit redlicher in unserem Denken, wir glauben nicht mehr, immer romantisieren und heroisieren zu müssen, um in einer Gestalt Schönheit zu erkennen, und wir ehren die Wahrheit in der Geschichte zu sehr, um diese leichtfertig zu verändern. Denn, fragen wir uns, wer hat das Recht, ein wahrhaftes Genieleben zu erdichten, wie groß muß eine dichterische Gestalt sein, um zu wagen, einem Caesar, einem Napoleon, einem Luther, einem Goethe in einem Drama oder in einem Roman von ihm, dem kleinen Zeitgenossen, *erfundene* Worte in den Mund zu legen? Eine solche Kühnheit mag gelten, wenn Shakespeare einen Caesar sprechen läßt oder Strindberg einen Luther, hier ist die Einfühlbarkeit des Genius so mächtig, daß sie wahrhaft sich anmaßen kann, aus brüderlichem, großem Geist zu sprechen; aber wie wenige sind es, die dieses Anrecht haben, und darum wird das meiste, das sich als historischer Roman oder als historische Novelle darbietet, eigentlich zur Karikatur an der Geschichte, eine ungültige Zwitterform, ein literarisches Mißwerk. Denn vergessen wir nicht, unsere Denkkraft ist ja irdisch begrenzt, die Logik der Geschichte aber Weltgeist. Unsere Maße stammen aus einer starren Körperlichkeit, die Maße der Geschichte aus dem Arsenal der Unendlichkeit, und darum ziehen solche historischen Romanerfindungen ihre Helden meist auf das eigene Niveau der Dichter herab: sie verkleinern die Geschichte, um sie dem Publikumsmagen verdaulicher zu machen, und mißachten damit beide, die Geschichte und ihre eigenen Zeitgenossen.

Eine ähnliche Achtungslosigkeit vor der dichterischen Überlegenheit der Geschichte bedeutet nach meinem Empfinden die jetzt so übliche »biographie romancée«, das heißt die zu einem Roman umgarnierte Lebensdarstellung, wo Wahrhaftes mit Erfundenem, Dokumentarisches mit Geflunkertem sich gefällig vermischt, wo große Gestalten und große Geschehnisse aus einer privaten Psychologie beleuchtet werden statt aus der unerbittlichen Logik der Geschichte. In diesen romanhaften Biographien besteht der Kunstgriff darin, die sogenannten »kleinen« Züge wegzuretuschieren, die heroischen und interessanten zu verstärken. Aber auf diese Art und Weise entstehen Plakate und keine seelischen Porträts im Sinne der großen Meister. Hier ziehe ich persönlich die historisch getreue Darstellung vor, die auf jedes Fabulieren *verzichtet,* denn die *dient* demütig getreu dem überlegenen Geist der Historie, sie lehnt sich nicht frech und eigenwillig gegen ihn auf. Die getreue Biographie erfindet nichts dazu, sondern deutet nur das Vorhandene aus, ehrfurchtsvoll folgt sie den halb erloschenen Runenspuren, und statt etwas zu erlügen, wird sie an manchen Stellen lieber ehrlich sagen: »Nescio, hier weiß ich die Wahrheit nicht, hier kann ich nicht entscheiden.« Durch diesen Verzicht aber wird die streng sachliche und historische Biographie doch nicht bloß zu einer sterilen Dokumentensammlung, zu einem kalten Nachberichten. Allerdings, wer Geschichte verstehen will, muß Psychologe sein, er muß eine besondere Art des Lauschens, des sich Tief-in-das-Geschehnis-Hineinhorchens besitzen und eine wissende Fähigkeit der Unterscheidung der historischen *Wahrheiten*. Dies ist nicht ein Sichversprechen, wenn ich jetzt von *Wahrheiten* der Geschichte spreche und nicht von der sogenannten historischen *Wahrheit*. Denn es gibt im Historischen fast nie nur *eine* Wahrheit, eine einmalige, einzige apodiktische Wahrheit, sondern Hunderte verschiedene Berichte und Auffassungen und Überlieferungen fließen bei jedem wichtigen Geschehnis zusammen. Ich erinnere da an jene berühmte Episode aus dem Leben Walter Raleigh's, des großen englischen Seehelden und Piraten, der im Tower eingesperrt, seine Lebenserinnerungen zu schreiben beginnt. Dabei sieht er sich nach zeitgenössischen Schilderungen um und findet, daß Kämpfe, die er selbst miterlebt hat, völlig abweichend von dem geschildert sind, was er in seiner eigenen Phantasie sieht. Das erschüttert ihn so, daß er an der Möglichkeit voller historischer Wahrheit verzweifelt und sein Manuskript ins Feuer wirft. Diese Anekdote, die auch Goethe liebte, ist immerhin lehrsam, sie zeigt, was wir aus der Psychologie wissen, daß Wahrheit Schichten hat wie eine Artischocke, daß hinter jeder Wahrheit meist noch eine andere verborgen sitzt, daß es eine absolute Chronik der Seelentatsachen, ein wahrheitsgemäßes Protokoll der Geschichte nicht gibt, sondern – und hier kehre ich zu meinen Thema zurück – daß Geschichte bis zu einem gewissen Grad immer etwas Gedichtetes sein muß. Das bloße Stoffzusammentragen ergibt nur Widerspruch, ein gewisser synthetisch verbindender Blick war immer notwendig und wird es immer sein. Das Bildnerische muß vom Menschen ausgehen, und nie wird der kalte Fachmann diese lebendige, weil verlebendigende Wirkung erreichen, wenn nicht ein Atom Dichter in ihm enthalten ist, ein Stück Seher, ein Sehender. Ja, wir können sogar sagen, an allen Stellen, wo die Weltgeschichte nicht interessant erscheint, liegt der Grund nicht an der Geschichte, sondern am Darsteller – sie ist eben nicht seherisch genug erzählt worden. Denn blicken wir in die Geschichte hinein mit wahrhaft wachen Augen, so finden wir, oder zumindest der Dichter findet es so, es gibt überhaupt gar keine uninteressanten Charaktere. Niemand, auch der kleinste, anonymste, bescheidenste Mensch ist, sobald einmal ein wahrhafter Dichter in sein Leben geblickt hat, für andere Menschen mehr langweilig und gleichgültig, und ebenso gibt es auch fast keine toten, keine langweiligen Epochen im Vergangenen, sondern nur schlechte Darsteller. Und vielleicht darf ich mich sogar noch kühner ausdrücken und sagen: es gibt vielleicht überhaupt keine Geschichte an sich, sondern erst durch die Kunst des Erzählens, durch die Vision des Darstellers *wird* das bloße Faktum zur Geschichte; jedes Erlebnis und Geschehnis ist im letzten Sinne nur wahr, wenn es wahrhaft und wahrscheinlich berichtet wird. Es gibt an sich kein eigentlich großes und kein eigentlich kleines Geschehen, sondern nur lebendig gebliebenes und abgestorbenes, nur gestaltetes und vergangenes.

Lassen Sie mich dafür ein Beispiel geben. Vor drei Jahrtausenden leben verstreut unzählige Volksstämme um das Mittelmeer, und doch wissen wir wahrhaft nur von zweien, von der griechischen und von der jüdischen Kultur. Alles andere ist verschollen und versunken. Warum wissen wir nur von diesen beiden Völkerstämmen? Waren sie größer, waren sie bedeutender, ereignete sich mehr bei ihnen als bei den anderen? Durchaus nicht. Solon der Weise war ein Bürgermeisterchen in einem winzigen Städtchen, so groß wie heute ein Dorf, und die Kämpfe zwischen Sparta und Rom, zwischen Juda und den Amalekitern – sie waren in Wahrheit nicht mehr als Kirchspielbalgereien. Aber doch, all dies haftet groß und plastisch heute in unserem Gedächtnis, es gehört zu unserer innern Geistesgeschichte, von Marathon und den Thermopylen, von Salamis und der Eroberung Jerichos zu wissen. Jedem von uns ist irgendein Bildnis, irgendeine Vision dieser Geschehnisse in die Seele gegraben. Warum? Nicht weil es räumlich, weil es zahlenmäßig bedeutsame Geschehnisse waren, sondern weil die Bibel einerseits und die Griechen andererseits unvergleichlich großartige und phantasiereiche Erzähler waren, weil hier die dichterische Forderung restlos erfüllt ist. Wir sehen hier und tausendfach: es genügen nicht große Taten, große Leistungen in der Geschichte; eine doppelte Wirkung ist immer nötig: die großen Taten *und* die großen

Erzähler, der spannende Charakter *und* der phantasievolle Darsteller. Was ist Achilles anderes als der einfache, tapfere, starke Haudegen, wie er hundertmal in jedem Dorfe und tausendmal in jedem Volk vorkommt, von den Papuanegern bis zu den Irokesen; aber nur dieser *eine* Achilles ist Heros der Welt geworden, weil ihn ein Homer groß gesehen und damit groß gemacht hat, weil hier ein Charakter völlig in Mythos aufgelöst ist. Es gibt also nur eine Art, Geschehnisse zu erhalten, und das ist: sie erheben in dichterische Geschichte; nur sie bewahrt, wie das Mumiengeheimnis der Ägypter, durch tausend und tausend Jahre unverstellt das farbige Bild. Das wußten auch alle die Fürsten und Kalifen des Altertums und des Mittelalters: es genügt nicht die Tat, es muß auch ein Schilderer da sein, der sie lebendig erhält, und darum hielten sie sich ihre Sänger, ihre Saitenspieler, ihre Chronisten. Das wußten Caesar und Napoleon und Bismarck, darum schrieben sie selbst rasch die Geschichte ihrer Taten, um die Legende nach ihrem Willen zu lenken; das wissen sogar heute unsere Staatsmänner und Diplomaten, und darum verhalten sie sich ja so gut mit den Journalisten und geben ihnen gerne Interviews. Auch diese kleinen Leute wissen, alles was geschieht, ist für die Nachwelt nur dann geschehen, wenn es gut und legendarisch berichtet ist – selbst auf Kosten der Wahrheit; Völker und Menschen brauchen eben Legenden, ja ich wage sogar zu sagen, es gehört zum Wesen des großen Mannes, daß er eine dichterische Aura um sich trägt, daß er eine Legende sich schafft, daß immer und immer wieder die Nachwelt versucht, seine Gestalt dichterisch neu umzuformen oder psychologisch zu deuten. Gewisse Typen wie Napoleon, Gustav Adolf, Caesar, werden wohl immer wieder von neuem Dramatiker und Epiker reizen. Ihre seelische Triebkraft ist nach Hunderten von Jahren noch nicht erschöpft, sie wirkt weiter und weiter, ein Baum, der immer neue Blüten ansetzt mit den Zeiten.

Was aber vom Individuum gilt, das hat auch stets für die Nationen Geltung – denn was sind Völker anderes als kollektive Individuen? So können wir sagen, eine Nation steht um so stärker im geistigen Weltraum, je dichterischer sie ihr historisches Wesen und ihre Entwicklung der ganzen Welt dargestellt hat. Es genügt nicht, daß ein Volk, daß eine Nation kämpferischer oder kulturell Großes geleistet hat, das ist nur der halbe Teil. Denn hätten jene Völker, die Skipetaren des Balkans an erster Stelle, bei denen seit Jahrhunderten Krieg, Aufstand in Permanenz ist; in Wahrheit aber haben diejenigen Völker den Vorrang innerhalb der Geschichte unserer Weltkultur, die sich am besten und am dichterischsten darzustellen wußten, die ihr ganzes Volksleben in eine Saga, in einen plastischen Mythos zu erheben wußten; es entscheidet darum für den Mitweltswert wie für den Nachweltswert nicht die numerische Menge eines Volkes, nicht auch in den Kriegen die Zahl der Toten und die Größe der Zerstörungszone, sondern von jedem Volke bleibt nur das an universalhistorischem Gewinn, was es an plastischem Kunstwert dem dichterischen Arsenal der ganzen Menschheit einverleibt hat. Geschichte schaffen also nicht die kriegerischen Völker, sondern die *dichterischen,* nicht die Menschenmasse entscheidet, sondern die Menschlichkeit in diesem Sinne schöpferischen Anspruchs.

Man lasse mich da Skandinavien als Beispiel nehmen, das für Europa eigentlich schon am Rande, im äußeren Radius liegt und dessen Schicksale seit Hunderten Jahren, seit Karl XII., auf die Gestaltung Europas kriegerisch-imperialistisch nicht mehr eingewirkt haben. Aber dennoch, mit welcher Plastik und Realität sind uns allen im Binnenlande diese Länder gegenwärtig, wie kennen wir ihre Geschichte, ihre Kulturleistungen und ihre Gegenwart, einfach dadurch, daß die skandinavische Literatur um die Wende des Jahrhunderts ganz Europa eroberte, daß Schweden, daß Norwegen eine Zeit das unbestrittene Primat der Erzählerkunst besessen haben und ihre Literatur die führende in Europa gewesen ist. Wir kennen dank Strindberg, dank der Selma Lagerlöf, dank Werner von Heidenstam und zahllosen anderen das soziale, das historische, das soziologische, das ethische Seelentum Schwedens als Miterlebende einfach deshalb, weil hier Dichter zu uns sprachen, weil die historische und die Kulturgeschichte dieses Landes uns nicht trocken und unplastisch, sondern in der gesteigerten und schönsten Form, eben als Dichtwerk, zugebracht wurde. Auch die an Bewohnerzahl ärmeren, die politisch oder militärisch nicht so bedeutsamen Nationen können sich welthistorisch genauso sichtbar machen, und wir Österreicher empfinden mit gleichem Stolz, daß es gar nicht nötig ist, politisch herausfordernd, nationalökonomisch besonders reich und stark zu sein, um mit seinem eigenen kulturellen Leben der großen Welt wichtig zu werden. Es genügt, wenn durch Musik dem Atem eines Volkes Schwingung gegeben, wenn sein Dasein der Welt eingängig gemacht wird, weil jener geheimnisvolle dichterische Akzent ihm zugeteilt ist, der alles Vorhandene eigentlich erst wesentlich und wirklich macht. Immer, ich wiederhole es, ist die Geschichte dort am stärksten, oder richtiger, sie lebt überhaupt wahrhaft erst dort, wo sie dichterische Größe erreicht, und es ist darum die höchste Leistung eines Volkes, wenn es ihm gelingt, möglichst viel von seiner *nationalen* Geschichte in *Weltgeschichte* zu verwandeln, wenn es seinen privaten, völkischen Mythos in einen Weltmythos zu erheben vermag. Immer kommt es also im Letzten darauf an, wieviel eine einzelne Nation an Schöpferischem der ganzen Menschheit gibt. Hoffen wir, daß die Stunde nicht mehr fern ist, wo die Völker einzig in diesem Sinne des Einander-Gebens wetteifern werden, wo nicht durch Gewalt, sondern durch seine künstlerische Begabung eines das andere von seiner Daseinsberechtigung überzeugen kann, und die Geschichte, statt weiter nur eine Ballade unaufhörlicher Kriege zu sein, anheben wird als hymnisches Heldengedicht gemeinsamen Aufstiegs.

Ich habe versucht, die Geschichte als die »Werkstatt Gottes«, als eine Kunstkammer ohnegleichen, als ein Archiv der erhebendsten und erregendsten Dokumente darzustellen. Aber das soll nicht geschehen sein, um uns zugunsten der Vergangenheit ungerecht zu machen gegen unsere lebendige Gegenwart. Freilich unsere Gegenwart macht es uns nicht leicht, sie zu lieben; selten ist es einer Generation auferlegt gewesen, in einer so gespannten und überspannten Zeit zu leben wie in der unseren, und wir haben wohl alle manchmal das gleiche Verlangen, einen Augenblick auszuruhen von der Überfülle der Geschehnisse, Atem zu holen in der unablässigen politischen Bestürmung durch die Zeit. Aber gerade wenn wir Weltgeschichte kennen, wenn wir sie lieben, so können wir Mut fassen in der Gegenwart, indem wir uns erinnern, daß *auf die Dauer* nichts Widersinniges geschieht, daß alles, was auch in früheren Epochen die Zeitgenossen erst zwecklos und sinnlos anmutete, später, von einem höheren Aspekt gesehen, eine schöpferische Idee offenbarte oder einen metaphysischen Sinn. So sind auch alle unsere Verwirrungen und Bedrängnisse von heute Wellen und Wogen, die etwas Neues und Zukünftiges uns entgegenbringen – nichts ist vergebens gelebt. Jeder Augenblick ist, noch während wir das Wort aussprechen, schon Vergangenheit geworden, es gibt keine Gegenwart, die nicht sofort Geschichte wird, und so sind wir alle als Figuranten und Mitspieler einem noch in voller Entwicklung befindlichen Drama ständig eingemengt: warten wir mit Spannung und Ehrfurcht auf seine Lösung. Wer die Geschichte als ein Dichterisch-Sinnvolles liebt, der muß auch die Gegenwart und seine eigene Existenz als ein Sinnvolles betrachten, und damit wächst in allen Widrigkeiten in uns das Bewußtsein, daß wir jeder, schaffend und handelnd und schreibend, ein Lebensziel erfüllen, jeder ein anderes und doch alle dasselbe, jenes äußerste und zeitüberwindende, für das Goethe die unvergängliche Formel gefunden hat: »Uns zu verewigen sind wir ja da.«

Für das Inter-Aid Committee for Children from Germany

Wie? Noch immer Hilfe für jüdische und nichtarische Kinder aus Deutschland? Ist denn in Deutschland das Schlimmste nicht schon längst vorüber? Ist nicht dort – so meldeten es doch die deutschen Zeitungen – die Lage der Juden endlich gesetzlich geregelt und ihnen volle Freiheit der Existenzform in bestimmtem Kreise zuerkannt?

Nein, das Schlimmste ist nicht vorbei. Im Gegenteil, die Lage der Juden und insbesondere der jüdischen Kinder ist schlimmer geworden als je. Immer enger, immer würgender ziehen sich die Maschen zusammen, und schon beginnt eine Generation heranzuwachsen, welche in der Schule hat zwangsweise lernen müssen, jeden Juden, jeden Nichtarier als geborenen und geschworenen Feind des deutschen Volkes zu betrachten; am härtesten haben selbstverständlich die Folgen dieser systematischen Agitation die Unschuldigsten aller, die jüdischen Kinder, in der Schule und auf der Straße zu fühlen. Abgeschnitten von aller Gemeinschaft, ausgeschlossen von den natürlichsten Betätigungsformen der Jugend, von Sport, Theater, Bad und Spiel, in einen unsichtbaren Ring von Isolation gepreßt, sehen sie jede höhere geistige Ausbildung sich versagt, jede Zukunft sich verschlossen. Alle Sicherung hat man ihnen genommen, die Leichtigkeit, die Freudigkeit, die heitere Beschwingtheit, die doch Sinn jeder Jugend sein soll, ihnen zerstört, ohne daß sie sich einer Schuld bewußt fühlten und ohne daß eine andere Schuld ihnen aufgelastet werden könnte als die eine und einzige: nicht bis ins dritte und vierte Geschlecht rein arischen Blutes zu sein.

An solche grausame Situation gibt es keine Anpassung und soll es auch keine geben. Ließen wir wehrlose Kinder, in dieser Haßluft, die ihre Seelen vergiften und ersticken muß, so hätten wir Mitschuld an der Ungerechtigkeit, die hier gegen Wehrlose geschieht. Sie als die Verletzbarsten, als die Gefährdetsten, müssen zuerst gerettet oder wenigstens für einige Monate innerlich gekräftigt werden. Aber wie leicht ist es, ihnen zu helfen! Denn glücklicherweise vermag die kindliche Seele ebenso leicht und rasch an Güte zu gesunden, als sie durch Haß und Ungerechtigkeit verletzbar ist. Kinder haben die Gnade des raschen Vergessens für das Schlimme. Nur ein paar Wochen, ein paar Monate in freier Luft, in aufgeschlossenem Raume humaner Gesittung und die Verkrümmung der Seele ist gelöst, der Sinn allem Guten offen. Wichtiger darum als alles, was sie daheim in ihren Ghettoschulen lernen können, ist es, sie rechtzeitig zu lehren, daß es Länder gibt, die jeden Menschen als Menschen betrachten, sie herauszuführen aus ihrer Verzweiflung, ihnen die Augen zu öffnen, ihnen das Herz aufzutun für alles, was das Leben lebenswert macht. Nur einmal ihnen die Welt zeigen, wie sie wirklich ist und nicht wie sie in deutschen Schulen verdüstert wird, und schon haben sie für immer Vertrauen zurückgewonnen. Nur einmal sie aufrichten und sie können weitergehen ins Leben aus eigener Kraft, tüchtige tätige Menschen werden.

Selten war es so nötig, zu helfen, als diesen Kindern aus Deutschland, selten war es so leicht, ein sinnloses Leiden zu lindern! Denn wie wenig brauchen Kinder, um wieder glücklich und weltgläubig zu sein; selbst wer nur ein Geringes tut, wer nur ein paar Wochen Freiheit und Freude einem einzigen verstörten Kinde schenkt, hat schon viel gegeben mit seiner raschen Gabe: er hat gedemütigte, verstörte Kinder für ihr Leben wieder frei und vertrauensvoll gemacht.

Für die ›Fraie Tribune‹, Paris

Ihre Frage, ob die Juden in Hinkunft am allgemeinen politischen Leben teilnehmen oder sich nur mit ihren jüdischen Dingen befassen sollen, scheint mir eine der wichtigsten unserer Zeit. Ich finde sie nur – erlauben Sie mir meine Aufrichtigkeit – nicht ganz richtig gestellt. Für mich liegt das Entscheidende nicht darin, ob die Juden an dem politischen und sozialen Leben der Zeit teilnehmen sollen, sondern in der Einschränkung, ob sie *in führender Stellung* daran teilnehmen sollten. Erlauben Sie mir dies ein wenig auszuführen.

Ob die Juden an dem sozialen und politischen Leben unserer Zeit teilnehmen sollen oder nicht, ist ja von vorneherein für sie entschieden, denn niemand, der in unserer Welt lebt, kann sich heute völlig der Politik entziehen, sie ist nicht mehr wie vor zwanzig, vor fünfzig Jahren ein Element unter vielen anderen Elementen, also etwas, was man ausschalten und von sich weghalten konnte (wie ich es persönlich mein ganzes Leben versuchte). Heute beherrscht die Politik alles, sie dringt gewaltsam in alle Ressorts des Staates ein, sie bemächtigt sich des privaten Lebens, sie hat eine dämonische Übermacht über den Menschen gewonnen. Keine politische Meinung zu haben, keine Überzeugung, nicht selbst politisch zu denken und zu beobachten, ist also heute gleich unmöglich für Juden oder Christen, für Millionäre oder Proletarier, und es wäre eine vergebliche Flucht für Juden, wenn sie versuchen wollten, sich ausschließlich mit jüdischen Angelegenheiten zu beschäftigen. Wir würden damit selbst nur die Dekrete Hitlers unterschreiben und bekräftigen, wenn wir die vierundzwanzig Stunden des Tags uns ausschließlich als Juden fühlen wollten, jedes Ereignis, jedes Geschehnis ausschließlich von seiner Rückwirkung auf das jüdische Problem betrachten und uns vom allgemein Menschlichen auf das bloß Jüdische reduzieren würden. So wie ich nicht begeistert bin von den deutschen Zionisten, die erst von dem Augenblick an Zionisten wurden, wo man ihnen ihren pangermanistischen Nationalismus verboten hat, so finde ich es absurd, daß wir alle wegen des einen Mannes Hitler unser ganzes bisheriges weltgesinntes Fühlen, unsere internationale, übernationale Haltung und Gesinnung hinter uns werfen wollten, um auf seinen Befehl Scheuklappen anzulegen und innerhalb der unendlichen Welt nichts als das Jüdische zu sehen.

Sosehr ich es also befürworte, daß wir uns nicht ins rein Jüdische einengen lassen und nicht von den allgemeinen Problemen abdrängen lassen sollen, für so gefährlich halte ich es – und ich habe es öffentlich schon vor Jahren ausgesprochen –, wenn Juden in irgendeiner politischen oder sozialen Bewegung als *Führer* auftreten. Nach dem Gesetz der Gerechtigkeit, nach den vor hundertfünfzig Jahren zum erstenmal deklarierten Menschenrechten hätte natürlich – ich weiß es – ein Jude das gleiche Recht wie jeder andere, die erste Stelle in einem Staate zu bekleiden. Aber wie die Dinge heute liegen, ist nur das Recht gleich und nicht die Verantwortung. Sie ist hundertfach und tausendfach größer für einen Juden als für jeden anderen geworden, und ich bin vollkommen überzeugt, daß im gegenwärtigen Augenblick auch der genialste Jude einer Partei oder einer Sache als Führer mehr schadet als jeder andere mittelmäßige Kopf ihr nützen kann. Wenn ich also – und ich habe es öffentlich schon vor Jahren getan – die Forderung an die Juden stelle, Zurückhaltung zu üben, selbst wenn ihnen führende Stellungen in der Politik heute angeboten, ja sogar nachgetragen werden, so habe ich damit nicht gesagt und nicht sagen wollen, daß sie darum einer Idee, einer Partei nicht dienen sollen. Aber sie sollen ihr – wie die Dinge heute liegen – exempla docent – wirklich nur *dienen,* und zwar in der zweiten, der fünften, der zehnten Reihe, und nie an der vordersten, der sichtbarsten Stelle. Es ist ihre Pflicht, der heute so unendlich bedrohten Judenschaft dieses Opfer an Eitelkeit zu bringen, und ich brauche nicht daran zu erinnern, wieviel Unglück diejenigen an ihrem eigenen Volk verschuldet haben, die sich an die Führerstellen in anderen Nationen vorgedrängt und sich dort für »unentbehrlich« und »unersetzbar« gehalten haben oder heute noch halten.

Diese Zurückhaltung scheint mir heute ebenso wie in der politischen Betätigung auch in jedem anderen Beruf äußerste Pflicht. Wer heute als Schriftsteller, als Künstler schon das Glück und die Gnade hat, durch seine Werke Weltwirksamkeit zu erreichen, möge seine Person möglichst im Hintergrund halten. Wem noch Reichtum eignet, davon den richtigen Gebrauch machen, den der heute äußerst notwendigen Hilfe, und nicht »vornehme Gesellschaft« spielen. Wer etwas geleistet hat, sich seiner Leistung freuen und nicht in kindischer Eitelkeit ihres äußeren Reflexes. Das einzige Entgelt und der einzig erdenkbare Sinn des ungeheuren Leidens, das heute über den jüdischen Menschen verhängt ist, müßte sein, ihn innerlich zu erziehen. Nur dann wäre diese fürchterliche Prüfung nicht völlig vergeblich gewesen, wenn sie den jüdischen Menschen vom äußeren Wirken in die innerliche Leistung zurückführt.

In dieser dunklen Stunde

Unter den europäischen Schriftstellern, welche diese Stunde vereinigt, um unser altes Bekenntnis zur geistigen Einheit zu bekräftigen, haben wir, die wir in deutscher Sprache schreiben, ein schmerzliches, ein tragisches Vorrecht. Wir waren die ersten, an denen sich jene Brutalität erprobte, die heute die Welt in Schrecken hält. Unsre Bücher waren die ersten, die auf den Brandstoß geworfen wurden. Mit uns wurde der Anfang gemacht jener Austreibung von Tausenden und Tausenden Menschen aus Haus und Heim. Es war zuerst eine harte Prüfung für uns. Aber heute beklagen wir diese Ausstoßung nicht mehr. Denn wie könnten wir vor diesem freien Lande, wie vor uns selbst bestehen, wenn uns das Deutschland von heute geschont oder gar geehrt hätte? Unser Gewissen fühlt sich freier, sichtbar von jenen geschieden zu sein, die das größte Unheil der Geschichte über die Welt gebracht. Aber so frei wir uns auch fühlen von aller Verantwortung für die Untaten, die heute im Namen der deutschen Kultur geschehen, so lastet doch der Schatten dieser Taten in geheimnisvoller Weise auf unserer Seele. Denn ihr, meine anderen europäischen Freunde, habt es leichter. Ihr könnt angesichts dieser grausamen Maßnahmen, welche die Würde der Menschheit erniedrigen, wenigstens stolz sagen: »Das sind nicht wir! Das ist ein fremder Geist, eine fremde Ideologie!« Jedoch wir als Schriftsteller deutscher Sprache fühlen angesichts dieser Vergewaltigungen eine geheime und grausame Scham. Denn diese Dekrete sind in deutscher Sprache verfaßt, in derselben Sprache, in der wir schreiben und denken. Diese Brutalitäten geschehen im Namen derselben deutschen Kultur, der wir versuchten, mit unserem Werke zu dienen. Wir können es nicht leugnen, daß es unsere Heimat ist, welche diese Schrecknisse über die Welt gebracht. Und obwohl wir den Deutschen längst nicht mehr als Deutsche gelten, habe ich das Gefühl, ich müsse hier vor jedem Einzelnen meiner französischen, englischen, belgischen, norwegischen, polnischen, holländischen Freunde Abbitte leisten für all das, was heute seinem Volke im Namen des deutschen Geistes angetan wird.

Vielleicht verwundern Sie sich, daß wir nichtsdestoweniger fortfahren, in dieser deutschen Sprache zu schaffen und zu schreiben. Aber ein Schriftsteller vermag wohl sein Land zu verlassen, nie aber kann er sich lösen von der Sprache, die in ihm denkt und schafft. Es war in dieser Sprache, in der wir unser ganzes Leben lang gegen die Selbstvergötterung des Nationalismus gekämpft haben, und es ist die einzige Waffe, die uns geblieben ist, um weiterhin zu kämpfen gegen den verbrecherischen Ungeist, der unsere Welt verstört und die Würde der Menschheit in den Kot tritt.

Aber, meine Freunde, soviel wir auch verloren haben an Gläubigkeit, an Optimismus angesichts dieses schauerlichen Rückfalls der Menschheit in die Bestialität, eines haben wir doch in dieser Prüfung gewonnen. Ich glaube, jeder von uns hat heute ein neues, ein leidenschaftlicheres Bewußtsein von der Notwendigkeit und Heiligkeit der geistigen Freiheit, als jemals zuvor. Denn es ergeht uns sonderbar gerade mit den heiligsten Werten des Lebens. Wir vergessen sie, solange sie uns gehören, wir beachten sie in den sorglosen Stunden unseres Lebens so wenig, als wir der Sterne gewahr werden am lichten Tag. Immer muß es erst dunkel werden, damit wir erkennen, wie glorreich die ewigen Gestirne über unseren Häuptern stehen. So mußte auch erst diese dunkle Stunde über uns kommen, vielleicht die dunkelste Stunde der Geschichte, damit wir erkannten, daß die Freiheit von unserer Seele so unlösbar ist wie der Atem von unserem Leibe. Ich weiß – nie ist die Würde der Menschheit so erniedrigt worden wie heute, nie Völker so versklavt und mißhandelt, nie das Ebenbild Gottes in allen seinen Gestalten so niederträchtig geschändet und gemartert – aber nie, meine Freunde, nie und niemals hat andererseits die Menschheit so klar erkannt, wie unentbehrlich Freiheit für die Seele des Menschen ist. Nie haben so viele Menschen so einmütig Tyrannei und Unterdrückung gehaßt, nie so viele Menschen gelechzt nach erlösender Botschaft wie nun mit dem Knebel im Munde. Wenn heute nur ein einziges unserer Worte hinüber in ihren Kerker dringt, werden sie aufatmend fühlen, daß ihre Zwingherren zu früh triumphiert. Denn sie werden erkennen, daß es noch freie Menschen in freien Ländern gibt, die nicht nur sich selber frei wissen wollen, sondern alle Menschen, alle Völker, die ganze Menschheit.

Gerade aber diese Freiheit, die uns hier in diesem freien Lande gewährt wird, legt uns Schriftstellern, uns Dichtern eine heilige Pflicht auf, und nie in unserem ganzen Leben haben wir eine dringlichere, eine entscheidendere gehabt. Es ist an uns heute, an uns, denen das Wort gegeben ist, inmitten einer verstörten und halb schon vernichteten Welt den Glauben an die moralische Kraft, das Vertrauen in die Unbesiegbarkeit des Geistes trotz allem und allem unerschütterlich aufrechtzuerhalten. So laßt uns zusammenstehen, laßt uns diese Pflicht mit unserem Werk und unserem Leben erfüllen, jeder in seiner Sprache, jeder für sein Land. Nur wenn wir uns selber treu bleiben in dieser Stunde und treu zugleich einer dem andern, haben wir in Ehren unseren Dienst getan.

Nachbemerkung des Herausgebers

»Nebst manchem Blick ins Weite in belebenden Gesprächen ... nebst der Erweiterung meines Horizonts vom Literarischen ins Zeitgeschichtliche danke ich Rathenau auch die erste Anregung über Europa hinauszugehen. ›Sie können England nicht verstehen, solange Sie nur die Insel kennen‹, sagte er mir. ›Und nicht unseren Kontinent, solange Sie nicht einmal über ihn hinausgekommen sind ... Warum fahren Sie nicht einmal nach Indien und nach Amerika?‹ Dieses zufällige Wort schlug in mich ein, und ich beschloß, sofort seinem Rat zu folgen.«

Stefan Zweig traf den Industriellen und späteren Außenminister der Weimarer Republik, Walther Rathenau, mit dem er, durch Aphorismen aufmerksam geworden, zuvor bereits korrespondiert hatte, zum erstenmal im Juni 1907 in Berlin; seitdem suchte er das Gespräch mit diesem »Intellektuellsten aller Intellektuellen«, das ihm »eigentlich immer das wertvollste Erlebnis eines Berliner Aufenthaltes« werden sollte; Walther Rathenau lenkte Stefan Zweigs Interesse offenbar recht bald vom Schöngeistigen auf das Geschehen und die Probleme der eigenen Zeit, vor allem aber auf Gegensätze und Zusammenhänge in der Politik. Stefan Zweigs Reisen – 1903 nach Paris und in die Bretagne, 1904 noch einmal nach Paris und London, 1905 nach Spanien und Algerien – selbst sein viermonatiger Aufenthalt 1906 in England, waren keine Unternehmungen »im Sinne der inneren Ausbildung gewesen«, wie er jetzt feststellen mußte. Indien brachte ihn auf diesem Weg einen Schritt weiter. Ende

November 1908, vermutlich unmittelbar nach der gleichzeitigen Uraufführung seines Trauerspiels ›Tersites‹ in Dresden und Kassel am 26. November, brach er in den Fernen Osten auf; Anfang April 1909 war er wieder zurück und erkannte, wie er es später in seinen Erinnerungen ›Die Welt von Gestern‹ formulierte: »Veränderte Distanz von der Heimat verändert das innere Maß.« Tempel und Paläste Indiens hatten ihn begeistert, und er rühmte sie in Feuilletons und im Gedicht, ja *dieses* Indien in einem Brief an Ellen Key sogar als »Land der Wunder« – die Straßenszenen aber, die den krassen Gegensatz zur gewohnten europäischen Welt und Lebensform so überdeutlich machten, wirkten auf ihn »unheimlicher und bedrückender, als ich gedacht hatte«. »Ich war erschrokken«, erinnerte er sich noch dreißig Jahre später, »über das Elend der ausgemergelten Gestalten, den unfreudigen Ernst in den schwarzen Blicken, die oft grausame Monotonie der Landschaft, und vor allem die starre Schichtung der Klassen und Rassen ... Mit einiger Beschämung genoß ich die ... Ehrfurcht vor dem Europäer als eine Art weißen Gotts ... Ich wurde das unheimliche Gefühl nicht los, daß die kommenden Jahrzehnte und Jahrhunderte Verwandlungen und Umstellungen dieses absurden Verhältnisses bringen müßten, von dem wir in unserem behaglichen und sich sicher wähnenden Europa gar nichts zu ahnen wagten.« Stefan Zweig lernte Indien »als eine Mahnung« verstehen, lernte auf dieser Reise sein eigenes Land, Österreich, mit wachem, mit teilnehmendem Blick zu sehen, wie es sein vermutlich erster, wohl gleich nach der Rückkehr niedergeschriebener Aufsatz zur Zeit, ›Das Land ohne Patriotismus‹, belegt. Von den Zeitungsredaktionen wurde dieser Versuch Stefan Zweigs, sich politisch zu äußern, wahrscheinlich weniger einer gewissen Ungeschicklichkeit im Ausdruck als vielmehr seiner Direktheit in der Aussage, seiner »Unangepaßtheit« wegen, wie wir heute sagen würden, nicht angenommen. Daß er ihn eingereicht hat, läßt sich aus seinem handschriftlichen Vermerk im Typoskript schräg neben dem Titel vermuten: »Correctur erbeten. Stefan Zweig Wien VIII. Kochgasse 8.« Ein Druck ist bisher nicht nachgewiesen.

Gelegenheit, das für ihn neue, das politische Interesse, das auf seiner ersten außereuropäischen Reise geweckt worden war, öffentlich zu bekunden, ergab sich dann Anfang Juli 1909, als ein junger Hindu in London den Aide-de-Camp, den Flügeladjutanten des Vizekönigs von Indien erschoß. Unter dem Titel ›Die indische Gefahr für England‹ (am 13. Juli in der ›Neuen Freien Presse‹, Wien, erschienen) sammelte Stefan Zweig alles, was ihm während der Überfahrt und während seines Aufenthalts in Indien bekannt und deutlich geworden war – durch Lektüre (statistische Daten zeigen dies), durch eigene Beobachtung von Land und Leuten, vor allem wohl aber durch Gespräche über geopolitische Fragen mit dem ausgesprochen national denkenden Karl Haushofer, der mit dem selben Schiff als deutscher Militärattaché nach Tokio ging. Stefan Zweig zeigt in diesem Aufsatz, daß die Engländer eines Aufstands in Indien immer gewärtig sein müßten, weil sie – trotz vieler Zivilisationshilfen, die sie dem Land gegeben hätten – »immer noch eine Kaste über den Kasten geblieben sind«, weil sie »den gebildeten Inder und selbst den Half-Cast, den Mischling, gesellschaftlich nicht anerkennen« – gerade »die Gebildeten und Vermögenden unter den Indern ... sind die wirklichen Feinde der Engländer«. Sie seien unzufrieden und fänden aus dieser Unzufriedenheit heraus zu einem Nationalbewußtsein, obwohl bislang »›der‹ Inder ein nicht existierender Begriff« sei, denn Indien stelle heute noch, 1909, eigentlich »ein Konglomerat differenter Rassen« dar. Zwar sprühe der Haß einem nicht ins

Gesicht, die Fäuste seien nicht offen geballt, »aber unaufhaltsam bildet sich ein organisierter Widerstand, ein entschlossenes Volksbewußtsein im niedergehaltenen Volke«. Das Attentat lasse England »für einen Augenblick die Germanophobie über der alten lastenden Gefahr«, der indischen, vergessen. Besonders dieser Aspekt – gleich an den Anfang des Aufsatzes gestellt – wird Stefan Zweig den Zutritt zu der politischen Redaktion der Zeitung verschafft haben, deren Feuilleton unter Theodor Herzl bereits seit 1900 Aufsätze und Novellen von ihm gedruckt hatte. Jetzt traf er wohl den dort gemäßen Ton, indem er – Probleme des eigenen Landes außer acht lassend – auf die Sorgen anderer Völker als mögliche »nervöse Überreizung« wies. Der mit Namen gezeichnete Aufsatz selbst wirkt wie »aus zweiter Hand«, so als habe der äußere Anlaß vor allem dazu dienen sollen, auch Stefan Zweigs mittelbare Reiseerfahrungen auszuwerten. Im Gegensatz dazu bekennt der in dem vorliegenden Band aufgenommene Bericht über den Konflikt an der Grenze Mexikos zu den Vereinigten Staaten fast zwei Jahre später »politische Eindrücke«. (Die anonym wirkende Verfasserangabe unter dem Titel, »Von einem Österreicher«, wurde beim Abdruck – ebenfalls in der ›Neuen Freien Presse‹ – am Schluß um das Kürzel »St. Z.« ergänzt.) Im Februar 1911 war Stefan Zweig nach New York und Canada, Mexiko und Panama aufgebrochen, nach »Amerika, besonders das spanische«. (». . . wirklich ein grandioses Bild, wie wir's uns in Europa vorläufig gar nicht denken können, ein großer Rhythmus, der durch Menschen und Dinge gleich stark strömt«, begeisterte er sich gegenüber Paul Zech.) Am 24. April war er wieder in Wien – am 26. erschien der wahrscheinlich bereits unterwegs geschriebene Aufsatz über »die imperialistische Politik Amerikas«. Auch hier noch ein Ablenken vom politisch-unpolitischen Leben zu

Hause, ein Beobachten von Kriegsgefahr aus sicherem Port. Dies blieb die einzige Stellungnahme Stefan Zweigs zu Spannungen in Amerika. Gleich nach seiner Rückkehr mußte er sich wegen einer Rippenfellentzündung einer Operation unterziehen, »die allerdings nicht ans Leben, aber an die Nerven ging und mich für einen Monat von allen Dingen wegnahm« – »Sechs törichte leere dumme verlorene Wochen ... ich habe viel nachzuholen und möchte schon mitten in der Arbeit sein.« In den nächsten Monaten erschienen dann mehrere kleinere »amerikanische« Feuilletons, jedoch ohne jeglichen politischen Akzent, u. a. über den Bau des Panamakanals, über den »Rhythmus von New York« und über eine dortige Aufführung von Richard Wagners ›Parsifal‹. Überhaupt scheint Stefan Zweigs Interesse am Zeitgeschehen nach dieser Reise zugunsten der Literatur und des Theaters wieder abgeflaut zu sein – bis zur unmittelbar drohenden Gefahr des Ersten Weltkriegs.

Am 28. Juni 1914 war der österreichische Thronfolger Franz Ferdinand in Sarajewo von dem serbischen Nationalisten Gavrilo Princip ermordet worden – am 26. Juli stellte Österreich-Ungarn Serbien ein unannehmbares Ultimatum, machte unmittelbar darauf im eigenen Land mobil; das mit ihm verbündete Deutschland und das neutrale Belgien folgten ihm darin – am 28. Juli erklärte Österreich-Ungarn, am 1. August Deutschland an Serbien den Krieg. Die Nachricht der Tat von Sarajewo erreichte Stefan Zweig bei seinem Freund Benno Geiger in Baden bei Wien; er reiste danach, wie geplant, offenbar ohne allzu große Sorge vor politischen Ereignissen von dort zu seinem belgischen Freund Emile Verhaeren und beobachtete, vermutlich ohne etwas aufzuzeichnen, die Entwicklung von Ostende aus. Die Feindseligkeit der französischen Presse gegen Deutschland und Österreich war es schließlich, die ihn »aufschreckte«: er »fühlt, nur eines kann einen jetzt frei machen, Flucht, die Heimkehr nach Österreich«. Am 30. Juli abends fuhr er mit der Bahn zurück – am 31. abends, gleich nach der Ankunft in Wien, stilisierte er diesen Aufbruch nach Hause direkt in der Redaktion der ›Neuen Freien Presse‹ zum Feuilleton, das ohne politische Wertung das Atmosphärische »schilderte« – mit einer gravierenden Abweichung: die »sinnende Ruhe« der Stadt, »die mir wertvoller dünkte, als sonst ihre heitere Bewegtheit«, entsprach nicht der Realität. »Wien war consterniert«, hielt er für sich selbst im Tagebuch fest – durch »die Müdigkeit seiner Menschen« (›Das Land ohne Patriotismus‹) wurde Österreich, im letzten unvorbereitet, von diesem Krieg überrascht. Stefan Zweig ging es nicht viel anders als seinen Mitbürgern: »Mir ist ganz grauenhaft zu Mute bei solchen Nachrichten: mein innerstes Empfinden glaubt nicht an einen österreichischen Sieg, ich weiß nicht warum. Und mir graut für Deutschland, das jetzt mitgerissen wird ...« (Tagebuch, 1. August 1914). »Was so gräßlich ist, ist die gänzliche Abschirmung der Stadt von Nachrichten ... Dafür schwirren Gerüchte ... Wahr ist aber die deutsche Kriegserklärung. Was tut England, fragen wir uns alle?« (Tagebuch, 2. August 1914). »Mittags am Graben das Gerücht von einem großen deutschen Sieg – nachmittags arbeite ich aus Verzweiflung meinen Artikel über Deutschland ... Und abends in der Presse, wie ich ihn bringe trifft michs wie der Blitz: die Deutschen brachen Belgiens Neutralität, schaffen sich England auf den Hals, opfern die Colonien, geben unsere Flotte England und Frankreich preis und all dies nur, um rasch nach Paris zu stoßen. Es ist Genialität oder Irrsinn – nie war die Welt so rasend ... Ich glaube an keinen Sieg gegen die ganze Welt – jetzt nur schlafen können, sechs Monate, nichts mehr wissen, diesen Untergang nur nicht erleben, dieses letzte Grauen.« (Tagebuch, 4. August

1914) Aber jetzt gab es für niemanden Schlaf. »Es ist der entsetzlichste Tag meines Lebens.« Am 6. August 1914 erschien Stefan Zweigs »durch glühenden Patriotismus geprägter Aufsatz« (Donald Prater) ›Ein Wort von Deutschland‹; noch am gleichen Tag konzipierte er – schon weniger glühend – seinen Beitrag ›Die schlaflose Welt‹, der dort am 18. August gedruckt wurde und – drei Wochen nach Kriegsbeginn – von der Hoffnung auf Frieden sprach, dem »neuen seligen Schlaf der Welt erkauft mit dem Tode von Millionen ihrer edelsten Gebilde«. Er schien seine Orientierung verloren zu haben.

In diesen Tagen »Eiligst! Und aus der Unruhe meines ganzen Wesens!« an Paul Zech: »Manchmal glaube ich zu klein zu sein für diese Zeit, die stählerne Menschen will, Menschen von einer Fähigkeit des Hassens, die meine weit überschreitet. Ich bin wie betäubt von dem Ungeheuren und meine Bewunderung streitet mit meiner Trauer! Sie in Deutschland sind viel freier in ihrem Fühlen: wir haben nicht in dem Sinn der Sprache unser Vaterland; wir sind nicht so heldisch ... Vielleicht waren wir alle auf falschem Wege, als wir künstlerischen Dingen unser ganzes Leben hingaben: heute ist nur der nützliche Mensch der wahrhaft wertvolle; ich bedauere, so wenig für die Zeit tun zu können, da ich doch nichts Anderes meistere als das Wort.«

Es blieb nicht beim Bedauern: er wollte »dabei sein«, er meldete sich freiwillig. »Ich werde in den nächsten Tagen einberufen und ausgebildet werden und bin in paar Wochen schon aller Wahrscheinlichkeit nach an der Front ... Wir schicken den letzten Mann ins Feld. Die meisten unserer Dichter von Hofmannsthal an stehen schon längst in Dienst. Wenn England neutral bliebe, habe ich guten Mut, wir wissen alle, es geht diesmal ums Ganze. Gott schütze Deutschland!« (An Anton Kippenberg, 4. August 1914)

Stefan Zweigs Verhalten in dieser Zeit muß verwundern: auf der einen Seite war er von den Nachrichten »ganz zerbrochen«, konnte er nichts essen, seine Nerven flimmerten, es grauste ihm vor der Vorstellung des Kriegsgeschehens – auf der anderen Seite bekannte er sich zu seinem Staat und dessen militanter Aktivität. Diesen Widerspruch versuchte er, nicht zuletzt für sich selbst, in einem offenen Brief ›An die Freunde in Fremdland‹ zu lösen. »Unsere Freundschaft ist vergeblich, solange unsere Völker in Waffen sind, aber sie wird zwiefach wertvoll nach jenem großen Ringen«: als Möglichkeit der Versöhnung von alten Freunden der jetzt kriegführenden Nationen und als vorbildliches Beispiel für eine zukünftige Freundschaft der Völker. Stefan Zweig mag diese Hoffnung gehabt haben, aber allzu viele Hindernisse sollten sich diesem Ziel in den Weg stellen: erst einmal mußte die noch gar nicht absehbare Zeit des Krieges durchgestanden sein, danach hätte sein innerer Anlaß, der Nationalismus, von allen Völkern als »Erzpest« erkannt werden müssen, damit sie gemeinsam »Friede und Sicherheit, diese höchsten Güter« hätten anstreben können. Es blieb eine Illusion.

Stefan Zweig wurde nach kurzem Dienst beim Trainzeugdepot in Klosterneuburg durch Vermittlung seines Freundes Franz Karl Ginzkey – formell »auf Kriegsdauer« – der sogenannten »literarischen Gruppe« (mit Hofmannsthal, Musil, Rilke, Werfel) im Kriegsarchiv in Wien überstellt; deren Aufgabe war es nach Plan der Obersten Armeeführung des Deutschen Reiches und Österreich-Ungarns, eine »gemeinsame populäre Darstellung des Krieges, der wie es der Stimmung am Anfang entsprach, kurz und siegreich sein werde«, zu geben. Im Verlauf wurde daraus lediglich eine Folge von patriotischen Aufsätzen zu einzelnen Themen; sie erschienen unter dem Sammeltitel ›Ruhmestage der österreichisch-ungarischen Wehrmacht‹ in Fortsetzungsbänden. ›Die Feldpost‹, ›Lebende Kampfmittel‹ und ›Kriegsgefangen‹ wurden von Stefan Zweig verfaßt – ihr nationalistisch-propagandistischer Charakter erklärt sie zu militärischen Pflichtübungen. Sie wurden nicht in diese Auswahl aufgenommen. (Der Band ›Zeit und Welt. Gesammelte Aufsätze und Vorträge 1904–1940‹, den Stefan Zweig in den Grundzügen vorbereitet und den Richard Friedenthal 1943 posthum herausgegeben hat, bringt diese Arbeiten ebenfalls nicht. Er enthält in seiner Abteilung ›III. Zeit und Welt‹ sechs Aufsätze, von denen vier im Sinne der thematischen Ordnung der Neuausgabe der Werke im Rahmen dieser Auswahl von Äußerungen zum Zeitgeschehen aufgenommen werden konnten.)

Der Dienst gab Stefan Zweig Möglichkeiten genug zu einem eigenen »Wort zur Zeit«, aber dieses blieb, trotz immer stärkerer Hinwendung zur Humanität, in einem gewissen Gegensatz etwa zu den Tagebucheintragungen und Briefäußerungen: vielfach national gestimmt, stark abgegrenzt vor allem gegen das einst geliebte Frankreich, dessen Presse sich gleichermaßen ereiferte; man spürt die Kluft zwischen seinen publizierten Aufsätzen und den persönlichen Aufzeichnungen. Später, in seinen Erinnerungen, erschien ihm sein Verhalten als »Sich in sich selbst zurückziehen und schweigen, solange die andern fieberten und tobten« – so hätte es vielleicht sein können, sein sollen. Aber es war Krieg und damit alles anders, die eigenen Vorstellungen waren für den Uniformträger nur noch schwer zu formulieren. »Der Sinn hinter den Worten ist verwaschen geworden, die Ränder decken sich nicht mehr zwischen Ausdruck und Eindruck. Aufgabe jedes denkenden Künstlers muß es darum werden, alle Begriffe in erkennerischer Leidenschaft einzuschmelzen und geistig neuzuprägen; der Umwertung der Werte muß die Umwertung der Worte vorausgehen.« Diese

Sätze hat Stefan Zweig erst später – 1932, in der Einleitung zu Jean Richard Bloch's ›Vom Sinn unseres Jahrhunderts‹ – geschrieben; aber sie sind im Rückblick nicht zuletzt für die Kriegszeit und -situation geprägt, denn er hatte seinerzeit einen Ausweg aus dem Dilemma *suchen* müssen. »Suchen bedeutete für ihn (Jean Richard Bloch) zugleich Sammeln der Kraft« – als habe Stefan Zweig es – schon damals – zu sich selbst gesagt: Sammeln der Kraft gegen Resignation und Verzweiflung! Er mußte einen Ausweg *finden,* und er fand ihn in der »dramatischen Dichtung« seines ›Jeremias‹, die, im Frühjahr 1915 begonnen, im Frühjahr 1917 abgeschlossen wurde. Hier brachte er seine wirkliche Sicht des Krieges ein, hier drückte er poetisch aus, was er politisch empfand. »Immer lockte es mich, die innere Verhärtung zu zeigen, die jede Form der Macht in einem Menschen bewirkt, die seelische Erstarrung, die bei ganzen Völkern jeder Sieg bedingt, und ihr die aufwühlende, die Seele schmerzhaft und furchtbar durchpflügende Macht der Niederlage entgegenzustellen«, bekannte er, sich erinnernd, in ›Die Welt von Gestern‹. Mit der Entwicklung seines ›Jeremias‹ fand Stefan Zweig allmählich zu einer relativ selbständigen politischen Haltung und damit zu neuer Ausdrucksform. Angeregt, ja aufgefordert durch den großen französischen Kriegsgegner aus humanitären Gründen, den Freund Romain Rolland – seit 1910 korrespondierten sie –, machte er sich daran, seinen Standpunkt auch in Aufsätzen klar zu umreißen und dabei so geschickt zu formulieren, daß etwa sein ›Turm zu Babel‹ (für Rollands in Genf erscheinende Zeitschrift ›Le Carmel‹ geschrieben) die deutsche Zensur passieren und im Original am 8. Mai 1916 auch in der ›Vossischen Zeitung‹ in Berlin gedruckt werden konnte. Die unsichtbaren Hürden einer im Nationaldenken verhafteten Tradition hatte Stefan Zweig in sich niedergerissen – er war endgültig, nach mancherlei

Ansatz, zum entschiedenen Pazifisten, zum bewußten Europäer geworden.

Als im Frühjahr 1917 sein ›Jeremias‹ fertig geworden war und er ein Theater für die Uraufführung suchte, kam das ihm wichtigste Angebot vom Stadttheater Zürich. Er mußte, um in die Schweiz reisen zu können, aber erst einen Antrag auf Freistellung beim Chef des Kriegsarchivs, Oberst Veltzlé, stellen – dem wurde entsprochen: am 14. November reiste Stefan Zweig mit seiner Lebensgefährtin Friderike von Winternitz – sie als Delegierte des Allgemeinen Österreichischen Frauenvereins zu Vorträgen über die Hilfe zugunsten polnischer Flüchtlinge – in die Schweiz. Hier konnte er seine schriftstellerischen Interessen und seinen Kampf für den Frieden miteinander verbinden, hier traf er andere intellektuelle Kriegsgegner aus Österreich, Deutschland und Frankreich – Fritz von Unruh, Leonhard Frank, Albert Ehrenstein, Ferruccio Busoni, Annette Kolb, René Schickele, James Joyce, Hermann Hesse, Romain Rolland, um nur einige aufzuzählen –, hier war er unter seinesgleichen.

Stefan Zweigs Freistellung vom Militär sollte bis Ende Februar 1918 gelten. Kurz vor Ablauf dieser Frist reiste Friderike allein nach Wien und erreichte beim Chef der ›Neuen Freien Presse‹, daß dieser ihn als Berichterstatter aus der Schweiz vom Militärdienst »entheben« ließ. Endlich war er frei. Die Beiträge für die Zeitung, die er dafür allmonatlich zu liefern hatte, kamen seinen Zielen entgegen: er konnte darin über Hilfsaktionen schreiben, Bücher gegen den Krieg wie Henri Barbusse's ›Le Feu‹ besprechen, bei später abgedruckten Vorträgen in pazifistischen Vereinigungen etwa auf Bertha von Suttners ›Die Waffen nieder‹ hinweisen – er konnte jetzt ganz der Idee dienen, der er sich verpflichtet fühlte, und mit allen Kräften für sie eintreten.

In den folgenden Wochen und Monaten überstürzten

sich die politischen Ereignisse. Am 9. November 1918 verzichtete Kaiser Wilhelm II. auf den Thron, und Philipp Scheidemann rief noch am selben Tag die »Deutsche Republik« aus – am 11. November wurde im Wald von Compiègne mit den Alliierten ein Waffenstillstand geschlossen – am 12. November proklamierte die Provisorische Nationalversammlung die Republik Deutsch-Österreich und erklärte sie zum Bestandteil der »Deutschen Republik« – am 19. Januar 1919 wählte das deutsche Volk »nach allgemeinem, gleichem, unmittelbarem Verhältniswahlrecht« die Weimarer Nationalversammlung, wodurch dem Deutschen Reich die Verfassung einer parlamentarisch-demokratischen Republik gegeben wurde – am 16. Februar wurde nach dem Verhältniswahlrecht und mit Stimmrecht der Frauen die Österreichische Konstituierende Nationalversammlung gewählt, die die republikanische und demokratische Staatsform bestätigte – am 3. April hob die Österreichische Nationalversammlung alle Herrscherrechte der Habsburger auf, zog deren Vermögen ein und verwies alle Angehörigen des Hauses Habsburg-Lothringen des Landes – am 28. Juni war durch den Vertrag von Versailles der Krieg für Deutschland, am 10. September durch die Verträge von St. Germain der Krieg für Österreich beendet.

Jetzt fühlte sich Stefan Zweig aufgerufen, nicht nur in Zeitungen unterschiedlichster Couleur, seiner individuellen Meinung Ausdruck zu geben: sein politisches Verantwortungsgefühl war – ohne sich irgendeiner Partei zu verschreiben oder von irgendeiner Partei beeinflußt oder beansprucht zu sein – wachgerüttelt. So kämpfte er unabhängig öffentlich und in Briefen – in manchem irrend wie andere Zeitgenossen – vor allem gegen Opportunismus und Nationalismus, bekannte sich 1918 zu republikanischem Bewußtsein, machte 1919 begeistert-naive, nicht realisierbare Vorschläge zu Friedensverhandlungen, mahnte 1920 zur Geduld, weil die geistige Einheit Europas sich nicht im Sturm der Menge erreichen ließe; er ermutigte, ermahnte und warnte während der ganzen deutschen und österreichischen Republik. Dies erwies sich als besonders notwendig, da 1930/1931 immer mehr vor allem junge Leute zu den Nationalsozialisten stießen, deren Programm sich in jeder Hinsicht auf Radikalismus, folglich auf Gewalt konzentrierte. Da erinnerte Stefan Zweig eindringlich an die Gefahr einer Massenbewegung, die in den vor allem mit dem Ersten Weltkrieg als Irrweg erwiesenen Nationalismus zurückstrebte – das müßte das Ende Europas bedeuten, das Ende der Idee, für die er, seit er sich politisch bewußt geworden war, eintrat. Dies alles geschähe nur, weil die Entscheidungen, die zehn Jahre zuvor nicht spontan getroffen werden konnten und durften, nun von den in ihrer »unpersönlichen Gegenwärtigkeit« verantwortlichen Politikern in einer unerträglichen Langsamkeit gefällt würden. War es Resignation oder nur eine Art Selbstberuhigung, als Stefan Zweig im Mai 1932 in Florenz in seinem Vortrag ›Der europäische Gedanke in seiner historischen Entwicklung‹ sagte: »... vielleicht wird unsere Generation es [das geeinte Europa] überhaupt nicht mehr erleben. Aber eine wahrhafte Überzeugung braucht nicht die Bestätigung durch die Wirklichkeit, um sich richtig und wahr zu wissen«?

Im Januar 1933 schrieb er in einem Brief an Friderike, die er 1920 geheiratet hatte: »Es herrscht jetzt eine Art Böswilligkeit in der Welt, die unerträglich ist. Kippenberg, mit dem ich eben telefonierte, sagte mir, daß die Buchläden und Theater infolge der politischen Lage vollkommen verödet sind: eine greuliche Zeit und vielleicht doch noch besser als diejenige, die kommen wird.«

Am 30. Januar 1933 wurde Adolf Hitler zum Reichskanzler ernannt. »Die Welt von Gestern« war Stefan

Zweig am 1. August 1914 zerbrochen – jetzt wurde von Tag zu Tag deutlicher, daß auch die Hoffnung auf eine dauerhafte Demokratie in Deutschland und damit eine zumindest geistige Einigung Europas vorläufig zunichte gemacht wurde.

Die Situation in Österreich wurde durch die Entwicklung in Deutschland und parallel dazu durch die im mit Mussolini faschistisch gewordenen Italien stark beeinflußt: es hatte, wie Stefan Zweig fand, »durch seine Grenzlage einen dermaßen politischen Akzent bekommen«, daß er sich in Salzburg, wo er seit 1919 wohnte, »gleichsam auf einem militärischen Brückenkopf« fühlte. Am 12. Februar 1934 – Stefan Zweig war gerade zufällig in Wien – kam es zu blutigen Auseinandersetzungen im ganzen Land, als die christlich-soziale Regierung auf Drängen Mussolinis den illegalen »Republikanischen Schutzbund« der Sozialdemokraten entwaffnen wollte; Salzburg blieb von dem kurzen Bürgerkrieg verschont. Dennoch fanden auch hier in der Folge Hausdurchsuchungen nach Waffen statt; bei Stefan Zweig vermutlich am 18. Februar. ». . . ein unbestimmtes Gefühl sagte mir, daß solche Episoden nur schüchternes Vorspiel weiter reichender Eingriffe waren.« Am 20. Februar reiste er nach London – das Exil hatte für ihn, noch von gelegentlichen Besuchen in der Heimat bis März 1938 unterbrochen, begonnen.

Doch nicht dies allein traf Stefan Zweig zutiefst, sondern vor allem auch die jetzt einsetzende Isolation, Diskriminierung, Verfolgung und Vernichtung der Juden in Deutschland – zunächst ihr Ausschluß aus dem öffentlichen Dienst und aus dem Wirtschaftsleben, dann ihnen auferlegte Rechtsbeschränkungen, schließlich Verschleppung in Konzentrationslager und Ermordung. Dennoch wehrte er, im Oktober 1936 auf einer Reise in Buenos Aires, seinen »Brüdern im Blute«, zu hassen; sie sollten vielmehr aus dieser »neuen Prüfung ... eine neue Gläubigkeit erschaffen und damit eine neue Kraft«; er rief sie auf zu einem um so stärkeren Selbstbewußtsein, je mehr sie Anfeindungen ausgesetzt seien; er appellierte an Sinn und Sendung seines Volkes und an seinen Stolz. Er war längst kein unentschlossener Schöngeist mehr, kein Träumer.

Am 12. März 1938 marschierten deutsche Truppen, »um jeder Bürgerkriegsgefahr zu begegnen«, in Österreich ein – am 13. März wurde es zu einem Land des Deutschen Reiches erklärt, was am 10. April durch eine Volksabstimmung bestätigt und de facto völkerrechtlich allgemein anerkannt wurde. Bei den übrigen Völkern wuchs die Sorge über Deutschlands Politik. Bei einer Vortragstournee durch Amerika im Februar 1939 wies Stefan Zweig auf diesen besonderen »Spannungszustand« in Europa hin, auf den »Zustand krankhafter Reizbarkeit«, auf die »Angst, daß ein gewaltsamer Ausbruch jede Sekunde sich ereignen könnte«, und fragte: »Wie können wir diesen gefährlichen Zustand beseitigen?«

Am 1. September 1939 griff Deutschland, ohne jede Kriegserklärung, Polen an – der Zweite Weltkrieg begann. In diesem Monat hatte in Stockholm der XVII. Internationale PEN-Kongreß stattfinden sollen – er wurde ausgesetzt. Stefan Zweig konnte seinen Vortrag über ›Die Geschichte als Dichterin‹ nicht mehr halten – darin hatte er der Hoffnung Ausdruck geben wollen, »daß die Stunde nicht mehr fern ist, wo die Völker einzig in diesem Sinne des Einander-Gebens wetteifern werden, wo nicht durch Gewalt, sondern durch seine künstlerische Begabung eines das andere von seiner Daseinsberechtigung überzeugen kann, und die Geschichte, statt weiter nur eine Ballade unaufhörlicher Kriege zu sein, anheben wird als hymnisches Heldengedicht gemeinsamen Aufstiegs«. Es war zu spät.

Stefan Zweig wurde am 12. März 1940 englischer Staatsbürger – den Antrag hatte er bereits im Dezember 1938 gestellt. Seine innere Unruhe, durch das endgültige Zusammenbrechen seiner Vorstellung von einer geistigen Einheit Europas noch intensiviert, hielt ihn nicht im Land – er reiste zu Vorträgen nach Frankreich, in die Vereinigten Staaten und nach Südamerika – er hoffte, erst in New York, New Haven und Ossining bei New York, dann, im August 1941, in Rio de Janeiro und schließlich, wenige Wochen später, in einem kleinen gemieteten Bungalow in Petrópolis bei Rio seinen Frieden zu finden – vergeblich.

Hilferufe für jüdische Kinder, Ratschläge für Juden, sich in der Politik zurückzuhalten, und eine Solidaritätsbotschaft im Namen der deutschen Schriftsteller im Exil an den amerikanischen und den europäischen PEN–Club in Amerika sind »in dieser dunklen Stunde«, Mai 1941, noch einmal schwach auflodernde Warnungen, Bekenntnisse, letzte Versuche, den anderen, den Gleichgesinnten zuzureden, und doch schon Abschiedsworte: »Nur wenn wir uns selber treu bleiben in dieser Stunde und treu zugleich einer dem andern, haben wir in Ehren unseren Dienst getan.« Stefan Zweig hat diese Eigenforderung erfüllt, aber »durch die langen Jahre heimatlosen Wanderns erschöpft«, wollte er »rechtzeitig und in aufrechter Haltung« sein Leben abschließen. Er tat es am 22. Februar 1942.

Knut Beck

Bibliographischer Nachweis

Das Land ohne Patriotismus. Typoskript mit handschriftlichen Korrekturen. Vermutlich 1909. Erstdruck nicht ermittelt

Politische Eindrücke von einer mexikanischen Reise. Die imperialistische Politik Amerikas. Von einem Österreicher. Erstmals in ›Neue Freie Presse‹, Wien, 26. April 1911

Heimfahrt nach Österreich. Erstmals in ›Neue Freie Presse‹, Wien, 1. August 1914

Ein Wort von Deutschland. Erstmals in ›Neue Freie Presse‹, Wien, 6. August 1914

Die schlaflose Welt. Erstmals in ›Neue Freie Presse‹, Wien, 18. August 1914. Aufgenommen in ›Begegnungen mit Menschen, Büchern, Städten‹, Wien–Leipzig–Zürich: Herbert Reichner Verlag 1937; Berlin und Frankfurt am Main: S. Fischer Verlag 1955

An die Freunde in Fremdland. Erstmals in ›Berliner Tageblatt‹, 19. September 1914

Vom »österreichischen« Dichter. Ein Wort zur Zeit. Erstmals in ›Das literarische Echo‹, Berlin, 1. Dezember 1914. Aufgenommen in ›Zeit und Welt‹, Frankfurt am Main: Fischer Taschenbuch Verlag 1981 (Fischer Taschenbuch [Bd. 2287])

Warum nur Belgien, warum nicht auch Polen? Erstmals in ›Neue Freie Presse‹, Wien, 4. April 1915

Der Turm zu Babel. Erstmals in französischer Übersetzung unter dem Titel ›La Tour de Babel‹ in ›Le Carmel‹, Genève, April und Mai 1916. Deutsch erstmals in ›Vossische Zeitung‹, Berlin, 8. Mai 1916; wieder abgedruckt in ›Pester Lloyd‹, 1. Januar 1930. Aufgenommen in ›Europäisches Erbe‹, herausgegeben von Richard Friedenthal, Frankfurt am Main: S. Fischer Verlag 1960

Das Herz Europas. Ein Besuch im Genfer Roten Kreuz. Erstmals in ›Neue Freie Presse‹, Wien, 23. Dezember 1917. Aufgenommen in ›Begegnungen mit Menschen, Büchern, Städten‹, Wien–Leipzig–Zürich: Herbert Reichner Verlag 1937; Berlin und Frankfurt am Main: S. Fischer Verlag 1955

Das Feuer. Erstmals in ›Neue Freie Presse‹, Wien, 8. Juli 1917. Aufgenommen in ›Begegnungen mit Menschen, Büchern, Städten‹,

Wien–Leipzig–Zürich: Herbert Reichner Verlag 1937; Berlin und Frankfurt am Main: S. Fischer 1955

Bei den Sorglosen. Erstmals in ›Neue Freie Presse‹, Wien, 26. Februar 1918. Aufgenommen in ›Begegnungen mit Menschen, Büchern, Städten‹, Wien–Leipzig–Zürich: Herbert Reichner Verlag 1937; Berlin und Frankfurt am Main: S. Fischer Verlag 1955

Bertha von Suttner. Eine Anspache, inmitten des Weltkriegs [im April] 1918 anläßlich der Eröffnung des Internationalen Frauenkongresses für Völkerverständigung in Bern. Erstmals in ›Neue Freie Presse‹ Wien, 21. Juni 1918. Aufgenommen in ›Begegnungen mit Menschen, Büchern, Städten‹, Wien–Leipzig–Zürich: Herbert Reichner Verlag 1937; Berlin und Frankfurt am Main: S. Fischer 1955

Bekenntnis zum Defaitismus. Erstmals in ›Friedens-Warte. Blätter für zwischenstaatliche Organisation‹, Berlin–Leipzig, Juli/August 1918

Die Entwertung der Ideen. (Eine Antwort an Alfred H. Frieds Aufsatz ›Der Vernunftmeridian‹). Erstmals in ›Neue Zürcher Zeitung‹, 4. August 1918

Opportunismus, der Weltfeind. Erstmals in ›Das Forum‹, Berlin, Oktober 1918. Aufgenommen in ›Zeit und Welt‹, Frankfurt am Main: Fischer Taschenbuch Verlag 1981 (Fischer Taschenbuch [Bd. 2287])

Die Erziehung zum republikanischen Bewußtsein. Erstmals in ›Die Republik‹, Berlin, 5. Dezember 1918

Die Tragik der Vergeßlichkeit. 1919. Aufgenommen in ›Europäisches Erbe‹, herausgegeben von Richard Friedenthal, Frankfurt am Main: S. Fischer Verlag 1960

Die Wahl der Staatsangehörigkeit. Erstmals in ›Die Menschheit‹, Bern, 19. Juni 1919

Epilog einer vergeblichen Bemühung. Erstmals in ›Berliner Tageblatt‹, 10. September 1920. Aufgenommen in ›Zeit und Welt‹, Frankfurt am Main: Fischer Taschenbuch Verlag 1981 (Fischer Taschenbuch [Bd. 2287])

Aufruf zur Geduld. Erstmals in ›Das Tagebuch‹, Berlin, Jg. I, H. 1, 1920. Aufgenommen in ›Zeit und Welt‹, Frankfurt am Main: Fischer Taschenbuch Verlag 1981 (Fischer Taschenbuch [Bd. 2287])

Ist die Geschichte gerecht? 1922. Aufgenommen in ›Europäisches Erbe‹, herausgegeben von Richard Friedenthal, Frankfurt am Main: S. Fischer Verlag 1960

Ehrfurcht vor Georg Brandes. Erstmals in ›Friedens-Warte. Blätter für zwischenstaatliche Organisation‹, Berlin–Leipzig, April/Mai 1923

Zutrauen zur Zukunft. Erstmals in ›Die Frau von Morgen, wie wir sie wünschen‹, herausgegeben von Friedrich M. Huebner, Leipzig: Seemann Verlag 1929. Aufgenommen in ›Zeit und Welt‹, Frankfurt am Main: Fischer Taschenbuch Verlag 1981 (Fischer Taschenbuch [Bd. 2287])

Revolte gegen die Langsamkeit. Erstmals in ›Die Zeitlupe‹, Berlin 1931

Nehmt allen die Waffen weg, allen ... An den Herausgeber des ›Morgen‹. Erstmals in ›Der Morgen‹, Wien, 22. Februar 1932

Der europäische Gedanke in seiner historischen Entwicklung. Vortrag, gehalten in Florenz am 5. Mai 1932. Aufgenommen in ›Zeit und Welt. Gesammelte Aufsätze und Vorträge 1904–1940‹, herausgegeben von Richard Friedenthal, Stockholm: Bermann-Fischer Verlag 1943

Eine Ansprache. Unter dem Titel ›Eine unveröffentlichte Ansprache‹ erstmals in ›Mitteilungsblatt des Hilfsvereins deutschsprechender Juden‹, Buenos Aires, 1. Oktober 1936

Geschichtsschreibung von morgen. Vortrag, gehalten während einer Tournee durch fünfzehn Städte der USA (9. Januar – 14. Februar 1939). Vor Ausbruch des Zweiten Weltkriegs. Aufgenommen in ›Zeit und Welt. Gesammelte Aufsätze und Vorträge 1904–1940‹, herausgegeben von Richard Friedenthal, Stockholm: Bermann-Fischer Verlag 1943

Die Geschichte als Dichterin. Dieser Vortrag war bestimmt für den XVII. Internationalen PEN-Kongreß in Stockholm im September 1939, der infolge des Kriegsausbruchs nicht stattgefunden hat. Aufgenommen in ›Zeit und Welt. Gesammelte Aufsätze und Vorträge 1904–1940‹, herausgegeben von Richard Friedenthal, Stockholm: Bermann-Fischer Verlag 1943

Für das Inter-Aid Committee for Children from Germany. Typoskript. 1938. Erstdruck nicht ermittelt

Für die ›Fraie Tribune‹, Paris. Typoskript mit handschriftlichen Korrekturen im Nachlaß, Dezember 1938. Erstdruck nicht ermittelt

In dieser dunklen Stunde. Solidaritätsbotschaft im Namen der deutschen Schriftsteller im Exil bei dem Bankett, das der amerikanische PEN-Club anläßlich der Gründung des ›European P.E.N. in America‹ am 15. Mai 1941 in New York gab. Erstmals in ›Aufbau‹, New York, 16. Mai 1941

Stefan Zweig

Band 5790

Band 2282

Band 2300

Der Amokläufer
Erzählungen
Band 9239

Ungeduld des Herzens
Roman. Band 1679

Die Hochzeit von Lyon
und andere Erzählungen
Band 2281

Verwirrung der Gefühle
und andere Erzählungen
Band 5790

Phantastische Nacht
und andere Erzählungen
Band 5703

Rausch der Verwandlung
Band 5874

Schachnovelle
Band 1522

Sternstunden der Menschheit
Zwölf historische Miniaturen
Band 595

Europäisches Erbe
Band 2284

Menschen und Schicksale
Band 2285

Länder, Städte, Landschaften
Band 2286

Drei Meister
Balzac · Dickens · Dostojewski
Band 2289

Der Kampf mit dem Dämon
Hölderlin · Kleist · Nietzsche
Band 2282

Drei Dichter ihres Lebens
Casanova · Stendhal · Tolstoi
Band 2290

Die Heilung durch den Geist
Mesmer · Mary Baker-Eddy · Freud
Band 2300

Das Geheimnis des künstlerischen Schaffens
Band 2288

Fischer Taschenbuch Verlag

fi 191/8a

Erzähler-Bibliothek

Herman Melville
Bartleby
Erzählung
Band 9302

Arthur Miller
Die Nacht
des Monteurs
Erzählung
Band 9332

Franz Nabl
Die Augen
Erzählung
Band 9329

Vladimir Pozner
Die Verzauberten
Roman
Band 9301

Peter Rühmkorf
Auf Wiedersehen
in Kenilworth
Ein Märchen in
dreizehn Kapiteln
Band 9333

William Saroyan
Traceys Tiger
Roman
Band 9325

Antoine
de Saint-Exupéry
Nachtflug
Roman
Band 9316

Arthur Schnitzler
Frau Beate
und ihr Sohn
Eine Novelle
Band 9318

Anna Seghers
Wiedereinführung
der Sklaverei
in Guadeloupe
Band 9321

Mark Twain
Der Mann,
der Hadleyburg
korrumpierte
Band 9317

Franz Werfel
Geheimnis
eines Menschen
Novelle
Band 9327

Carl Zuckmayer
Der Seelenbräu
Erzählung
Band 9306

Stefan Zweig
Brennendes Geheimnis
Erzählung
Band 9311

Brief einer
Unbekannten
Erzählung
Band 9323

Fischer Taschenbuch Verlag

fi 669/1b

Thomas Mann

Die Essaybände

Essays
Band 1: Ausgewählte Schriften zur Literatur
Begegnungen mit Dichtern und Dichtung
In Zusammenarbeit mit Hunter Hannum herausgegeben von Michael Mann
Band 2: Politische Reden und Schriften
Ausgewählt, eingeleitet und erläutert von Hermann Kurzke
Band 3: Schriften über Musik und Philosophie
Ausgewählt, eingeleitet und erläutert von Hermann Kurzke
3 Bände: 1906, 1907, 1908

Goethe's Laufbahn als Schriftsteller
Zwölf Essays und Reden zu Goethe
Band 5715

Betrachtungen eines Unpolitischen
Mit einem Vorwort von Hanno Helbling
Band 9108

Wagner und unsere Zeit
Aufsätze, Betrachtungen
Briefe
Herausgegeben von Erika Mann
Mit einem Geleitwort von Willi Schuh
Band 2534

Die Briefbände

Thomas Mann
Briefwechsel mit seinem Verleger Gottfried Bermann Fischer 1932–1955
Herausgegeben von Peter de Mendelssohn
Band 1566

Briefe
Herausgegeben von Erika Mann
Band 1: 1889–1936
Band 2136
Band 2: 1937-1947
Band 2137
Band 3: 1948-1955 und Nachlese
Band 2138

Eine Chronik seines Lebens
Zusammengestellt von Hans Bürgin und Hans-Otto Mayer
Band 1470

Fischer Taschenbuch Verlag

fi 119 / 2